Georgette Heyer
Der schweigsame Gentleman

Georgette Heyer

Der schweigsame Gentleman

MOEWIG

Umschlaggestaltung: Werbeagentur Zeuner, Ettlingen
Umschlagfoto: Schlück
Druck und Bindung: Ebner Ulm
ISBN: 3-8118-4691-4
Printed in Germany 1997

1

In Reisehandbüchern hieß es Schloß Stanyon; für die Dorfbewohner war es «das Schloß»; die gute Gesellschaft sprach von Stanyon ebenso wie von Woburn und Cheveley. Es lag in Lincolnshire, unweit von Grantham und eher näher zu Stamford, einem Ort, den Leute, die sich mehr für Jagd im allgemeinen als für Naturschönheiten im besonderen interessierten, bezaubernd fanden. Es durfte sich mit größerer Berechtigung «Schloß» nennen als der Wohnsitz so manchen Edelmannes. Laut verschiedener, im übrigen recht uninteressanter Urkunden im Schloßarchiv, das Mr. Theodore Frant jetzt als Arbeitsraum diente, hatte an jener Stelle ursprünglich eine mittelalterliche Festung gestanden. Was davon dem Lauf der Zeit getrotzt hatte, war dem Tudorschloß einverleibt worden, das der Festung gefolgt war. Spätere Generationen vergrößerten und verschönerten das Gebäude je nach Laune, wobei Schwierigkeiten, die sich bei der Vergrößerung ergaben, einfach durch die Anlage eines weiteren Hofes aus der Welt geschafft wurden. Jener Frant zum Beispiel, dem es gelang, eine Freundschaft mit dem gemütlichen König Heinrich VIII. zu überdauern, erregte das Ärgernis seiner Zeitgenossen durch eine maßlose Vorliebe für Eichentäfelungen; sein Enkel, durch ausgedehnte Reisen verfeinert, ließ einen neuen Flügel anbauen und zierte den alten mit Vergoldungen und Deckenfresken. Ein späterer Frant verfiel der herrschenden Mode, berauschte sich am Rokoko, ließ den Brunnenhof anlegen und wurde lediglich von seinem Tod daran gehindert, noch großartigere Pläne in Angriff zu nehmen. Sein Erbe, ein glühender Anhänger Mr. Walpoles, bekehrte sich zur Gotik, und als ein Sturz bei einem seiner regelmäßigen Ausritte mit dem „Old Club» seiner Laufbahn ein jähes Ende bereitete, gab es nirgends in England so schwere Eichentüren, so gewichtige Eisenklinken und so viele schmale Spitzbogenfenster wie in Stanyon.

Der Sechste Earl of St. Erth, möglicherweise der Ansicht, daß sich sein Stammsitz schon zu sehr in der Gegend ausbreitete, mit größerer Wahrscheinlichkeit aber von den harten Zeiten, in denen zu leben er das Mißgeschick hatte, daran gehindert, einen Flügel im Stile Palladios anbauen zu lassen, begnügte sich damit, die Ställe neu aufbauen, eine große Zahl von Zimmern tapezieren und in der riesigen Küche einen Herd aufstellen zu lassen, der, nebenbei bemerkt, von einem erzürnten Diener als das einzige Anzeichen moderner Zivilisation in dem ganzen Gebäude bezeichnet wurde; aber der Oberkoch, der für moderne Errungenschaften nichts übrig hatte, benützte den neuen Herd ausschließlich dazu, um von einem seiner Untergebenen darauf Gemüse kochen zu lassen, während er selbst nach wie vor über seiner Feuerstelle mit ihren riesigen Spießen, eisernen Kesseln und veralteten Back- und Bratöfen das Zepter schwang. Mit den Örtlichkeiten unvertraute Gäste, die verstört in den schlecht erleucheten Gängen umherirrten, Stiegen entdeckten, die in unerforschte Dienerschaftsregionen führten, und endlich, erhitzt und erschöpft, dort anlangten, wo man inzwischen stundenlang auf sie gewartet hatte, verliehen mitunter ihrem Erstaunen darüber Ausdruck, daß jemand, der zwei andere bequemere Landsitze besaß, aus freien Stücken in einem solchen Labyrinth wohnte. Keiner dieser zwei, das war wohl richtig, hatte Bankettsäle aufzuweisen, Galerien für Spielleute, Waffenkammern, Türme und Gräben: aber dafür pfiff die Zugluft nicht durch die Gänge, keine schleichende Kälte drang aus feuchten Mauern, und die Kamine rauchten nur selten.

Der Sechste Earl und seine zweite Frau fanden Stanyon vollkommen in Ordnung: der Earl, weil er hier seine Kindheit verbracht hatte, seine Frau, weil sie in einem noch weniger komfortablen Haus im rauhen Norden aufgewachsen war. Abgesehen davon würde sie, wenn man ihr die Wahl gelassen hätte, Bequemlichkeit ohne mit der Wimper zu zucken gegen Prunk eingetauscht haben. Die erste Frau des Earl hatte Stanyon gehaßt. Aber die erste Frau des Earl, wenn auch zugegebenermaßen eine Dame von Stand und bemerkenswerter Schönheit, hatte sich der hohen Stellung, zu der sie berufen war, im höchsten Maße unwürdig erwiesen. Ehe noch ihr Sohn dem Gängelband entwachsen war, lief sie mit einem berüchtigten Wüstling auf und davon. Ihr Gatte, gehörnt, verraten und dem allgemeinen Gelächter preisgegeben, tilgte ihren Namen aus den Familienannalen, gestattete niemandem, ihn innerhalb seiner vier Wände auszusprechen, und betrachtete sich durchaus nicht als gerächt, als er erfuhr, daß sie drei Jahre nach ihrer Flucht in Not und Elend gestorben war. Sein Butler sowie seine Haushälterin, zwei gefühlvolle Leute, hofften, er würde sich wenigstens auf dem Totenbett seiner ersten Frau erinnern und Worte der Vergebung für sie finden, da es ihnen unmöglich schien, daß eine so schöne und liebenswürdige Dame aus seinem Herzen und seiner Erinnerung vollends verbannt sein sollte. Ja, sie gingen in ihren Illusionen sogar so weit, sich vorzustellen, daß die offensichtliche Abneigung des Earl gegen seinen ältesten Sohn von dem heimlichen Schmerz herrühre, den der Anblick des schönen Knaben, der tatsächlich das Abbild seiner Mutter war, wohl in ihm hervorrief. Aber wenn man dem hochwürdigen Herrn Felix Clowne, dem Kaplan seiner Lordschaft, Glauben schenken durfte, so bezog sich dessen letzter zusammenhängender Satz – ebenso kräftig in Worten wie schwach im Ton – darauf, daß der Wein, den ihm der Kammerdiener auf seinen Befehl gebracht hatte, nach Kork schmecke. Vorher hatte er seinem jüngeren Sohn Martin den Segen erteilt; er hatte ein freundliches Wort an seinen Neffen Theodore gerichtet; er hatte sich mit allem Zeremoniell von seiner Gattin verabschiedet; er hatte eine geziemende Botschaft an seine verheiratete Tochter geschickt; aber weder der Name seiner ersten Frau noch der seines Erben war über seine Lippen gekommen. Ebensowenig war dieser in Stanyon eingetroffen, um an seinem Sterbebett zu weilen, obwohl kein Zweifel bestehen konnte, daß Mr. Theodore Frant ihm ein Eilschreiben nach Flandern gesendet hatte, in dem er ihm das bevorstehende Ableben seines Vaters ankündigte. Captain Viscount Desborough, wie er damals hieß, war mit seinem Regiment in Mons stationiert, und man konnte sich zur Not vorstellen, daß ein stark ausgeprägtes Gefühl für seine militärischen Pflichten ihn daran gehindert hatten, in einem

Augenblick um Urlaub einzukommen, da fast stündlich erwartet wurde, Napoleon würde die Grenze überschreiten. Aber nachdem der Siebente Earl bereits ein kleines, aber ziemlich heftiges Gefecht beim Dorf Genappe und ein beträchtlich größeres bei Waterloo überlebt hatte, zeigte er noch immer keinerlei Neigung, in das Haus seiner Väter zurückzukehren. Er quittierte den Dienst, blieb jedoch auf dem Kontinent und setzte das vollste Vertrauen in die Fähigkeit seines Vetters, seine Güter zu verwalten. Und erst ein volles Jahr nach dem Tod seines Vaters erhielten die Gräfinwitwe und sein Vetter von ihm die Nachricht, daß er in England wäre und die Absicht hätte, sein Erbe anzutreten. Er setzte seine Stiefmutter mit einem sehr artigen Brief vom Tag seiner Ankunft in Stanyon in Kenntnis und erkundigte sich in höflichster Weise nach ihrem Befinden sowie dem seines Stiefbruders und seiner Stiefschwester. Ein sehr liebenswürdiger Brief, gab die Gräfinwitwe zu, aber, fügte sie in nicht allzu hoffnungsvollem Ton hinzu, ebendieselbe gewinnende Art war seiner Mutter eigen gewesen, und sie hatte sich dennoch als Schlange am Busen erwiesen.

«Ich sollte Sie vielleicht darauf aufmerksam machen, Ma'am, daß mein Vetter tadelnde Worte über den Charakter seiner Mutter nicht gerade schätzt», sagte Mr. Theodore Frant ein wenig gezwungen. «Derartige Bemerkungen sollten in seiner Gegenwart lieber unterbleiben.»

«Mein lieber Theo», antwortete die Gräfin, «es wäre in der Tat seltsam, wenn ich in Fragen der Höflichkeit dich um Rat fragen müßte!» Er verbeugte sich, und da sie ihm durchaus gewogen war, setzte sie freundlich hinzu: «Oder irgend jemand anderen, meine ich! In *diesem* Hause mag Desborough – oder, wie ich nun werde lernen müssen, ihn zu nennen, St. Erth – sicher sein, daß ihm jede Aufmerksamkeit gezollt werden wird, die seinem Rang zukommt!»

«Selbstverständlich, Ma'am», sagte Mr. Frant und verbeugte sich aufs neue.

«Der Ratschluß der Vorsehung hat ihn nun einmal für den Rang seines teuren Vaters bestimmt», sprach die Gräfin, und ihre Meinung von der Vorsehung war keine sehr hohe. «Man hätte annehmen können, der Militärdienst in Spanien – sehr ungesundes Klima, soviel ich weiß, ganz abgesehen von der Möglichkeit eines gewaltsamen Todes im Kampf, die immerhin nicht von der Hand zu weisen war – würde den jetzigen Anlaß unnötig machen. Aber es sollte nicht sein! Hätte man mich um Rat gefragt, so würde ich mich zu der Erklärung verpflichtet gefühlt haben, daß eine militärische Laufbahn für jemanden, den ich ohne zu zögern alles eher als robust nennen würde, leicht tödlich ausgehen könnte! Das, mein lieber Theo, muß ich schon sagen, denn, welche auch immer meine mütterlichen Gefühle sein mögen – wenn ich mich *einer* Sache rühme, so der Erfüllung meiner Christenpflicht! Glücklicherweise, so schien es damals (obwohl das Walten eines unerforschlichen Geschicks diesen Umstand nunmehr nebensächlich erscheinen läßt), suchte man meinen Rat nicht. Da es Lady Penistone für gut fand, sich so eingehend für ihren Enkel zu interessieren, und mein teurer Gatte daran nichts auszusetzen hatte, war es nicht an mir, meine Stimme zu erheben. Auf ihr Haupt die Folgen, so sagte ich damals! Zweifelsohne ist Lady Penistone auf ihre Art eine ganz rechtschaffene Frau: ich bin gerecht genug, zuzugeben, daß sie den Fehltritt ihrer unglücklichen Tochter nicht, wie man hätte befürchten können, in ihrem unheilbaren Leichtsinn entschuldigt hat: aber wenn sie Desborough aus irgendeinem anderen als dem boshaften Wunsch heraus, meinem armen Gatten damit einen Tort anzutun, so verhätschelt und verwöhnt hat, müßte ich mich sehr irren! Ich habe ihn immer für einen zaghaften Jungen gehalten. Viel zu verschlossen, um anziehend zu wirken. In Eton hat er nie von sich reden gemacht. Er muß ein eigenartiger Soldat gewesen sein!»

«Es ist einige Jahre her, seitdem Sie meinen Vetter zuletzt gesehen haben, Ma'am», unterbrach Mr. Frant gemessen.

«Ich hoffe», sagte die Gräfinwitwe, «daß daran niemand mir die Schuld geben wird! Wenn Lady Penistone den Jungen während der Schulferien einlud und mein Gatte seine Zustimmung gab, so rufe ich den Himmel zum Zeugen an, daß es nicht mein ausgesprochener Wunsch war, wenn Desborough aufhörte, Stanyon als sein Heim zu betrachten!

Mein Gewissen ist in jeder Beziehung ruhig: solange er klein war, habe ich meine Pflicht ihm gegenüber erfüllt; und jetzt bin ich entschlossen, daß, ebensowenig wie ein Wort des Tadels über sein Fernbleiben vom Begräbnis seines teuren Vaters über meine Lippen kommen wird, ebenso keine dem Oberhaupt der Familie schuldige Ehrenbezeigung unterlassen werden soll. Ich werde ihn in der Halle erwarten.»

Diesem spontanen Entschluß getreu versammelten sich an einem kühlen Frühlingsnachmittag fünf Personen im ehemaligen Rittersaal des Schlosses. Die meisten seiner ursprünglichen Züge waren den künstlerischen Bestrebungen mehrerer Generationen zum Opfer gefallen, aber die Stichbalken an der hohen Decke und der große offene Kamin, in dem einige Baumstämme bequem Platz hatten, waren erhalten geblieben. Die wurmstichigen geschnitzten Zwischenwände hatte man schon vor geraumer Zeit entfernt. Dadurch öffnete sich der Saal auf die im rechten Winkel angrenzende kleinere Vorhalle, in der die große Treppe ihren Anfang nahm. Sie führte in kühnem Schwung über einen breiten Treppenabsatz, wo sie sich gabelte, zur Hauptgalerie empor, stammte aus der zweiten Hälfte des siebzehnten Jahrhunderts und war dafür berechnet, etwa zwölf Personen bequem nebeneinander hinaufschreiten zu lassen. Außer der großen Eingangstür gegenüber der Treppe führten noch mehrere andere massive, mit Eisenbändern beschlagene Türen in die Vorhalle, was den Saal durchaus nicht wohnlicher machte, bildete er doch nur eine Art Durchgang zu einer Reihe von weiteren Zimmern. Die Hitze, die von den im Kamin brennenden Scheiten ausging, war beträchtlich, genügte aber nicht, um die Zugluft vergessen zu lassen, die durch den Raum strich. Sie schien von überall herzukommen und bewegte sogar fortwährend die schweren Vorhänge, die vor die Fenster gezogen waren, aus denen die ganze der Feuerstelle gegenüberliegende lange Wand vorwiegend zu bestehen schien. Es dämmerte. In den Wandleuchtern und den Kandelabern, die auf den verschiedenen Tischen standen, hatte man Kerzen entzündet. Ihre Flämmchen flackerten ohne Unterlaß, brachten das Wachs ungleichmäßig zum Schmelzen und eine der in der Halle versammelten Personen um jede Möglichkeit, die Stiche auf ihrer Stickerei auch nur annähernd genau dort anzubringen, wo sie hingehörten. Nachdem sie zweimal erfolglos ihren Platz gewechselt hatte, legte sie die Arbeit zusammen, verstaute sie in ihrem Arbeitskörbchen und entnahm ihm statt dessen eine nüchterne Strickerei, mit der sie sich zu beschäftigen begann wie jemand, der entschlossen ist, aus mißlichen Umständen stillschweigend das Beste zu machen.

Die Einrichtung des Saales hätte für das Stilkonglomerat des Schlosses als Beispiel dienen können, da nur wenige der Stücke, aus denen sie bestand, mit Geschmack ausgewählt waren. Die einzigen zu ihrer Umgebung passenden Gegenstände waren ein sehr schöner Eßtisch, der nahe zu den Fenstern gerückt war, und mehrere geschnitzte Eichenstühle mit hölzernen Sitzen. Die übrigen Möbel, zu denen auch ein sehr häßliches modernes Abstelltischchen gehörte, dessen Marmorplatte auf zwei ehernen Greifen ruhte, vertraten sämtliche Epochen und Stilarten. Zwei Rüstungen aus der ersten Hälfte des fünfzehnten Jahrhunderts bewachten den Eingang, und an der Wand oberhalb des hohen gipsernen Kaminsimses waren Schilde, Hellebarden, Piken und Gläfen in reicher Auswahl angebracht. Daneben hing ein lebensgroßes Bild des verstorbenen Earl, das ihn mit gekreuzten Beinen nachlässig an sein Pferd gelehnt zeigte; sowie ein vorzügliches Schlachtengemälde, auf dem der Rauch, der in Form von Wattekugeln aus den Mäulern unzähliger Kanonen kam, und die faszinierende Gestalt des kommandierenden Offiziers im Vordergrund die bemerkenswertesten Details darstellten.

Nur eine der fünf in Erwartung des Earl um den Kamin versammelten Personen schien sich der Unbehaglichkeit der Situation bewußt zu sein. Sie beklagte sich jedoch nicht, sondern schob ihren Sessel bloß etwas weiter zurück und legte ihren Schal fester um die Schultern, um ihr Gesicht vor den züngelnden Flammen und ihren Rücken vor der aus der Vorhalle eindringenden Kälte zu schützen. Die Gräfinwitwe, königlich auf einem Lehnsessel thronend, die Füße auf einen Schemel gestützt, war gegen Zugluft unempfindlich. Und weder Martin, ihr Sohn, der am Feuer vor sich hinbrütete und hin und wieder mit der Stiefelspitze nach einem schwelenden Scheit stieß, noch Mr. Theodore Frant, der damit beschäftigt war, eine der Kerzen zu schneuzen, die mitten auf dem langen Tisch standen, schienen unter der Kälte zu leiden; was den Kaplan betrifft, der zur Linken der Gräfin saß, so war er gegen die in Stanyon herrschenden spartanischen Verhältnisse schon seit langem abgehärtet und hatte den Ort für eine behagliche Zusammenkunft wie geschaffen bezeichnet. Diese pflichtschuldige Bemerkung brachte ihm ein huldvolles Lächeln der Gräfin ein, die ihn sodann von der häufig angestellten Beobachtung in Kenntnis setzte, daß nur wenige Feuer imstande wären, eine so glühende Hitze auszustrahlen wie eben dieses. Dann ersuchte sie Miss Morville halb höflich, halb herablassend, doch die Güte zu haben, ihr aus dem Roten Salon ihren kleinen Ofenschirm herunterzubringen. Miss Morville legte ihre Strickerei unverzüglich beiseite und entfernte sich, um den Auftrag auszuführen; und als ob ihre Abwesenheit ihn von einem Zwang befreit hätte, hob Martin, der bis dahin verdrossen ins Feuer gestarrt hatte, den Kopf und rief: «Verwünscht! Ich wollte, es wäre schon vorüber! Weshalb sollen wir hier parat stehen und warten, bis es *ihm* genehm ist? Gott weiß, wir brauchen ihn nicht! Ich habe große Lust, zu Barny hinüberzureiten und meinen Braten dort zu essen!»

Sein Vetter blickte ihn stirnrunzelnd an, sagte aber nichts. Eine andere Kerze bedurfte seiner Aufmerksamkeit, und er nahm sich ihrer fachgemäß an. Er war ein kräftig gebauter Mann nahe den Dreißig, mit einem entschlossenen, eher eckigen Gesicht und sehr zurückhaltendem Wesen. Der Schnitt seiner Züge zeigte eine gewisse Ähnlichkeit mit denen seines jungen Vetters, die aber hauptsächlich in der gebogenen Nase, der etwas plumpen Kinnlinie und den Augen bestand, deren überhängende Brauen dem Gesicht einen abweisenden Ausdruck gaben. Die seinen waren von klarem, hellem Grau und kühl wie ein Bergsee; der Mund mit seinen fest zusammengepreßten Lippen verriet keinerlei Geheimnisse und schien zu zeigen, daß sein Besitzer nicht nur Entschlossenheit, sondern auch die Fähigkeit besaß, seine

Angelegenheiten bei sich zu behalten. Seine Redeweise war gepflegt, und aus seinem Benehmen sprach die ruhige Sicherheit der Menschen seines Standes.

Anders verhielt es sich mit Martin. In seinen dunkelbraunen Augen – sie schienen beinahe schwarz zu sein – und dem sanften Schwung seiner vollen Lippen spiegelte sich jede seiner Stimmungen wider. Er war um sechs Jahre jünger als sein Vetter und stand mit einem Fuß noch immer in den Kinderschuhen. Als Abgott der Mutter und Liebling des Vaters war er sehr verzogen worden und konnte über Winzigkeiten in Unwillen und über ernsthafte Hindernisse, die sich seinen Plänen in den Weg stellten, in blinde Wut geraten. Zwang war ihm unerträglich. Da man ihn von seiner frühesten Jugend an so behandelt hatte, als wäre er und nicht sein Stiefbruder der Erbe von Stanyon, konnte man nicht erwarten, daß er die Nachfolge des Siebenten Earl mit Gleichmut betrachten würde. Die unbestimmte Annahme, sein Bruder würde den Anstrengungen des spanischen Feldzugs nicht gewachsen sein, hatte in ihm den uneingestandenen Gedanken genährt, daß er eines Tages selbst in seines Vaters Fußstapfen treten würde; die Tatsache, daß der Siebente Earl heil und ganz aus dem Krieg auftauchte, fand ihn daher völlig unvorbereitet und erfüllte ihn, nachdem der erste Schreck und die ersten Zweifel verflogen waren, mit wütendem Groll. Er erinnerte sich seines um sieben Jahre älteren Bruders nur dunkel; kaum, daß in seinem Gedächtnis mehr haftete als das Bild eines stillen blonden Knaben mit freundlichem Wesen und sanfter Stimme. Aber er wußte schon jetzt, daß er ihn nicht mögen würde. Er warf einen herausfordernden Blick auf seinen undurchdringlichen Vetter und sagte: «Jetzt ist es meiner Treu schon sechs Uhr vorüber! Wann sollen wir denn essen? Wenn er sich einbildet, in Stanyon Stadtsitten einführen zu können, wird er sich täuschen. Wenigstens bei mir!»

«Rege dich nicht auf, mein Lieber!» empfahl ihm seine Mutter. «Diesmal müssen wir mit dem Essen wohl auf ihn warten. Aber bei all seinen Fehlern war er immer von nachgiebiger Wesensart. Du kannst versichert sein, daß etwaige

Modetorheiten, die er in Lady Penistones Haus gelernt haben mag, unsere Lebensgewohnheiten nicht beeinflussen werden. Das würde mir durchaus nicht passen, und schließlich bin ich hier kein Niemand, soviel ich glaube!»

Mr. Clowne lachte ein wenig über diese Äußerung, die offensichtlich scherzhaft gemeint war, und sagte: «Das will ich meinen, daß Mylady kein Niemand ist! Solche Launen müssen jeden, der mit diesen uns so wohlbekannten Einfällen unvertraut ist, wirklich stutzig machen!» Er fing einen ironischen Blick Theodores auf und fügte hastig hinzu: «Es ist so lange her, seit ich das Vergnügen hatte, Seiner Lordschaft zu begegnen! Wieviel wird er uns doch von seinen Abenteuern zu erzählen haben! Ich bin sicher, wir werden alle an seinen Lippen hängen!»

«An seinen Lippen hängen!» rief Martin mit einem seiner wilden Blicke. «Ja! Kriechen Sie nur vor ihm! Aber ohne mich! Ich wollte, er läge unter der Erde!»

«Bedenke, was du sprichst!» mahnte sein Vetter streng.

Martin schoß das Blut in die Wangen. Er war sichtlich betreten und sagte trotzig:

«Ich wünsche es wirklich. Aber natürlich meine ich es nicht so. Du brauchst mich wirklich nicht so rasch beim Wort zu nehmen!»

«Für Kriegserinnerungen habe ich nichts übrig», sagte die Gräfin, als ob der kurze Wortwechsel zwischen den Cousins nicht stattgefunden hätte. «Ich habe durchaus nicht die Absicht, Desborough aufzufordern, seine spanischen Abenteuer zum besten zu geben. Die Ansichten eines Generals sind bestimmt immer interessant – wiewohl ich der Meinung bin, daß wir vom letzten Krieg schon mehr als genug gehört haben –, aber die eines jüngeren Offiziers können den Zuhörer höchstens ermüden!»

«Sie brauchen sich diesbezüglich keine Sorgen zu machen, Ma'am», sagte Theodore. «Mein Vetter hat sich nicht so sehr verändert!»

Der Ton, in dem er diese Worte vorbrachte, war so trocken, daß sich der Kaplan genötigt sah, in eine etwa vorhandene Bresche zu springen.

«Ah, Mr. Theodore, Sie erinnern uns daran, daß Sie der einzige sind, der behaupten darf, mit Seiner Lordschaft näher bekannt zu sein. Sie sind häufig mit ihm zusammengekommen, während *wir* –»

«Ich habe ihn gelegentlich gesehen», unterbrach Theodore. «Sein Dienst im Ausland hat häufige Zusammenkünfte unmöglich gemacht.»

«Selbstverständlich – genau das wollte ich eben bemerken! Aber Sie kennen ihn immerhin gut genug, um ihn gern zu haben!»

«Ich habe ihn immer sehr gern gehabt, Sir!»

Die Rückkehr Miss Morvilles mit einem kleinen auf einen Elfenbeinstab montierten Ofenschirm, den sie der Gräfin überreichte, bot willkommene Abwechslung. Die Gräfin lächelte ihr huldvoll zu und sagte, daß sie ihr sehr verbunden wäre. «Ich weiß nicht, wie ich es übers Herz bringen werde, Sie wieder Ihren lieben Eltern zurückzugeben, wenn sie aus dem Seengebiet heimkehren werden, denn ich weiß bestimmt, daß ich Sie überaus vermissen werde! Meine Tochter – Lady Grampound, Sie wissen ja – rät mir schon die längste Zeit, eine Person von Stand anzustellen, die mir Gesellschaft leisten und meine kleinen Besorgungen für mich erledigen könnte. Sollte ich mich jemals dazu entschließen, so werde ich die Stelle *Ihnen* anbieten, das verspreche ich Ihnen!»

Miss Morville, nicht so schnell bei der Hand wie Mr. Clowne, Mylady Witz zuzuerkennen, beantwortete diesen Scherz auf praktische Weise. «Es ist sehr liebenswürdig von Ihnen, Ma'am, daß Sie mich gerne ständig in Ihrer Nähe hätten», sagte sie, «aber ich glaube nicht, daß es das Richtige für mich wäre. Ich würde nämlich nicht annähernd genug zu tun haben.»

«Sie haben gerne viel zu tun, nicht wahr?» sagte Theodore und lächelte ihr belustigt zu.

«Ja», antwortete sie, setzte sich auf ihren früheren Platz und nahm ihre Strickerei wieder auf. Dann fügte sie nachdenklich hinzu: «Hoffentlich werde ich niemals in die Lage kommen, mir einen solchen Posten suchen zu müssen, denn ich bin alles andere als sanftmütig und daher für keine andere Stelle geeignet als – vielleicht – die einer Haushälterin.»

Diese prosaische Bemerkung schien die Anwesenden ein wenig zu befremden; es folgte ein kurzes Schweigen, das erst vom allgegenwärtigen Mr. Clowne gebrochen wurde. Er sagte schalkhaft: «Woran denken Sie, Miss Morville, während Ihre Hände so geschäftig sind? Oder dürfen wir nicht fragen?»

Sie schien etwas überrascht zu sein, erwiderte jedoch mit der größten Bereitwilligkeit: «Ich überlegte mir gerade, ob ich den Fuß nicht doch ein wenig länger machen soll. Wenn die Strümpfe zu Hause gewaschen werden, gehen sie nämlich nicht ein. Aber dafür doppelt in Cambridge! Die Wäscherinnen dort sollten sich schämen, finde ich!»

Da diese Feststellung bei den Anwesenden keinen Widerhall fand, konzentrierte sie sich von neuem auf ihre Arbeit und blieb darein so lange vertieft, bis der hellhörige Martin in die Höhe fuhr und ausrief: «Ein Wagen! Endlich!»

Gleichzeitig setzte ein zusätzlicher kalter Luftzug die Eingeweihten davon in Kenntnis, daß jemand die Tür hinter der großen Treppe geöffnet hatte; aus der Vorhalle kamen gedämpfte Anzeichen von Geschäftigkeit und von der Auffahrt das Klappern von Hufen. Miss Morville strickte ihre Nadel zu Ende, faltete den Socken zusammen und verstaute ihn ordentlich in ihrem Arbeitskörbchen. Und obgleich Martin aufgeregt an seinem Halstuch herumfingerte, verriet die Gräfinwitwe mit keinem Anzeichen, daß sie irgendwelche Geräusche gehört hatte, die auf eine Ankunft schließen ließen. Mr. Clowne, ihr getreuer Schatten, folgte ihr mit ebenso angespannter wie wenig überzeugender Aufmerksamkeit auf die Gemeinplätze, die sie zum besten gab; und Theodore schaute von einem zum anderen und wollte sich offensichtlich nicht vordrängen.

Stimmengewirr aus der Vorhalle zeigte an, daß Abney, der Butler, die Türen aufgerissen hatte, um seinen neuen Herrn zu empfangen. Mehrere Personen einschließlich des Verwalters und einiger Lakaien verbeugten sich und wichen unterwürfig zurück; und gleich darauf kam eine schlanke Gestalt in Sicht. Lediglich Miss Morville, die in einem mit dem Rücken zur

Vorhalle stehenden Stuhle saß, blieb dieser erste Anblick des Siebenten Earl versagt. Und gute Erziehung – oder war es Mangel an Interesse? – hielt sie auch davon ab, hinter der Sessellehne hervorzuspähen, worauf sie die Gräfinwitwe, um ihre Billigung darzutun, mit einer weiteren ihrer majestätischen Platitüden beehrte.

Alles, was man vom Siebenten Earl auf den ersten Blick sehen konnte, waren ein klassisches Profil unter einem hohen Filzhut, ein Paar glänzender hessischer Stulpenstiefel und eine braune Pelerine mit vielen Kragen und elegantem Faltenwurf, die ihn von Kopf bis Fuß einhüllte. Als nächstes hörte man seine weiche Stimme. Er sagte zum Butler: «Danke! Ja, ich erinnere mich Ihrer sehr gut! Sie sind Abney. Und Sie sind mein Verwalter, glaube ich. Perran, nicht wahr? Ich freue mich sehr, Sie wiederzusehen.»

Er drehte sich um, als wüßte er, daß alle Blicke an ihm hingen, wandte sich entschlossen dem Saal zu und erblickte die imposante, in purpurrote Seide gehüllte Erscheinung seiner Stiefmutter, einen Turban auf den grauen Locken, mit erhobener Römernase; seinen Stiefbruder, der finster am Kamin stand, sich mit der einen Hand am hohen Sims anklammerte und die andere in der Tasche seiner Atlashose vergraben hielt; sein Vetter, ein wenig im Hintergrund, mit dem Ansatz eines Lächelns; seinen Kaplan, hin- und hergerissen zwischen Neugierde und Ergebenheit für die Gräfinwitwe. Sie alle betrachtete er gedankenvoll, während er mit der einen Hand seinen Hut abnahm und dem Butler reichte und mit der anderen Stock und Handschuhe der Obhut eines Lakaien übergab. Abney nahm seinen Hut voll Ehrfurcht entgegen und murmelte: «Ihren Mantel, Mylord!»

«Meinen Mantel, ja: sofort!» sagte der Earl und schritt gelassen dem Saal zu.

Theodore zögerte einen Augenblick. Er wartete auf eine Geste Martins oder der Gräfin. Dann erst ging er mit ausgestreckten Händen auf den Earl zu und rief: «Gervase, mein Lieber! Willkommen!»

Martin, dessen trotziger Blick auf den zahlreichen Kragen der braunen Pelerine, den spiegelnden Stulpenstiefeln, dem extravagant zugespitzten Hemdkragen und dem goldbraunen Haar verweilte, das sich über einer weißen Stirn in wohlgeordnete Wellen legte, murmelte hörbar: «Mein Gott»! Der Kerl ist nichts als ein elender Dandy!»

2

Ein schneller, belustigter Blick in Martins Richtung verriet, daß sein Stiefbruder dessen unwillkürlichen Ausruf gehört hatte. Doch ehe noch Martin, der sehr leicht die Farbe wechselte, bis unter die Haarwurzeln rot geworden war, hatte Gervase die Augen schon abgewendet, schüttelte seinem Vetter die Hand, lächelte ihm zu und sagte: «Wie geht es dir, Theo? Du siehst, ich *halte* meine Versprechen: da bin ich!» Theo behielt seine schlanke Hand einen Augenblick in der seinen und drückte sie leicht. «Ein ganzes Jahr! Du Halunke!»

«Nun ja, aber siehst du, wenn ich früher gekommen wäre, hätte ich schwarze Handschuhe anziehen müssen. Und das konnte ich wirklich nicht über mich bringen!» Er zog seine Hand zurück und ging auf den Lehnstuhl seiner Stiefmutter zu.

Sie erhob sich nicht, streckte ihm jedoch die Hand entgegen. «Nun sind Sie also wirklich gekommen, St. Erth! Ich bin glücklich, Sie hier zu sehen, obwohl ich es, ehrlich gestanden, kaum erwartet hätte! Ich weiß nicht, warum es Ihnen nicht möglich war, früher zu kommen, aber schließlich waren Sie immer eigenwillig und launisch, und ich glaube wohl annehmen zu müssen, daß ich an Ihnen keinerlei Änderungen bemerken werde.»

«Liebe Ma'am», antwortete Gervase und beugte sich über ihre Hand, «glauben Sie mir, es verschafft mir die allergrößte Befriedigung, auf den ersten Blick feststellen zu können, daß *Sie* sich nicht geändert haben – nicht um ein Jota!»

Diese Worte hatten so liebenswürdig geklungen, daß sie jeden der Anwesenden über ihre eigentliche Bedeutung im unklaren ließen, mit Ausnahme der Gräfin selbst, der es sehr schwer gefallen wäre, sich vorzustellen, daß sie jemandem zum Spott dienen könnte. Sie blieb daher ungerührt und sagte selbstgefällig: «Nein, ich ändere mich wohl nicht. Aber sicher werden Sie Ihren Bruder sehr verändert finden.»

«Sehr verändert, in der Tat», stimmte Gervase zu, streckte Martin die Hand entgegen und betrachtete ihn eingehend aus seinen lächelnden blauen Augen. «Bist du mein kleiner Bruder? Es kommt mir so unwahrscheinlich vor! Ich hätte dich nicht erkannt!» Er drehte sich um und bot dem Kaplan seine Hand und sein Lächeln. «Mr. Clowne dagegen überall! Wie geht es Ihnen?»

Der Kaplan, der den Earl von dem Augenblick, da er Abney seinen Hut übergeben hatte, angestarrt hatte, als könnte er die Augen nicht von seinem Gesicht abwenden, schien ein wenig verwirrt und antwortete mit weitaus geringerer Geläufigkeit als sonst: «Und ich Sie, Mylord! Einen Augenblick war mir's, als ob – Sie müssen mir vergeben! Das Gedächtnis spielt einem manchmal seltsame Streiche!»

«Sie meinen wahrscheinlich, daß ich meiner Mutter sehr ähnlich sehe», sagte Gervase. «Das freut mich – obwohl diese Ähnlichkeit früher manches über mich gebracht hat, das ich lieber vergessen möchte.»

«Es ist des öfteren bemerkt worden», verkündete die Gräfin, «daß Martin das wahre Abbild aller Frants ist.»

«Sie sind zu streng, Ma'am», sagte Gervase galant.

«Ich kann Ihnen sagen, St. Erth, daß es mich verflucht freut, wenn ich den Frants nachgerate!» sagte Martin.

«Du kannst mir sagen, was immer du willst, mein lieber Martin!» sagte Gervase ermutigend.

Sein junger Bruder blieb nicht ganz unverständlicherweise eine Weile sprachlos und beschränkte sich darauf, Gervase mit Blicken zu durchbohren. Die Gräfin sagte mißbilligend: «Gegen derart oberflächliche Gespräche hege ich den größten Widerwillen. Kommen Sie, St. Erth. Ich werde Sie Miss Morville vorstellen.»

Man verbeugte sich; der Earl murmelte, daß er glücklich wäre, Miss Morvilles Bekanntschaft zu machen; und Miss

Morville, die seine Höflichkeitsbezeigungen voll Gleichmut zur Kenntnis nahm, machte ihn hilfsbereiterweise darauf aufmerksam, daß Abney noch immer darauf wartete, ihm seine Pelerine abzunehmen.

«Ja – natürlich!» sagte Gervase, ließ sich vom Butler aus dem Mantel helfen und zeigte sich in der ganzen Pracht taubengrauer Hosen und eines dunkelblauen Rocks aus feinstem Tuch mit Silberknöpfen nach der neuesten Mode. Um den Hals trug er ein Lorgnon an einem schwarzen Band. Er hob es an ein Auge und schien erst jetzt zu bemerken, daß Bruder und Vetter Kniehosen trugen und daß seine Stiefmutter sogar eine tiefdekolletierte Pracht aus purpurroter Seide angezogen hatte. «Oh, ich fürchte fast, ich habe euch warten lassen!» sagte er niedergeschlagen. «Was sollen wir nun machen? Werden Sie mir erlauben, Ma'am, mich zu Tisch zu setzen, schmutzig wie ich bin? Oder soll ich mich umziehen, während das Essen kalt wird?»

«Sie würden dazu wahrscheinlich eine Stunde brauchen!» bemerkte Martin verächtlich.

«Mindestens!» antwortete Gervase ernsthaft.

«Ich bin im allgemeinen nicht dafür, daß sich ein Mann in seiner Straßenkleidung zu Tisch setzen soll», erklärte die Gräfin. «Ich finde es liederlich, und Liederlichkeit ist mir ein Greuel. In gewissen Fällen mag es jedoch angehen. Wir speisen unverzüglich, Abney.»

Der Earl stellte sich neben seinen Bruder ans Feuer, zog eine Schnupftabaksdose aus Sèvresporzellan aus der Tasche, öffnete sie mit einer gewandten Daumenbewegung, nahm eine Prise der darin enthaltenen Mischung und führte sie zur Nase. Ein auffallender Siegelring, manchmal dunkel und glanzlos, dann wieder, wenn der Earl die Hand so bewegte, daß das Licht darauf fiel, grünes Feuer sprühend, erregte die Aufmerksamkeit seiner Stiefmutter. «Was ist das für ein Ring, den Sie da tragen, St. Erth?» fragte sie mit Nachdruck. «Es scheint mir ein Siegelring zu sein!»

«Es ist tatsächlich einer, Ma'am!» antwortete er und zog leicht überrascht die Augenbrauen hoch.

«Wie das? Ihr Vetter hat Ihnen den Ring Ihres Vaters vor ich weiß nicht wieviel Monaten übersandt! *Alle* Grafen von

St. Erth haben ihn getragen, fünf Generationen hindurch – wenn nicht länger!»

«Ich trage lieber meinen eigenen», sagte der Earl ruhig.

«Auf mein Wort!» rief die Gräfin mit schwellendem Busen. «Ich habe Sie wohl nicht mißverstanden, nehme ich an! Sie ziehen ein wertloses Stück Ihrem Erbring vor?»

«Ich möchte wissen», grübelte der Earl und betrachtete seinen Ring gedankenvoll, «ob man irgendeinem noch ungeborenen Grafen von St. Erth – meinem Ururenkel vielleicht – eines Tages dasselbe sagen wird, wenn er sich weigert, diesen Ring zu tragen?»

Die Gräfin wurde feuerrot; bevor sie jedoch antworten konnte, sagte Miss Morville mit leidenschaftsloser Stimme: «Höchstwahrscheinlich. Die Zeiten ändern sich, wie Sie wissen, und wie oft verachtet eine Generation das, was die vorherige bewundert hat! Meine Mama zum Beispiel besitzt einen Granatschmuck, den ich ganz greulich finde. Ich werde damit sicher nichts anzufangen wissen, wenn er einmal mir gehören wird.»

«Die Kindesliebe wird Sie nicht dazu bewegen, den Schmuck zu tragen, Miss Morville?»

«Ich glaube nicht», erwiderte sie nach einigem Nachdenken.

«Meine liebe Drusilla, die Granate Ihrer Mutter – sicherlich sehr hübsch in ihrer Art! – können schwerlich mit dem Frantschen Ring verglichen werden!» sagte die Gräfin. «Ich muß sagen, wenn ich höre, daß St. Erth lieber einen billigen, geschmacklosen Ring –»

«Halt, halt, das habe ich niemals gesagt», unterbrach der Earl. «Sie dürfen den Ring wirklich weder billig noch geschmacklos nennen, meine liebe Ma'am. Es ist ein sehr schöner Smaragd, eigens für mich geschliffen. Ich glaube sogar, daß Sie nirgends einen ähnlichen mehr finden werden. Smaragde sind nämlich sehr selten, umd das Schneiden von Siegeln ist, soviel ich weiß, mit beträchtlichen Schwierigkeiten verbunden.»

«Ich verstehe nichts von diesen Dingen – aber ich bin empört. Zutiefst empört! Ihr Vater würde seinen Ring herzlich gerne Martin vermacht haben, das können Sie mir glauben, hätte er es nicht für unrecht gehalten, ihn jemand anderem zu geben als dem Erben!»

«Hat er ihn tatsächlich ausdrücklich mir hinterlassen?» fragte Gervase interessiert. «Das muß ich wirklich als Steigerung seines Wertes betrachten. Ja, der Ring wird dadurch zu einer Rarität, da er sicherlich das einzige Erbstück darstellt, das mir mein Vater freiwillig hinterlassen hat. Ich werde ihn in einen Glasschrank legen.»

Martin errötete und sagte: «Ich merke genau, worauf Sie aus sind! Meine Schuld ist es nicht, wenn mein Vater mich lieber hatte als Sie!»

«Nein, dein Glück!» sagte Gervase.

«Mylord! Mr. Martin!» sagte der Kaplan beschwörend.

Die beiden Brüder maßen sich mit feindlichen Blicken aus hitzigen braunen und kühlen blauen Augen. Der unerquickliche Zwischenfall wurde durch den Eintritt des Butlers beendet, der meldete, daß die Tafel gedeckt sei.

Es gab zwei Speisesäle in Stanyon. Der eine wurde nur dann benützt, wenn die Familie allein speiste. Beide lagen im ersten Stock am Ende des Ostflügels und waren über die große Treppe, den Italienischen Salon und eine breite Galerie, die den Namen «Langer Salon» führte, erreichbar. Außerdem war der Zugang noch durch zwei durch Wandschirme verdeckte Türen möglich, die aber nur zu einer steil zur Küche abfallenden Stiege führten. Das Familienspeisezimmer war beträchtlich kleiner als das für offizielle Anlässe. Da aber der darin befindliche Mahagonitisch dafür berechnet war, zwanzig Personen bequem Platz zu bieten, schien er für die kleine Gesellschaft viel zu groß. Die Gräfin nahm am unteren Ende des Tisches Platz und verwies ihren Sohn und den Kaplan auf die Plätze zu ihrer Rechten und Linken. Martin, der ohne zu überlegen zum oberen Ende des Tisches gegangen war, besann sich auf die veränderten Umstände, murmelte etwas Unverständliches und entfernte sich wieder. Die Gräfin bedeutete Miss Morville mit einer Handbewegung, rechts vom Earl Platz zu nehmen, und Theodore setzte sich ihr gegenüber. Da die Mitte des Tisches von einem riesenhaften silbernen Tafelaufsatz eingenommen wurde (einem Geschenk der Ostindischen Handelsgesellschaft an den Großvater des Earl), der einen von ebenso geschmackvoll wie unglaubwürdig angeordneten Palmen, Elefanten, Tigern und Eingeborenen mit Sänften umgebenen Tempel darstellte, konnten der Earl und seine Stiefmutter einander nicht sehen, und eine Unterhaltung von einem Tischende zum anderen war ganz unmöglich. Ebensowenig kam ein Gespräch zwischen den einzelnen Tischnachbarn zustande, da sie ein verschwenderischer Aufwand an Tischzeug voneinander trennte und ihnen ein nur schwer zu überwindendes Gefühl der Einsamkeit vermittelte. Dafür sorgte die Gräfin mit durchdringender Stimme für einen gleichmäßigen Fluß von leerem Geschwätz, das hauptsächlich aus genauen Erklärungen der verschiedenen Verwandtschaftsbeziehungen bestand, die sie mit jeder einzelnen der von ihr erwähnten Personen verband; aber die Konversation zwischen St. Erth, seinem Vetter und Miss Morville war eine äußerst stockende. Und als sich Martin bereits zum drittenmal den Hals ausrenkte, um dem durch den Tafelaufsatz seinen Blicken entzogenen Theo etwas mitzuteilen, reifte im Earl ein Entschluß, den er sogleich in die Tat umsetzte. Kaum hatte sich die Gräfin mit Miss Morville in den Italienischen Salon zurückgezogen, als er sagte: «Abney!»

«Mylord?»

«Hat dieser Tisch Ausziehbretter?»

«Viele, Mylord.»

«Dann nehmen Sie sie weg, bitte.»

«*Wegnehmen*, Mylord?»

«Nicht sofort, natürlich, aber ehe ich mich wieder an diesen Tisch setze. Und dieses Ding ebenso!»

«Den Tafelaufsatz», stammelte Abney. «Wo – wo wünscht Eure Lordschaft, daß ich ihn hinstellen soll?»

Der Earl betrachtete den Aufsatz nachdenklich. «Eine treffende Frage, Abney. Es sei denn, Sie wüßten einen dunklen Schrank, wo er sicher verstaut werden könnte?»

«Meine Mutter», erklärte Martin, klar zum Gefecht, «hat für dieses Stück eine besondere Vorliebe.»

«Was für ein glücklicher Umstand!» erwiderte St. Erth. «Setz dich doch zu mir, Martin! Und auch Sie, Mr. Clowne! Abney, sorgen Sie dafür, daß der Tafelaufsatz in Myladys Wohnzimmer gebracht wird.»

Theo war sichtlich erheitert, sagte aber leise: «Gervase, um Gottes willen –!»

«Sie werden dieses Zeug nicht in das Zimmer meiner Mutter stellen lassen!» rief Martin aufgeregt.

«Glaubst du, sie würde sich darüber nicht freuen? Wenn sie eine besondere Vorliebe für den Tafelaufsatz hat, möchte ich sie seiner nicht berauben.»

«Sie wird wollen, daß er dort bleibt, wo er immer gestanden hat, darauf können Sie sich verlassen. Und wie ich Mama kenne», setzte er genießerisch hinzu, «möchte ich wetten, daß er auch dort bleiben wird.»

«Oh, das würde ich an deiner Stelle lieber nicht tun», sagte Gervase. «Du kennst mich nämlich nicht, und es ist niemals klug, auf ein unbekanntes Pferd zu setzen.»

«Mir scheint, Sie glauben, bloß weil Sie jetzt St. Erth sind, können Sie in Stanyon das Oberste zu unterst kehren, wenn es Ihnen so paßt», knurrte Martin, ein wenig in die Enge getrieben.

«Eigentlich schon», antwortete Gervase, «aber du kannst unbesorgt sein, ich werde es nicht ganz so arg treiben.»

«Wir werden sehen, was Mama dazu zu sagen hat!» war alles, was Martin darauf einfiel.

Die Kommentare der Gräfin, der die grause Botschaft unverzüglich überbracht wurde, waren ebenso erschöpfend wie wortreich und gipfelten in der unklugen Ankündigung, daß Abney seine Befehle von seiner Herrin entgegennehmen würde.

«Oh, ich hoffe, das wird er nicht tun!» sagte Gervase. «Ich würde nämlich einen Diener, der schon so viele Jahre im Haus ist, höchst ungern entlassen!» Er schaute lächelnd in das entgeisterte Gesicht der Gräfin hinab und sagte in seiner liebenswürdigen Art: «Aber ich zähle viel zu sehr auf Ihr Anstandsgefühl, Ma'am, um anzunehmen, Sie würden in Stanyon irgendwelche Befehle erteilen, die den meinen zuwiderlaufen.»

Alle außer Miss Morville, die in die neuesten Modejournale vertieft war, erwarteten den Höhepunkt dieses Zusammenstoßes mit angehaltenem Atem und waren je nach Veranlagung enttäuscht oder erleichtert, als die Gräfinwitwe nach kurzem Schweigen mit verhaltenem Zorn sagte: «Sie können in Ihrem Hause machen, was Sie wollen, St. Erth! Bitte zögern Sie nicht, mich davon in Kenntnis zu setzen, falls ich unverzüglich in den Witwensitz übersiedeln soll!»

«Aber ganz im Gegenteil! Es würde mir sehr leid tun, wenn Sie das täten, Ma'am!» erwiderte Gervase. «Ein Haus wie Stanyon wäre ein trauriger Aufenthaltsort ohne Herrin!» Da ihr Gesicht keine Spur von Versöhnlichkeit zeigte, setzte er in seinem liebenswürdigsten Ton hinzu: «Seien Sie mir nicht böse! Müssen wir denn zanken? Ich möchte mich wirklich gut mit Ihnen vertragen!»

«Sie können versichert sein, daß nicht *ich* es bin, die Streit mit Ihnen suchen wird!» sagte die Gräfinwitwe unbeugsam. «Es wäre in der Tat sehr seltsam, wenn ich mit meinem Stiefsohn Streit vom Zaune brechen wollte! Bitte, haben Sie die Güte, mich in Hinkunft von den Änderungen in Kenntnis setzen zu wollen, die Sie an den in Stanyon bestehenden Einrichtungen vorzunehmen wünschen!»

«Danke!» sagte Gervase mit einer Verbeugung.

Der sanfte Ton seiner Stimme ließ seinen Vetter die Brauen runzeln; aber Martin war offensichtlich der Ansicht, daß seine Mutter die erste Runde verloren hatte, denn er rief etwas Zorniges und stürzte aus dem Zimmer, als ob er plötzlich den Koller bekommen hätte.

Die Gräfinwitwe ignorierte den Zwischenfall in hochherziger Weise und ersuchte Theo, nach dem Spieltisch zu läuten, da, wie sie sagte, St. Erth sicherlich gerne eine Partie Whist spielen würde. Wenn Gervase auch nicht danach aussah, als ob diese Pläne zu seiner Unterhaltung nach seinem Geschmack wären, so bewog ihn doch seine gefällige Wesensart, ihnen fügsam zuzustimmen und, als die vier Spieler beisammen waren, die von seiner Stiefmutter an seinem Spiel mitleidslos geübte Kritik voll Gleichmut zu ertragen. Sein Vetter und der Kaplan waren die anderen beiden

Spieler, da sich Miss Morville energisch geweigert hatte, mit von der Partie zu sein; und erst das Erscheinen des Teetabletts gegen zehn Uhr beendete die Unterhaltung. Die Gräfinwitwe, die während der ganzen Zeit unermüdlich ihre Meinung über ihre eigene Geschicklichkeit bzw. die Ungeschicklichkeit der anderen drei Spieler abgegeben hatte, über das Blatt, über die Regeln, an die sie sich hielt und die sie mit Hilfe von Maximen veranschaulichte, deren Urheber ihr Vater gewesen war, wodurch Gervase von den geistigen Fähigkeiten dieses verstorbenen Edelmannes eine sehr geringe Meinung bekam, verkündete nun, daß wohl niemand mehr Lust hätte, ein neues Spiel zu beginnen, erhob sich und ließ sich in ihrem Lieblingssessel neben dem Feuer nieder. Miss Morville servierte Tee und Kaffee, was den Earl auf den Gedanken brachte, sie stünde vielleicht doch in den Diensten seiner Stiefmutter; auf den ersten Blick hatte er sie für eine arme Verwandte oder eine bezahlte Gesellschafterin gehalten; da aber die Gräfin sie – wenn auch nicht mit besonderer Auszeichnung – so doch zumindest mit vollkommener Höflichkeit behandelte, war er zu dem Schluß gekommen, sie müsse in Stanyon zu Gast sein. Er war mit den Feinheiten der Damenmode nicht besonders vertraut, aber es schien ihm, als sei sie mit Anstand, ja sogar mit einer gewissen ruhigen Vornehmheit gekleidet. Ihr Kleid aus weißer Seide mit einem blaßrosa Mieder und langen an den Handgelenken zusammengefaßten Ärmeln zeigte nichts von dem Spitzenputz und der Posamentierarbeit, mit denen elegante junge Damen ihre Kleider zu schmücken pflegten. Andererseits war es über ihrer rundlichen Brust tiefer ausgeschnitten, als man dies bei einer bezahlten Gesellschafterin wohl geduldet hätte; und sie trug ein sehr hübsches Schmuckstück an einer goldenen Kette um den Hals. An ihrem Benehmen war keine Spur von Unterwürfigkeit zu entdecken. Sie begann keinerlei Unterhaltung, antwortete aber bereitwillig und gelassen, wenn man das Wort an sie richtete. Ein rosa Band hielt ihre mattbraunen, sehr einfach frisierten Locken zusammen, und ihr Gesicht war einnehmend, jedoch nicht schön. Das Beste daran waren ihre dunklen großen Augen, die offen und frei in die Welt blickten. Sie hatte eine hübsche, aber viel zu kleine Figur und einen eher kurzen Hals. Sie war nicht kokett; der Earl fand sie uninteressant.

Nach dem Tee kam die Familienandacht, worauf sich die Gräfin mit Miss Morville zurückzog und Theo beauftragte, St. Erth in sein Schlafzimmer zu geleiten. «Nicht», sagte sie edelmütig, «daß ich Ihnen vorschreiben wollte, wann Sie zu Bett gehen sollen, denn Sie können natürlich tun und lassen, was Sie wollen, aber ich zweifle nicht daran, daß Sie von der Reise sehr müde sind.»

Es schien zwar nicht wahrscheinlich, daß eine Fahrt von fünfzig Meilen in einer luxuriösen Kutsche (der Earl war bloß aus Penistone Hall gekommen) einen Mann ermüden konnte, der die Strapazen eines anstrengenden Feldzugs gewohnt war, aber Gervase stimmte mit seiner gewohnten Liebenswürdigkeit zu, wünschte seiner Stiefmutter eine gute Nacht und schob seinen Arm unter den Theos mit den Worten: «Nun, bringe mich zu Bett! Wo hat man mich untergebracht?»

«In deines Vaters Zimmer, natürlich.»

«O Gott! *Muß* das sein?»

Theo lächelte. «Lasse meiner Tante wenigstens die Gerechtigkeit widerfahren, zuzugeben, daß es unpassend gewesen wäre, dir einen anderen Raum anzuweisen!»

Das Schlafzimmer des Earl lag im Haupt- oder Tudorflügel des Schlosses und war ein geräumiges Zimmer, dem dunkle Täfelungen und rote Vorhänge ein düsteres Aussehen gaben. Man hatte jedoch mehrere Kerzenleuchter hineingestellt und im steinernen Kamin ein helles Feuer entzündet. Ein distinguierter Mann, auf den ersten Blick als des Gentlemans Gentleman kenntlich, harrte dort seines Herrn und hatte bereits dessen Nachtzeug hergerichtet.

«Nimm Platz, Theo!» sagte St. Erth. «Turvey, lassen Sie Brandy und Gläser kommen!»

Der Kammerdiener verneigte sich, sagte jedoch: «In der Annahme, Eure Lordschaft würde diesen Wunsch aussprechen, habe ich beim Butler bereits das Nötige beschafft. Gestatten Sie, Mylord, daß ich Ihnen die Stiefel ausziehe!»

Der Earl setzte sich nieder und streckte ein Bein aus. Der Diener kniete vor ihm hin, zog ihm den einen der beiden Stulpenstiefel herunter – er handhabte ihn mit liebevoller Sorgfalt – und betrachtete ihn besorgt, auf der Suche nach etwaigen Kratzern. Er fand keine, seufzte erleichtert auf, zog dem Earl auch den zweiten Stiefel herunter und stellte beide sorgsam nebeneinander hin. Dann half er dem Earl aus seinem enganliegenden Rock und hielt ihm einen wattierten, mit Schnüren besetzten Schlafrock aus Seidenbrokat hin. Der Earl riß das kunstvoll geknüpfte Halstuch herunter, warf es beiseite und entließ den Diener mit einem Kopfnicken.

«Danke! Ich werde läuten, wenn ich soweit bin.»

Der Diener zog sich mit einer Verbeugung zurück, unter Mitnahme der geliebten Stiefel. St. Erth füllte zwei Gläser mit Brandy, reichte eines seinem Vetter und sank in einen bequemen Stuhl neben dem Feuer. Theo, der beim Anblick des prächtigen Schlafrocks gestutzt hatte, lachte laut und sagte: «Ich glaube, du bist wirklich ein Dandy geworden, Gervase!»

«Ja, das war anscheinend auch Martins Meinung!» stimmte Gervase zu und schwenkte sein Brandyglas.

«Oh! Das hast du also gehört?»

«War das nicht der Zweck der Übung?»

«Ich weiß nicht.» Theo schwieg einen Augenblick und schaute ins Feuer. Nach einer kleinen Weile blickte er seinen Vetter an und sagte unvermittelt: «Er kann dich nicht leiden, Gervase.»

«Das ist mir schon klargeworden – nur nicht, warum.»

«Ist der Grund wirklich so schwer zu finden? Du stehst zwischen ihm und dem Titel.»

«Aber mein lieber Theo, das habe ich immer getan! Ich bin doch kein verlorener Sohn, der plötzlich zurückkommt, um ihn aus einer Stellung zu vertreiben, die er die seine glaubte!»

«Nicht verloren, aber ich glaube, er dachte, die Stellung könnte eines Tages wohl die seine werden!» antwortete Theo.

«Ich halte ihn zwar für einen sehr beschränkten jungen Mann, aber doch nicht für einen solchen Dummkopf!» sagte Gervase ungläubig. «Nur ich konnte den Rang meines Vaters erben!»

«Sehr richtig, aber Tote erben nicht», sagte Theo trocken.

«Tote!» rief Gervase halb belustigt, halb betroffen.

«Mein lieber Gervase, du hast an mehr als einem Kampf teilgenommen und wirst zugeben müssen, daß es niemanden überrascht hätte, wenn du in der Schlacht gefallen wärest. Im Gegenteil, man hat diese Möglichkeit als durchaus wahrscheinlich betrachtet.»

«Und erhofft?»

«Und erhofft.»

Das Gesicht des Earl blieb undurchdringlich; nach einer Weile sagte Theo: «Ich habe dich erschüttert, aber ich glaube, es ist besser, offen zu sprechen. Du kannst doch nicht angenommen haben, daß sie dich lieben!»

«Nicht Lady St. Erth, nein! Aber Martin –!»

«Warum sollte er? Er hat weder von meinem Onkel Gutes über dich gehört noch von seiner Mutter; er wurde in allem und jedem so behandelt, als ob er der Erbe wäre; man hat ihn verzogen und verwöhnt – nun, es zahlt sich nicht aus, weiterzusprechen, sonst könnte ich dir noch so manches erzählen! Für ihn bist du eben ein Usurpator.»

Gervase trank seinen Brandy aus und stellte das Glas nieder.

«Ich verstehe. Das ist wirklich traurig! Eine innere Stimme sagt mir, daß ich nicht sehr lange in Stanyon sein werde.»

«Was willst du damit sagen?» fragte Theo scharf.

Gervase schaute ihn ein wenig bestürzt an. «Was soll ich damit schon sagen wollen?»

«Martin ist unbeherrscht und jähzornig – aber er würde dich niemals ermorden wollen, Gervase!»

«Ermorden! Guter Gott, ich hoffe nicht!» rief der Earl lachend aus. «Nein, ich meinte bloß, daß ich lieber in Maplefield oder in Studham wohnen würde – doch nein, Studham gehört nicht zu meinem Erbe, nicht wahr? Es gehört Martin!»

«Ja, es gehört Martin, ebenso wie die Besitzungen in Jamaika», sagte Theo grimmig, «und deine Stiefmutter hat auf Lebenszeit das Haus in London und den Witwensitz.»

«Es sei ihr gegönnt», antwortete der Earl leichthin.

«Wenn ich dich nur dazu bringen kann, dir über den Zustand Gedanken zu machen, in dem sich dein Erbe befindet, so wird dich vielleicht ein Großteil von dem verdrießen, was die beiden jetzt besitzen», erwiderte Theo. «Ich dachte manchmal, mein Onkel wäre nicht ganz bei Trost! Und du hast es mir zu verdanken, wenn das Gut noch halbwegs beisammen ist!»

«Ich glaube, ich habe dir für mehr zu danken, als du mich wissen lassen willst!» sagte St. Erth und lächelte ihm zu. «Du warst mir ein guter Freund, Theo, und ich danke dir dafür.»

«Ich tat, was in meiner Macht stand, um den Besitz zusammenzuhalten», sagte Theo rauh. «Aber ich bin fest entschlossen, dich dazu zu zwingen, dich um deine Angelegenheiten zu kümmern. Laß dir das gesagt sein!»

«Du bist ja ein Tyrann! Aber du tust mir unrecht. Ich habe das Testament meines Vaters gelesen und bilde mir ein, über den Stand der Dinge ziemlich genau Bescheid zu wissen!»

«Dann wundert es mich, daß du einen solchen Aufwand treibst, Gervase!» sagte Theo offen. «Die Ausgaben, mit denen du das Gut während des ganzen letzten Jahres belastet hast –!»

«Oh, wirft es nicht soviel ab? Dann werde ich wohl eine reiche Erbin heiraten müssen!»

«Ich wollte, du könntest einen Augenblick ernst scin! So schlimm steht die Sache nun wieder nicht, aber du wirst gut daran tun, in Zukunft ein bißchen vorsichtiger zu sein. Wenn du erst siehst, wie die Dinge stehen, wirst du dich hoffentlich dazu überreden lassen, deinen Wohnsitz hier aufzuschlagen. Es tut nicht gut, Stanyon herrenlos zu lassen.»

«Stanyon hat einen sehr guten Herrn an dir, sollte ich meinen.»

«Unsinn! Ich bin nichts als dein Sachwalter.»

«Aber ich würde mich hier zu Tode langweilen!» wandte Gervase ein. «Bedenke doch, was für einen fürchterlichen Abend ich schon verbracht habe! Ich habe nicht die leiseste Ahnung, wo Martin hingegangen ist, aber ich finde, man kann ihm seine Flucht nicht verübeln. Ich wollte, ich hätte den Mut gehabt, seinem Beispiel zu folgen! Und wer, ich bitte dich, ist dieses Gänschen? Hat man sie zu meiner Unterhaltung eingeladen? Sag mir jetzt bloß nicht, daß sie eine reiche Erbin ist! Man kann nicht – nein, man kann *wirklich* nicht von mir erwarten, daß ich mich mit einer Frau abgebe, deren Konversation ebenso uninteressant ist wie ihr Gesicht!»

«Drusilla? Nein, nein, durchaus nicht!» lächelte Theo. «Ich glaube, meine Tante ist der Ansicht, daß sie eine sehr geeignete Frau für mich abgeben würde!»

«Armer Theo!»

«Oh, sie ist in ihrer Art ein recht nettes Mädchen! Aber nicht ganz nach meinem Geschmack. Sie ist in Stanyon bloß zu Gast, während ihre Eltern auf Besuch ins Seengebiet gefahren sind. Sie wohnen in Gilbourne und sind übrigens deine Pächter. Mylady hat Drusilla in ihr Herz geschlossen, was mich weiter nicht wundert, denn sie ist immer sehr gefällig und wird in Anbetracht ihres uninteressanten Äußeren, wie du es zu nennen beliebst, Lady St. Erths Plänen für Martin kaum je gefährlich werden!» Er stand auf und fügte mit einem Blick auf den Earl hinzu: «Ich hoffe, wir haben eine bessere Unterhaltung für dich! Die Jagd, zum Beispiel, wie du dich erinnern wirst; deine Reviere sollten dir prächtigen Sport bieten können.»

«Mein lieber Theo, ich habe wohl einige Jahre im Ausland gelebt, aber schließlich bin ich in England erzogen worden!» wandte Gervase ein. «Wenn du mir sagen willst, was ich zu dieser Jahreszeit jagen oder schießen soll –!»

Theo lachte. «Waldtauben!»

«Ja, und Kaninchen! Danke schön!»

«Du wirst zur Saison nach London fahren, nehme ich an!»

«Das magst du mit vollster Überzeugung!»

«Ich sehe, es ist zwecklos, Worte an dich zu verschwenden. Wenn du nur lange genug hierbleibst, um deine Lage genau zu erkennen, werde ich mich schon zufriedengeben! Morgen, mache ich dich gleich aufmerksam, wirst du dich gefälligst den Geschäften widmen. Aber dafür will ich dich heute nicht länger quälen. Schlaf gut!»

«Ich hoffe, es wird mir gelingen! Aber ich fürchte, meine Umgebung wird mir Albträume verursachen! Wo wohnst du, Theo?»

«Oh, im Turm! Er ist langsam zu meiner Domäne geworden. Mein Schlafzimmer liegt über dem Archiv, weißt du.»

«Ein Tagesmarsch bis zu dir! Das muß ja fürchterlich unbequem sein!»

«Im Gegenteil, ich fühle mich sehr wohl dort. Ich kann mir vorstellen, in meinem eigenen Haus zu wohnen, und habe außer dem, wann immer es mir paßt, die Möglichkeit, den Turm durch die Tür in den Kapellenhof zu betreten und so der Wachsamkeit meiner Tante zu entgehen. Sonst müßte ich ihr in allen Einzelheiten mitteilen, wo ich war oder wohin ich gehe!»

«Guter Gott! Muß ich mich auch auf solche Verhöre gefaßt machen?»

«Meine Tante», sagte Theo mit verstecktem Blinzeln, «legt größten Wert darauf, zu erfahren, was man tut und warum.»

«Wie entsetzlich! Ich werde sicher nicht länger als eine Woche in Stanyon bleiben!»

Sein Vetter lächelte bloß, schüttelte den Kopf und ging. Der Earl läutete seinem Diener, der sogleich mit einer Kanne heißen Wassers und einer Wärmepfanne erschien. Der Earl starrte diese Gegenstände an und sagte: «Was zum Teufel treiben Sie da?»

«Es scheint, Mylord», antwortete Turvey mit einer Stimme, deren Ausdruckslosigkeit auf sorgfältiger Berechnung beruhte, «daß in diesem Hause – oder ‹Schlosse›, wie ich fürchte, sagen zu müssen – äußerst zeitige Dienststunden eingehalten werden. Die Dienerschaft ist schon schlafengegangen, und Eure Lordschaft wird sich wohl kaum in ein kaltes Bett legen wollen.»

«Danke. Aber meine Konstitution ist wirklich nicht so schwach, wie Sie zu glauben scheinen! Nächstens werden Sie mir noch Laudanum als Schlaftrunk bringen. Stellen Sie das Zeug zum Kamin, und seien Sie kein zweites Mal so albern, bitte! Hat man Sie ordentlich untergebracht?»

«Ich klage nicht, Mylord. Ich nehme an, daß das Schloß beträchtlich alt ist.»

«Ja, manche Teile stammen aus dem vierzehnten Jahrhundert», sagte der Earl und streifte sein Hemd ab. «Einst war es mit einem Wassergraben umgeben, aber von dem ist heute nur mehr der See übrig.»

«Das, Mylord», sagte Turvey und nahm ihm das Hemd ab, «dürfte zweifelsohne für die Feuchtigkeit der hier herrschenden Atmosphäre verantwortlich sein.»

«Sehr wahrscheinlich!» antwortete Gervase. «Ich entnehme Ihren Bemerkungen, daß sich Stanyon nicht Ihrer Billigung erfreut!»

«Das Gebäude ist sicherlich sehr interessant, Mylord. Möglicherweise wird man sich auch daran gewöhnen, auf dem Weg zum Zimmer Eurer Lordschaft drei Galerien und sieben Türen durchschreiten zu müssen.»

«Oh!» sagte der Earl, ein wenig aus der Fassung gebracht, «es wäre sicher besser, wenn Sie mehr in meiner Nähe untergebracht werden könnten.»

«Ich spielte nur auf die Lage des Dienerschaftstraktes an, Mylord; um das Zimmer Eurer Lordschaft von meinem eigenen zu erreichen, muß ich zwei Treppen hinuntersteigen, drei Korridore durchqueren, eine Tür öffnen, die auf eine der Galerien hinausführt, mit denen das Schloß – wenn ich so sagen darf! – einigermaßen verschwenderisch ausgestattet zu sein scheint; dann erst komme ich durch eine Art Vorzimmer oder Vestibül in den Hof, an dem dieser Teil des Schlosses liegt.» Er wartete, bis diese gemessenen Worte in die Seele seines Herrn gedrungen waren, und fügte dann beschwichtigend hinzu: «Eure Lordschaft braucht jedoch nicht zu befürchten, daß ich es verabsäumen werde, am Morgen das Rasierwasser Eurer Lordschaft zu bringen. Ich habe einen der Unterlakaien – einen sehr gefälligen Burschen – ersucht, mir so lange als Führer zu dienen, bis ich mit meiner Umgebung etwas vertrauter bin.» Er hielt inne. «Oder vielleicht sollte ich sagen: bis Eure Lordschaft beschließt, nach London zurückzukehren!»

3

Weder die Gräfinwitwe noch Miss Morville kamen am nächsten Morgen zum Frühstück herunter; und obwohl für den Kaplan gedeckt war, war er aus seinem Schlafzimmer noch nicht aufgetaucht, als sich Gervase in dem sonnigen Wohnzimmer zu Bruder und Vetter gesellte. Sein Eintritt brachte Martin ein wenig aus der Fassung, da er gerade in vollem Schwung war, die Kleidung, die der Earl offensichtlich für das Landleben passend fand, einer vernichtenden Kritik zu unterziehen. Nun war aber Gervase untadelig angezogen, in Reithosen, Stulpenstiefeln und einem praktischen, wenn auch außergewöhnlich gut geschnittenen Rock, so daß Martins empörte Worte sogar in dessen eigenen Ohren mit einem Male sonderbar unpassend klangen. Theo, der ihm in nicht gerade ermutigendem Schweigen zugehört hatte, lächelte beim Anblick des Earl und sagte zu seinem jüngeren Vetter: «Was sagtest du doch gerade?»

«Nichts von Bedeutung!» schnappte Martin mit einem durchbohrenden Blick.

«Guten Morgen!» sagte Gervase. «Du brauchst nicht zu läuten, Theo, Abney weiß, daß ich hier bin.»

«Keine Alpträume, Gervase, hoffe ich?» sagte Theo mit feinem Lächeln.

«Nicht die geringsten. Weiß einer von euch vielleicht, ob meine Pferde schon eingetroffen sind?»

«Ja, heute früh, glaube ich. Ihr Stallbursche ist über Nacht in Grantham geblieben. Es ist ein ehemaliger Soldat, nicht wahr?»

«Ja, ein feiner Kerl, aus meinem eigenen Regiment», erwiderte Gervase, ging zur Anrichte hinüber und begann sich ein großes Stück Schinken herunterzuschneiden.

«Wo haben Sie diesen Grauschimmel her, Gervase?» fragte Martin.

Der Earl warf einen Blick über seine Schulter. «Aus Irland. Gefällt er dir?»

«Bestes Vollblut! Ich nehme an, Sie wollen uns Meltonleute damit in den Schatten stellen?»

«Ich habe ihn noch nie auf der Jagd verwendet. Wir werden sehen, wie er sich anstellt. Ich habe ihn hergebracht, um ihn auszuprobieren.»

«Sie werden ihn doch im Sommer nicht ständig reiten!»

«Nein, das werde ich nicht», sagte der Earl ernsthaft.

«Mein lieber Martin», sagte Theo, «glaubst du nicht, daß Gervase weit mehr von Pferden versteht als du?»

«Das kann schon sein, aber Kavalleriepferde sind ein Kapitel für sich.»

Darüber mußte Gervase lachen. «Sehr richtig, wie ich zu meinem eigenen Schaden gemerkt habe. Aber ich war glücklicher dran als viele: ich mußte nur ein einziges Mal auf einem Kavalleriepferd reiten.»

«Wann war das?» erkundigte sich Theo.

«In Orthes. An diesem Tag wurden drei Pferde unter mir zusammengeschossen. Ihr könnt mir glauben, ich fand es äußerst unbequem.»

«Du scheinst ja unter dem Schutz einer guten Fee zu stehen, Gervase.»

«Nicht wahr!» pflichtete der Earl bei und setzte sich zu Tisch.

«Sind Sie wirklich nie verwundet worden?» fragte Martin neugierig.

«Lediglich ein oder zwei Säbelhiebe und einmal ein Streifschuß von einer versprengten Kugel. Aber sag du mir lieber, was für Pferde hier in den Ställen sind!»

Keine andere Frage hätte Martin schneller zu einer Einstellung der Feindseligkeiten veranlassen können. Ohne daß es einer weiteren Aufforderung bedurfte, stürzte er sich in eine detaillierte technische Beschreibung aller ordentlichen Vollblutpferde, herrlichen Traber und feurigen Füchse, die augenblicklich in den Ställen von Stanyon zu finden waren. Seine dunklen Augen glänzten vor Erregung, und der trotzige Ausdruck war von seinen Lippen gewichen. Der Earl hörte ihm mit einem leichten Lächeln zu, ließ eine Fangfrage über den Zustand des Jagdreviers einschlüpfen und beendete sein Frühstück zur Geräuschkulisse eines Vortrags über die Vorteile von Nahschüssen im Gegensatz zu Streuschüssen, die erstklassige Qualität der von der Firma Manton fabrizierten Gewehre und die Unübertrefflichkeit von Zündhütchen.

«Um die Wahrheit zu sagen», gestand Martin, «ich bin ein leidenschaftlicher Jäger!»

Der Earl verbiß ein Lachen. «Das merke ich. Aber was tust du im Frühling und im Sommer, Martin?»

«Ach Gott, natürlich ist da nicht viel los», gab Martin zu. «Aber ein Kaninchen oder ein paar Waldtauben sind immer zu haben.»

«Wenn du eine Waldtaube triffst, bist du ein guter Schütze», bemerkte Gervase.

Dieser Bemerkung war Martins Wohlwollen sicher. «Ja, das tue ich, und es stimmt doch, nicht wahr, daß man beim Waldtaubenschießen merkt, ob ein Schütze etwas kann? Mein Vater machte sich immer darüber lustig, aber Glossop sagt – Sie erinnern sich doch bestimmt an Glossop, den Oberförster –, daß man beim Waldtaubenschießen ebensoviel Freude haben kann wie bei jeder anderen Jagd!»

Der Earl stimmte zu; und Martin erzählte so lange fröhlich von seinen Jagderfahrungen, bis eine unglückliche Bemerkung Theos ihn wieder an seine Unbill erinnerte und er von neuem in seine trotzige Einsilbigkeit zurückfiel, aus der er dann bis zum Ende des Frühstücks nicht mehr auftauchte.

«Wirklich, Theo, das war ungeschickt!» sagte der Earl nachher.

«Ja, ganz hirnverbrannt!» bekannte Theo reuevoll. «Aber wenn wir nun ununterbrochen aufpassen sollen, was wir sagen –»

«Unsinn! Der Junge ist lediglich verzogen. Ist das die Stimme meiner Stiefmutter? Ich gehe in die Ställe hinunter!»

Dort wurde er voll Neugier und Ehrfurcht empfangen. Fast jeder Pferdeknecht und Stalljunge fand einen Vorwand, um in den Hof kommen und einen verstohlenen Blick auf ihn werfen zu können, während er mit dem alten Kutscher plauderte. Im großen und ganzen fand er allgemeinen Anklang. Er war offensichtlich kein so verwöhnter junger Springinsfeld wie sein Stiefbruder; sondern eher ein ruhiger schweigsamer Gentleman in der Art seines Vetters, der auch sehr gut zu

Pferd saß und auf der Jagd seinen Mann stellte; und falls er das langgestreckte, kurzbeinige Paar, das ihm nach Stanyon gefolgt war, selbst ausgewählt hatte, so verstand er etwas von Pferden. Vielleicht würde auch er bei den Hecken von Ashby Pastures ein paarmal recht unsanft zu Fall kommen, aber es war eher anzunehmen, daß er sich ausgezeichnet halten und als echter Sproß von Leicestershire erweisen würde.

Der Earl fand seinen Oberstallknecht Sam Chard, ehemals beim siebenten Husarenregiment, damit beschäftigt, den eingetrockneten Schlamm von den Beinen seines Pferdes Cloud zu bürsten. Chard stand stramm, grinste und tat, als salutierte er. «Morgen, me lord!»

«Ich sehe, Sie sind wohlbehalten hier angekommen», bemerkte der Earl und strich leicht über Clouds Hals.

«Alles tipptopp, me lord! Sind über Nacht befehlsgemäß in Grantham geblieben.»

«Hat es dort irgendwelche Schwierigkeiten gegeben?»

«Nicht gerade Schwierigkeiten, me lord, aber ein bißchen *escaramuza* mit dem Diener des jungen Herrn Martin, der sich über seine Position anscheinend nicht ganz im klaren ist und etwas über Rotröcke gesagt hat, aus purer Unwissenheit, wie ich glaube. Rotröcke! Die kecken Siebener! Aber keine Knochen gebrochen, me lord, und ich muß sagen, er hat sich gar nicht so schlecht gehalten.»

«Chard, ich dulde hier keine Raufereien!»

«*Raufereien*, me lord?» sagte der Reitknecht gekränkt. «Gott, nein. Nur ein kleiner Zusammenstoß mit einem Kinnhaken zum Schluß! Aber jetzt ist alles tadellos und *abrigado*, me lord. Ich sehe, sie schauen diesen Braunen an: komisch zum Anschauen, aber ich glaube, er hat den Teufel im Leib! Gehört dem jungen Herrn Martin, und nach dem, was ich gehört habe, ist er ein richtiger Draufgänger! Sollte er ein Verwandter Eurer Lordschaft sein?»

«Mein Stiefbruder – daß Sie mir ja höflich zu ihm sind!»

«Sanft wie ein Reh, me lord!» erwiderte Chard prompt. «Scheint hier sehr angesehen zu sein.» Er beschäftigte sich angelegentlich mit der Vorderhand des Grauschimmels. «Nennen ihn den ‹jungen Herrn›.» Er schoß einen Blick auf den Earl. «Ganz natürlich, denke ich – wie die Dinge nun einmal standen.» Bevor der Earl etwas erwidern konnte, setzte er fröhlich hinzu: «Dieser Rotschimmel in der dritten Box gehört Mr. Theo, der, wie ich annehme, ebenfalls zur Verwandtschaft Eurer Lordschaft gehört. Feines Pferd, nicht wahr? Und auch ein feiner Gentleman, wie ich höre. Ja, me lord, im großen und ganzen, und ohne die Ausnahmen erwähnen zu wollen, glaube ich, wir können sagen, die Eingeborenen sind *bien dispuesto*.»

Der Earl hielt es für angezeigt, eine gleichgültige Antwort zu geben. Es war ihm klar, daß sein Reitknecht schon jetzt mit dem Stand der Dinge bestens vertraut war, obwohl er erst ein paar Stunden in Stanyon verbracht hatte. Und er sagte sich, daß Martins Gefühle in der Tat bittere sein mußten, um sich bereits der Dienerschaft mitgeteilt zu haben, und schlenderte gedankenverloren zum Schloß zurück.

Dort erwartete ihn Miss Morville, die ihm zu seiner Überraschung mitteilte, daß sie ihn gesucht hätte.

«Tatsächlich!» sagte Gervase und zog die Augenbrauen hoch. «Darf ich fragen, womit ich Ihnen zu Diensten sein kann, Miss Morville?»

Sie errötete, denn sein Ton war durchaus nicht herzlich, wendete aber ihren beinahe verwirrend unschuldigen Blick nicht einen Augenblick aus seinem Gesicht. «Ich glaube nicht, daß Sie mir überhaupt zu Diensten sein können, Sir», sagte sie. «Ich möchte lediglich Lady St. Erth einen Gefallen erweisen, was ich Ihnen vielleicht von allem Anfang an hätte sagen sollen, denn ich merke wohl, daß Sie mich für zudringlich halten!»

Nun war es an ihm, zu erröten. Er sagte: «Ich versichere Ihnen, Ma'am, daß Sie sich täuschen!»

«Nun, das glaube ich nicht, denn ich nehme an, Sie sind in Anbetracht Ihres hohen Ranges an Schmeicheleien gewöhnt», sagte Drusilla offen. «Ich hätte Ihnen klarmachen sollen, daß ich von Earls nicht sehr viel halte.»

«Ja, ich glaube, das hätten Sie mir klarmachen sollen», antwortete der Earl nach unmerklichem Zögern, jedoch durchaus auf der Höhe der Situation.

«Ich bin die Tochter Hervey Morvilles, müssen Sie wissen», enthüllte Drusilla. Und wie jemand, der zum entscheidenden Schlag ausholt, setzte sie hinzu: «Und von Cordelia Consett!»

Der Earl wußte nichts anderes zu sagen, als daß er mit einem Sir James Morville, Mitglied von White's Club, flüchtig bekannt sei.

«Das ist mein Onkel», erklärte Drusilla. «Ein vortrefflicher Mann, aber mit meinem Papa natürlich nicht zu vergleichen.»

«Natürlich nicht!» pflichtete Gervase bei.

«Ich glaube voraussetzen zu können», sagte Drusilla freundlich, «daß Sie in Anbetracht Ihrer militärischen Laufbahn nicht die nötige Muße hatten, Papas Werke zu lesen, so daß ich Ihnen vielleicht sagen sollte, daß er Philosoph und Geschichtsforscher ist. Augenblicklich arbeitet er an einer Geschichte der Französischen Revolution.»

«Vom republikanischen Standpunkt aus gesehen, nehme ich an?»

«Natürlich. Das macht es manchmal sehr schwierig, denn es wäre töricht, anzunehmen, seine Meinungen hätten sich nicht geändert, seitdem er die Schriftstellerlaufbahn einschlug. Das war, bevor ich auf die Welt kam.»

«Ach ja?» sagte Gervase höflich.

«Damals war er ein ebenso glühender Schüler Priestleys wie der arme Mr. Coleridge, mit dem er in seiner Jugend eng befreundet war. Papa war nämlich Pantisokrat.»

«–?»

Sie hatte die Liebenswürdigkeit, das Wort zu wiederholen. «Die Pantisokraten waren eine Gesellschaft, zu deren hervorragendsten Mitgliedern mein Papa und Mr. Southey zählten. Sie hatten die Absicht, an den Susquehanna-Fluß auszuwandern, aber glücklicherweise hielten weder Mrs. Southey noch meine Mama den Plan für durchführbar, und so wurde er wieder fallengelassen. Vielleicht haben Sie schon bemerkt, daß Leute von hoher Intelligenz oft nicht den geringsten Hausverstand besitzen. Der Plan sah zum Beispiel vor, daß es in dieser Gemeinschaft keine Diener geben sollte, sondern daß jeder oder jede, je nachdem, täglich zwei Stunden den nötigen häuslichen Arbeiten, den Rest des Tages dagegen literarischen

Studien widmen sollte. Selbstverständlich erkannten Mama und Mrs. Southey sofort, daß, obwohl die Herren vielleicht am Zweistundenplan festhalten würden, dies für die Damen ein Ding der Unmöglichkeit wäre. Mama war der Ansicht, die Herren würden vielleicht, nach flehentlichen Bitten, dazu zu bewegen sein, Wasser zu holen und das nötige Holz kleinzumachen. Mehr würden sie aber sicher nicht tun. Und niemand», so fügte Miss Morville mit beträchtlichem Scharfsinn hinzu, «hätte zu einer *fortgesetzten* häuslichen Betätigung ihrerseits das geringste Vertrauen haben können, denn, wissen Sie, in ihren philosophischen Diskussionen würden sie alles rundherum vollkommen vergessen haben.»

«Ich entnehme daraus», sagte Gervase erheitert, «daß Ihre Frau Mama praktisch veranlagt ist.»

«Durchaus nicht», antwortete Miss Morville sonnig. «Eben darum wollte sie ja dieser Kolonie nicht angehören. Sie hat kein Talent für Hausarbeit: Mama ist Schriftstellerin. Sie hat einige Romane und zahlreiche Artikel und Abhandlungen geschrieben. Sie war mit Mrs. Godwin befreundet – der *ersten* Mrs. Godwin, sollte ich vielleicht hinzufügen – und hegt Ansichten über die Erziehung junger Mädchen, die man für sehr fortschrittlich hält.»

«Und sind Sie diesen Ansichten gemäß erzogen worden?» fragte Gervase, Böses ahnend.

«Nein, denn Mama war so sehr damit beschäftigt, Erziehungsvorschriften für junge Mädchen im allgemeinen auszuarbeiten, daß ihr für ihre eigenen Kinder natürlich nur wenig Zeit blieb. Außerdem ist sie eine sehr kluge Frau und hat, so schwer es ihr auch fallen mochte, nicht gezögert, zuzugeben, daß weder ich noch mein älterer Bruder für Bücher etwas übrig haben.»

«Ein schwerer Schlag!» bemerkte der Earl.

«Ja, aber sie hat ihn mit Würde getragen. Außerdem haben wir die berechtigte Hoffnung, daß sich mein jüngerer Bruder, der jetzt in Cambridge studiert, auszeichnen wird. Und schließlich muß es doch in einem Haushalt jemanden geben, der sich gerne damit befaßt.»

«Ist das Ihr Los, Miss Morville?» fragte der Earl fast

gerührt. «Verbringen Sie Ihr Leben in dieser ländlichen Einsamkeit mit der Erfüllung häuslicher Pflichten? Ich bemitleide Sie!»

«Wirklich, das brauchen Sie nicht», gab Miss Morville prosaisch zurück, «wir sind nur dann in Lincolnshire, wenn Papa für seine Arbeit Ruhe braucht. Für gewöhnlich wohnen wir in London, damit Mama die Vorteile der literarischen Zirkel genießen kann.»

«Verzeihen Sie mir, Ma'am, wenn ich sage, daß das für mich schrecklich langweilig klingt!»

«O ja, für Leute, die mit Büchern nichts anzufangen wissen, schon!» stimmte Miss Morville zu. «Wenn ich in London bin, verbringe ich den Großteil meiner Zeit in Gesellschaft meiner Tante, Lady Morvilles, und meiner Vettern. Wir besuchen Gesellschaften, Theatervorstellungen und so weiter, denn sie sind immer sehr unternehmend und schließen mich äußerst liebenswürdigerweise in ihre Pläne ein. Meine Tante stellte mich voriges Jahr sogar bei Hof vor, und Sie werden zugeben, daß das ein sehr schöner Zug von ihr war, um so mehr, wenn man bedenkt, daß sie drei eigene Töchter zu präsentieren hatte. Noch dazu, als Mama erklärte, sie würde ihre Skrupel begraben und diese Pflicht selbst übernehmen. Weder Mama noch Papa billigen nämlich das Königtum, müssen Sie wissen. Aber keiner von beiden vertritt das Jakobinertum in seinen heftigeren Formen.»

«Das beruhigt mich. Ihre Eltern würden also nicht wünschen, meinen Kopf unter der Guillotine fallen zu sehen?»

«Ich glaube nicht, daß sie diesen Wunsch in bezug auf irgendeinen Kopf hegen.»

Während dieser Unterhaltung hatten sie die große Treppe erstiegen, die oben angrenzende Halle durchquert und den Langen Salon betreten. Der Earl fragte: «Wohin führen Sie mich, Miss Morville?»

«In den kleinen Speisesaal, wenn Sie gestatten. Ich hätte gerne, daß Sie mir mitteilen, ob Sie das, was ich mit dem Tafelaufsatz gemacht habe, billigen, oder ob Sie ein anderes Arrangement vorziehen würden.»

«Was *Sie* damit gemacht haben? Ich bitte Sie, warum sollte man von Ihnen verlangen, überhaupt etwas damit zu tun?»

«Nun, man hat es eigentlich nicht von mir verlangt, aber *irgend jemand* muß schließlich entscheiden, was damit zu geschehen hat, nachdem alles, was Sie sagten, war, man sollte ihn in einen dunklen Schrank stecken!» erklärte sie. «Der arme Abney war ganz bestürzt, müssen Sie wissen, denn er konnte nicht annehmen, daß Sie im Ernst gesprochen hätten; und was Lady St. Erth betrifft, so sagt sie, daß nach den gestrigen Vorfällen nichts auf der ganzen Welt sie dazu bewegen wird, in dieser Sache ihre Stimme zu erheben.»

«Ich bin entzückt, das zu hören. Ein dunkler Schrank scheint nur für einen derart abscheulichen Gegenstand der einzig passende Ort zu sein. Sagen Sie mir nur nicht, daß der Tafelaufsatz Ihnen gefällt!»

«Nein, durchaus nicht, aber ich betrachte mich nicht als kompetent, und was ich häßlich finden mag, erscheint anderen Leuten vielleicht sehr schön.»

«Lassen Sie sich klarmachen, Miss Morville, daß ich mich nicht zu Tisch setzen werde, solange dieses Greuel darauf steht!»

«Das könnten Sie gar nicht, denn jetzt, da der Tisch verkleinert wurde, was, wie ich sagen muß, ein sehr guter Einfall war, wäre für den Tafelaufsatz gar kein Platz mehr. Aber hie und da, meine ich, werden Sie den Tisch wieder ausziehen lassen, um Gäste bewirten zu können, und bei dieser Gelegenheit könnten Sie dann den Aufsatz verwenden. Wenn man im Familienkreise speist, ist es sicherlich sehr unangenehm, sich den Hals ausrenken zu müssen, um sein Gegenüber sehen zu können, und es kann in diesem Fall auch als durchaus statthaft betrachtet werden, sich mit Leuten zu unterhalten, die auf der anderen Seite des Tisches sitzen; bei festlichen Gelegenheiten wäre dies jedoch sehr ungezogen, so daß der Tafelaufsatz niemanden stören würde.»

«Ich widerspreche Ihnen nur äußerst ungern, Ma'am, aber mich wird er immer stören», sagte Gervase.

«Nicht», sagte Miss Morville, «wenn er so stünde, daß Sie sich nicht einem fauchenden Tiger gegenübersähen. Als mich Abney heute früh hierherführte, um zu überlegen, was man tun könnte, fiel mir sofort auf, daß Sie während der ganzen

Mahlzeit gezwungen waren, dieses Vieh anzuschauen; und natürlich wurde mir klar, daß der Anblick eines wilden Tieres, das gerade auf seine Beute losspringt, der Tafelfreude nicht sehr förderlich sein kann und eine mit Gefühl begabte Person wirklich verstimmen muß. Auf der anderen Seite dagegen», setzte Miss Morville fort und ging in den kleinen Speisesaal voraus, «sind ein paar Eingeborene, zwei Pfauen und ein Elefant mit erhobenem Rüssel um eine Palme gruppiert; dagegen ist doch nichts einzuwenden, glaube ich!» Sie blieb im Speisezimmer stehen umd zeigte auf ein Tischchen, das in der Fensternische stand. «Sehen Sie, ich bat Abney, den Tisch aus dem Roten Salon herüberbringen zu lassen und den Tafelaufsatz daraufzustellen; aber wenn Ihnen das nicht zusagt, kann er natürlich wieder weggenommen werden.»

«Ein dunkler Schrank!» sagte der Earl obstinat.

«Bedenken Sie, daß Sie mit dem Rücken dazu sitzen werden!» bat Miss Morville.

«Ich würde fortwährend erwarten, daß der Tiger auf mich losspringt.»

«O nein, wirklich, das können Sie nicht. Er schaut doch in die andere Richtung!»

«Sie sind unschlagbar! Warum, sagen Sie mir bloß, legen Sie so großen Wert darauf, den Tafelaufsatz hierzubehalten.»

«Nun, ich glaube, es würde Lady St. Erth etwas weicher stimmen, wenn er nach wie vor in diesem Zimmer bliebe; und es wäre durchaus unpassend, wissen Sie, wenn Sie alle Erbstücke, die Ihnen nicht gefallen, einfach in dunkle Schränke verbannen wollten», sagte Miss Morville vemünftig. «Ich glaube wohl, daß Sie die Absicht haben, in Stanyon einiges zu ändern, aber einer der Lieblingssprüche meines Bruders Jack – meines *militärischen* Bruders – lautet, daß man immer trachten soll, über schweren Grund so leicht wie möglich hinwegzukommen.»

Er lächelte. «Sehr wahr! In welchem Regiment dient Ihr ‹militärischer Bruder›?»

«In einem Linienregiment: ich nehme an, Sie werden es nicht kennen», sagte Miss Morville. «Sie, wenn ich nicht irre, waren im siebenten Husarenregiment – einem der *feudalsten.*»

Der Earl gab dies leicht erschüttert zu.

«Das schneeweiße Siebente», sagte Miss Morville nachsichtig und geleitete ihn aus dem Zimmer. «Ich weiß!»

«Und das Verfluchte an der Sache ist», sagte der Earl zwanzig Minuten später zu seinem Vetter, «daß ich mich von dieser verwünschten Person dazu überreden ließ, die dauernde Existenz dieses abscheulichen Tafelaufsatzes in meinem Speisezimmer zu gestatten!»

4

Der Earl verbrachte den Rest des Vormittags im Archiv und ließ sich von seinem Vetter die Verwaltung der Güter und die verschiedenen Bestimmungen im Testament seines Vaters geduldig erklären. Abgesehen von dem beträchtlichen Besitz, der Martin zufiel, gab es nur wenige persönliche Legate, und der Neffe, dessen Fleiß und Geschäftstüchtigkeit es dem Verstorbenen ermöglicht hatten, die letzten Jahre seines Lebens in Untätigkeit und Luxus zu verbringen, war ziemlich leer ausgegangen.

Theodore Frant war der einzige Sproß eines jüngeren Bruders des verstorbenen Earl, der nach Ansicht der Familie einem Faß voll Jugendsünden damit den Boden ausgeschlagen hatte, daß er sich mit einem mitgiftlosen Frauenzimmer von niedrigem Rang verehelichte. Da ihm nur das Teuerste gefiel und er außerdem leidenschaftlich gern spielte, brachte er das väterliche Erbe sehr schnell durch. Seine Frau überlebte die Geburt ihres Kindes nur um wenige Wochen, worauf zahlreiche Damen von der Primaballerina bis zur Gemüsefrau nacheinander ihre Stelle einnahmen, je nach dem Stand seiner Finanzen; und als der Earl seinen kompromittierenden Verwandten das erste und letzte Mal besuchte und seinen kleinen Neffen damit beschäftigt fand, der augenblicklichen Herrin des Hauses einen Krug Gin hinaufzutragen, folgte er der Eingebung des Augenblicks und nahm den kräftigen Jungen mit nach Stanyon, um ihn mit seinen beiden eigenen

Söhnen aufziehen zu lassen. Sein Bruder erhob keinerlei Einspruch, obwohl er eigentlich auf eine greifbare Unterstützung gehofft hatte, da er sich sagte, des Earl Börse würde sich in Augenblicken größter Not sicherlich für ihn öffnen, da Seine Lordschaft den größten Widerwillen dagegen hegte, in Skandale verwickelt zu werden. Zum Glück für seinen Seelenfrieden holte sich der ehrenwerte John drei Jahre später an einem feuchten Tag in Newmarket eine Lungenentzündung und starb.

Es war nicht zu erwarten, daß die zweite Lady St. Erth die Adoption des Sohnes eines so unzuverlässigen Mannes mit Billigung begrüßen würde; aber sogar sie mußte bald zugeben, daß Theo nichts von der Unbeständigkeit seines Vaters geerbt hatte. Er war ein ausgeglichener Junge von unerschütterlichem Wesen und entwickelte sich zu einem ebenso schweigsamen wie verläßlichen jungen Mann. Der Earl, der seine eigenen Söhne, der Familientradition getreu, nach Eton geschickt hatte, ließ Theo in Winchester studieren. Er folgte seinen Vettern auch nicht nach Oxford, sondern begann sich aus freien Stücken zum Gutsverwalter seines Onkels heranzubilden. Und die Fähigkeiten, die er dabei an den Tag legte, waren so groß, daß er, als sich der ältere Mann von den Geschäften zurückzog, durchaus imstande und bereit war, seine Stelle zu übernehmen. Schon nach sehr kurzer Zeit verwaltete er die Güter des Earl besser, als dies seit Jahren der Fall gewesen war, denn er war nicht nur begabt und energisch, sondern wußte auch die Frantschen Interessen zu wahren und die Sympathie seiner Untergebenen zu gewinnen. Sein Onkel legte die Geschäfte mehr und mehr in seine Hände, bis es schließlich jedem klarwurde, daß man sich in allen Angelegenheiten an Mr. Theo zu wenden hatte.

Gervase, dem dies bekannt war, hatte erwartet, sein Vater würde Theo besser versorgt haben. Er sagte dies auch, ein wenig bestürzt, doch Theo lächelte nur und sagte: «Du kannst dankbar sein, daß er es nicht getan hat! Ich habe es nicht erwartet.»

«Er hätte dir ein Gut vermachen können, finde ich.»

«Vielleicht Studham?»

«Nun, es wäre mir lieber, du hättest es, als Martin», sagte Gervase offen. «Aber ich dachte eigentlich an den Besitz bei Crowland, den er gekauft hat. Wie heißt das Schloß doch? Evesleigh, nicht wahr? Soll ich es dir überschreiben lassen?»

«Auf keinen Fall! Der Besitz ist schon genügend zerrissen worden.»

«Aber, Theo, du kannst doch nicht dein Leben damit verbringen, meinen Besitz zu verwalten!»

«Das werde ich wahrscheinlich auch nicht tun. Ich bin sehr sparsam veranlagt, weißt du, und abgesehen davon, daß du mir ein ansehnliches Gehalt zahlst, lebe ich auf deine Kosten in hochnoblem Stil, so daß ich mir einen eigenen Haushalt erspare.»

Gervase lachte, schüttelte aber den Kopf. «Das kann dir doch nicht gefallen!»

«Im Gegenteil, es gefällt mir sehr gut, danke! Schließlich bin ich in Stanyon ebenso zu Hause wie du, nicht wahr?»

«Weit mehr», sagte der Earl.

«Ja, leider Gottes, aber du wirst die Vergangenheit vergessen. Willst du Martin erlauben, hierzubleiben?»

«Ich habe noch nicht darüber nachgedacht. Möchte er gerne?»

«Nun, ich bin überzeugt, daß er nur höchst ungern nach Studham übersiedeln würde!» erwiderte Theo. «Ich kann mir nicht vorstellen, wie er mit dem Belvoir aus Norfolk weiter jagen will! Er würde dann den Winter in Grantham verbringen müssen, und das, glaube ich, wäre ziemlich unbequem. Außerdem ist noch etwas zu bedenken: als Cinderford starb, gestattete dein Vater unserer Tante, sich dort einzurichten, und ich glaube, es wäre hart, sie zum Ausziehen zu nötigen.»

«Ganz und gar unmöglich, denke ich. Er mag in Stanyon bleiben, sofern man ihn dazu bewegen kann, mich zumindest mit einem Anschein von Höflichkeit zu behandeln. Augenblicklich schaut es nicht danach aus.»

Aber als sich der Earl der übrigen Familie in einem der Wohnzimmer im Erdgeschoß zugesellte, wo man einen kleinen Imbiß angerichtet hatte, fand er die Gräfinwitwe und ihren Sohn sichtlich bemüht, liebenswürdig zu sein. Das jähe

Schweigen, in das sie bei seinem Eintritt verfielen, zeigte, daß er der Gegenstand ihrer Unterhaltung gewesen war. Die Gräfinwitwe erholte sich als erste, sagte mit äußerster Freundlichkeit, daß sie froh wäre, ihn zu sehen, und nötigte ihn zu etwas kaltem Fleisch und einem Pfirsich aus seinen eigenen Treibhäusern. Diese waren, wie sie ihm mitteilte, auf ihre Veranlassung gebaut worden, gehörten zu den modernsten im ganzen Land und brachten zuverlässig die feinsten Trauben, Pfirsiche, Mandarinen und Ananas hervor, die man sich vorstellen konnte.

«Natürlich machen die Gärten zu dieser frühen Jahreszeit nicht den denkbar besten Eindruck», sagte sie, «aber wenn Sie Zeit finden, sich ein wenig umzusehen, hoffe ich zuversichtlich, daß Sie mit den Anlagen zufrieden sein werden. Ich habe es an nichts fehlen lassen, denn ich liebe Blumen, und ich glaube, etwas nicht Unbeachtliches auf diesem Gebiet erzielt zu haben. Tatsächlich hat mich die Herzogin von Rutland, eine sehr sympathische Dame, schon des öfteren um meine erlesenen Blumen beneidet. Martin, gib deinem Bruder den Senf: du mußt doch sehen, daß er nicht hinreichen kann!»

Nachdem dieser Befehl ausgeführt worden war, begann sie in ihrem üblichen selbstzufriedenen Ton von neuem: «Falls Sie nicht lieber selbst mit Calne sprechen wollen, St. Erth, was mir nicht sehr wahrscheinlich vorkommt, da sich Männer im allgemeinen für solche Dinge nicht interessieren, werde ich ihn beauftragen, ein oder zwei elegante Blumenarrangements für die Prunkräume zu entwerfen. Ich glaube nicht, daß die Leute es jetzt, da man weiß, daß Sie hier residieren, darauf ankommen lassen werden, ihre Visiten zu spät abzustatten; und nur ganz wenige Familien sind schon in die Stadt übersiedelt; wir dürfen daher nicht unvorbereitet sein, und ich bin überzeugt, daß Calne etwas Ordentliches zustande bringen wird.»

«Soll ich daraus entnehmen, daß ich mich darauf gefaßt machen muß, Besuche von allen meinen Nachbarn zu empfangen?» fragte Gervase leicht beunruhigt.

«Gewiß!» sagte die Gräfin und ignorierte einen erstickten Lachanfall ihres Sohnes. «Es wäre in der Tat seltsam, wenn sie Ihnen diese Höflichkeit nicht erweisen wollten. Sie werden geziemenderweise einige Abendgesellschaften geben müssen, und jetzt, da ich die Trauerkleider abgelegt habe, bin ich auch durchaus bereit, meinen Pflichten als Gastgeberin nachzukommen. Stanyon hat immer im Rufe großer Gastfreundlichkeit gestanden, und ich glaube, daß meine kleinen Parties nicht gerade verachtet wurden. Sie können mir glauben, daß mir nichts ferner liegt, als mich in fremde Angelegenheiten zu mischen, aber ich würde Ihnen raten, mein lieber St. Erth, sich in diesen Dingen von mir leiten zu lassen. Von Ihnen kann man nicht erwarten, daß Sie wissen sollen, wem die Ehre gebührt, mit Ihnen zu speisen, und wer ohne weiteres mit einer Einladung zu einer größeren Gesellschaft oder einem Jour abgespeist werden kann.»

«Einem Jour!» wiederholte Gervase. «Sie entsetzen mich, Ma'am! Was habe ich bei einer solchen Gelegenheit zu tun?»

«Oh, Sie brauchen lediglich zwischen den Gästen herumzugehen – Ihren Pächtern, wissen Sie! – und jedem einzelnen etwas Nettes zu sagen!» sagte Martin. «Eine schrecklich langweilige Sache! Ich habe es mir immer so eingerichtet, ein paar Meilen weit fort zu sein!»

«Wie bewundernswert praktisch! Sagen Sie mir, bitte, Ma'am, in welche Kategorie fallen Miss Morville und ihre ungewöhnlichen Eltern?»

«Das», antwortete die Gräfinwitwe, «ist eine Frage, über die ich mir schon des öfteren den Kopf zerbrochen habe. Es kann einerseits nicht geleugnet werden, daß die Morvilles – sie können ihre Abstammung bis in die Zeit Wilhelm des Eroberers zurückverfolgen, müssen Sie wissen – zu den ersten Familien des Landes zählen; andererseits jedoch kann man nicht bestreiten, daß die von Mr. Hervey Morville gehegten Anschauungen – und ich bin gezwungen hinzuzufügen, daß es auch die seiner Gattin sind, obwohl sie aus einer ausgezeichneten Familie stammt, so daß man nur schwer begreifen kann, welche Umstände sie dazu bewogen haben mögen, zur Feder zu greifen –, daß eben diese Anschauungen, wie ich schon gesagt habe, auch die vorurteilsloseste Person zögern lassen, Mr. Morville in irgendeine exklusive Einladung einzuschließen. Eine sehr böse Sache für seine Familie! Er war tatsächlich mit

Horne Tooke bekannt! Jedenfalls sagte der verstorbene Earl, er wäre sehr gebildet, und wir haben ihn und seine Frau von Zeit zu Zeit zum Essen eingeladen. Seine Tochter habe ich sehr gerne; ein reizendes Mädchen!»

Hier trafen sich die Blicke der Stiefbrüder. Der Earl vermochte sich zu beherrschen, aber Martin erstickte fast an einem Bissen kalten Fleisches. Die Gräfin sagte nachsichtig: «Ich will nicht behaupten, daß sie schön ist, aber sie ist ein wirklich wohlerzogenes Mädchen und wird für den armen Theo recht geeignet sein. Ich bin Theo sehr gewogen und würde ihn gerne gut versorgt sehen.»

«Wo ist Miss Morville jetzt?» fragte Gervase, und seine Stimme zitterte unmerklich. «Legt sie keinen Wert auf einen Imbiß?»

«Das liebe Kind ist durch den Park nach Gilbourne House gegangen», antwortete die Gräfin. «Ihre Mama bat sie in einem Brief, einige Kleinigkeiten nach Greta Hall zu bringen, da sie und Mr. Morville, müssen Sie wissen, einige Tage bei Mr. und Mrs. Southey – dem Hofpoeten, wie ich Ihnen kaum werde sagen müssen – verbringen. Ich glaube, er und Mr. Morville waren einmal eng befreundet, aber Mr. Southey hat, wie man dankbar feststellen kann, diese revolutionären Ansichten, die ihn für die ehrenvolle Stellung, die er jetzt innehat, ganz unqualifizierbar gemacht hätten, schon längst aufgegeben. DER FLUCH VON KEHAMA! DAS LEBEN NELSONS! Ich selbst lese nicht viel, aber ich kann mich genau erinnern, daß der verstorbene Earl diese Werke des öfteren lobend erwähnte!»

«Wir müssen ihn unbedingt zum Nachtmahl einladen», murmelte Gervase.

«Ich glaube, es wäre angezeigt», stimmte die Gräfinwitwe bei. «Sein Bruder, Sir James Morville, ist ein angesehener Mann; und außerdem darf man nicht vergessen, daß sie mit den Minchinhamptons verwandt sind. Wir müssen jedoch abwarten, ob eine passende Gesellschaft zusammengestellt werden kann, obwohl ich natürlich genau weiß, daß wir zwölf solche arrangieren könnten, wenn wir wollten. Ich würde mich nicht wundern, von unseren Nachbarn diese Woche an die fünfzig Besuche zu erhalten.»

«Ich hoffe von ganzem Herzen, daß Sie sich irren mögen, Ma'am!» sagte Gervase.

Die nächsten Tage zeigten jedoch, daß die Gräfin die Höflichkeit oder die Neugierde der Nachbarn keineswegs überschätzt hatte. Chaisen, Barutschen, Kabrioletts und, als die alte Lady Wintringham beschloß, dem neuen Earl ihre geziemende Aufwartung zu machen, sogar eine alte Kutsche kamen die Auffahrt heraufgeholpert und setzten vor dem imposanten Tor von Stanyon Gäste ab, die elegant in Samt und Seide oder schmucke gelbe Hosen und bestes Tuch aus Bath gekleidet waren. Der Earl fand die meisten seiner Besucher ebenso langweilig wie wohlgesinnt, und nachdem er drei volle Tage fast ununterbrochener Höflichkeitsbezeigungen durchgestanden hatte, genügte schon der Anblick einer Kutsche, die vor seiner Tür hielt, um sich über eine der vielen Treppen in die Vorhalle hinunterzustehlen, von wo er in den Brunnenhof entwischen konnte. Einmal dort angelangt, war es einfach, die Ställe zu erreichen, ohne von einem übereifrigen Diener abgefangen zu werden; und während die Gräfin die Gäste mit einem ihrer eindrucksvollen Selbstgespräche unterhielt, erfreute sich ihr pflichtvergessener Stiefsohn an einem Galopp auf dem Rücken seines Grauschimmels Cloud und brachte so schnell wie möglich einige Meilen zwischen sich und das Schloß.

Er war schon ein- oder zweimal mit seinem Vetter und dem Gutsverwalter ausgeritten, aber diesmal führte ihn sein Weg in eine bisher unerforschte Gegend. Es war an einem schönen Tag gegen Ende März. Der Boden war von Regenfällen aufgeweicht, trocknete aber rasch unter einem starken Wind, der von Osten wehte. Die Hecken trieben neue Blätter, und die Ufer des Baches waren mit Primeln übersät. Nachdem der Earl sein Pferd warmgeritten hatte, lenkte er es sachte einen schmalen Weg hinunter. Plötzlich bot sich ihm ein unerwarteter Anblick: eine Dame saß am Ufer und war damit beschäftigt, die Primeln zu pflücken, die in ihrer Reichweite wuchsen. Das allein, wenn auch unvorsichtig bei solch feuchtem unsicherem Wetter, hätte nur die flüchtige Aufmerksamkeit des Earl erregt, allein er bemerkte, daß die Dame

Reitdreß trug. Hier handelte es sich offensichtlich um eine Reiterin in Not. Er brachte Cloud in Trab und hielt neben ihr an.

Die Dame hatte beim ersten Ton von Clouds Hufschlag den Kopf gehoben, und Gervase, der seinen Hut zog, blickte in ein entzückendes, eigenwilliges Gesicht, das von einer geschwungenen Hutkrempe und einer Kaskade heller windzerzauster Locken umrahmt wurde. Ein Paar großer blauer Augen, lichter und lustiger als seine eigenen, trafen die seinen mit scherzhaft kläglichem Ausdruck, und schelmische Grübchen zeigten sich neben dem Mund, der zum Küssen einlud und vergebens danach strebte, ernst zu bleiben.

«Verzeihen Sie!» sagte Gervase und wandte keinen Blick von dem schönen Gesicht. «Kann ich Ihnen behilflich sein, Ma'am? Ihr Pferd –?»

Er war abgestiegen und warf die Zügel über Clouds Kopf. Die schöne Diana brach in Gelächter aus. «Verlassen Sie sich darauf, das Ungeheuer steht bereits gemütlich im Stall! Hat man je etwas Ärgerlicheres gesehen? Papa wird mich tüchtig ausschelten, wegen eines so lächerlichen Zaunes herunterzufallen! Aber die Stute war nervös, wissen Sie, und schon flog ich über ihren Kopf, und vielleicht war ich töricht, oder vielleicht ein wenig betäubt – soll ich sagen, ich war betäubt? –, so daß ich die Zügel losließ. Nun sollte man annehmen, Fairy wäre zu mir gekommen, als ich sie lockte – nach all den Rüben und dem Zucker, die ich an sie verschwendet habe! Aber nein! Sie lief fort und dachte an nichts als ihren bequemen Stall, nehme ich an!»

«Wie undankbar!» sagte Gervase und lachte. «Aber Sie dürfen nicht am Ufer sitzenbleiben, Ma'am, und sich womöglich auf den Tod erkälten! Wohnen Sie weit entfernt?»

«Ach nein! Aber in meinem schmutzigen Kleid durch das Dorf zu gehen und meine Ungeschicklichkeit überall zur Schau zu stellen –! Sie werden zugeben, daß das undenkbar wäre, Mylord!»

«Sie kennen mich, Ma'am? Aber wir sind einander noch nicht begegnet, glaube – nein, weiß ich! Ich *könnte* es nicht vergessen haben!»

«O nein – aber ein Fremder in dieser Einsamkeit: noch dazu ein so eleganter! Ich konnte nicht zweifeln. Sie sind – Sie müssen einfach Lord St. Erth sein!»

«Ich bin St. Erth. Und Sie, Ma'am? Wie kommt es, daß dies unsere erste Begegnung ist?»

Sie erwiderte mit reizendem Ernst, den der schelmische Blick ihrer Augen Lügen strafte: «Nun, Sie müssen verstehen, daß man weder durch einen verfrühten Besuch *aufdringlich* noch durch einen verspäteten *unhöflich* scheinen wollte. Mama hat beschlossen, daß Papa nächste Woche einen Besuch in Stanyon machen soll.»

Er war sehr erheitert und sagte: «Ich versichere Ihnen, *dieser* Besuch könnte mir nicht früh genug kommen! Aber es wird gar nicht nötig sein, daß sich Ihr Papa die Mühe einer offiziellen Visite macht, da ich ihm zuvorkommen werde. Wenn ich Sie auf Clouds Rücken setzte, Ma'am, würden Sie mir dann gestatten, Sie nach Hause zu bringen?»

Sie sprang auf, raffte den Rock ihres weiten Reitkleides zusammen und warf ihn über den Arm. «O ja! Wollen Sie das wirklich tun? Ich wäre Ihnen so dankbar!»

Jetzt, da sie stand, zeigte sie sich als ein schlankes, nicht besonders großes, aber wunderbar proportioniertes junges Mädchen. Ihre Bewegungen waren ungestüm, aber graziös, und es war dem Earl vergönnt, einen Blick auf einen wohlgeformten Fuß werfen zu dürfen. Sie steckte die Primeln in das Knopfloch ihres Mantels, wo sie sich mit ihren Locken mischten und ihnen zum Verwechseln ähnlich schauten. Der Earl hob sie in den Sattel; sie legte ein Bein über den Sattelknopf und erklärte, bestens installiert zu sein.

«Und wohin darf ich Sie führen?» fragte Gervase und lächelte zu ihr hinauf.

«Nach Whissenhurst Grange, bitte! Es ist nur eine Meile von hier, so daß Sie nicht allzuweit laufen müssen!»

«Ich wäre froh, wenn es doppelt so weit wäre. Aber hatten Sie denn die Absicht, immer und ewig an diesem Ufer sitzenzubleiben, Ma'am?»

«Oh, man hätte mich nach einiger Zeit schon gefunden», sagte sie leichthin. «Fairys Ankunft im Stall hat sicherlich alle in größte Aufregung versetzt! Ich nehme an, die ganze Umgebung wird schon nach mir durchsucht!»

Sie sprach mit der ganzen Sorglosigkeit eines verzogenen Kindes; und es war ihm ein leichtes, zu erraten, daß sie der Liebling des väterlichen Hauses sein mußte. Er fragte scharfsinnig, ob sie mit Wissen ihrer Eltern ohne Begleitung ausritt, und schaute rechtzeitig auf, um sie allerliebst schmollen zu sehen.

«Ach Gott, auf dem Land spricht doch schließlich nichts dagegen! In der Stadt wäre es natürlich etwas anderes. Wenn ich nur nicht über diese dumme kleine Hecke gesetzt hätte! Noch nie ist mir etwas so Ärgerliches passiert! Ich habe wirklich sonst nicht die Gewohnheit, vom Pferd zu fallen, Lord St. Erth!»

«Nun, die besten Reiter müssen hin und wieder einen Sturz in Kauf nehmen!» beruhigte er sie. «Als ich noch in Stanyon wohnte, früher, meine ich, erzählte man vom Master of the Quorn, daß er nicht weniger als fünfzigmal im Jahr vom Pferd fiel!»

«Ach, Sie meinen Mr. Assheton Smith! Alle Männer in Melton erinnern sich seiner! Ich bin überzeugt, Sie haben Ihren Bruder über seine Abreise aus Quorndon Hall klagen gehört! Das war seine letzte Saison mit Quorn: er verläßt nämlich Lincolnshire, um mit den Burtons zu jagen, und dort wird er viel zu weit weg sein, als daß ihn der arme Martin erreichen könnte.»

«Martin hat mir tatsächlich davon erzählt», sagte Gervase mit einem heiteren Blinzeln. «Seine ganzen Berechnungen und Vermessungen werden Reepham nicht näher als fünfzig Meilen an Stanyon heranbringen. Die einzige Lösung sieht er jetzt darin, sich in Market Rasen einzuquartieren, wenn er einen Tag mit Burton verbringen will.»

«Martin ist eine von Mr. Smiths Stützen. Aber viele Jäger beklagen sich darüber, daß er sein Revier zu sehr beansprucht.»

«Sie jagen selbst, Ma'am?»

Sie warf ihm einen ihrer spitzbübischen Blicke zu. «Ja, wenn in der Nachbarschaft eine Jagd veranstaltet wird. Dann verspreche ich auf Ehre, genau das zu tun, was Papa mir befiehlt!»

«Ich hoffe, Sie halten Ihre Versprechen!»

«O ja, im allgemeinen schon!»

«Sie werden mich für schrecklich unwissend halten, fürchte ich, aber ich glaube, ich bin mit Ihrem Papa noch nie zusammen getroffen und weiß daher nicht, wie ich ihn ansprechen soll, wenn ich ihn jetzt treffe.»

«Papa ist Sir Thomas Bolderwood», antwortete sie sofort. «Höchstwahrscheinlich sind Sie ihm niemals begegnet, denn wir sind erst vor wenigen Jahren nach Whissenhurst gekommen, und während dieser ganzen Zeit waren Sie im Ausland.»

«Ich muß dem glücklichen Geschick dankbar sein, das Sir Thomas nach Lincolnshire brachte, was immer es auch gewesen sein mag», sagte Gervase.

Sie nahm dies mit einem Lachen und einem kleinen Kopfschütteln zur Kenntnis. Sie war jung genug, um über dick aufgetragene Komplimente Verlegenheit zu empfinden, verriet aber nichts davon: offensichtlich war sie an Bewunderung gewöhnt, obwohl die kommende Londoner Saison ihre erste sein sollte, wie sie dem Earl eben anvertraute. «Denn man zählt ja private Gesellschaften nicht, und obwohl ich im vorigen Frühjahr fast siebzehn war, ließ sich Mama nicht dazu überreden, mich zu präsentieren, und dabei hat ihr sogar meine Tante Caroline, die so steif und altmodisch ist, nachdrücklich dazu geraten! Aber wie dem auch sei, heuer soll ich in die Gesellschaft eingeführt werden, und ich werde zu Almack gehen und in die Oper, und *überall* hin!»

Der Earl, der aus diesem harmlosen Geplauder schloß, daß sich Miss Bolderwood in erstklassigen Gesellschaftskreisen bewegte, begann sich zu wundern, warum seine Stiefmutter die Familie noch nie erwähnt hatte. In allen Aufzählungen der Personen, die wahrscheinlich ihre Visitenkarte in Stanyon abgeben würden, konnte er sich nicht entsinnen, jemals den Namen Bolderwood gehört zu haben. Doch als er mit Cloud in das Dorf einbog, das sie auf ihrem Weg nach Whissenhurst Grange durchqueren mußten, dämmerte ihm durch eine unerwartete Begegnung mit seinem Stiefbruder die Wahrheit über den Grund dieser Unterlassungssünde.

Martin, der in Begleitung eines jungen Herrn auf sie zugeritten kam, in einer gestreiften Jacke mit einer Krawatte à la Belcher, spornte sein Pferd beim Anblick der schönen Last auf Clouds Rücken und rief ebenso zornig wie erstaunt aus: «Marianne! Was soll das heißen? Was zum Donner tust du auf St. Erths Pferd?»

«Ach, Fairy, diese abscheuliche Stute, hat mich in den Schmutz geworfen und sich dann nicht mehr einfangen lassen!» erwiderte Marianne fröhlich. «Und wäre nicht Lord St. Erth so galant gewesen, mich nach Hause zu bringen, so würde ich noch immer jämmerlich am Wegrand sitzen oder vielleicht auf dieser schmutzigen Straße heimstapfen müssen.»

«Ich wollte, ich wäre dort gewesen!» sagte Martin.

«Ich wollte, ich wäre dort gewesen!» echote sein Begleiter galant.

«Ich bin sehr froh, daß keiner von euch dort war, denn es ist meinem Ansehen durchaus nicht dienlich, wenn man mich vom Pferd fallen sieht. Oh, Lord St. Erth, kennen Sie Mr. Warboys?»

Martin unterbrach den Austausch von Höflichkeiten zwischen seinem Freund und seinem Bruder mit den Worten: «Du hättest dir das Genick brechen können! Ich weiß nicht, was Lady Bolderwood dazu sagen wird! Du mußt schon gestatten, daß ich dich nach Hause bringe!» Anscheinend kam ihm die Albernheit seiner Worte zu Bewußtsein, denn er errötete und setzte ungeschickt hinzu: «Sie werden sicherlich Ihren Weg fortsetzen wollen, St. Erth!»

«Ich *bin* auf meinem Weg», antwortete der Earl belustigt. «Ich muß schon sagen, Martin, daß ich dich wirklich sehr *de trop* finde!»

«Bei Jupiter, ja!» stimmte Mr. Warboys zu, mit noch galanterem Unterton. «Jeder würde das! Würde ich auch!» Er fing einen wütenden Blick Martins auf, erschrak und setzte eilig hinzu: «Das heißt – ich meinte, Sie haben da ein phantastisch gut aussehendes Jagdpferd, St. Erth! Fest gebaut! Prachtvolle Schultern! Nicht ein Zoll über fünfzehn, möchte ich wetten! Genau das Richtige für diese Gegend!»

«Oh, es ist das hübscheste Geschöpf von der Welt!» sagte Marianne und streichelte Clouds Hals. «Es protestiert gar nicht, mich auf diese absurde Weise zu tragen: es gibt bestimmt kein sanfteres!»

«Mein Troubadour hätte dich ebensogut getragen!» murrte Martin.

Mr. Warboys fühlte sich bemüßigt, dieser Behauptung zu widersprechen. «Nein, das hätte er nicht. Nicht halb so gut wie mein Alter Soldat! Schwierig zu behandeln, dein Pferd!»

«Mein Pferd hat einen besseren Gang als dein Klepper!» entgegnete Martin, den diese Verleumdung entflammte.

«Der Alte Soldat», sagte Mr. Warboys hartnäckig, «hätte ihr zu einem bequemen Ritt verholfen.»

«Du mußt verblödet sein, um das anzunehmen!»

«Ganz und gar nicht. Der Alte Soldat hat des öfteren meine Schwester getragen. Auf deinem Troubadour hat noch nie ein weibliches Wesen gesessen.»

«Dem kann bald abgeholfen werden.»

«Ich möchte wissen», sagte der Earl herausfordernd, «ob ihr es für ungezogen halten würdet, wenn wir unseren Weg fortsetzten, während ihr diese Sache untereinander ausmacht? Miss Bolderwood wird sich sonst erkälten, fürchte ich.»

Martin warf ihm einen unheilverkündenden Blick zu, aber Mr. Warboys antwortete sofort: «Bei Jupiter, das wird sie! Ekelhafter Wind bläst! Keinen Sinn, herumzustehen – Dümmste, was man tun kann!»

«Ich werde dich begleiten!» sagte Martin und wendete sein Pferd.

«Ja, bitte, tu das doch!» sagte Marianne, die an diesem Wettstreit um ihre Gunst ihre Freude hatte. «Papa und Mama werden sich so freuen, dich zu sehen! Und auch Sie, Mr. Warboys!»

«Wenn ich und nicht St. Erth dich gefunden hätte», sagte Martin, «würden wir bald gemerkt haben, ob Troubadour dich getragen hätte oder nicht!»

«Nun, da diese Angelegenheit dir solches Kopfzerbrechen zu machen scheint, warum willst du es nicht auf einen Versuch ankommen lassen?» schlug Gervase vor. «Sie werden sicherlich nichts dagegen haben, das Pferd zu tauschen, Miss Bolderwood? Ich fürchte sehr, daß den armen Martin nichts anderes zufriedenstellen wird.»

In Martins Mienen spiegelten sich Überraschung und Zorn. Er hatte keine sehr hohe Meinung vom Mut seines Bruders, aber daß dieser seinen Vorteil gar so zahm aufgeben würde, hätte er nicht erwartet. Er lächelte triumphierend und stieg ab, allerdings zu spät, um Gervase zuvorzukommen, der Marianne von Clouds Rücken herunterhob. Sie wurde auf Troubadour gesetzt; der Earl schwang sich wieder auf Cloud; und Martin, der sich bereitmachte, sein Pferd die Straße entlangzuführen, merkte zu spät, daß der Vorteil zwischen Reiter und Fußgänger beim ersteren lag. Der Earl ritt bequem neben der Dame und war leicht imstande, sie in eine Unterhaltung zu verwickeln, während sein Bruder, der Troubadour voranstapfte, gezwungen war, sich umzudrehen, wann immer er ihre Aufmerksamkeit erregen wollte und seine Bemerkung einige Male zu wiederholen. Der kokette Unterton ihrer Unterhaltung mit Gervase erbitterte ihn sehr; ebensowenig konnte es ihn besänftigen, daß die Galanterie des Earl sehr nach Mariannes Geschmack zu sein schien; und nach ein oder zwei erfolglosen Versuchen, seinerseits eine Konversation mit ihr in Gang zu bringen, gab er es auf, verfiel in trotziges Schweigen und war am Ende des Spazierganges nahe daran, seinem Freund Mr. Warboys einen Kinnhaken zu versetzen. Als Marianne den Earl die Stufen hinaufgeleitete, die zum Eingang von Whissenhurst Grange führten, hatte dieser, ein trauernder Zeuge seiner Niederlage, nämlich die Unklugheit besessen, ihm zu sagen: «Abgeblitzt, mein Lieber! Sehr schäbige Kriegslist! Der Kerl muß beim Stab gewesen sein!»

Mariannes heile Ankunft wurde von ihrer Mutter, ihrem Vater, dem Butler, der Haushälterin und der alten Amme mit bewegtesten Dankesbezeigungen begrüßt. Die Nachricht von Fairys reiterloser Rückkehr in den Stall war eben erst bekanntgeworden, so daß einer der Lakaien noch rechtzeitig zu den Dienern und Stalljungen geschickt werden konnte, um sie davon abzuhalten, die ganze Gegend zu durchsuchen. Sir

Thomas, der gerade in einem Atem nach seinem Pferd geschrien, Befehle erteilt und seine Stiefel angezogen hatte, konnte nur durch die Notwendigkeit, dem Retter seiner Tochter zu danken, dazu bewogen werden, zu zittern aufzuhören und seine Tochter ans Herz zu drücken. Seine Gattin, wenn auch in der Ausdrucksweise beträchtlich zurückhaltender, war dem Earl nicht weniger dankbar; und man konnte sich schwer vorstellen, wie einer von beiden hätte dankbarer sein können, hätte er Marianne aus tödlicher Gefahr errettet. Was sie selbst betraf, so lachte sie und schmeichelte und bat um Verzeihung, und ihre Unvorsichtigkeit wurde ihr bald vergeben. Ihre Mama führte sie in den ersten Stock, um ihr beim Ablegen ihres beschmutzten Kleides zu helfen. Sir Thomas schrie, man solle Erfrischungen in das Wohnzimmer bringen, wohin er den Earl alsobald führte; und Martin sagte steif und zähneknirschend, daß er sich nun, da Marianne wohlbehalten ihren Eltern zurückgegeben war, empfehlen würde.

«Ja, ja, kein Grund, zu warten, mein Junge», sagte Sir Thomas herzlich. «Natürlich sehen wir dich immer gerne in Whissenhurst, und dich auch, Barny, aber ihr werdet euch jetzt sicher wieder auf den Weg machen wollen! Hier entlang, Mylord! Zu denken, daß ich Ihnen nächste Woche meine Aufwartung machen wollte, und nun sind Sie hier und ersparen mir die Mühe! Ich bin sehr froh darüber: ich habe nämlich für Zeremoniell nichts übrig.»

Der auf solche Weise verabschiedete Martin verbeugte sich mit Grandezza und verließ das Haus, gefolgt von Mr. Warboys, der mitfühlend sagte, als sie ihre Pferde wieder bestiegen: «Zwecklos, dich aufzuregen, lieber Junge! Wird sich wieder einrenken! Sehr unglücklicher Zufall, daß dein Bruder ausgerechnet in diese Richtung geritten ist, aber ganz verkehrt, ihn ausstechen zu wollen! Hirnverbrannt! Das Verdammte daran ist nämlich – er sieht unheimlich gut aus! Und gute Manieren obendrein, ganz abgesehen vom Titel!»

«Wenn er glaubt, ich werde zulassen, daß er Marianne hofiert –!» sagte Martin zwischen den Zähnen.

«Wer weiß, ob er das zu tun gedenkt», sagte Mr. Warboys beruhigend. «Schien wirklich sehr beeindruckt von ihr!»

Martin fuhr herum und funkelte ihn aus seinen dunklen Augen so drohend an, daß Mr. Warboys in Verwirrung geriet. «Was willst du damit sagen?»

«Nun, jetzt wo du mich fragst», sagte Mr. Warboys wie jemand, der eben eine Entdeckung macht, «weiß ich es eigentlich selbst nicht! Sprach ganz gedankenlos! Tu ich oft! Familiengewohnheit: ein Onkel von mir war genauso. War im Handumdrehen mit einer schieläugigen Frau verheiratet, nur durch gedankenloses Sprechen.»

«Ach, zur Hölle mit deinem Onkel!» sagte Martin zornig.

«Verlorene Mühe, lieber Junge. Der alte Herr ist seit Jahren sehr fromm. Der kommt nicht in die Hölle – nicht die leiseste Hoffnung! Tante vielleicht – habe noch nie eine launenhaftere Frau gesehen!»

«Wirst du endlich aufhören, mich mit deinen Verwandten anzuöden?» sagte Martin wild.

«Aber gerne. Sowieso kein Vergnügen, von ihnen zu reden. Aber wenn du glaubst, du kannst mit mir anbinden, alter Knabe, so bist du auf dem Holzweg!»

«Schafskopf! Warum sollte ich?»

«Was weiß ich? Wann immer du einen deiner Rappel bekommst, scheint es dir ganz gleich zu sein, an wem du ihn ausläßt! Das einzige, was ich dir sage, ist – an mir nicht!» sagte Mr. Warboys unverblümt.

Inzwischen hatte Sir Thomas den Earl in eines der Wohnzimmer geführt, ihm einen bequemen Lehnstuhl und ein Glas Madeira angeboten und sich von dem Dienst, den er seiner Tochter erwiesen hatte, eine etwas klarere Vorstellung gemacht. Er lachte nicht wenig darüber und rief händereibend aus: «Ungeschicktes kleines Küken! Deshalb werde ich sie noch ordentlich aufziehen! Ende gut – alles gut, obwohl ich wette, daß ihre Mama schimpfen wird, weil sie den Reitknecht abgehängt hat! Aber sehen Sie, sie ist nun einmal unser einziges Kind, und wir können nicht allzu streng mit ihr sein! Ja, so ist das! Der Allmächtige hat uns kein zweites beschert, und obwohl ich nicht leugnen will, daß wir uns eigentlich einen Sohn wünschten – denn nun wird niemand die Baronie erben, wenn ich einmal nicht mehr bin, wissen Sie –, sollte es eben nicht sein, und Gott soll mich verdammen, wenn es nicht wahr ist, daß wir unser schlimmes Mädel nicht gegen alle Söhne der Welt austauschen würden!»

Gervase erwiderte etwas Passendes, nippte an seinem Wein und beobachtete Sir Thomas, der geschäftig umherging, da ein Scheit ins Feuer warf, hier einen Wandschirm umstellte, um einen eventuellen Luftzug auszuschließen, und am Glockenzug riß, um einem Diener aufzutragen, den Ratafiawein für Miss Marianne hereinzubringen. Er war ein kräftiger kleiner Mann mit klugen Augen und einem runden Gesicht, dessen ursprünglich gesunder Teint durch den Aufenthalt in den Tropen sehr gelitten hatte. Er trug einen blauen Rock und lederne Reithosen, die durchaus keinen Anspruch auf Eleganz erhoben, aber dafür steckte ein großer Rubin in seiner Krawattennadel und ein anderer in einem Ring an seinem Finger, so daß er offensichtlich beträchtliche Mittel besaß, wenn auch keinen Geschmack. Der Earl fragte sich vergeblich, welchem Milieu er wohl entstammen mochte, denn obwohl seine Gesichtszüge mit der Adlernase und den schön geformten Lippen durchaus aristokratisch waren und seine Stimme den gebildeten Mann verriet, so fehlte seinen Manieren doch ein gewisser Schliff, und seine Ausdrucksweise war grob und familiär. Dagegen hatte seine Frau das Aussehen und das Benehmen einer adeligen Dame, und der Stil, in dem sein Haus eingerichtet war, zeugte von Geschmack und Reichtum. Daß er eine Zeit seines Lebens im Osten verbracht haben mußte, war aus verschiedenen im Raum verstreuten Exemplaren orientalischer Kunst ersichtlich. Als er sah, daß der Earl die Gegenstände auf dem Kaminsims betrachtete, sagte er: «Ich sehe, Sie schauen sich mein Elfenbein an, Mylord. Das meiste habe ich in Kalkutta gekauft, und hübsch teuer ist es mich gekommen, kann ich Ihnen sagen! Sie werden nirgends was Feineres finden, denn wenn ich auch nicht viel von Kunst verstehe, so kaufe ich nie wertloses Zeug, und hineinlegen lasse ich mich nur selten.»

«Sie haben in Indien gelebt, Sir?»

«Den größten Teil meines Lebens», antwortete Sir Thomas feurig. «Wenn Sie jemanden vom ‹Nabob› reden hören, so bin das ich, oder zumindest nennt man mich hier so, und es ist auch nicht eimnal so falsch, obwohl ich Ihnen einen ganzen Haufen Leute nennen könnte, die in Indien weit mehr Geld gemacht haben als ich. Trotzdem hält man mich für einen wohlhabenden Mann, wie man so sagt. Seltsame Welt, nicht wahr? Ich frage mich oft, was mein armer Vater gesagt hätte, wenn er die Heimkunft des verlorenen Sohnes noch erlebt hätte, gerade rechtzeitig, um die Familie vor dem Ruin zu retten! Ja, ich war schon ein ungestümer Junge, das können Sie mir glauben, der seinem Vater große Sorgen gemacht hat. Gott möge mir verzeihen! Das Ende vom Lied war, daß man mich nach Indien abgeschoben hat, und ich bin ganz sicher, daß alle hofften, nie wieder etwas von mir zu hören. Ich nehme es ihnen auch nicht übel, aber es war schon eine verzweifelte Lösung, nicht wahr? Ich würde meinen Sohn nie so behandeln, wenn ich einen hätte, aber schließlich endete alles aufs beste. Und als ich nach Hause kam, mit einem hübschen Vermögen und meinem sechsjährigen Töchterchen, die aussah wie ein kleiner Engel, da hatte sich das Blatt wirklich gewendet! Ich fand meinen Bruder, der immer so fein und nobel getan hatte wie der steifste Würdenträger, ganz unten durch! Der Esel hatte spekuliert, und dabei war er dafür gänzlich unbegabt! Ich nannte ihn einen Seifenblasenhändler, ja, so nannte ich ihn! Er war nahe am Verhungern, und wie er sein Geld durchgebracht hat, wo er doch kinderlos war, geht über meinen Verstand! Ich glaube, es war Mylady, die es hinausgeworfen hat, denn Mylady mußte ununterbrochen dies oder das haben, und Mylady, die an dies und das gewohnt war, bis ich ihm endlich sagte, Mylady sollte sich zum Teufel scheren, für meinen Teil, zumindest. Und das dauernde Geschwätz über ihre vornehme Familie, aber da kam sie bei mir an den Falschen, denn ich heiratete ein Mädchen, das aus besserem Haus war als sie und trotzdem nie die große Dame spielte, Gott segne sie. Nun, das Ende vom Lied war, daß sich der gute George in seinem ganzen Leben nicht so gefreut hat, jemanden zu sehen, wie mich damals! Denn der Pfändmeister war schon im Haus, und die schlimmsten Schwindler und Schmarotzer hängten sich an seine Rockfalten! Aber ich habe sie schnell zum Teufel gejagt, da können Sie Gift drauf nehmen! Das Beste daran war, daß sich der arme George nur recht sauer freuen konnte, weil er so sehr daran gewöhnt war, sich mir riesig überlegen vorzukommen (aber er ist schon tot, der arme Kerl, und ich sollte eigentlich über ihn nicht lachen – er starb vor etwa sechs Jahren und hinterließ mich als einzigen Erben), und das ist ihm nahegegangen, und Caroline auch, das garantiere ich Ihnen, obwohl ich Ihnen im Vertrauen sagen kann, daß sie das nicht im geringsten daran hindert, zu erwarten, ich würde hin und wieder etwas für sie springen lassen!» Über diese Bemerkung lachte er herzlich, und sein Gast, von diesen Enthüllungen eher peinlich berührt und im Zweifel, was er sagen sollte, war dankbar, als die Tür aufging und die beiden Damen ins Zimmer kamen.

Marianne, die ihr Reitkleid mit einem Gewand aus geblümtem Musselin vertauscht hatte, das mit blauen Bändern geziert war, sah hübscher aus denn je, und der Earl fand, daß sein erster Eindruck von Lady Bolderwoods Charakter der richtige gewesen war. Sie war eine blonde schlanke Dame von beträchtlicher Schönheit, liebenswürdig, aber nicht überschwenglich. Frei von jeder Überheblichkeit oder anscheinender Mißbilligung der ungezwungenen Manieren ihres Gatten, besaß sie eine ruhige Würde, und was sie sprach, zeugte von Klugheit. Während Sir Thomas seine Tochter lärmend wegen ihrer schlechten Reitkünste ausschalt, setzte sie sich neben den Earl und unterhielt sich mit ihm auf die liebenswürdigste Weise, und er stellte fest, daß sowohl sie als auch Sir Thomas ihm gut gefielen. Man bat ihn, sich wie zu Hause zu fühlen, und obwohl beide ihrer Art entsprechend für den Marianne geleisteten Dienst dankbar waren, zeigte keiner von beiden die leiseste Neigung, ihm zu schmeicheln. Und was Marianne betraf, so war er sicher, daß es ein hübscheres oder sonnigeres Wesen überhaupt nicht gab. Sie ertrug das gutmütige Geschimpfe ihres Vaters mit Lachen, bat schmeichelnd, ihr zu verzeihen, daß sie ihn geängstigt hatte, und als sie sah, daß er seinen Wein ausgetrunken hatte, sprang sie auf, um ihm das Glas abzunehmen.

«Ich hoffe, daß Sie uns jetzt, nachdem wir auf eine so zwanglose Art miteinander bekanntgeworden sind, öfter besuchen werden, Lord St. Erth. Wir können zwar keine größeren Gesellschaften geben, solange wir hier auf dem Land sind, da Marianne vor nächsten Monat, wenn wir nach London übersiedeln, nicht als ‹eingeführt› betrachtet werden kann; aber wenn Sie ein Lottospiel oder einen Tanz mit vielleicht nur wenigen Paaren nicht verschmähen, so werde ich mich freuen, Sie zu begrüßen, wann immer Sie Lust haben zu kommen!»

«So ist es!» sagte Sir Thomas, der die letzten Worte seiner Frau gehört hatte. «Weder Prunk noch Angeberei! Das heben wir uns alles für Grosvenor Square auf. Wenn es nach mir ginge – aber mein kleiner Liebling ist fest entschlossen, mich zu allen möglichen Gesellschaften, Soireen und Bällen zu schleppen, nicht wahr, Kleines?»

Marianne saß auf der Lehne seines Sessels und beugte sich sofort zu ihm nieder, legte ihre Wange an seine und sagte schmeichelnd: «Lieber Papa! Gesteh's nur: du würdest keine einzige versäumen wollen, nicht um die Welt!»

«Ja, ich kenne dich! Sie sind eine Schelmin, Miss, und glauben, Sie können mich um den Finger wickeln! Kommen Sie zu uns essen, wann immer Sie Lust haben, Mylord! Sie kennen den Weg, und wenn nicht, so brauchen Sie sich nur an den jungen Martin zu wenden! Der zeigt ihn Ihnen schnell genug! Nehmen Sie mir's nicht übel, aber ich weiß ziemlich genau, wie die Dinge in Stanyon stehen, und obwohl ich überzeugt bin, daß Mylady eine ganz vortreffliche Frau ist, lege ich meine Hand dafür ins Feuer, daß Sie jeden zweiten Tag gähnen, bis Ihnen die Kiefer krachen!»

Der Earl lachte, dankte und stand auf, um sich zu verabschieden. Als er Marianne die Hand reichte, lächelte sie in ihrer unschuldigen Art zu ihm empor und sagte: «Bitte, kommen Sie doch wieder. Wir haben oft die nettesten Gesellschaften – alle Leute kommen!»

«Ich werde ganz bestimmt kommen», sagte Gervase. «Und Sie, hoffe ich –» sein Blick schloß alle ein – «werden Stanyon mit einem Besuch beehren. Meine Stiefmutter plant verschiedene Unterhaltungen: ich glaube, Sie werden in Kürze Einladungen von ihr bekommen.»

«Oh, wie schön!» rief Marianne und klatschte in die Hände. «Werden Sie einen Ball geben? Sagen Sie ‹ja›! Stanyon ist wie geschaffen dafür!»

«Miss Bolderwood hat nur zu befehlen! Es wird ein Ball sein!»

«Liebling, es ist für dich hohe Zeit, aufzuhören, dich wie ein Wildfang zu benehmen!» sagte Lady Bolderwood mit einem tadelnden Blick. «Bitte, beachten Sie sie nicht, Lord St. Erth!»

Darauf reichte sie ihm die Hand und trug ihm auf, der Gräfinwitwe ihre Empfehlungen zu bestellen; Sir Thomas begleitete ihn zur Eingangstür und plauderte noch ein wenig mit ihm, während man sein Pferd aus dem Stall holte.

«Keine Veranlassung, einen Ball zu geben, falls Sie nicht die Absicht hatten», sagte er geradeheraus. «In einem Monat wird unser Schatz Bälle haben, mehr als genug, und ich weiß, ihre Mama legt keinen Wert darauf, daß sie vor unserem eigenen Ball in Grosvenor Square bei irgendeiner groß aufgezogenen Sache erscheint. Wir werden Ihnen eine Karte schicken. Aber kommen Sie, wann immer Sie wollen! Ich hab's gern, wenn sich die jungen Leute bei uns amüsieren. Das erinnert mich an meine indische Zeit, die ich noch gut genug in Erinnerung habe, um mit Vergnügen offenes Haus zu halten!» Er lachte in sich hinein. «Keine Gefahr, daß wir uns auf dem Land langweilen. Ich möchte den jungen Mann im Umkreis von fünfundzwanzig Meilen sehen, der nicht an einem oder dem anderen Tag bei uns zu finden wäre! Aber was ich Mama immer sage: je mehr, desto besser! Um so ungefährlicher ist die ganze Sache! Und ich kann Ihnen versichern, Mylord, wir haben es durchaus nicht eilig, unser Mädel zu früh zu verheiraten! Manchmal frage ich mich, was wohl aus uns werden wird, wenn sie einmal ihren eigenen Hausstand gründet! Eine Menge Leute meinten, wir sollten sie schon vorige Saison herausbringen, aber wir sagten nein, wir haben Zeit, noch und noch! Hallo, da kommt Ihr Pferd! Nun, von Pferdefleisch verstehe ich etwas, das muß ich mir schon lassen! Breit im Rücken! Feste Vorhand! Manche Leute loben Halbblut. Aber was ich sage, ist – das Beste ist immer das Beste! Für mich nur ein Vollblut und sonst nichts!»

5

Martin kehrte erst nach einiger Zeit nach Stanyon zurück, da ihn sein Freund mit den besten Absichten dazu überredet hatte, ihn nach Hause zu seinen Eltern zu begleiten. Mr. Warboys, an Martins Zornausbrüche gewöhnt und dementsprechend abgehärtet, befolgte die lobenswerte Taktik, den Grimm dieses jungen Herrn erst ein wenig abkühlen zu lassen, ehe er ihm gestattete, seinem Stiefbruder wieder zu begegnen. An und für sich war dieses System ausgezeichnet, wurde aber erstens durch Mrs. Warboys zunichte gemacht, eine fette und nahezu völlig geistlose Dame von vierzig Lenzen, die eine Lobrede auf die äußeren Vorzüge hielt, deren sich der Earl in so reichem Maße erfreute; und zweitens durch Mr. Warboys senior, der die Meinung vertrat, daß Martin, sein eigener Sohn und fast jeder andere Aspirant auf die Gunst der Schönen neben einem waschechten Earl nicht den Schatten einer Chance hätten.

«Wenn nicht Bolderwood noch dümmer ist, als ich glaube», sagte er, «so wird er sich beeilen, St. Erth für seine Kleine zu sichern!»

Von dieser Taktlosigkeit seiner Eltern tief getroffen, sagte Mr. Warboys junior: «Glaube kaum, daß St. Erth ernste Absichten hat!»

Vielleicht war es nicht überraschend, daß die konzentrierte Wirkung aller dieser Bemerkungen Martin Frant in einem Zustand schwelenden Zorns nach Stanyon zurückkehren ließ.

Obwohl niemand behaupten konnte, er hätte von Sir Thomas oder Lady Bolderwood irgendeine besondere Ermutigung erfahren, war er doch bis zur Ankunft seines Stiefbruders als der aussichtsreichste Anwärter auf Mariannes Hand betrachtet worden. Er hatte sie kennengelernt, als sie noch ein Schulmädchen und er ein ganz junger Student in Oxford war. Damals lag ihm nichts ferner als der Gedanke an eine Heirat. Und lange bevor er sie noch für mehr hielt als ein nettes, schneidiges, wenn auch nicht besonders kluges Mädchen, hatte sie sich ein ganz klein wenig in ihn verliebt. Er war ein schöner Junge, dessen glänzende Abkunft seine unbekümmerte herrische Art in romantischem Licht erscheinen ließ. Er spielte ausgezeichnet Cricket, war ein guter Schütze und tollkühner Jäger, und sein Wohlwollen konnte einem Schulmädchen wie ihr nur Ansehen verleihen. Lady St. Erth, deren diskrete Nachforschungen ergeben hatten, daß das schöne Kind eines Tages etwa hunderttausend Pfund erben sollte, hatte die Freundschaft von Anfang an mit Sympathie betrachtet. Sir Thomas hätte täglich in Stanyon speisen können, wäre ihm der Sinn danach gestanden; und seine Manieren wurden nicht nur als erfrischend natürlich bezeichnet, sondern er lieferte der Gräfin auch das Thema für einen frommen Vortrag über den Wert von goldenen Herzen unter rauhen Schalen. Sir Thomas, der sich über den Stoff, aus dem das Herz der Gräfin gemacht war, keinen Illusionen hingab und von ihrem Rang gänzlich unbeeindruckt blieb, besuchte Stanyon so selten, wie es die primitivste Höflichkeit erlaubte, war aber durchaus bereit, Martin, den er für ein wildes Füllen hielt – nicht bösartig, aber eines Zügels bedürftig –, jederzeit zu empfangen.

Als Martin endlich bemerkte, daß seine lustige kleine Freundin inzwischen der Gegenstand der Bewunderung der ganzen Nachbarschaft geworden war, hing Marianne, von allen Seiten hofiert, nicht länger an seinen Lippen und schaute nicht mehr verehrend zu ihm auf. Statt dessen flirtete sie auf die allerliebste und harmloseste Weise mit einer Anzahl anderer junger Herren. Martin, dem es wie Schuppen von den Augen fiel, daß er sie liebte und daß sie außerdem unstreitig zu ihm gehörte, benahm sich darauf in einer Art, die eine poetische junge Dame (die nichts dagegen einzuwenden gehabt hätte, selbst der Gegenstand seiner eifersüchtigen Neigung zu sein) zu der Äußerung veranlaßte, er erinnere sie an einen schwarzen Panther. Mr. Warboys gab sich nicht die Mühe, zu entscheiden, welchem der wilderen Tiere sein Freund nun wirklich ähnelte, sondern faßte sich ein Herz und die Sache in die ebenso einfachen wie ehrlichen Worte: «Weißt du, alter Junge, wenn du einen Schweif hättest, so will ich verdammt sein, wenn du damit nicht den Boden peitschen würdest!»

Als Martin in Stanyon anlangte, peitschte der Schweif zwar nicht den Boden, war aber nahe daran. Und obgleich er einen

Teil seines einsamen Heimrittes der Betrachtung seiner Unbill gewidmet hatte, war ihm doch genügend Zeit geblieben, um die ungeheure Unklugheit eines offenen Zanks mit seinem Bruder zu erkennen, so daß er eigentlich nicht die Absicht hatte, einen Streit vom Zaun zu brechen. Aber sein Unglück führte ihn in die Waffenkammer, die in einer der breiten am Kapellenhof liegenden Galerien untergebracht war, wo auch die Gewehre aufbewahrt wurden. Dort traf er den Earl.

Gervase war in Hemdsärmeln und probierte ein Paar Floretts. Er schien eben seine Pistolen geölt zu haben, denn sie lagen in einer offenen Kassette auf einem Tisch, neben einigen Tüchern und einer Flasche Öl. Als sein Bruder die Galerie betrat, blickte er auf, und dabei kam Martin zum erstenmal zum Bewußtsein, daß er wirklich ein verdammt gutaussehender Mann war – sofern man sich für so zarte, fast feminine Züge begeistern konnte.

«Oh! Sie hier!» sagte Martin unfreundlich.

Gervase betrachtete ihn gedankenvoll. «Wie du siehst. Ist irgendein Grund vorhanden, weshalb ich nicht hier sein sollte?»

«Nicht daß ich wüßte!» antwortete Martin achselzuckend und ging zu einem Glasschrank, der mehrere Jagdgewehre enthielt.

«Ich freue mich, das zu hören!» sagte Gervase. «So vieles, was ich tue, scheint dich zu erzürnen, daß ich mir die größte Mühe gebe, dich nicht noch unwissentlich zu beleidigen.»

Die freundliche Ironie seiner Worte fiel bei Martin auf fruchtbaren Boden. Er drehte sich blitzschnell um und sagte scharf: «Wenn dem so ist, dann lassen Sie gefälligst Marianne Bolderwood in Ruhe!»

Gervase sagte nichts, wandte aber seine Augen, in denen ebensoviel Belustigung wie Wachsamkeit stand, nicht von Martins Gesicht.

«Ich hoffe, mich klar ausgedrückt zu haben, Bruder!»

«Sehr klar!»

«Sie glauben, Sie können da einfach nach Lincolnshire kommen, mit Ihrem Titel und Ihren verdammten Dandyallüren prunken und sich damit amüsieren, Marianne

Bolderwood den Kopf zu verdrehen. Aber ich werde es nicht zulassen, lassen Sie sich das gesagt sein!»

«Oh, psst, psst!» unterbrach Gervase lachend.

Martin machte einen raschen Schritt auf ihn zu. «Ich werde es nicht dulden, verstanden?»

Gervase schien ihn einen Augenblick zu messen. Er schaute noch immer erheitert aus, nahm, statt zu antworten, auch das zweite Florett vom Tisch und hielt Martin beide zum Aussuchen hin.

Martin starrte ihn an. «Was soll das heißen?»

«Kannst du nicht fechten?»

«Fechten? Natürlich!»

«Dann such dir ein Florett aus und zeig, was du kannst! Deine ganzen großen Worte beeindrucken mich nämlich überhaupt nicht, weißt du. Vielleicht wird mir deine Fechtkunst Respekt abringen!» Er hielt inne, während Martin unentschlossen dastand, und fügte leise hinzu: «Nein? Hältst du es für unter deiner Würde, mit einem solchen Dandy wie mir zu kämpfen?»

Martins Augen blitzten auf – er packte eines der beiden Floretts und rief wütend: «Das werden wir sehen!»

«Sachte! Stoß mir die Klinge nicht durch die Hand!» sagte Gervase und ließ ihn das gewählte Florett nehmen.

«Paßt dir die Länge?»

«Ich habe mit diesem Paar schon oft gefochten!»

«Dann bist du im Vorteil; ich finde sie ein wenig zu lang und etwas schwerer, als man wünschen könnte. Das ist jedoch ein Fehler, der häufig vorkommt.»

Mit diesen Worten ging er in die Mitte der Waffenkammer und wartete, bis Martin seinen Rock ausgezogen hatte. Martin folgte ihm rasch, hin- und hergerissen zwischen seinem Ärger und dem Wunsch, sein Geschick jemandem zu demonstrieren, den er stark im Verdacht hatte, sich über ihn lustig zu machen. Er wußte, daß er gut ausgebildet und in den meisten Sportarten tatsächlich so überdurchschnittlich gut geübt war, daß er fest damit rechnete, Ehre einlegen zu können. Aber schon nach wenigen Minuten mußte er erkennen, daß er seinen Meister gefunden hatte. Das Tempo und die Geschicklichkeit des Earl erhitzten ihn und nahmen ihm jede Möglichkeit, dessen undurchdringliche Deckung zu durchbrechen. Jeder Angriff wurde durch eine Parade vereitelt, umd wenn er eine Finte probierte, so lächelte Gervase bloß und sagte, während er mit unbeirrtem Handgelenk einen geraden Stoß führte: «O nein! Wenn du schon eine Finte machst, solltest du deine Faust mehr meiner nähern, sonst wirst du mich kaum treffen!»

Martin gab keine Antwort. Er keuchte, und sein Hemd war schweißbefleckt. Hätte er irgend jemand anderen zum Gegner gehabt, so wäre er entzückt gewesen, sich einem so überlegenen Fechter gegenüber zu sehen, und hätte sich über seine Unfähigkeit, einen Treffer anzubringen, nicht im geringsten geärgert. Aber es wurmte ihn unaussprechlich, die Deckung eines derart verweichlichten Menschen wie Gervase nicht durchbrechen zu können, der noch dazu keinen Augenblick besonders hart bedrängt oder sich auch nur sehr anzustrengen schien. Er mußte mit ständig wachsendem Zorn eine Reihe von Treffern in Kauf nehmen. Ein Angriff, dem er nur mit einer Luftparade ausweichen konnte, brachte ihn um die letzten Reste seiner Selbstbeherrschung. Er wehrte die Cavation mit einer Contro-Parade ab, verlegte sein Gewicht auf die linke Hüfte und drehte sein Handgelenk rasch in Terzposition mit nach links gesenkter Spitze, in der Absicht, den Earl zu desarmieren. Aber gerade als er das tun wollte, zog Gervase seine Klinge zurück, und es war die Martins, die keinen Widerstand fand und zu Boden fiel, und nicht das Florett seines Bruders.

«Dein Lehrer hat dir also diesen Trick beigebracht!» sagte Gervase ein wenig außer Atem. «Das tun nur mehr sehr wenige heutzutage. Aber es ist gefährlich, weißt du, es sei denn, du bist sehr schnell und präzis. Versuch es noch einmal! Oder hast du schon genug?»

«Nein!» zischte Martin, hob mit einer raschen Bewegung sein Florett auf und fuhr sich mit dem Hemdärmel über die nasse Stirn. «Ich bin nicht so schnell erschöpft, zum Teufel! Ich werde Sie schon noch treffen! Ich bin untrainiert!»

«Du wirst mich vielleicht ohne Training treffen. Aber nie ohne Beherrschung», sagte Gervase trocken.

«Nein? Wirklich nicht?» keuchte Martin, durch diesen ausgesprochen herausfordernden, wenn auch verdienten Tadel zu blinder Wut angestachelt.

Er band die Klinge des Earls und sah im selben Moment, daß sich das Kügelchen von der Spitze gelöst hatte. Auch Gervase bemerkte es und zog rasch seinen linken Fuß zurück, um außer Reichweite zu kommen. «Paß auf!» sagte er scharf.

«Passen Sie lieber auf!» stieß Martin hervor und machte einen direkten Angriff. Der Earl wehrte mit der St.-George-Parade ab; und gerade als sich Martin der Ungeheuerlichkeit seiner Tat bewußt wurde, fand er sich in arger Bedrängnis. Er hätte sein Florett auf ein Wort aus der Hand gelegt, aber dieses Wort blieb ungesprochen. Gervase hatte zu lächeln aufgehört. Seine Augen waren schmal geworden, und alle gute Laune war daraus verschwunden. Martin mußte weiterkämpfen, ob er wollte oder nicht. Eine achtlose, fast mechanische Quart-Battuta wurde vom Earl mit einem scharfen Schlag abgewehrt und trieb Martins Handgelenk unwiderstehlich nach oben. Der Earl schob den linken Fuß vor: mit der Hand packte er die Schale von Martins Florett, drückte sie nach rechts, faßte es schnell und hielt den Knopf seiner Klinge vor Martins Gesicht.

«Ergib dich!» sagte er mit gebieterischem Blick.

Martin händigte seine Waffe aus. Er atmete schwer und schien etwas sagen zu wollen. Doch bevor er dazu kam, geschah etwas Unvorhergesehenes. Theo, der schon seit einigen Minuten neben Miss Morville wie festgenagelt auf der Türschwelle gestanden war, kam auf ihn zu und donnerte: «Martin! Bist du *verrückt* geworden?»

Martin fuhr herum, einen trotzigen, abwehrenden Ausdruck auf seinem erhitzten Gesicht. Sein Bruder legte die Klingen auf den Tisch. Miss Morvilles nüchterne Stimme brach das ungemütliche Schweigen. «Wie unaufmerksam von Ihnen, nicht bemerkt zu haben, daß der Knopf von Ihrer Klinge abgesprungen ist!» sagte sie streng «Es hätte ein Unglück geben können, wenn Ihr Bruder nicht schärfere Augen gehabt hätte als Sie!»

«O nein, bestimmt nicht!» erwiderte Martin. «Ich konnte gar nicht an ihn heran! Es bestand gar keine Gefahr!»

Er hob seinen Rock auf und verließ hastig die Galerie, ohne Gervase anzuschauen.

«Ich nehme an», sagte Miss Morville mit unerschütterlicher Ruhe, «daß es mit Floretts ähnlich ist wie mit Gewehren. Als meine Brüder noch klein waren, pflegte mein Papa zu sagen, daß er ihnen niemals ein Gewehr in die Hand geben würde, es sei denn, er wäre die ganze Zeit dabei, um sie zu beobachten. Denn ein kleiner Junge braucht nur ein wenig aufgeregt zu sein, um die primitivsten Vorsichtsmaßregeln außer acht zu lassen. Ich kam, um Ihnen mitzuteilen, Lord St. Erth, daß Ihre Stiefmama Sie in den Gelben Salon bitten läßt. General Hawkhurst ist gekommen, um Ihnen seine Aufwartung zu machen.»

«Danke! Ich komme schon», antwortete er.

«Drusilla, erwähnen Sie zu niemandem, was Sie eben gesehen haben!» sagte Theo.

Sie blieb auf der Schwelle stehen und drehte sich um. «O nein! Warum sollte ich? Ich bin sicher, daß es Martin sehr unangenehm wäre, wenn ihn jemand wegen seiner Unvorsichtigkeit zur Rede stellte!»

Mit dieser nüchternen Bemerkung verließ sie die Waffenkammer und schloß die Tür hinter sich.

«Gervase, was ist geschehen?» fragte Theo. «Wieso kam Martin dazu, mit nackter Klinge zu fechten?»

«Oh, er versuchte lediglich, mich zu desarmieren, aber da ich ein zu alter Fechter bin, um auf einen derartigen Trick hereinzufallen, verlor er seinen Degen und nicht ich», sagte Gervase leichthin. «Ich nehme an, daß sich der Knopf beim Aufprall lockerte.»

«Willst du mir vielleicht weismachen, daß er nichts bemerkt hat?»

Gervase lächelte. «Nein, das nicht! Aber siehst du, er hatte solche Wut, weil ich nun einmal besser fechten kann als er, daß sein Zorn stärker war als sein Verstand und er mich zu durchbohren versuchte. Aber ich war nie in wirklicher Gefahr, weißt du: er ficht zwar nicht schlecht, aber es fehlt ihm an Präzision und Tempo.»

«Das habe ich gesehen. Du hattest ihn klar in der Hand, aber das kann sein Verhalten nicht entschuldigen!»

«Was das betrifft, so war es auch ein wenig meine Schuld», gestand Gervase. «Aber wirklich, Theo, er ist ein so unmanierliches wildes Pferd, daß ich meinte, eine Lektion würde ihm guttun. Ich gebe zu, ich sagte Dinge, von denen ich wußte, daß sie ihn in Wut bringen mußten. Aber es ist nichts passiert: er schämt sich jetzt gründlich, und das muß man schon als Gewinn werten.»

«Hoffentlich hast du recht. Aber –» er brach mit gerunzelten Brauen ab.

«Nun?»

«Natürlich spielte sich alles so ab, wie du sagst, aber –» er schaute seinem Vetter in die Augen und sagte unumwunden: «Gervase, sei ein wenig vorsichtiger, ich bitte dich darum! Du hast es vielleicht nicht bemerkt, aber ich sah in seinem Gesicht einen derartigen Ausdruck von Wut – fast hätte ich gesagt, von Haß –!»

«Ja, ich habe es bemerkt», sagte Gervase ruhig. «Er hätte sich gefreut, wenn er mich umgebracht hätte, nicht wahr?»

«Nein, nein, glaub das nicht! Er ist, wie du selbst gesagt hast, ein wildes Füllen, derart verwöhnt und verzogen, aber er würde dich niemals ermorden!»

«Es war sicherlich seine Absicht, mein lieber Theo!»

«Nicht seine Absicht!» sagte Theo schnell. «Sein Impuls, in diesem Augenblick!»

«Der Unterschied ist zu fein, als daß ihn das Opfer zu würdigen vermöchte. Komm, Theo! Sei ehrlich zu mir, ich bitte dich! Du hast an jenem ersten Abend, als du in mein Schlafzimmer kamst und wir zusammen Brandy tranken, versucht, mich zu warnen. War es vor Martin?» Er wartete einen Augenblick. «Ich habe meine Antwort, nehme ich an!»

«Ich weiß nicht! Ich würde es nicht wagen, etwas Derartiges zu sagen. Nur, sei vorsichtig, Gervase! Wenn dir etwas zustoßen sollte – nun, ich möchte schwören, daß er selbst zugeben würde, sich darüber zu freuen! Aber daß er trachten würde, einen solchen Unfall herbeizuführen, habe ich nie geglaubt – bis ich jetzt eben sein Gesicht sah. Da traf mich der Argwohn wie ein Blitz – aber es muß unsinnig sein!»

«Theo, ich glaube wirklich, du hättest dich zwischen uns werfen sollen!» klagte Gervase.

«Ja, das würde ich auch getan haben, hätte ich deine Deckung gefährden wollen!» antwortete Theo lachend. «Nein, aber was ich wirklich gemacht hätte, wenn du hart bedrängt gewesen wärest, weiß ich nicht! Etwas Heroisches, ohne Zweifel! Aber hör endlich auf, mich an der Nase herumzuführen, Gervase! Womit hast du Martin so in Wut gebracht, daß er dich umbringen wollte?»

«Gott, ich habe vor seiner Angebeteten mit meinem Titel und meinen Dandyallüren geprunkt, und er fürchtet, sie wäre davon geblendet.»

«Oh! Ich entnehme daraus, daß es dir gelungen ist, Miss Bolderwood zu begegnen?»

«Ja, und ich wünschte, du würdest mir sagen, warum mir niemand je etwas von ihrer Existenz erzählt hat! Sie ist das Hübscheste, was ich seit meiner Ankunft in Lincolnshire gesehen habe!»

Theo lächelte flüchtig und wandte sich ab, um die Floretts in die Kassette zurückzulegen. «Sie ist sehr schön», pflichtete er mit ausdrucksloser Stimme bei.

«Eine Erbin auch noch dazu, wenn ich ihren Vater nicht mißverstanden habe! Soll ich mein Glück versuchen?»

«Auf jeden Fall.»

Gervase warf einen raschen Blick auf sein abgewandtes Gesicht. «Theo! Auch du?»

Theo lachte kurz auf. «Mach dir keine Sorgen um mich! Ich könnte ebensogut die Hand einer königlichen Prinzessin anstreben!» Er schloß die Kassette und drehte sich um. «Komm! Wenn General Hawkhurst dich mit seinem Besuch beehrt hat, solltest du dich schon ein wenig präsentabler herrichten!»

«Du hast recht: ich will es sofort tun!» sagte Gervase, froh, die bitteren Worte seines Vetters nicht beantworten zu müssen. Nach dem wenigen, was er von beiden gesehen hatte, konnte er nicht umhin, zu denken, daß die ruhige Drusilla für Theo eine passendere Braut abgeben würde als die lebhafte und bei weitem kokettere Marianne; außerdem hätte er zugeben müssen, daß die Hoffnung, Sir Thomas würde seine einzige Tochter mit einem Mann in Theos Verhältnissen verheiraten, sehr gering war.

Martin sah er erst bei Tisch wieder. Er benahm sich ein wenig gezwungen, aber da er so sehr seinen Launen unterworfen war, beunruhigte dies seine Mutter weiter nicht. Im übrigen war sie mit der ebenso bestimmten wie aufsehenerregenden Bitte ihres Stiefsohnes, Einladungen für einen Ball in Stanyon auszusenden, hinlänglich beschäftigt. Da sie Pläne, die nicht von ihr selbst stammten, grundsätzlich ablehnte, bestand ihre erste Reaktion in der majestätisch-endgültigen Ankündigung, daß dies auf keinen Fall in Betracht käme; als jedoch der Earl unterwürfig sagte, er fürchte, man werde sich mit dem Projekt wohl befassen müssen, wenn nicht eine der großen Tradition Stanyons völlig unwürdige Veranstaltung die Folge sein sollte, merkte sie, daß sein Entschluß gefaßt war. Und der unangenehme Argwohn, der ihr seit dem Zwischenfall mit dem indischen Tafelaufsatz hin und wieder aufgedämmert war, kam ihr wieder in den Sinn – daß ihr Stiefsohn ungeachtet seiner sanften Stimme und seines zuvorkommenden Lächelns nicht leicht einzuschüchtern war. Sie ging daher vom ersten Veto zu einer Aufzählung sämtlicher Schwierigkeiten über, die die Veranstaltung eines Balles zu dieser Jahreszeit unweigerlich mit sich bringen müßte. Und als man sich zu Tisch setzte, war sie noch immer beim gleichen Thema. «Wäre es zu Weihnachten gewesen, so hätte es sich gepaßt, etwas Derartiges zu planen», sagte sie.

«Das glaube ich kaum, Ma'am!» sagte Gervase vorwurfsvoll, «damals trugen Sie doch sicher noch Trauer.»

Das war nicht zu leugnen; und während sie sich über ein neues Argument den Kopf zerbrach, fragte Martin, der den Anfang der Diskussion versäumt hatte, worum es ginge. Als er es erfuhr, war er Feuer und Flamme. Seine Augen strahlten; er wandte sich zu Gervase und rief aus: «Das ist eine famose Idee! Wir haben in Stanyon seit urdenklichen Zeiten keinen Ball mehr gehabt! Wann soll er sein?»

«Ich erklärte gerade deinem Bruder», sagte die Gräfin, «daß sich ein Ball zu dieser Jahreszeit keines sehr regen Zuspruchs erfreuen wird.»

«Ach, Unsinn, Mama! Niemand fährt vor April in die Stadt – zumindest niemand, um den es uns leid tun müßte! Ich glaube, wir könnten leicht fünfzig – nun, jedenfalls fünfundzwanzig Paare zusammenbringen! Und da zähle ich die alten Vogelscheuchen nicht mit, die nur kommen, um Whist zu spielen!»

«Ich fürchte, daß meine Gesundheit den Anforderungen, die der Empfang so vieler Leute stellt, nicht gewachsen ist», sagte die Gräfinwitwe mit einem verzweifelten Versuch, die Herrschaft an sich zu reißen.

Da sie, soweit man zurückdenken konnte, nie unter der kleinsten Unpäßlichkeit gelitten hatte, überraschte diese Ankündigung ihren Sohn einigermaßen. Bevor er jedoch seinem Erstaunen Ausdruck verleihen konnte, sagte Gervase teilnahmsvoll: «Ich möchte um nichts in der Welt Ihre Gesundheit schädigen, Ma'am! Ich bin wirklich überzeugt, daß es infam von mir wäre, von Ihnen zu verlangen, so viele Leute zu empfangen und zu bewirten. Aber ich habe mir gerade überlegt, wissen Sie, ob nicht Tante Dorothea sich dazu bewegen ließe, aus Studham herüberzukommen, wenn ich ihr meine eigene Kutsche schickte, um Ihnen die Pflichten abzunehmen, die Ihre Kräfte übersteigen. Ich glaube, wenn wir sie für ein bis zwei Wochen nach Stanyon einlüden, würde sie sich dazu wohl bereitfinden.»

Es herrschte unheilschwangere Stille. Um Theos festgeschlossenen Mund zuckte es; der Kaplan betrachtete mit gespannter Aufmerksamkeit die Vase voll Frühlingsblumen, die nun den Platz des Tafelaufsatzes in der Mitte des Tisches einnahm. Martin warf einen scheuen, fast ehrfürchtigen Blick auf den Earl. Nur Miss Morville aß weiter, als ob nichts geschehen wäre.

«Lady Cinderford», sagte die Gräfinwitwe, und der Ton, in dem sie von ihrer verwitweten Schwägerin sprach, verriet Abscheu, «wird in Stanyon nur über meine Leiche die Hausfrau spielen!»

«Das wäre ein wenig ungewöhnlich», murmelte der Earl.

Miss Morville blickte von dem Stück Fricandeau auf ihrem Teller auf und warf dem Earl einen beschwörenden Blick zu.

Dann wendete sie sich an die Gräfin und sagte: «Würden Sie es auch dann noch zu anstrengend finden, Ma'am, wenn ich es übernähme, die Einladungen für Sie zu schreiben und auch sonst die nötigen Vorkehrungen zu treffen?»

Die Gräfinwitwe ergriff bereitwilligst diesen Strohhalm, schenkte ihr eines ihrer reizendsten Lächeln und gab der versammelten Gesellschaft zu verstehen, daß sie unter diesen Umständen dazu zu bewegen wäre, ihre persönlichen Gefühle dem wohlwollenden Wunsch, ihrem Stiefsohn eine Freude zu machen, zum Opfer zu bringen. Danach machte sie sich an eine detaillierte Beschreibung aller für den Ball notwendigen Vorbereitungen, in einer sehr erschöpfenden Art, die ihrer vorherigen Versicherung, bei schlechter Gesundheit zu sein, wenig Überzeugungskraft verlieh. Lange bevor das Essen vorüber war, hatte sie sich in gute Laune geredet. Und als sie sich von der Tafel erhob, hatte sie bereits das glückliche Stadium erreicht, sagen zu können, wie sehr sie sich freuen würde, die Herzogin von Rutland in Stanyon zu begrüßen, und wie sehr sich eine ganze Reihe von Personen niedrigeren Standes ihrerseits freuen würden, Einladungen nach Stanyon zu erhalten.

Während im Italienischen Salon der unvermeidliche Spieltisch aufgestellt wurde, kam der Earl neben Miss Morville zu stehen, ein wenig abseits von der übrigen Gesellschaft. «Ich habe Ihr Mißfallen erregt, Ma'am?»

Sie schien überrascht zu sein. «Nein, wie könnten Sie? Ach, Sie meinen diese *überaus* unglückliche Bemerkung bei Tisch? Nun, ich muß sagen, das war wirklich ein bißchen stark! Aber es ist nicht an mir, Sie zu tadeln, und wenn ich diesen Eindruck erweckt habe, so bleibt mir nichts übrig, als Sie um Vergebung zu bitten.»

«Nicht doch, ich bitte Sie! Ich gestehe meinen Fehler ein. Werden Sie an meinem Ball keine Freude haben?»

«Keine Freude? Ganz im Gegenteil! Ich bin überzeugt, daß ich mich sehr daran freuen werde.»

«Ich fürchte, daß er Ihnen viel Arbeit verursachen wird.»

Eigentlich erwartete er höflichen Protest. Doch statt dessen erwiderte sie aufrichtig: «Ja natürlich, weil Lady St. Erth alles, was ich vorschlagen werde, so lange ablehnen wird, bis es mir gelingt, ihr einzureden, daß sie selbst es angeregt hat. Ich wünschte, sie ließe mich das Ganze arrangieren, nichts würde mir größeren Spaß machen. Aber das hieße wirklich zu viel erwarten, und man soll nie zu anspruchsvoll sein!»

«Nichts würde Ihnen größeren Spaß machen, als einen Ball zu arrangieren? Ich kann mir nichts Ermüdenderes vorstellen!»

«Das wundert mich nicht, da Herren für derlei Dinge kein Talent haben.» Sie warf einen Blick auf Martin, der eben mit seiner Mutter besprach, welche Familien man gebührenderweise zum Ball einladen müßte. «Ich nehme an, er wird sie ganz besonders darum bitten, den Bolderwoods eine Karte zu schicken», sagte sie weise. «An Ihrer Stelle würde ich ihr gegenüber nichts davon erwähnen, daß Sie sie einladen wollen, denn das würde nur ihren Widerstand hervorrufen, und auf Martins gute Dienste können Sie sich in dieser Sache verlassen.»

«Darf ich fragen, Ma'am», fragte er ein wenig kühl, «warum Sie annehmen, daß ich ausgerechnet die Bolderwoods einladen will?»

Sie heftete einen ihrer klaren, fragenden Blicke auf sein Gesicht. «Ist es nicht so? Ich dachte, es müßte Marianne gewesen sein, die Ihnen die Idee mit dem Ball in den Kopf gesetzt hat, waren Sie doch heute früh in Whissenhurst zu Besuch.»

Er wußte nicht, ob er lachen oder sich ärgern sollte. «Auf mein Wort, Miss Morville! Ich scheine ja unter scharfer Bewachung zu stehen!»

«Daran werden Sie sich mit der Zeit gewöhnen müssen», gab sie zurück. «Alles, was Sie tun, ist doch für Ihre Leute von Interesse. Und in diesem besonderen Fall konnten Sie nicht hoffen, Ihren Besuch geheimzuhalten (obwohl ich mir nicht vorstellen kann, warum Sie das wünschen sollten), da die kleine Enkelin Ihres Kutschers in Grange beschäftigt ist.»

«Wirklich!»

«Ja, und man ist dort so zufrieden mit ihr, daß man sie nächsten Monat sogar nach London mitnehmen will, was wirklich sehr erfreulich ist!» Sie blickte ihn von neuem forschend an und fragte: «Haben Sie sich in Miss Bolderwood verliebt?», was ihn ein wenig aus der Fassung brachte.

«Sicher nicht!» antwortete er in einem Ton, der darauf berechnet war, ihr zu verstehen zu geben, daß er die Frage ein wenig unverschämt gefunden hatte.

«Oh, die meisten Herren verlieben sich auf den ersten Blick in sie!» bemerkte sie. «Man kann sich darüber auch nicht wundern, denn sie ist sicherlich das hübscheste Mädchen, das man sich vorstellen kann. Ich habe mir oft gedacht, daß es sehr angenehm sein muß, schön zu sein. Mama ist zwar der Ansicht, daß Klugheit wichtiger ist, aber ich muß gestehen, daß ich ihr da nicht beistimmen kann.»

Die Gräfinwitwe rief Gervase an den Spieltisch. Er lehnte ab und behauptete, dringende Briefe schreiben zu müssen, worauf man sich an Miss Morville wandte, die unverzüglich hinging; Martin, der eine Weile ruhelos auf und ab gegangen war, kam zu seinem Bruder und sagte linkisch: «Ich habe es wirklich nicht so gemeint! Das heißt – ich bitte Sie um Entschuldigung, aber – aber Sie haben mich zum Weiterfechten angestachelt! Und es wäre der reinste Glücksfall gewesen, wenn ich Sie wirklich niedergestochen hätte!»

Gervase, der eben eine Prise Schnupftabak an die Nase hob, hielt mitten in der Bewegung inne. «Du bist sehr ehrlich!» bemerkte er.

«Ehrlich? Oh –! Gott, ich habe es natürlich nicht so gemeint – ich wollte damit nur sagen, daß es der reinste Zufall gewesen wäre, wenn etwas passiert wäre – wenn Sie nicht aufgepaßt hätten oder – oder so etwas Ähnliches!»

«Ich verstehe. Ich war offensichtlich ganz im Irrtum, denn ich gewann den Eindruck, daß du die feste Absicht hattest, mir deinen Degen durch den Leib zu rennen!»

«Sie haben mich aber auch in Weißglut gebracht!» murmelte Martin mit gesenktem Blick und glühenden Wangen.

«Ja, ich scheine eine unglückliche Art zu haben, dich zu beleidigen, nicht wahr?» sagte der Earl.

6

Miss Bolderwood wurde von den beiden Brüdern nicht mehr erwähnt, da es Martin sichtlich peinlich war, den Gegenstand seines letzten Streits mit Gervase zu berühren. Gervase wiederum fühlte sich nicht dazu verpflichtet, seinem Bruder über seine Besuche in Whissenhurst Grange Rechenschaft abzulegen. Diese waren häufiger, als zur guten Laune Martins oder irgendeines der anderen Verehrer der entzückenden Erbin beitragen konnte; denn der Earl, der am Tage nach seiner ersten Begegnung mit Marianne nach Whissenhurst hinübergefahren war, um sich höflich nach ihrem Befinden zu erkundigen, weil ihr doch ein so böses Abenteuer widerfahren war, vermochte sie ohne große Schwierigkeiten dazu zu überreden, ihn auf eine Spazierfahrt zu begleiten. Da er aus einer zufällig gemachten Beobachtung schloß, daß sie noch nie ein Paar Vollblutpferde kutschiert hatte, kam ihm der glückliche Gedanke, ihr seine Unterweisung in dieser Kunst anzubieten; es ging vortrefflich; Sir Thomas, der an der Art, wie der Earl seine Schimmel behandelte, gleich erkannt hatte, daß er mit Pferden ausgezeichnet umzugehen verstand, hatte dagegen nichts einzuwenden; und an mehreren Tagen zeitig in der Früh konnten diejenigen von Miss Bolderwoods Bewunderern, die sich ganz zufällig in der Umgebung von Whissenhurst aufhielten, mit heller Empörung ihre Göttin unter der Anleitung ihres jüngsten und glänzendsten Verehrers die Allee hinunterkutschieren sehen. Mehr als einmal hatten sie auch das zweifelhafte Vergnügen, dem Earl bei einer der Teegesellschaften in Whissenhurst zu begegnen. Diese zwanglosen Unterhaltungen, wo es nach reichlich Tee, Quadrillen und Kartenspiel ein erlesenes Souper gab, waren so recht nach dem Geschmack des Earl, den sein ausgedehnter Aufenthalt in Spanien, dem Land des fröhlichen Dahinlebens, für die in Stanyon herrschende prunkvolle Langeweile unempfänglich gemacht hatte. Sir Thomas war ein freundlicher Gastgeber, seine Gattin eine vorzügliche Hausfrau; und nichts machte beiden größeren Spaß, als zuzuschauen, wie sich eine Anzahl junger Leute auf ihre Kosten amüsierte. Was Marianne betraf, so wäre es schwer gewesen, zu erraten, welchen ihrer Verehrer sie vorzuziehen geneigt war, denn sie schien jeden einzelnen mit gleicher Freude zu begrüßen, und wenn sich einmal ein Kavalier ihrer besonderen Gunst erfreuen durfte, so zeichnete sie schon am nächsten Tag einen anderen auf die gleiche sonnige Art aus. Aber ebensowenig vernachlässigte sie die Angehörigen ihres eigenen Geschlechts: man hatte sogar schon erlebt, daß sie einen hoffnungsvollen und durchaus nicht unbegehrenswerten Gentleman sich selbst (und seinem Gram) überlassen hatte, bloß weil sie ihr Versprechen, mit einer jungen Dame einen Spaziergang zu unternehmen, auf keinen Fall brechen wollte. Die Herren nannten sie das schönste Mädchen, das sie jemals gesehen hätten; die Damen charakterisierten sie auf eine noch erstaunlichere Weise: als das «netteste Geschöpf auf Gottes weiter Welt». Natürlich fanden sich auch Verleumder; und bald nach seiner Ankunft in Stanyon erfuhr der Earl von mehreren Müttern hübscher Töchter, daß Miss Bolderwood, wiewohl nicht übel, eine zu kurze Oberlippe hätte, um als schön gelten zu können, und es außerdem an Bildung in betrüblicher Weise fehlen ließ. Auf dem Klavier brachte sie nur Mittelmäßiges zustande, und Harfe hatte sie überhaupt nie spielen gelernt. Ebensowenig war Lady Bolderwood je mit dem Ansinnen an ihre Besucher herangetreten, doch die neuesten Aquarelle ihrer Tochter zu bewundern, was zu der Befürchtung Anlaß gab, daß Miss Bolderwood auch in dieser Richtung keine Talente aufzuweisen hatte.

Martin war fast ständig bei den Teegesellschaften in Whissenhurst zu finden; und einmal begleitete auch Theo den Earl, auf eine spezielle Einladung Lady Bolderwoods, um an einer kleinen Tanzunterhaltung teilzunehmen. Gervase, dem nicht entging, wie Theos Blicke an Marianne hingen, konnte ihn nur bemitleiden: er hatte nicht den Eindruck, daß sie Theo größere Aufmerksamkeit schenkte als ihm selbst, oder Martin, oder dem einsilbigen Mr. Warboys.

Aus Stanyon wurden die ersten Einladungen ausgeschickt. Marianne war außer sich vor Freude, und wenn sich auch Lady Bolderwood dagegen sträubte, Marianne bei einem richtigen Ball erscheinen zu lassen, bevor sie nicht in London bei einem von ihren Eltern arrangierten Fest in die Gesellschaft eingeführt worden wäre, ließ sich Sir Thomas nicht davon überzeugen, daß solche Haarspaltereien irgend etwas zu bedeuten hätten. Lady Bolderwoods Skrupel wurden besiegt, Marianne durfte sich ihres Glückes freuen und hatte nur die einzige Sorge, ob sie sich für das weiße Seidenkleid mit dem perlenbesetzten Mieder à la russe oder für das ebenso schöne aus weißem Krepp entscheiden sollte, das mit Spitzen geputzt und über einem Seidenunterrock zu tragen war.

Aber auch ihre Freude – sowie die aller Damen, die mit einer Einladung beehrt worden waren – sollte bald der Besorgnis weichen. Das Wetter änderte sich, der Wind wehte andauernd von Osten, und es sah aus, als müßte man sich auf eine stürmische Zeit gefaßt machen. Eine Gesellschaft munterer junger Damen, die in den Wäldern in der Nähe von Whissenhurst Veilchen gesucht hatten, wurde von einem solchen Platzregen überrascht, daß sie fast bis auf die Haut durchnäßt daheim ankamen. Geeichte Wetterpropheten wie Gärtner und Bauern reagierten auf ängstliche Fragen nur mit einem Kopfschütteln und meinten, es sähe nicht so aus, als würde es in absehbarer Zeit schön werden. Der Ball war vorsorglicherweise auf einen Vollmondabend angesetzt worden, aber nicht einmal ein so nachgiebiger Vater wie Sir Thomas hätte auch nur einen Augenblick daran gedacht, sechs Meilen zu einer Gesellschaft über Land zu fahren, solange der Mond von Wolken verdüstert und die Sicht durch strömenden Regen behindert wäre.

«Müssen wir verzweifeln, Miss Morville?» fragte der Earl.

«Nein, aber wenn das Wetter so abscheulich bleibt, werden Sie Ihre Gesellschaft sehr dünn gesät finden, fürchte ich», antwortete sie. «Die Leute, die von weit herkommen und hier schlafen sollen, werden wohl kommen, weil sie noch bei Tageslicht wegfahren und hoffen können, dem Regen zu entgehen oder daß es überhaupt nicht regnen wird. Ich glaube, auf die Leute von Belvoir können Sie sicher zählen, aber vielleicht sollten Sie sich für die Möglichkeit wappnen, daß Ihre nächsten Nachbarn sich dem nassen stürmischen Wetter lieber nicht aussetzen werden.»

«Ich werde mich bemühen», versprach der Earl ernsthaft.

Drei Tage vor dem Ball zeigte das Wetter noch keinerlei Anzeichen, sich zu bessern, sondern versprach nichts als Unheil. Die Propheten sprachen düster von einem Sturm, der sich angeblich zusammenbraute, und behielten recht. Der Tag war stürmisch; und als man sich in Stanyon zu Tisch setzte, nahm sogar Martin, der sich bis dahin strikt geweigert hatte, die Möglichkeit, daß das schlechte Wetter anhalten könnte, auch nur ins Auge zu fassen, seinen Platz mit äußerst unzufriedenem Gesicht ein und sagte: «Draußen ist der Teufel los!»

«Wenn das so weitergeht, müssen wir eben den Ball verschieben», sagte Gervase freundlich.

«Ja. Und inzwischen fahren unsere ganzen Gäste nach London!» gab Martin zurück.

Er konnte von nichts anderem sprechen als der wahrscheinlichen Zunichtemachung aller Pläne; und da kein Zureden fruchtete, um ihm die Aussichten in etwas rosigerem Licht erscheinen zu lassen, tat es nicht einmal seiner Mutter leid, als er kurz nach dem Essen aufstand, einige Male wie ein Abgrund gähnte und sagte, daß er zu Bett gehen wolle, da er Kopfweh hätte und alles ohnedies entsetzlich langweilig wäre.

Die abendliche Whistpartie war in vollem Gang, und so wilde Kämpfe wurden über den grünen Tisch ausgefochten, daß es keinem der vier Spieler auffiel, als der Wind nicht mehr an den Fensterläden rüttelte und um die Ecken des Schlosses seufzte. Miss Morville, die ruhig am Feuer saß und stickte, hob den Kopf und sagte: «Hören Sie doch! Der Wind hat nachgelassen!»

«Das habe ich erwartet», bemerkte die Gräfinwitwe und sammelte ihre Karten ein. «Tatsächlich habe ich es heute morgen vorausgesagt. ‹Verlassen Sie sich darauf›, sagte ich zu Abney, «der Wind wird nachlassen, und wir werden für den Ball das schönste Wetter haben.› Ich schmeichle mir, mit meinen Prophezeiungen selten fehlzugehen. Mein Gott, St. Erth, wenn ich gewußt hätte, daß Sie den Karokönig im Blatt haben, hätten wir noch ein paar Stiche riskieren können!»

«Ich fürchte sehr, Ma'am, daß das bloß die Ruhe vor dem Sturm ist», sagte Theo.

So war es auch. Nach einer kurzen Stille hörte man entferntes, aber drohendes Donnergrollen; und die Gräfin sagte prompt, daß sie fest damit gerechnet hätte, da Martin von nichts so unweigerlich Kopfweh bekam wie von einem Gewitter.

Nachdem es eine halbe Stunde ab und zu gedonnert hatte, sagte Miss Morville, daß auch sie zu Bett gehen wollte. Wenn es schon Sturm geben müsse, meinte sie, so wünschte sie, er möge recht bald in seiner ganzen Wut losbrechen und um so eher vorüber sein.

«Arme Drusilla!» lächelte Theo. «Ist es wirklich so schlimm?»

«Es *ist* schlimm», antwortete sie würdevoll, «aber ich bin mir vollkommen darüber im klaren, daß es einer mit der *geringsten* Intelligenz begabten Person ganz und gar unwürdig ist, sich vor Donner zu fürchten. Der Lärm ist zwar unangenehm, kann einem aber schließlich nicht weh tun!» Mit diesen wackeren Worten faltete sie ihre Näherei zusammen, wünschte allen gute Nacht und ging schlafen.

«Ich fürchte, wir müssen uns auf eine stürmische Nacht gefaßt machen», sagte Mr. Clowne kopfschüttelnd. «Es war den ganzen Tag schon so schwül. Das läßt darauf schließen, daß ein heftiges Gewitter im Anzug ist. Ich hoffe, Myladys Nachtruhe wird nicht allzusehr darunter leiden.»

«Ich bin ganz unbesorgt», antwortete sie. «Ich fürchte die Elemente nicht, das versichere ich Ihnen. Im Gegenteil, ich würde mich sehr wundern, wenn sie mich um meinen Schlaf brächten. Wir haben sehr schwere Gewitter hier in Stanyon: das habe ich schon oft beobachtet. Ah, hier kommt endlich der Tee! Wie schade, daß Drusilla schon schlafengegangen ist, sie hätte den Tee servieren können, und nun muß ich es selbst tun!»

Je weiter der Abend fortschritt, desto heftiger wurde der Sturm. Kaum war ein Donnerschlag verklungen, krachte auch schon der nächste, lautere, und der Himmel über dem Schloß schien zu dröhnen. Kräftige Windstöße schlugen gegen die Fenster, trieben den Rauch in die Kamine zurück und pfiffen um die zahlreichen Ecken des Schlosses mit einem

Geheul, das selbst während der lautesten Donnerschläge zu hören war.

Der Kaplan hatte sich bescheiden zurückgezogen, sobald seine Gönnerin schlafengegangen war. Und so blieben der Earl und sein Vetter sich selbst überlassen. Der Earl zündete sich eine Zigarre an, doch Theo lehnte dankend ab. «Ich hoffe, du wirst deine Kühnheit nicht bereuen, wenn die Tante morgen früh – und es wird ihr nicht entgehen, das verspreche ich dir! – in diesem Zimmer Tabakgeruch entdeckt!» fügte er hinzu.

Gervase lachte. «Glaubst du, daß sie mir eine ihrer fürchterlichen Szenen machen wird? Ich werde zittern wie Espenlaub: sie ist eine furchtgebietende Frau!»

Sein Vetter lächelte. «Du kennst dich aus, Gervase! Als ob ihr Geschimpfe dir etwas ausmachen würde! Deine ganze Freundlichkeit und Sanftmut ist nichts als Manöver: in Wirklichkeit machst du mit ihr, was du willst!»

«Militärisches Training, Theo: eine Kräfteparade, um den Feind zu täuschen», sagte Gervase mit Überzeugung. «Aber dieses Zimmer wird morgen nach Holzrauch stinken, weshalb mein Frevel gute Aussichten hat, unentdeckt zu bleiben. Du hast recht: es ist eine sehr schlechte Angewohnheit. Ich habe sie aus Spanien mitgebracht und mich vergeblich bemüht, sie wieder loszuwerden. Ich kann nicht finden, daß mir der Schnupftabak dabei hilft. Guter Gott, was für ein Sturm! Es wird dich aus deinem Turm wehen!»

«Mich nicht! Die Mauern sind so dick, daß ich die Nacht wahrscheinlich viel besser verbringen werde als du!»

«Glaube das nur ja nicht! Ich habe mich an diese Art von Nachtruhe in Spanien gewöhnt und bald gelernt, beim ärgsten Tornado friedlich zu schlafen – noch dazu in einem zugigen Quartier mit Fenstern, die wir bloß mit ein paar Planken vernagelt hatten, um uns vor dem Schlimmsten zu schützen. Außerdem habe ich Turvey vorsichtshalber aufgetragen, das Feuer in meinem Zimmer ausgehen zu lassen, damit ich nicht fürchten muß, vom Rauch erstickt zu werden. Auch ich habe nämlich vorausgesehen, was kommen wird, genau wie Mylady!»

«Jedenfalls haben wir jetzt gute Aussichten, daß es sich austoben wird, so daß wir für nachher besseres Wetter erwarten können. Du brauchst an deinem Ball nicht zu verzweifeln! Der Sturm ist nicht so heftig, wie man dem Heulen des Windes nach meinen möchte. Ich bin daran gewöhnt, aber ich kann mir vorstellen, daß du nach so langer Abwesenheit glaubst, die armen Seelen im Fegefeuer schreien zu hören.»

«Nein. Ich erinnere mich gut daran, wie ungastlich Stanyon bei schlechtem Wetter sein kann. Ich gehe jetzt zu Bett. Ich weiß wirklich nicht, wie es zugeht, aber ein Abend in Gesellschaft meiner Stiefmama ermüdet mich mehr als ein Dutzend Kavallerieattacken!»

«Auch daran bin ich gewöhnt», sagte Theo ernsthaft.

Sie verließen den Salon Arm in Arm. In den Gängen und auf der großen Treppe brannten noch die Lampen und die Kerzen, da der Earl seinen Haushalt auf das liebenswürdigste davon in Kenntnis gesetzt hatte, daß er nicht gewohnt war, um zehn Uhr schlafen zu gehen, und daher nicht wünschte, das Schloß schon um diese Zeit in pechschwarzer Finsternis vorzufinden. Einige Lakaien, deren Pflicht es war, die Lichter zu verlöschen, sobald er die Schlafzimmertür hinter sich geschlossen hatte, saßen herum. Der Earl lächelte ein wenig und murmelte: «Der arme Turvey! Er kann sich mit dem umkomfortablen Landleben nicht befreunden und schüttelt das Haupt darüber, sich beim Licht einer einzigen Kerze ins Bett tasten zu müssen. Ich hoffe, er wird mir in Anbetracht all dieser Entbehrungen nicht den Dienst aufkündigen, denn er versteht sich auf meine Stiefel wie niemand sonst.»

«Und auf deine Halstücher?» sagte Theo ironisch.

«Nein, wie kannst du nur so ungerecht sein? Für die bin ich allein zuständig! Aber du hast mir die letzten Zweifel genommen, Theo! Dieses Modell im orientalischen Stil, das du mit Recht mißbilligst, ist zu hoch geraten – bei weitem zu hoch! Dafür wirst du morgen sehen, wie wunderbar ich einen ‹trône d'amour› binden kann!»

«Geh schlafen! Es ist wirklich schon zu spät für Witze!» sagte Theo lachend. «Schlaf gut!»

«Bestimmt! Ich habe bereits die ganze letzte Stunde gegähnt! Gute Nacht!»

Der Earl betrat sein Schlafzimmer, wo ihn Turvey bei einem ersterbenden Feuer erwartete. «Eine stürmische Nacht!» bemerkte er.

«Äußerst stürmisch, Mylord.»

«Mein Vetter glaubt aber, daß wir mit unserer Hoffnung, nach dem Sturm besseres Wetter zu erwarten, nicht zu optimistisch sein sollen.»

«Tatsächlich, Mylord?»

«Ich glaube», sagte der Earl, zog die Nadel aus dem zu groß geratenen Halstuch in orientalischem Stil und legte sie auf seinen Toilettetisch, «wenn man jetzt ins Freie ginge, würde man merken, daß die Heftigkeit des Sturms bei weitem nicht an die Erwartungen heranreicht.»

«Ich würde mich der Wut der Elemente lieber nicht aussetzen – es sei denn, Eure Lordschaft wünscht es ganz ausdrücklich.»

«Meine übertriebenen Anforderungen an Sie machen *davor* halt», sagte Gervase gemessen.

Turvey verbeugte sich: es war offensichtlich, daß er nicht geneigt war, sich besänftigen zu lassen. Sein Herr gab es daher auf und ließ sich schweigend beim Auskleiden helfen. Nachdem ihm Turvey beim Anlegen des Schlafrocks behilflich gewesen war, entließ er ihn und setzte sich an seinen Toilettentisch, um seine Nägel zu feilen. Turvey sammelte die abgelegten Kleider, wünschte dem Earl mit allem Zeremoniell eine gute Nacht und zog sich in das angrenzende Ankleidezimmer zurück, wo man ihn noch eine Weile herumgehen, Laden auf- und zuziehen und Kleider bürsten hörte. Nachdem Gervase seine schlanken Finger kritisch betrachtet hatte, blies er die Kerzen aus, die neben dem Spiegel in Leuchtern steckten, schob einen Papierkeil unter die Gangtür, die eine unangenehme Neigung zum Klappern zeigte, und stieg in sein gewaltiges Bett. Es hatte schwere mit Goldtroddeln geschmückte Vorhänge aus purpurrotem Samt, doch Gervase, der im Laufe von mehreren im Felde verbrachten Jahren eine heftige Abneigung dagegen entwickelt hatte, sich eingesperrt zu fühlen, hatte seinem Diener auf das entschiedenste verboten, sie zuzuziehen. Er machte es sich auf seinen Polstern bequem, rückte die Kerze auf dem Nachttisch zurecht und öffnete voll banger Ahnung ein Buch, das ihm die Gräfinwitwe auf seine unkluge Äußerung, es nie gelesen zu haben, aufgedrängt hatte. Es hieß «Von der Selbstbeherrschung», und da es die Gräfin als äußerst hübsch und lehrreich bezeichnet und hinzugefügt hatte, daß die Lektüre ihm sehr guttun würde, erwartete er sich davon keine besondere Unterhaltung. Der Donner rumorte nach wie vor, und der Wind peitschte den Regen gegen die Fensterscheiben, aber dieser gleichmäßige Lärm vermochte ihn ebensowenig wachzuhalten wie die guten Lehren der Mrs. Brunton. Er merkte bald, daß die Worte vor seinen Augen verschwammen, warf das Buch beiseite, löschte die Kerze aus und war binnen zehn Minuten fest eingeschlafen.

Er erwachte ganz plötzlich – wie lange danach, wußte er nicht –, als ob sich ein ungewohntes Geräusch in seine Träume gedrängt und ihn ins Bewußtsein zurückgerufen hätte. Das Zimmer lag in tiefem Dunkel, da das Feuer im Kamin inzwischen vollends ausgegangen war. Er hörte nichts als das gleichmäßige Trommeln des Regens und das Heulen des Windes, das schwächer klang. Und gerade als er sich fragte, ob ihn ein vom Dach fallender Ziegel oder das Zuschlagen einer nachlässig offengelassenen Tür geweckt hätte, empfing er einen derart bestimmten Eindruck, nicht allein im Zimmer zu sein, daß er sich rasch auf einen Ellbogen stützte und seine Augen anstrengte, um das tiefe Dunkel zu durchdringen. Er hörte nichts als den Wind und den Regen, aber das Gefühl, daß jemand im Zimmer wäre, wurde eher stärker als schwächer. Er sagte scharf: «Wer da?»

Niemand antwortete, und kein Laut sprach für die Anwesenheit eines Menschen. Aber er konnte sich damit nicht zufriedengeben, sondern warf mit einer raschen Bewegung die Bettücher beiseite und sprang auf. Als seine Füße den Boden berührten, krachte etwas, und seine angespannten Sinne vernahmen einen Laut, der ähnlich klang wie das Schließen einer gut geölten Tür. Er stürzte zum Fenster, schlug bei dieser Gelegenheit sein Schienbein am Toilettentisch an und riß einen der Vorhänge zur Seite. Fahles

Morgenlicht drang ins Zimmer. Er konnte niemanden entdecken, ging zu seinem Bett zurück und tastete nach seinem Feuerzeug. Er zündete eine Kerze an, hielt sie in die Höhe und schaute sich aufmerksam um. Dabei fiel ihm auf, daß der Papierkeil nach wie vor fest in der Tür steckte, die auf den Gang hinausführte. Er warf einen Blick auf die Tür zu seinem Ankleidezimmer und sah, daß auch sie geschlossen war. Er stellte die Kerze auf den Tisch zurück, schlüpfte in ein Paar bunter marokkanischer Pantoffeln und ging achselzuckend in sein Ankleidezimmer, obwohl er sich sagte, wie unwahrscheinlich es wäre, daß jemand um diese Zeit in sein Zimmer kommen sollte. Dennoch war er überzeugt, nicht geträumt zu haben.

Auf dem Gang krachte ein Brett. Er nahm den Leuchter, riß die Tür auf und trat auf den Gang hinaus. Vor ihm stand Martin, völlig angekleidet, jedoch ohne Schuhe, eine Laterne in der Hand. Er hatte genau vor seiner Tür haltgemacht und schaute erschrocken und abwehrbereit über die Schulter. «Martin!» rief der Earl. «Was zum Teufel –?»

«Machen Sie keinen solchen Krach!» bat Martin ebenso leise wie wütend. «Wollen Sie meine Mutter aufwecken?»

«Was treibst du hier?» fragte Gervase leiser, aber sehr ernst. «Wo bist du gewesen?»

«Was geht das Sie an?» gab Martin zurück. «Ich glaube kaum, daß ich Ihnen über mein Tun und Lassen Rechenschaft schuldig bin! Ich war fort.»

«Fort?» wiederholte Gervase ungläubig. «Bei diesem Sturm?»

«Warum nicht? Ich fürchte mich nicht vor einem läppischen Gewitter!»

«Bitte, sei so freundlich, mich nicht länger aufziehen zu wollen!» sagte Gervase schärfer, als sein Bruder ihn je sprechen gehört hatte. «Du hattest Kopfschmerzen und bist zeitig zu Bett gegangen!»

«Ach», murmelte Martin und wurde ein wenig rot. «Es – es fiel mir ein, daß ich eine Verabredung im Dorf hatte!»

«Eine Verabredung im Dorf! In welchem Dorf, wenn ich fragen darf?»

«In Cheringham – aber das geht Sie überhaupt nichts an!» sagte Martin trotzig.

«Soviel ich weiß, regnet es. Aber wie ich sehe, bist du staubtrocken», sagte Gervase beißend.

«Natürlich! Ich hatte meinen Mantel an und ließ ihn unten, mit den Stiefeln! Sie brauchen wirklich nicht meiner Mutter brühwarm zu erzählen, daß ich heute noch aus war – obwohl ich überzeugt bin, daß genau das Ihre Absicht ist!» Er warf seinem Bruder einen feindseligen Blick zu und sagte: «Wahrscheinlich hat Sie die verfluchte Tür aufgeweckt! Der Wind hat sie mir aus der Hand geblasen.»

«Was für eine Tür?»

«Die in den Hof, natürlich!» Er wies mit dem Kinn auf eine Tür am Ende des Ganges, die, wie der Earl wußte, zu einer Nebenstiege führte. «Dort bin ich hereingekommen. Das tue ich oft!»

Gervase betrachtete ihn mit gerunzelter Stirn. «Alles recht schön und gut, aber was führt dich zu meinem Zimmer?»

«Herrgott, ich muß doch an Ihrem Zimmer vorbei, wenn ich über diese Stiege heraufkomme!»

«Du mußt aber nicht hereinkommen, will mir scheinen.»

«Hereinkommen! Das ist der Gipfel! Als ob ich Lust dazu hätte!»

«Bist du vielleicht nicht in mein Zimmer gekommen?»

«Nicht im Traum! Warum sollte ich? Ich wollte, Sie würden sich nicht in fremde Angelegenheiten mischen, St. Erth! Wenn ich nach Cheringham gehe, weil es mir so paßt und ich meine Gründe habe –»

«So geht mich das natürlich nichts an», unterbrach Gervase. «Du suchst dir stürmische Nächte für deine Liebesabenteuer aus!»

«Meine –?» Martin brach in Gelächter aus, dämpfte es jedoch eilig. «Ach, so ist das! Die Tochter vom alten Scrooby, wahrscheinlich!»

«Ich bitte um Entschuldigung. Aber du wirst zugeben, daß eine glaubwürdige Erklärung her muß, wenn du von mir erwartest, daß ich diese Geschichte hinunterschlucke.»

«Ich habe nicht die leiseste Absicht, irgend etwas zu erklären», sagte Martin und schaute ihn wütend an.

Ein Lichtschimmer an der Ecke, wo die Galerie mit jener zusammenstieß, die an der Nordseite des Hofes entlangführte, erregte die Aufmerksamkeit des Earl. Er machte einen schnellen Schritt und stieß auf Miss Morville, die, in einen Umhang gehüllt, eine Lampe in der Hand, vorsichtig um die Ecke geschaut hatte und nun zum Vorschein kam, errötend und flüsternd: «Ich bitte um Vergebung, aber ich dachte schon, es wären Einbrecher! Dieser abscheuliche Sturm ließ mich nicht schlafen, und auf einmal glaubte ich Schritte draußen zu hören und dann eine Tür, die zufiel. Ich wollte schon leise hinaufgehen und Abney wecken, aber dann hörte ich Stimmen, und da ich die Ihre zu erkennen glaubte, Mylord, schlich ich die Galerie entlang, um nachzuschauen, ob wirklich Sie es wären.» Sie warf einen Blick auf Martin. «Haben Sie die Tür im Hof zufallen lassen? Waren Sie bei diesem Sturm fort?»

«Ja, ich war fort!» sagte Martin ebenso wütend wie leise. «Ich war im Dorf. Was haben Sie beide dazu zu bemerken, wenn ich fragen darf?»

«Nichts, als daß ich wünschte, Sie wären ein wenig vorsichtiger und würden mich nicht so erschrecken!» sagte Miss Morville und zog ihren Schal enger um die Schultern. «Wenn ich an Ihrer Stelle wäre, Martin, würde ich übrigens nicht hier herumstehen und reden, denn wenn Sie das noch lange tun, wird Lady St. Erth sicher aufwachen.»

Diese praktische Bemerkung bewirkte, daß Martin auf den Zehenspitzen abzog. Und Miss Morville wäre – ihrer bloßen Füße, die das Nachtgewand nur sehr unvollkommen verbarg, und des netten, unter ihrem Kinn zusammengebundenen Häubchens eingedenk – seinem Beispiel gefolgt, hätte sie nicht zufällig einen Blick auf den Earl geworfen, der Martin nachschaute. Miss Morville betrachtete ihn einen Augenblick lang und fragte dann leise: «Was ist vorgefallen, Sir, ich bitte Sie?»

Er schaute auf sie hinunter. «Vorgefallen?»

«Sie scheinen ziemlich erregt zu sein. Weil Martin heimlich ins Dorf gegangen ist! Junge Burschen tun das gerne, wissen Sie!»

«Das! Nein! – Wenn es wahr wäre!»

"Oh, ich glaube schon, daß es stimmt!» sagte sie. «Ich dachte – Sie nicht? –, daß er das getrunken hat, was mein Bruder Jack ‹Old Tom› nennt.»

«Ich wüßte nicht, weshalb er deswegen ins Dorf gehen muß.»

«Nicht deshalb», sagte Miss Morville, als wüßte sie in solchen Dingen genau Bescheid, «ich nehme an, daß er zu einem Hahnenkampf gegangen ist.»

«Hahnenkampf!»

«Im Roten Löwen. Ehrlich gestanden, daran dachte ich schon, als er sagte, er hätte Kopfweh und würde schlafen gehen.»

«Aber warum in Teufels Namen konnte er das nicht gleich sagen?»

«Das tun sie nie», antwortete sie einfach. «Meine Brüder waren genauso. Im allgemeinen sind die Eltern nämlich gegen Hahnenkämpfe, wegen der schlechten Gesellschaft, in die ein Junge dabei gerät. Verlassen Sie sich darauf, daß er es Ihnen nur deshalb nicht sagen wollte.»

«Meine liebe Ma'am, Martin wird mich schwerlich als seinen Erziehungsberechtigten betrachten!»

«Nein – das heißt, nur von der unangenehmen Seite», sagte sie. «Sie sind um so viel älter als er und haben außerdem schon viel mehr erlebt, so daß ich überzeugt bin, der arme Junge fühlt sich Ihnen gegenüber schwer im Hintertreffen. Außerdem hat er momentan großen Zorn auf Sie. Ich würde an Ihrer Stelle nicht erwähnen, daß er heute nacht fort war.»

«Das werde ich sicher nicht tun. Wie tief sitzt denn sein Zorn, Miss Morville? Sie scheinen so gut informiert zu sein, daß Ihnen vielleicht auch das bekannt sein wird!»

«Gott, nein! Ich nehme an, sein Zorn wird sich legen, sobald er Sie einmal besser kennt. Ich habe Martin nie besondere Beachtung geschenkt und glaube, daß es besser wäre, wenn Sie es auch nicht täten.»

«Sie sind ein Born der Weisheit, Ma'am!»

«Ich bin nicht sonderlich klug, aber im allgemeinen hält man mich für recht vernünftig, obwohl ich genau merke, daß

Sie sich über mich lustig machen», erwiderte sie ruhig. «Gute Nacht! Ich glaube, der Wind hat nachgelassen, und wir werden vielleicht endlich schlafen können!»

Sie huschte davon, und der Earl kehrte in sein Schlafzimmer zurück. An Schlaf war jedoch nicht zu denken, und nachdem er den Vorhang wieder vorgezogen hatte, ging er langsam in seinem Zimmer auf und ab und überdachte das Vorgefallene. Er konnte sich zur Not vorstellen, daß das Krachen, das er gehört hatte, lediglich vom Rücken eines Sessels verursacht worden war; aber es war ihm unmöglich, seinen Nerven daran die Schuld zu geben, daß er sich das Schließen einer Tür eingebildet hatte. Er hätte schwören können, das leise Einschnappen eines Türschlosses gehört zu haben, und dieses Geräusch war zu charakteristisch, als daß er es mit den verschiedenartigen durch den Sturm verursachten Geräuschen hätte verwechseln können. Er warf einen Blick auf die Tür, die in seinen Ankleideraum führte, und machte einen Schritt darauf zu, hielt aber wieder inne, da er bedachte, daß sein heimlicher Besucher in dieser Nacht wohl kaum zurückkehren würde. Anstatt die Tür zu verschließen, bückte er sich, um sein Taschentuch aufzuheben, das neben dem Bett zu Boden gefallen war, und drehte es mechanisch zu einem Strick. Dabei überlegte er, ob das bewußte Geräusch vielleicht doch nicht aus seinem eigenen Zimmer gekommen, sondern durch Martin verursacht worden war, als er die Tür schloß, die zur Gangstiege führte. Er konnte es sich schwer vorstellen, aber jedenfalls war es sinnlos, sich im Augenblick weiter den Kopf darüber zu zerbrechen. Er warf das Taschentuch auf sein Polster und zog den Schlafrock aus. Plötzlich kam Leben in seinen abwesenden Blick: er nahm das Taschentuch zum zweitenmal in die Hand und hielt es nahe zum Licht, um das Monogramm, das ihm aufgefallen war, näher zu betrachten. Zwei verschlungene Initialen waren in den feinen Batist zart eingestickt: M und F.

7

Dem Sturm folgte ein schöner Tag. Ein frischer Wind wehte, die Sonne lachte, und hoch am blauen Himmel standen große, weiße Wolken. Vom Fenster des Frühstückszimmers konnte man einiges von den Verheerungen sehen, die der nächtliche Sturm angerichtet hatte; und Martin, der eben hereinkam, berichtete, daß es im Wald einen Baum umgelegt hätte, wenn nicht mehr, und daß die Dachziegel in den Höfen herumlägen.

«Ich hoffe, Eure Lordschaft hat keine allzu unruhige Nacht verbracht?» sagte Mr. Clowne besorgt. «Der Sturm war so heftig!»

«Seine Lordschaft wird Ihnen sagen, Sir», sagte Theo, «daß ein englisches Gewitter jemanden, der schon in Spanien biwakiert hat, nicht aus der Ruhe bringen kann. Wenigstens hat er mir das gestern abend ganz stolz erzählt. Noch nie besser geschlafen, wie, Gervase?»

«Habe ich wirklich geprahlt? Dann geschieht mir ganz recht, denn ich muß gestehen, daß meine Ruhe tatsächlich nicht ganz ungestört war.» Er blickte lächelnd in Martins dunkle Augen, aus denen Unruhe und Zorn sprachen, und fügte hinzu, während in seinen eigenen nachsichtige Ironie stand: «A propos, Martin, ich glaube, das gehört dir!»

Martin fing das Taschentuch auf, das er ihm hinübergeworfen hatte, und betrachtete es flüchtig. «Ja. Haben Sie es unter Ihren eigenen gefunden?»

«Nein», sagte Gervase, «du hast es verloren.»

Martin blickte rasch auf, Argwohn in den Zügen. «Oh! Schon möglich: das kann leicht vorkommen.» Er wendete sich Theo zu und begann ihn über den letzten Stand der vom Sturm angerichteten Verwüstungen zu unterrichten.

«Da ich die Absicht habe, heute früh nach Hatherfield zu reiten», bemerkte der Earl, «wird man mich ohne Zweifel mit Forderungen wegen neuer Dächer und Rauchfänge überfallen. Was soll ich meinen lästigen Pächtern sagen, Theo?»

«Daß sie sich mit ihren Wünschen und Beschwerden an deinen Sachwalter wenden sollen, natürlich! Aber willst du wirklich hingehen? Ich hatte die Hoffnung, dir Pflichtgefühl beizubringen, schon längst aufgegeben! Vor allem vergiß nicht, den alten Yelden zu besuchen! Er fragt mich schon die längste Zeit, wann er hoffen darf, dich zu sehen, und es wäre wirklich eine große Freude für ihn! Du hast bestimmt keinen treueren Pächter! Er behauptet steif und fest, daß er dir beigebracht hat, wie man auf Bäume klettert!»

«Das hat er wirklich! Ich werde ihn sicher besuchen», versprach Gervase.

Martin war in ein Gespräch mit dem Kaplan vertieft und schien dieser Unterhaltung nicht die geringste Aufmerksamkeit zu schenken; er richtete auch während der ganzen Mahlzeit nur dann das Wort an seinen Bruder, wenn ihn eine direkte Frage dazu zwang.

Als die Tafel aufgehoben wurde, schlenderte er davon; und nachdem Mr. Clowne sich zurückgezogen hatte, blickte Theo seinen Vetter mit seinen scharfsinnigen Augen an und sagte:

«Was ist los?»

Der Earl zog die Augenbrauen in die Höhe. «Warum? Findest du mich schlecht aufgelegt?»

«Nein, aber es ist leicht zu bemerken, daß Martin wieder einmal rappelt.»

«Gott, muß es denn immer einen Grund für seine Launen geben? Das hätte ich nicht gedacht! Hast du heute viel zu tun? Komm mit mir nach Hatherfield!»

«Gerne. Ich möchte ohnehin nachschauen, ob den jungen Bäumen in der neuen Pflanzung nichts passiert ist; sie liegt auf dem Weg nach Cheringham. Wir werden dort sicher Hayle treffen, mit dem ich sowieso über die neue Einzäunung sprechen muß. Vielleicht möchtest du selbst mit ihm reden?»

«Bitte, verschone mich! Ich verstehe nichts von Zäunen und würde mich nur blamieren. Und es würde sich nicht gut machen, wenn ich mir vor meinem Verwalter eine solche Blöße gäbe!»

Sein Vetter lachte, schüttelte aber den Kopf und ging fort, um irgendein Geschäft zu erledigen. In weniger als zwanzig Minuten war er wieder zur Stelle, und die beiden ritten davon.

Der kürzeste Weg nach Hatherfield führte durch den Schloßpark uod dann über einen Fluß nach Cheringham

Spinney. Da die Ufer versumpft waren, hatte der Großvater des Earl eine lange Holzbrücke bauen lassen, die so schmal war, daß zwei Reiter sie nur hintereinander überqueren konnten. Der Fluß war durch den Sturm zu einem reißenden Strom en miniature geworden, und Beweise für die nächtlichen Verheerungen schwammen auf seinen aufgepeitschten Fluten. Gervase ritt einen zappeligen Braunen. Das Pferd scheute bei der Brücke, setzte aber nach einer kleinen Meinungsverschiedenheit mit seinem Herrn seine Hufe vorsichtig auf die hölzernen Planken. «Du wärest nicht der Richtige für einen Feldzug, mein Lieber!» schalt Gervase sanft und klopfte ihn auf den schweißbedeckten Hals. «Nur Mut!»

«Achtung, Gervase!» rief Theo aus, der ihm dicht auf den Fersen war, sein Pferd jedoch zügelte. «Gervase, *halt!*»

«Was ist los?» sagte Gervase, brachte sein Pferd gehorsam zum Stehen und drehte sich um.

«Die Brücke ist nicht sicher! Komm zurück!» sagte Theo und trieb sein Pferd zurück. Er schwang sich aus dem Sattel, warf seine Zügel dem Earl zu und stapfte durch den sumpfigen Grund bis ganz nahe zum angeschwollenen Fluß. «Hab ich's doch gedacht!» rief er. «Der eine Pfeiler steht kaum mehr! Gott, was für ein Glück, daß Hayle vor einigen Tagen mit mir davon sprach und ich mich rechtzeitig daran erinnerte! Einer der großen Äste muß dagegen gestoßen sein: der Pfeiler ist fast entzwei!»

«Kein Wunder, daß Orthes nicht hinüber wollte!» sagte Gervase. «Armer Kerl, ich habe dir unrecht getan, nicht wahr? Dabei bist du viel klüger als dein Herr und hast ihm ein schimpfliches Bad ersparen wollen!»

«Ein Bad!» rief Theo und kam aufs Trockene zurück. «Du hättest Glück gehabt, nicht mehr abzubekommen! Das Flußbett ist voller Felsblöcke! Wenn du alleine hier hinübergeritten wärest! Du hättest betäubt werden können –! Ich mache mir wirklich Vorwürfe: diese Brücke hätte ich reparieren lassen sollen, sofort, nachdem Hayle mir davon erzählte! Mein lieber Gervase, du kannst leicht lachen, aber du hättest übel zugerichtet – wenn nicht tödlich verletzt werden können! Was sollen wir jetzt machen?»

«Durchwaten, natürlich. Orthes wird zwar nicht ganz einverstanden sein, darum soll ihm dein wohlerzogener Schimmel mit gutem Beispiel vorangehen!»

Theo nahm ihm seine Zügel wieder aus der Hand und stieg in den Sattel. «Gut, aber sei vorsichtig! Das Wasser ist so gestiegen, daß man die Steine gar nicht mehr sieht – und ich versichere dir, es gibt deren mehr als genug!»

Das schlammige Wasser verdeckte die Felsen tatsächlich, war aber nicht sehr tief und reichte den Pferden kaum bis zu den Knien. Dennoch mußte Gervase zugeben, daß ein Sturz von der Brücke leicht ein paar gebrochene Glieder oder eine Gehirnerschütterung hätte zur Folge haben können, da der Grund wirklich sehr steinig war, so daß die Pferde nur sehr langsam vorwärtskamen. Orthes stolperte einmal, aber sein Herr hatte ihn sofort wieder in der Gewalt, und die Durchquerung ging ohne Unfall vonstatten. «Ein abenteuerlicher Ritt!», bemerkte Gervase fröhlich. «Ich bin froh, daß du mich begleitet hast, Theo! Es hätte mich wirklich nicht begeistert, in dieses schmutzige Wasser zu fallen. Aber was der arme Turvey zu meinen Stiefeln sagen wird, daran denke ich nur mit Schaudern! Ah, da kommt ja der Brückenwärter – zwar ein wenig spät, aber sieh nur, wie eifrig!»

Er zeigte mit der Reitgerte auf einen rotbäckigen kleinen Jungen in einem Kittel und Frieshosen, der über den holperigen Weg wichtig auf sie zukam. In der Hand trug er einen Haselstock, mit einem roten Tuch daran, wie eine Standarte.

«Nun, Fähnrich, wer bist du?» fragte der Earl und lächelte dem Buben zu. «Horatius, nehme ich an!»

«Das ist Parson», widersprach der Kleine. «Ich bin bloß Tom Scrooby zum auf die Brücke aufpassen, damit niemand nicht drüber geht, Euer Ehren, weil sie in der Mitte auseinander ist.» Seine Blicke wanderten zu Theo, nachdem er den Earl mit den Augen verschlungen hatte. Er zog an seiner strohfarbenen Strähne. «Mr. Martin hat gesagt, daß er es Mr. Hayle sagt, Sir, und Vater hat gesagt, wie er nach Haus gekommen ist, ich soll auf die Brücke aufpassen, hat er gesagt, bis Mr. Hayle kommt und sie anschaut.»

«Mr. Martin –!» Theo verstummte. «Gut! Also paß nur ordentlich auf, Tom! Mr. Hayle wird gleich hier sein.»

Der Earl warf Master Scrooby einen Shilling zu, setzte sein Pferd wieder in Gang und ritt den Weg hinunter. Orthes fühlte sich zu einem Galopp aufgelegt, aber sofort hatte ihn Theos Schimmel eingeholt. Theo sagte in seiner ruhigen Art: «Du solltest mir sagen, was dich beschäftigt, Gervase. Wenn du meinst, daß es Martins Pflicht gewesen wäre, dich vor der Brücke zu warnen, so möchte ich sagen, daß er vielleicht nicht zugehört hat, als du sagtest, du wolltest heute nach Hatherfield reiten.»

«Ist das deine Meinung?»

«Nein», sagte Theo unverblümt.

«Meine auch nicht. Weißt du, daß mir Martin schon langsam auf die Nerven geht? Vielleicht wäre er in Studham wirklich besser aufgehoben. Oder ich, zumindest.»

Sein Vetter ritt mit gerunzelten Brauen eine Weile schweigend neben ihm her. Nach einiger Zeit sagte der Earl: «Du stimmst mir nicht bei?»

«Daß er in Studham besser aufgehoben wäre? Nein. Aber das hat nichts zu bedeuten. Wenn du ihn aus Stanyon fortschicken willst, so sei es. Aber es wird nicht ohne Krach abgehen, denn er wird nicht ausziehen, ohne zu protestieren. Ebensowenig wird Lady St. Erth schweigend zuschauen oder ohne Martin in Stanyon bleiben. Und wie willst du seine Verbannung begründen, wenn die beiden dann die ganze Verwandtschaft rebellisch machen?»

Der Earl ließ Orthes im Schritt gehen.

«Muß ich sie denn begründen?»

«Ja – wenn du nicht willst, daß man dich für launenhaft hält oder – was diejenigen, die dich nicht kennen, vielleicht meinen würden – für rachsüchtig.»

Der Earl schwieg. Dann sagte er klagend: «Wie klug du bist, Theo! Natürlich hast du vollkommen recht. Aber was will der Junge eigentlich? Hofft er, mich aus Stanyon zu vertreiben? Er kann doch kein solcher Dummkopf sein!»

Theo zuckte die Achseln. «Man kann nicht wissen, was er sich erhofft. Aber ich glaube, du kannst ihn nicht gut hinauswerfen, bloß weil er einmal mit nackter Klinge mit dir gefochten oder es unterlassen hat, dich vor einer beschädigten Brücke zu warnen!»

«Ah, das ist noch lange nicht alles!» sagte Gervase.

«Was noch?»

Gervase zögerte. «Ich wollte es dir eigentlich nicht sagen, aber gestern nacht erwachte ich mit der festen Überzeugung, daß jemand bei mir im Zimmer wäre.»

Theo starrte ihn entgeistert an.

«In deinem Zimmer? Martin?»

«Das kann ich nicht sagen. Ich habe gute Gründe, anzunehmen, daß er es war, aber bis ich aufstand und den Vorhang wegzog, war niemand mehr da.»

«Guter Gott! Gervase, bist du dessen sicher?»

«Nein, das bin ich nicht, aber ich glaube, daß jemand durch den Ankleideraum in mein Zimmer gekommen ist. Ich hörte so etwas wie das Einschnappen eines Schlosses.»

«Das kann ich mir nicht vorstellen! Mein Gott, wenn – Aber warum meinst du, daß es Martin gewesen sein könnte?»

«Ich traf ihn auf dem Gang vor meiner Tür.»

«Was?»

«Er behauptete, in Cheringham gewesen zu sein – was ich durchaus nicht zu glauben geneigt war. Miss Morville jedoch, die von einer zufallenden Tür geweckt worden war, ist der Meinung, daß er wahrscheinlich die Wahrheit gesagt hat. Sie glaubt, daß er zu einem Hahnenkampf gegangen ist.»

«Das ist durchaus möglich. Aber ich hatte keine Ahnung davon! Ich dachte, er hätte Kopfschmerzen! Und du glaubst –»

«Nein, nein, ich glaube gar nichts! Aber ich habe das starke Gefühl, daß ich, solange ich in Stanyon bleibe, nur mehr mit der Pistole ins Bett gehen werde! Ganz wie in Spanien!»

Theo lächelte. «Du hast schon ein paar böse Gewohnheiten mit heimgebracht! Aber wecke bitte nicht die ganze Nachbarschaft auf, nur weil vielleicht eine Maus das Pech hat, deine Nachtruhe zu stören!»

«Ich schieße erst von Ratten aufwärts!» versprach Gervase ernsthaft.

Sie setzten ihren Ritt ohne Zwischenfall fort. Der Earl besuchte seinen alten Freund Yelden; sein Vetter inspizierte die neue Pflanzung, und gegen Mittag kehrten sie über die Hauptstraße, die den Schloßpark vom Pförtnerhaus mit dem großen schmiedeeisernen Tor aus dem 17. Jahrhundert bis zum alten Turm durchquerte, der noch immer erstaunlich gut erhalten war, seine Zugbrücke aber längst eingebüßt hatte, nach Stanyon zurück. Da der Graben längst ausgefüllt worden war, diente der Turm keinem besonderen Zweck mehr, wurde aber in Reiseführern als besonders schönes Beispiel mittelalterlicher Architektur bezeichnet. Durch seinen gewölbten Torbogen gelangte man zum Ost- oder Haupteingang des Schlosses, der ursprünglich zum äußeren Vorwerk geführt hatte, das man inzwischen in einen schönen Hof mit grobem Kies und wohlgepflegten Blumenbeeten verwandelt hatte.

Als die beiden Vettern durch den Torbogen ritten, kam ein Sportkabriolett in Sicht, das vor den Stufen zum Haupteingang haltgemacht hatte. Ein schneidiger Reitknecht stand neben den Pferden; der Besitzer des Gefährts legte sichtlich großen Wert darauf, *à la mode* zu sein, denn dem Wagen war ein Viererzug vorgespannt. Theo rief deshalb auch aus, daß er sich nicht vorstellen könnte, wer in diesem Aufzug wohl zu Besuch gekommen sei. Seine Stimme klang zornig, aber Gervase sagte in gespielt vorwurfsvollem Ton, daß er damit nur seine empörende Unwissenheit an den Tag legte. «Ein Wagen mit vier Pferden, mein lieber Theo, ist das Wahrzeichen des *Nonesuch*, laß dir das gesagt sein! Aber wen habt ihr wohl in Lincolnshire, der – Guter Gott! Diese Pferde sollte ich doch kennen!» Er gab seinem Pferd die Sporen, daß es einen Satz nach vorne machte. Ein Herr in einem hellen Reisemantel, einen breitkrempigen Filzhut auf dem Kopf, der auf der breiten Steintreppe eben mit Abney verhandelte, drehte sich um, kam die Stufen herunter und rief: «Hallo, Ger! Auf! Feind in Sicht!»

«Lucy! Das ist aber eine Überraschung!» rief der Earl und streckte seinem Freund beide Hände entgegen. «Mein lieber Junge! Wo kommst du hergeschneit?»

«Von den Caldbecks, alter Freund», erklärte sein Besucher. «Konnte aber nicht fort, ohne dich gesehen zu haben! Glaube nur nicht, daß du mich jetzt einladen mußt, bloß weil mein Diener mit meinem ganzen Gepäck nachkommt! Ich sehe ja, wie die Sache steht – du hast keinen Platz!»

Dabei wies er mit einer großartigen Geste auf das riesige Gebäude und blickte den Earl aus seinen hellen Augen fragend an. Gervase sagte lachend: «Auf dem Dachboden werden wir schon noch Platz für dich finden! Theo, was meinst du, können wir diesen Menschen irgendwo unterbringen? Mein Vetter, Lucy – Theo, das ist Hauptmann Lucius Austell – pardon, Lord Ulverston! Wann hast du den Dienst quittiert, Lucy?»

«Nicht lange nach dir», erwiderte Ulverston und schüttelte Theo herzlich die Hand. «Nach Großvaters Tod bildete sich Vater auf einmal ein, daß nicht alle drei Söhne gleichzeitig im Feld sein dürften. Also mußte ich abrüsten. Habe ihm zwar gesagt, daß ich in London ebensogut umgebracht werden kann wie im Krieg – habe noch nie einen solchen Verkehr gesehen – Lissabon ist nichts dagegen, mein Lieber –, aber es war nichts zu wollen, ich mußte nach England zurück!»

Inzwischen hatte Theo begriffen, daß der Freund seines Vetters niemand anderer war als der Erbe des Earl von Wrexham, dem vor kurzem der Rang seines Vetters zugefallen war. Er erkundigte sich höflich nach Cornelius, dem jüngsten Bruder, den er einmal im Hause eines gemeinsamen Bekannten kennengelernt hatte, und der Viscount erwiderte mit der ihm eigenen Unbekümmertheit: «Keine Ahnung, wie's ihm geht! Glaube, er ist irgendwo in Westindien, aber diese Seeleute – Sie wissen ja – vagabundieren derartig herum, daß man gar nicht so schnell nachkommt! Corney will ein Vize- oder Konteradmiral werden, oder irgend so was Ähnliches, aber jetzt, da man den armen alten Boney auf irgendeine gottverlassene Insel abgeschoben hat, wird es überhaupt keine Beförderung mehr geben. Das habe ich auch Freddy gesagt, als ich den Dienst quittierte, aber der hat gerade seine Kompanie gekriegt und bildet sich ein, er wird sein Regiment im Handumdrehen kommandieren können! Kennen Sie meinen Bruder Freddy? Nein? Ein fader Esel. Hätte der älteste sein sollen! Das habe ich mir schon oft gedacht!»

Der Earl hatte inzwischen die Pferde begutachtet und unterbrach ihn, ohne sich umzudrehen: «Wie bist du mit ihnen zufrieden, Lucy?»

«Ah, du alter Roßtäuscher, hast du sie mir nicht mit der Garantie verkauft, daß sie sechzehn Meilen pro Stunde machen? Keinen Schritt über fünfzehneinhalb, Ehrenwort! Aber allen Ernstes, Ger, warum hast du sie mir wirklich verkauft? Vier Prachtstücke – gleichen einander wie ein Ei dem anderen!»

«Oh, mein Vetter predigte mir Sparsamkeit! Du kannst sagen, daß sie mein Ruin waren!»

«Sparsamkeit!» rief Theo aus. «Darf ich fragen, wieviel du für deine Grauschimmel gezahlt hast?»

«Grauschimmel?» sagte der Viscount. «Ger, doch nicht Binghams Grauschimmel? Bei Gott, wenn ich gewußt hätte, daß er die verkaufen will –! Führen Sie sie weg, Clarence! Führen Sie sie weg!» Die letzten Worte galten seinem Diener, der inzwischen den Koffer abgeschnallt und ins Haus getragen hatte.

Der Viscount hängte sich bei seinem Freund ein und sagte: «Nun, alter Junge, wie geht's dir eigentlich? Du schaust beruhigend aus!»

Theo nahm Gervase die Zügel ab, sagte, daß er ohnehin in die Ställe ginge und Orthes mitnehmen würde. Gervase dankte mit einem Lächeln und führte den Viscount ins Schloß.

«Ich hoffe, daß du ein paar Wochen hierbleiben wirst, Lucy», sagte er. «Ich mache dich aber lieber gleich darauf aufmerksam, daß Stanyon ein schrecklicher Aufenthaltsort ist! Meine Stiefmutter wird sich über deinen Besuch durchaus nicht freuen – noch dazu, wo du in einem *solchen* Aufzug gekommen bist!»

«Ger! Der Viererzug-Club!» protestierte der Viscount verletzt.

«Das sehe ich. Sie wird dich für verrückt halten, und du wirst morgen schon wieder abreisen, von ihrer Römernase in die Flucht geschlagen!»

«Sie hat also ein Papageiengesicht?» sagte der Viscount interessiert. «Ich wette mit dir, um was du willst, daß sie auf mich nicht lospicken wird! Mein lieber Junge, hast du jemals meine Tanten gesehen? Drei Papageiengesichter, und sehr handfest! Vater fürchtet sich vor ihnen – Mutter fürchtet sich vor ihnen – Freddy traut sich nicht in ihre Nähe! Der einzige, der mit ihnen umgehen kann, bin ich! Ohne Spaß – so wahr ich hier stehe!»

Dennoch schien es während der ersten Minuten, die der Viscount mit der Gräfinwitwe verbrachte, nachdem er ihr vorgestellt worden war, als ob sie ungeachtet seiner Künste bei der Behandlung seiner Tanten unter seine Mißerfolge einzureihen wäre. Er hatte seinen Reisemantel abgelegt – ein unsinniges Kleidungsstück von ungewöhnlicher Länge und einer Unzahl von Schulterkragen –, aber was auch immer dadurch gewonnen wurde, ging, wie ihm Gervase mitteilte, sofort wieder verloren, da er sich alsobald in einem einreihigen Rock mit tiefangesetzter Taille, einer blau-gelb gestreiften Kaschmirweste, weißen Kniehosen aus Ripssamt und kurzen Stiefeln mit überlangen Stulpen präsentierte. Ein schwarzgetupftes Musselinhalstuch und ein Haarschnitt *à la Stanhope* waren die letzten Glanzlichter auf seiner Erscheinung und taten nichts dazu, um ihn in den Augen seiner Gastgeberin zu rekommandieren. Sie betrachtete jeden Freund ihres Stiefsohnes instinktiv mit Abneigung und war obendrein beleidigt, daß der Viscount ungeladen nach Stanyon gekommen war. Andererseits machte ihn sein hoher Rang durchaus akzeptabel; und sehr bald entdeckte sie, daß sie einmal bei einer Gesellschaft in Harrowgate mit seinem Onkel Lucius getanzt hatte. Als sie nach einer Reihe erschöpfender Fragen und Nachforschungen obendrein feststellte, daß einer ihrer Verwandten, dem sie durch die verzwicktesten Familienverhältnisse unverdrossen nachspürte, sich sogar mit Amelie, der Cousine des Viscount, verehelicht hatte, waren Extravaganz seiner Kleidung und Zwanglosigkeit seines Benehmens vergeben und vergessen und sie durchaus bereit, ihn als sehr wohlerzogenen jungen Mann zu bezeichnen, den in Stanyon zu begrüßen sie nur froh und glücklich wäre. Da sein Diener noch im Laufe des Nachmittags mit einer mit Gepäck vollgestopften Mietkutsche in Stanyon anlangte, war es ihm möglich, vor dem Abendessen die

Mitgliedstracht des Viererzug-Clubs mit passenderen Kniehosen und einem dunklen Rock zu vertauschen und sich auf diese Weise in der Gunst der Gräfinwitwe zu behaupten. Sie gab der Hoffnung Ausdruck, er würde sich dazu überreden lassen, bis zum Ball in Stanyon zu bleiben; und er war die personifizierte Liebenswürdigkeit, führte sie zu Tisch, saß zu ihrer Rechten und erfreute sie mit der detaillierten, langersehnten Schilderung der außergewöhnlichen Umstände, die zu Tante Agathas zweiter Verehelichung geführt hatten. Da seine Konversation mit Ausdrücken gespickt war, die, wenn sie von ihrem Sohn oder ihrem Stiefsohn gebraucht wurden, niemals verfehlten, den scharfen Tadel der Gräfinwitwe hervorzurufen, konnten sich diese beiden Herren ihrer verschiedenen Veranlagung gemäß nur über die Unbekümmertheit, mit der der Viscount diese gewagten Ausdrücke fallen ließ, oder über die Unberechenbarkeit älterer Damen wundern.

Martin, der eben ein peinliches Verhör mit Theo durchgestanden hatte, setzte sich im Vollgefühl beleidigter Unschuld zu Tisch. Da man die Tafel im Hinblick auf den unerwarteten Gast anders arrangiert hatte, saß er zur Linken seines Stiefbruders und benützte einen animierten Wortwechsel über die Vorzüge von Brighton als Badeort gegenüber Scarborough, um mit leiser zorniger Stimme zu Gervase zu sagen: «Wie ich höre, sind Sie heute früh nach Hatherfield geritten und haben die Brücke unpassierbar gefunden! Ich will nicht leugnen, daß Sie davon gesprochen haben mögen, nach Hatherfield reiten zu wollen, aber ich habe wirklich nicht aufgepaßt! Jedenfalls hatte ich Hayle schon informiert, daß die Brücke beschädigt war!»

«Tatsache ist», sagte Gervase, «daß du untröstlich gewesen wärest, wenn ich mir den Hals gebrochen hätte.»

«Durchaus nicht», sagte Martin grob. «Aber deshalb zu behaupten, daß ich es darauf anlegte, das ist wirklich ein starkes Stück! Den Hals brechen! In diesem lächerlichen Bach!»

«Lüg mich nicht an und gib es wenigstens zu, daß du es sehr wohl gehört hast, als ich sagte, ich wollte nach Hatherfield reiten, und daß du hofftest, ich würde in den schmutzigen Bach fallen!»

«Oh –!» sagte Martin und wurde rot, grinste aber gegen seinen Willen. Als er sah, daß Gervase ihn nachdenklich betrachtete, fügte er entschuldigend hinzu: «Geht es mich vielleicht etwas an, wohin Sie reiten? Natürlich, wenn Sie mich *gefragt* hätten –! Das haben Sie aber nicht getan, und was das Ertrinken betrifft – pah!» Er schien die Fortsetzung dieser Unterhaltung selber ein wenig peinlich zu finden und sagte unvermittelt: «Sie haben wohl nicht vergessen, daß wir heute abend in Whissenhurst eingeladen sind. Ich habe die Kutsche befohlen, denn Drusilla fährt mit. Wollen Sie mit uns kommen, oder fahren Sie allein?»

«Ich fahre überhaupt nicht. Sei bitte so freundlich, mich bei Lady Bolderwood zu entschuldigen und ihr meine Empfehlungen zu bestellen.» Damit wandte sich Gervase von ihm ab und sagte irgend etwas zu Miss Morville, die sich an der von den anderen geführten Diskussion nicht beteiligte, da sie niemals in Scarborough gewesen war.

Als sich die Damen bald darauf zurückzogen, empfahl sich auch Martin mit der Begründung, er dürfe Miss Morville nicht warten lassen. Theo ging mit Selbstverleugnung daran, die Gräfinwitwe mit einer Partie Piquet schlecht und recht zu unterhalten, da Gervase, wie er sagte, sicherlich mit Lord Ulverston plaudern wolle. Dieser hochherzige Plan wurde jedoch dadurch zunichte gemacht, daß die Gräfin dem Viscount schon vorher das Versprechen abgerungen hatte, eine Partie Whist mitzuspielen, was er auch prompt in die Tat umsetzte. Obwohl der Teetisch schon gedeckt war, spielte man noch immer weiter, da die Gräfin erklärte, sie könne sich von den Karten kaum losreißen. «Zwanzig Minuten vor elf!» staunte sie mit einem Blick auf die Uhr, die auf dem Kaminsims stand. «Dieses ausschweifende Leben wird mich noch zugrunde richten! Im allgemeinen, müssen Sie wissen, spiele ich nicht länger als bis zehn Uhr: es freut mich dann nicht mehr. Aber heute abend habe ich mich so gut unterhalten, daß ich gar nicht bemerkte, wie die Zeit verging. Sie spielen ausgezeichnet, Ulverston. Ich schmeichle nie, also können Sie mir glauben, wenn ich Ihnen sage, daß ich wirklich einen angenehmen

Abend verbracht habe. Mein lieber Vater war ein außergewöhnlich guter Spieler, und ich glaube sein Talent geerbt zu haben. Mein Gott, es würde mich wundern, wenn ich vor Mitternacht im Bett bin! Wir werden unverzüglich zur Abendandacht schreiten und nicht auf Miss Morvilles Rückkehr warten, denn wenn in Whissenhurst getanzt oder ‹Spekulation› gespielt wird, ist nicht abzusehen, wann die beiden zurückkommen werden.»

Bevor jedoch den Anwesenden dieses Programm aufgezwungen werden konnte, öffnete sich die Tür, Miss Morville und Martin traten ein und erklärten ihre frühe Heimkehr teils gelassen, teils äußerst mißvergnügt mit der Nachricht, daß Sir Thomas krank wäre. Seine Gattin sah zwar keinen Grund zu ernster Besorgnis – er war mit Halsschmerzen und Fieber zu Bett gegangen –, hatte aber trotzdem nach Dr. Malpas geschickt mit der Bitte, am nächsten Morgen nach Whissenhurst zu kommen. Sie befürchtete Influenza, und unter diesen Umständen hatte es Miss Morville nicht für passend gehalten, den Besuch über die Teestunde auszudehnen.

«Wenn er nur Marianne nicht ansteckt!» rief Martin aus. «Er hätte sich wirklich einen anderen Moment aussuchen können, um krank zu werden! Warum hat er nicht vorigen Monat Influenza bekommen, wo ohnehin die ganze Nachbarschaft damit zu Bett lag! Kein Mensch hätte was dagegen gehabt! Aber nein! Ausgerechnet jetzt muß er krank werden, wo wir unseren Ball geben! Es würde mich überhaupt nicht überraschen, wenn die Bolderwoods ganz wegblieben! Es geht schon alles schief!»

«So ein schäbiger Kerl!» sagte Ulverston. «Aber so ist es schon einmal mit diesen alten Brummbären! Sie machen das alles absichtlich!»

«Alter Brummbär ist er eigentlich keiner», räumte Martin ein.

«Sind Sie jetzt nicht zu großmütig?»

«Sir Thomas ist ein sehr achtbarer Mann», erklärte die Gräfinwitwe. «Wir werden uns morgen nach seinem Befinden erkundigen lassen, und ich bin sicher, daß wir gute Nachrichten bekommen werden. Es würde ihm bestimmt schrecklich leid tun, wenn er nicht nach Stanyon kommen könnte.»

«Welche besondere Tugend», fragte der Viscount ein wenig später, als ihn Gervase in die Bibliothek geführt hatte, die im Erdgeschoß gelegen war, «besitzt dieser Sir Thomas, daß von seiner Anwesenheit der Erfolg des Balles abhängt?»

Gervase lachte. «Eine Tochter!»

«Eine Tochter? Ausgezeichnet! Ich brauche wohl nicht zu fragen, ob sie schön ist?»

«Sehr schön, sehr anziehend!»

«Wie unverantwortlich von Sir Thomas, krank zu werden! Ich werde sicher lange hierbleiben, Ger!»

«Nichts würde mich mehr freuen, aber gib acht, daß du nicht Martin in die Quere kommst!»

«Wie kannst du das nur für möglich halten, wo du doch heute abend meine Liebenswürdigkeit bewundern konntest? Was hat denn diese halbe Portion?»

«Sei doch ein wenig nachsichtiger!»

Der Viscount streckte die Hand nach dem Glas aus, das der Earl für ihn gefüllt hatte. «Ich verstehe. Und er ist in Sir Thomas' Tochter verliebt?»

«Irrsinnig. Er würde mich am liebsten umbringen, weil ich –» Gervase verstummte, und seine Hand, die eben ein zweites Glas Wein vollschenkte, blieb einen Augenblick unbeweglich. «Weil ich mit ihr geschäkert habe», endete er leichthin.

Der Viscount setzte eine Engelsmiene auf, aber in seinen Augen stand gespannte Aufmerksamkeit. Er sagte: «Ich kann natürlich verstehen, daß er bereit ist, dich umzubringen, mein Süßer. Was war das mit der beschädigten Brücke?»

«Ach, das hast du also gehört? Ich dachte, du wärest in die Schönheiten des Steyne vertieft.»

«Gute Ohren, mein Lieber!» sagte der Viscount entschuldigend.

«Da gibt es nicht viel zu erzählen. Der gestrige Sturm hat einen der Pfeiler einer Holzbrücke gebrochen, die über einen Fluß hier führt, und Martin unterließ es, mich davon zu unterrichten. Er ist eifersüchtig, weißt du, und war, glaube ich, der Meinung, daß mir ein kaltes Bad in schlammigem Wasser sehr gut bekommen würde.»

«Reizender junger Mann!» bemerkte der Viscount. «Nun, und bist du hineingefallen?»

«Nein, denn mein Vetter begleitete mich und hatte irgendwie das Gefühl, daß mit der Brücke nicht alles in Ordnung wäre. Ich muß Martin übrigens die Gerechtigkeit widerfahren lassen, daß er bereits Auftrag gegeben hatte, die Brücke bewachen zu lassen. Ein Lausbubenstreich: nichts sonst.»

«Dein Vetter hat ihn deshalb ganz schön zur Rede gestellt! Ich habe zugehört», sagte Ulverston und nippte an seinem Wein.

«Hat er das? Wie schade! Es hätte wirklich nicht dafür gestanden, deshalb Krach zu schlagen.»

«Nun, er schien der Meinung zu sein, daß doch mehr dahintersteckte als ein Lausbubenstreich. Oder etwa nicht?»

«Natürlich nicht! Was soll das alles, Lucy?»

«Verzeih! Ich schätze, die Schuld liegt an diesen altehrwürdigen Mauern», erklärte der Viscount. «Etwas zu mittelalterlich für meinen Geschmack! Bringen mich auf die merkwürdigsten Gedanken!»

8

Am nächsten Morgen machte sich Martin erbötig, nach Whissenhurst zu reiten, um Lady Bolderwood die Komplimente seiner Mutter zu bestellen. Die Nachrichten, die er nach Stanyon zurückbrachte, waren alles andere als ermutigend. Dr. Malpas hatte Sir Thomas' Krankheit tatsächlich als Influenza diagnostiziert und ihm, da er für Bronchitis sehr anfällig war, verboten, das Bett – geschweige denn das Haus – mehrere Tage lang zu verlassen. Marianne zweifelte dennoch nicht daran, den Ball besuchen zu können, da ihre Mama ihr versprochen hatte, daß sie – es sei denn, Sir Thomas' Befinden verschlechtere sich beträchtlich – keine Bedenken haben würde, den Kranken in der Obhut der alten

Kinderfrau zu lassen und ihre Tochter trotz allem auf den Ball zu führen.

Jedoch am nächsten Morgen brachte ein Diener aus Whissenhurst ein von Marianne an die Gräfinwitwe gerichtetes sehr förmliches Briefchen, das nur durch einen Fleck auf dem Papier verriet, daß das Schreiben nicht ohne Tränen abgegangen war. Marianne bedauerte, am nächsten Abend unmöglich nach Stanyon kommen zu können, da ihre Mama plötzlich erkrankt sei. Tatsächlich hatte auch Lady Bolderwood Influenza bekommen.

Die Gräfinwitwe verkündete diese Neuigkeit, nicht ohne ihrer Betrübnis darüber Ausdruck zu geben. Aber es war klar, daß sie die Bolderwoods für bemitleidenswerter hielt als die Gastgeber in Stanyon. Die Bolderwoods würden sich zweifellos bald von ihrer Influenza erholen. Aber dann war der Ball unwiederbringlich dahin und damit die Auszeichnung, zu den Gästen gezählt zu haben. Ein Verlust, der lange nicht so leicht zu verschmerzen war, wie sie meinte. «Es wird ihnen sicher schrecklich leid tun!» sagte sie. «Sie wären bestimmt sehr gerne gekommen!»

«Es ist verwünscht!» rief Martin. «Es wirft unsere ganzen Pläne über den Haufen!»

«Ja, wirklich, es ist mir sehr unangenehm», stimmte die Gräfinwitwe zu. «Wir werden jetzt um zwei Herren mehr haben als Damen, und ich bin sicher, daß sich das sehr peinlich bemerkbar machen wird. Aber ich habe deinem Bruder ja gleich gesagt, wie es sein würde.»

Weder von Gervase noch von Martin war in diesem Punkt Verständnis zu erwarten. Beide wußten, daß ein Ball, bei dem die bezaubernde Marianne fehlte, ebensogut abgesagt werden konnte. Nun erwartete sie nichts außer Langeweile und Dummheit.

Miss Morville schaute von einem zum anderen und sagte: «Ich frage mich, ob dieses Hindernis nicht überwunden werden könnte?»

«Ich bin überzeugt, meine liebe Drusilla, daß niemand in so kurzer Zeit dazu bewogen werden kann, einen Ball zu besuchen», antwortete die Gräfinwitwe. «Zweifellos würden die

Dearhams eine Einladung mit Freuden annehmen und sich glücklich schätzen, aber ich finde sie aufdringlich und vulgär, und wenn St. Erth von mir erwartet, daß ich sie einladen soll, so muß ich gleich sagen, daß das auf keinen Fall in Frage kommt.»

«Ich habe nicht die geringste Lust, die Dearhams einzuladen, wer auch immer sie sein mögen», sagte der Earl ein wenig ungeduldig.

«Das will ich meinen!» sagte Martin. «Die Dearhams! Anstelle von Miss Bolderwood! Das wäre doch ein bißchen stark, Ma'am! Es ist ganz egal, ob zu viele Männer da sind oder nicht: worauf es ankommt, ist, daß Marianne fehlt. Und da wäre es mir beinahe am liebsten, wir würden den Ball verschieben.»

Miss Morville machte sich wieder bemerkbar. Sie sprach ein wenig zaghaft, aber mit all ihrem gewohnten Sinn fürs Praktische. «Ich wollte nur vorschlagen, Ma'am, daß man – sofern Sie nichts dagegen haben – Marianne vielleicht einladen könnte, auf ein paar Tage nach Stanyon zu kommen, während ihre Eltern ans Bett gefesselt sind. Es muß doch traurig für sie sein, so ganz allein in Whissenhurst, ohne jemanden, der ihr Gesellschaft leisten könnte. Denn Sie können sich darauf verlassen, daß man sie aus Vorsicht das Krankenzimmer bestimmt nicht betreten läßt, so daß sie nicht einmal den Trost hat, ihre Mama pflegen zu dürfen!»

«Bei Jupiter, eine Glanzidee!» rief Martin aus, und seine Züge heiterten sich auf.

«Miss Morville, Sie sind ein Genie!» sagte Gervase und lächelte ihr dankbar zu. «Ich weiß nicht, wo wir ohne Ihre weisen Ratschläge hinkämen!»

Die Gräfinwitwe hatte gegen einen Plan, der nicht von ihr stammte, natürlich sehr viel einzuwenden, aber nachdem sie ihre ganzen Argumente aufgezählt und von Miss Morville und Martin teils beschwichtigend, teils heftig bearbeitet worden war, bekehrte sie sich langsam zu der Meinung, daß die Idee vielleicht doch nicht ganz so schlecht wäre. Der Earl hatte die Klugheit besessen, sich in dieser Angelegenheit jedes Kommentars zu enthalten, und so dauerte es nicht allzu lange, bis sie den Plan geradezu gut fand. Martin würde Gelegenheit haben, mit Marianne beisammen zu sein, Drusilla die Annehmlichkeit ihrer Gesellschaft genießen können und die Bolderwoods sich ihrer freundlichen Nachbarin bis ans Ende ihrer Tage verpflichtet fühlen. Diese philanthropischen Überlegungen versetzten Mylady in gute Stimmung, so daß es nur mehr geringer Überredungskunst bedurfte, um sie zu dem Versprechen zu bewegen, Marianne noch am selben Tag aus Whissenhurst abzuholen.

Aus diesem Grunde mußten die Vorteile von Myladys Kutsche gegenüber denen von Myladys Landauer auf das gewissenhafteste erwogen werden, eine Aufgabe, der sich die Herren anscheinend nicht gewachsen fühlten; sie zogen sich geschlossen zurück. Und nachdem die Gräfin die Möglichkeit eines Platzregens einerseits und den Umstand, daß dann einer der Passagiere vorne sitzen müßte, andererseits – im Falle sie sich für die Kutsche entschied – genau bedacht hatte («denn das Kammermädchen werden wir auch mitnehmen müssen, und ohne Sie, meine liebe Drusilla, fahre ich auf keinen Fall!»), wählte sie den Landauer. Martin machte sich darauf in großzügiger Weise erbötig, neben dem Wagen herzureiten, um die Damen auf dieser gefährlichen Expedition zu begleiten, und so blieb nur mehr zu entscheiden, ob sich die Gräfin in ihren Zobel- oder in ihren Hermelinpelz hüllen sollte. Es gelang, auch diese heikle Klippe zu umschiffen; und am späten Nachmittag war die Gesellschaft endlich zur Abfahrt bereit, die von der Gräfinwitwe nur durch den im allerletzten Moment gefaßten Beschluß, den Patienten ein Körbchen mit Früchten aus dem Glashaus mitzubringen, verzögert wurde. «Schließlich will man es nicht an Aufmerksamkeit fehlen lassen», erklärte sie. «Wir haben zwar selbst wenig Obst zu dieser Jahreszeit, aber ich glaube, daß St. Erth einen Pfirsich und je eine Marille und Aprikose nicht vermissen wird. Ich habe Calne befohlen, das Körbchen mit Äpfeln zu füllen, und bin überzeugt, daß Lady Bolderwood sich darüber sehr freuen wird, denn unsere Äpfel sind ganz vorzüglich, müssen Sie wissen!»

Miss Morville ermutigte sie zu der Annahme, daß St. Erth nur zu glücklich sein würde, einen Teil seines Obstes den

Bolderwoods abzutreten, und somit konnte die Fahrt endlich angetreten werden. Die beiden Damen bestiegen den Landauer; ein Diener breitete sorgsam eine Decke über ihre Knie; das Fruchtkörbchen wurde auf den Vordersitz gestellt; Martin schwang sich auf seinen stattlichen Braunen; und die Karawane setzte sich in Bewegung.

Während der Fahrt vertrieb sich die Gräfinwitwe auf mannigfache Art die Zeit: sie weidete sich an ihrer eigenen Großzügigkeit, die darin bestand, das Obst ihres Stiefsohnes wegzuschenken, forderte Miss Morville auf, zuzugeben, wie prachtvoll Martin zu Pferd saß, und stellte fest, daß die Knospen in den verschiedenen Gärten, die sie auf der Fahrt passierten, noch lange nicht so weit gediehen waren wie die in Stanyon. Sie erreichten Whissenhurst in verhältnismäßig kurzer Zeit, ohne Martins Bereitwilligkeit, sie vor Straßenräubern und Wegelagerern zu retten, in Anspruch nehmen zu müssen, und wurden von Marianne empfangen. Sie kam beim Eintreffen des Landauers aus dem Haus gestürzt und verlieh ihrer Dankbarkeit für diese Herablassung so warme Worte, daß die Gräfinwitwe davon überzeugt wurde, es mit einem äußerst wohlerzogenen jungen Mädchen zu tun zu haben, das der Ehre einer Verbindung mit ihrem Sohn nicht unwürdig war. Ein paar Worte über den Zweck des Besuches genügten, um Marianne in Ekstase zu versetzen. Miss Morville hatte sich nicht getäuscht: Rücksicht auf Marianne hatte Lady Bolderwood dazu bewogen, ihr das Betreten beider Krankenzimmer auf das energischste zu verbieten. Mariannes einzige Beschäftigung bestand daher darin, das traurige Schicksal zu bejammern, das sie daran hinderte, Ballkönigin von Stanyon zu sein.

Eine einzige Schwierigkeit blieb jedoch noch zu überwinden: wie sollte man Lady Bolderwoods Einwilligung zu diesem herrlichen Plan erlangen? Die Amme fand ihn so haarsträubend, daß sie jede Hilfe verweigerte: Marianne war ratlos. Zum Glück hatte Miss Morville keine Angst vor den mit Krankenzimmern verbundenen Gefahren. Und als sie ausstieg, äußerte sie den Wunsch, Lady Bolderwood zu besuchen. Die Gräfinwitwe gestattete Marianne, sie einstweilen im

Garten herumzuführen. Zu ihrer großen Befriedigung fand sie ihn kleiner als den von Stanyon; und nach kurzer Zeit gesellte sich Miss Morville mit der willkommenen Nachricht zu ihnen, daß Lady Bolderwood für ihre Aufmerksamkeit sehr dankbar sei und mit Freuden einverstanden wäre, ihrer Tochter zu gestatten, die Zeit, während sie ans Krankenbett gefesselt war, in Stanyon zu verbringen.

Allerdings sah die Sache in Wahrheit ein wenig anders aus. Es entsprach Lady Bolderwoods sicherem Anstandsgefühl durchaus nicht, Marianne allein zum erstenmal bei einem offiziellen Ball erscheinen zu lassen. Aber gegen das Gebot ihres Gatten war sie machtlos. Er konnte an dieser Einladung nichts finden, das Grund zur Besorgnis geben könnte. Sie konnten Lady St. Erth ihren Schatz getrost anvertrauen; und wie unverzeihlich, sie nur aus irgendwelchen verrückten Skrupeln um eine solche Freude bringen zu wollen! Er hatte es gar nicht gern, wenn sie trübsinnig zu Hause herumsaß, und war glücklich, sich vorzustellen, daß sie sich prächtig unterhalten würde, noch dazu in der Obhut so vortrefflicher Leute. Außerdem würde es im Hinblick auf die kommende Londoner Saison eine gute Übung für sie sein, sich in Gesellschaft hochgestellter Persönlichkeiten zu befinden: kurz und gut, er konnte nicht verstehen, was seiner Maria an diesem Plan eigentlich mißfiel. Lady Bolderwood gab daher schweren Herzens ihre Zustimmung, und ihre mütterliche Besorgnis äußerte sich nur in zahlreichen Botschaften, die sie durch die Amme an Marianne schickte. Sie bestanden hauptsächlich aus Ermahnungen, welches Benehmen man von einer *Débutante* erwartete, wieviel Geld sie der Zofe geben müßte, die sie bedienen würde, und welchen Schmuck sie zu ihrem Ballkleid anlegen sollte. Mariannes Zofe war über die Aussicht einer derartigen Erweiterung ihres Horizonts außer sich vor Freude und machte sich sofort daran, eine große Anzahl von Hutschachteln und Koffern zu packen, wobei ein bitterer Wermutstropfen von Sir Thomas' zweitem Lakai in ihren Freudenbecher gegossen wurde, der mit düsteren Worten seiner Überzeugung Ausdruck verlieh, daß der einzige Grund ihrer Freude in der Erwartung der

Komplimente sämtlicher in Stanyon beschäftigten Wüstlinge zu suchen sei.

Was Mariannes Glück betrifft, so wurde es nur durch das Bedauern darüber getrübt, ihre Mama in Whissenhurst zurücklassen zu müssen. Hätte man es ihr gestattet, so würde sie die Krankheit ihrer Eltern sicherlich noch mehr erschwert haben: sie hätte die Polster geglättet, die Leidenden dazu überredet, Teller voll Haferschleimsuppe zu schlucken, und sich immer dann erkundigt, was sie noch zu ihrem Wohlbefinden tun könnte, wenn sie gerade am Einschlafen waren; aber wie gesagt, diesen Trost hatte man ihr verwehrt, so daß sie wirklich nicht den Eindruck haben konnte, irgend jemandem abzugehen. Ihr Papa schickte sie selbst nach Stanyon, mit dem Auftrag, sich zu amüsieren. Ihre Mama bestätigte den Befehl, setzte jedoch die Warnung hinzu, sich bescheiden aufzuführen; und da sie nicht im geringsten dazu neigte, die Gebote des Anstands zu verletzen, blieb ihr nichts anderes übrig, als Lady St. Erth wieder und wieder für ihre außerordentliche Freundlichkeit zu danken und sich auf eine Zeit ungetrübten Frohsinns vorzubereiten. In ihrer Begeisterung ließ sie sich sogar dazu hinreißen, Lady St. Erth einen Kuß zu geben, eine impulsive Handlung, die dieser Dame keineswegs mißfiel, wenn es sie auch ein wenig überraschte. «Ein sehr liebes Kind!» sagte sie zu Miss Morville, als Marianne fortgelaufen war, um Hut und Pelz anzulegen. «Ich freue mich, die gute Idee gehabt zu haben, sie nach Stanyon einzuladen.»

Miss Morville stimmte mit größter Ruhe zu. Sie fühlte keine zwingende Notwendigkeit, der Gräfinwitwe mitzuteilen, mit welch ängstlichen Bedenken sich Lady Bolderwood von ihrer Tochter getrennt hatte; denn in Wahrheit war Mariannes Mutter über die Einladung durchaus nicht erfreut gewesen. Wenn sie auch mit Sir Thomas darin übereinstimmte, daß ihre Krankheit Marianne zu einigen Tagen einsamer Langeweile verurteilte, so konnte sie es doch nicht billigen, sie allein zu einer Veranstaltung von der Art des in Stanyon geplanten Balles gehen zu lassen. Sir Thomas sagte zwar, daß man sich auf sein kleines Mädchen voll und ganz verlassen könnte. Sie hatte jedoch zu der Klugheit eines achtzehnjährigen Mädchens ebensowenig Vertrauen wie zu der Fähigkeit der Gräfinwitwe, ihre Tochter zu behüten. «Lady St. Erth», sagte sie, «ist nicht die Frau, der ich Marianne anvertrauen würde!»

Miss Morville entgegnete, daß sie ja in Stanyon sein und sich Mariannes annehmen würde.

«Wenn Sie nicht wären, meine Liebe», sagte Lady Bolderwood und drückte ihr die Hand, «hätte ich zu diesem Plan nie meine Zustimmung gegeben! Eigentlich sollte ich das nicht sagen – aber ich habe für Lady St. Erth nicht viel übrig! Außerdem muß man bedenken, daß Marianne eine große Erbschaft zu erwarten hat. Ich möchte vor allem vermeiden, sie den Aufmerksamkeiten aller stadtbekannten Mitgiftjäger ausgesetzt zu sehen! Sie ist zu unschuldig, um leere Schmeicheleien zu erkennen; und selbst wenn Lady St. Erth die beste Frau der Welt wäre – was sie, wie ich nicht anstehe, zu sagen, nicht ist -, könnte man von ihr nicht erwarten, daß sie ein junges Mädchen so gut behüten würde wie dessen eigene Mutter!»

Miss Morville, die alle Einladungen für die Gräfinwitwe ausgeschrieben hatte, sagte, daß sie nicht glaube, Marianne würde in Stanyon irgendwelche Mitgiftjäger treffen. Und sie fügte hinzu, daß der Ball ein recht intimer sein würde und die meisten Gäste auch Lady Bolderwood bekannt wären. Mit dieser Versicherung mußte sich die besorgte Mutter wohl oder übel zufriedengeben.

Sie schickte ihrer Tochter einen liebevollen Abschiedsgruß, und Marianne, die weder ihre Erbschaft noch ihre Tugend bedroht fühlte, kam mit freudestrahlenden Augen und vor Aufregung geröteten Wangen zum Landauer gelaufen. Sie trug einen Mantel und eine Kappe mit Schwanenbesatz und sah darin so lieblich aus, daß es Martin den Atem verschlug, als er ihrer ansichtig wurde.

Genauso erging es etwas später Lord Ulverston.

Nachdem sein erstes Entzücken über Mariannes Anwesenheit in Stanyon abgeflaut war, hatte Martin bedacht, daß dieser Besuch seinem Stiefbruder zahlreiche unerwünschte Gelegenheiten bieten würde, mit ihr zu flirten. Es war ihm jedoch nicht in den Sinn gekommen, einen möglichen Rivalen in Lord

Ulverston zu vermuten, denn wenn Seine Lordschaft auch einen prachtvollen Viererzug kutschierte, Mitglied eines der exklusivsten Fahrklubs war und sich auch sonst in jeder Weise als Kavalier zeigte, so war er durchaus nicht schön und konnte an Stattlichkeit neben keinem der drei Frants bestehen. Martin, der ohne Schuhe einen Meter achtzig maß, fand ihn etwas zu kurz geraten. Tatsächlich war er nur mittelgroß und kräftig gebaut; und wenn man seine Züge auch nicht klassisch nennen konnte, so besaß er doch ein anziehendes Lächeln und große Gewandtheit im Umgang mit Menschen, die ihn beim Anblick der reizenden Marianne beinahe im Stich gelassen hätte. Er erholte sich aber rasch und sprang hinzu, um ihr aus dem Wagen zu helfen, ehe noch Martin abgestiegen war und die Gräfin die beiden miteinander bekanntgemacht hatte.

Da man in Stanyon um halb sieben Uhr speiste, geleitete Miss Morville Marianne unverzüglich in ihr Schlafzimmer, einen hübschen Raum nahe ihrem eigenen, mit einem modernen, vergitterten Kamin und einem bequemen Bett. Marianne schaute sich um, schien aber von den geblümten Tapeten und den anderen modernen Errungenschaften ein wenig enttäuscht und gestand, sich schon auf ein holzgetäfeltes Gemach mit einem Himmelbett und einem Ankleideraum gefreut zu haben.

«Sie können natürlich in einem der holzgetäfelten Zimmer untergebracht werden», sagte Miss Morville. «Nur wären Sie dann ziemlich weit von mir entfernt, und ich dachte, Sie würden lieber in meiner Nähe wohnen.»

Marianne versicherte ihr, um keinen Preis übersiedeln zu wollen. «Ich dachte, alle Zimmer wären getäfelt!» erklärte sie. «Ist das Schloß nicht sehr alt?»

«Doch, aber nicht dieser Teil!» sagte Miss Morville. «Ich glaube, er stammt aus der Zeit Charles' II. Ich glaube, daß vom ursprünglichen Schloß nicht mehr viel übrig ist. Aber bitten Sie doch Theo Frant, Sie überall herumzuführen, wenn Sie sich für Antiquitäten interessieren: er kennt das Schloß wie seine Westentasche.»

«Spukt es?» flüsterte Marianne in reizender Erregung.

«O nein, ganz gewiß nicht!» beruhigte sie Miss Morville, merkte aber sogleich, daß sie die verkehrte Antwort gegeben hatte, und fügte hinzu: «Das heißt, vielleicht, aber ich habe überhaupt keine Phantasie und würde das Übernatürliche wahrscheinlich gar nicht merken.»

«Aber, Drusilla, wenn plötzlich ein Gespenst ohne Kopf oder eine weibliche Gestalt in grauen Schleiern durch die Gänge käme, würden Sie es sicher merken!» rief Marianne mit Überzeugung.

«Wenn ich eine weibliche Gestalt in grauen Schleiern sähe, würde ich sie für Lady St. Erth halten», sagte Miss Morville zerknirscht. «Sie hat nämlich einen grauen Schlafrock. Aber ein kopfloses Gespenst würde mich sicher sehr überraschen. Und da es mir höchstwahrscheinlich das ganze Schloß verleiden würde, hoffe ich sehr, daß ich eine solche Erscheinung niemals zu Gesicht bekommen werde.»

«Das Schloß verleiden! Oh, wie können Sie nur so unromantisch sein!» protestierte ihre junge Freundin.

«Um die Wahrheit zu gestehen», antwortete Miss Morville offen, «ich kann an einem kopflosen Gespenst beim besten Willen nichts Romantisches finden und würde es, im Gegenteil, für einen sehr häßlichen Anblick halten. Und sollte ich jemals etwas Derartiges zu erblicken glauben, würde ich unverzüglich einen Löffel von Dr. James' Pulver einnehmen!»

Marianne mußte lachen; aber sie schüttelte nichtsdestoweniger den Kopf und war überzeugt, daß ihre Freundin nicht im Ernst gesprochen haben konnte.

Miss Morville ging darauf in ihr Zimmer, um sich umzuziehen, und versprach, Theo zu fragen, ob sie die begründete Hoffnung hegen dürften, in irgendeinem Winkel des Schlosses eine gräßliche Erscheinung zu Gesicht zu bekommen. Sie kam bald darauf zurück, um Marianne zum Diner abzuholen, die ein entzückendes Kleid aus geblümtem Musselin trug. Miss Morville empfahl ihr nachdrücklich, einen Schal um die Schultern zu legen. «Wenn es im Schloß auch nicht spukt», sagte sie, «so zieht es doch ganz gewaltig.»

«Spötterin!» schmollte Marianne. «Sie wollen unbedingt prosaisch sein, aber ich lasse mich nicht beirren!»

Sie fanden die übrige Gesellschaft im Langen Salon um ein prächtiges Feuer versammelt. Der Earl kam den jungen

Damen entgegen und zog sie in den Kreis, und Marianne beklagte sich mit einem schelmischen Blick über Drusillas Gefühllosigkeit. «Sie sagt, ich müsse mich bei Ihnen nach der Geschichte Stanyons erkundigen, Mr. Frant. Sie würden mir alles erzählen – von den heimlichen Verliesen, Kerkern und dem Schloßgespenst!»

Theo lächelte, erwiderte aber betrübt, daß er weder einen Geist noch ein Burgverlies zu bieten hätte. «Ich wage kaum, Ihnen zu beichten, daß die alten Kerker schon vor vielen Jahren zu Weinkellern gemacht wurden!» gestand er. «Und was die Gespenster betrifft, so habe ich nie von einem einzigen gehört. Vielleicht du, Gervase?»

«Lediglich die Geschichte vom Schatten, der durch den Brunnenhof huscht, weint und die Hände ringt», antwortete der Earl mit unbewegter Miene.

Marianne verschränkte die Finger ineinander und heftete ihre Augen auf sein Gesicht. «Nein! Wirklich? Und das ist das einzige Gespenst? Kommt es nie ins Schloß?»

«Ich habe nicht gehört, daß es das jemals getan hätte», sagte er wahrheitsgetreu. «Natürlich haben wir Sie nicht im Spukzimmer untergebracht – das könnten wir nicht verantworten! Das Kettengerassel würde Sie nicht schlafen lassen, und das Stöhnen ist wirklich furchtbar anzuhören, aber ich hoffe, daß nichts dergleichen Sie stören wird. Aber sollten Sie um Mitternacht unter Ihrem Fenster Pferdegetrappel hören, dann geben Sie nicht acht darauf.»

«Du solltest dich schämen, Gervase!» rief Theo lachend, da Marianne unwillkürlich schauderte.

«Was sagten Sie doch eben, St. Erth?» rief die Gräfinwitwe und unterbrach ihr Gespräch mit Ulverston. «Sie reden schon ziemlichen Unsinn! Ich wäre äußerst bestürzt, wenn etwas Derartiges vorkommen sollte, denn ich habe Calne strikt beauftragt, am Abend die Tore zuzusperren.»

«Ja, Ma'am, aber was sollen versperrte Türen gegen ein Gespenst ausrichten?»

«Gespenst! Sie können mir glauben, daß es in Stanyon keine Gespenster gibt. Ich würde es nicht dulden. Das Übernatürliche billige ich nicht.»

Ihre Worte blieben wirkungslos, da die Herren fortfuhren, Marianne mit Gespenstergeschichten zu necken, und Martin mit dem Bericht über eine fürchterliche Mönchserscheinung, die unter der Kapuze einen Totenkopf trug, einen durchschlagenden Erfolg für sich buchen konnte. «Man nennt ihn den Schwarzen Mönch von Stanyon», teilte er Marianne mit. «Er zeigt sich nur dem Familienoberhaupt, und zwar nur als Todesbote!»

Sie blickte unwillkürlich zu Gervase. «O nein!» sagte sie beschwörend und wußte nicht, ob sie lachen oder sich fürchten sollte. «Das kann doch nicht Ihr Ernst sein!»

«Psst!» sagte er mit Grabesstimme. «Martin hätte Ihnen dieses Familiengeheimnis nicht enthüllen dürfen. Wir sprechen nie davon. Es ist ein furchtbarer Anblick.»

«Nun, ganz klar ist mir nicht, woher Sie das wissen können», bemerkte Miss Morville sehr erheitert. «Schließlich können Sie den Schwarzen Mönch nicht gesehen haben.»

«Meine liebe Miss Morville, wie kommen Sie darauf?»

«Sie sind doch nicht tot!» gab sie zu bedenken.

«Noch nicht!» ließ sich Ulverston düster vernehmen. «Niemand kann sagen, wie bald wir ihn kalt und steif in seinem Bett finden werden, die Finger um den Glockenzug gekrampft und auf seinem Gesicht den Ausdruck größten Entsetzens!»

«Nein, nein! Oh, Sie machen sich nur über mich lustig! Ich glaube kein Wort davon!» sagte Marianne schwach.

Sie war ganz blaß geworden und konnte nicht umhin, sich umzuwenden. Der Earl fand es an der Zeit, aufzuhören und ihr zu versichern, daß der Schwarze Mönch lediglich in Martins Phantasie existierte. Die Gräfinwitwe klärte Lord Ulverston über einen kleinen Irrtum auf, indem sie ihm mitteilte, daß der Glockenzug im Zimmer des Earl neben dem Kamin und somit außer Reichweite des Bettes angebracht war, eine Unzulänglichkeit, die sie bis zum Nachtmahl beklagte. Und als Miss Morville ihren Mangel an Gefühl mit dem Hinweis entschuldigte, sie könnte sich deshalb nicht über Gespenstergeschichten entsetzen, weil diese nur von Menschen ersonnen sein konnten, war Marianne hinlänglich beruhigt, um ihre Mahlzeit mit gutem Appetit essen zu können und nicht zu erwarten, daß der Diener, der hinter ihrem Stuhl stand und ihr gerade einen Pudding servierte, sich plötzlich in ein Mönchsgerippe verwandeln würde.

Als die Gräfinwitwe, die in ihrer Liebenswürdigkeit nicht so weit gegangen war, für die Unterhaltung ihres jungen Gastes irgendwelche Pläne zu machen, bemerkte, daß die Gesellschaft acht Personen zählte, ließ sie einen zweiten Spieltisch aufstellen, damit diejenigen, die nicht mit ihr Whist spielen würden, sich an einer Partie Kasino erfreuen konnten. «Mr. Clowne und mein Neffe, Mr. Theo Frant, werden mit uns spielen», sagte sie zu Lord Ulverston. «Sie spielen ja sicher lieber Whist!»

Die Bereitwilligkeit, mit der sich der Viscount diesem Gebot unterwarf, wurde nur durch die Geschicklichkeit übertroffen, mit der er die Gräfinwitwe davon überzeugte, daß sie sich bei einem Spiel Spekulation weit besser unterhalten würde. Ihrem Einwand, daß sie dieses Spiel noch nie gespielt hätte, begegnete er mit der Versicherung, daß er sie mit dem größten Vergnügen darin unterweisen würde. Er setzte sich rechts neben sie; und nicht einmal Martin, dessen Eifersucht ihn dauernd auf der Hut sein ließ, konnte herausfinden, ob es Zufall oder diabolische Kriegslist war, daß Marianne neben den Viscount zu sitzen kam. Dieser widmete sich hauptsächlich ihr, schwindelte, um sie gewinnen zu lassen, und sein unzusammenhängendes Geplauder brachte sie fortwährend zum Lachen. Zum Glück für die Gräfinwitwe fand Mr. Clowne, der zu ihrer Linken saß, daß es ihm zukam, sie zu beraten. Und da sie von Natur aus geldgierig war, hatte sie die Grundbegriffe des Spiels bald erfaßt und machte bald von selbst die scharfsinnigsten Transaktionen.

Selten war ein Abend in Stanyon fröhlicher vergangen. Niemand bemerkte, daß das Teebrett hereingebracht wurde, und als man auseinanderging, war es fast Mitternacht.

Das erste Scharmützel am nächsten Morgen gewann der Earl, nicht so sehr – wie ihm sein Freund empört sagte – durch überlegene Strategie als durch geheime Informationen. Der Viscount hatte einen Spazierritt vorgeschlagen. Dagegen wendete der Earl ein, daß es in Stanyon kein Pferd gäbe, das gewohnt wäre, eine Dame zu tragen, und nützte diesen Vorteil alsobald aus, um Miss Bolderwood anzutragen, seine berühmten Grauschimmel zu kutschieren. Martin, der nur durch die Tatsache, daß der einzige in Stanyon vorhandene Damensattel sehr alten Datums war, daran gehindert wurde, die Ansprüche seines Troubadour auf den Titel eines lammfrommen Damenpferdes anzumelden, versicherte Miss Morville, die das Anerbieten machte, ihr eigenes Reitpferd aus Gilbourne House für Miss Bolderwood herüberbringen zu lassen, seiner ewigen Dankbarkeit.

Umsonst. «Natürlich werden wir Ihr Pferd holen lassen, Ma'am», ssgte der Earl, «aber für Sie! Ich kenne Miss Bolderwood zu genau, um mich der Täuschung hinzugeben, daß sie sich einem Ausflug anschließen würde, dem Sie fernbleiben!»

Das genügte. Marianne erklärte, daß nichts auf der Welt sie dazu bewegen würde, auf Kosten ihrer Freundin mitzukommen, und Miss Morville, die viel lieber die allerletzten Vorbereitungen für den abendlichen Ball getroffen hätte, mußte sich wohl oder übel der Gesellschaft anschließen, die nach Whissenhurst ritt, um sich nach dem Befinden der Patienten zu erkundigen.

Sie bestand – nach einem vergeblichen Versuch, Theo zum Mitkommen zu bewegen – aus Marianne und dem Earl im Kabriolett sowie Miss Morville, Lord Ulverston und Martin zu Pferd. Martin war so verliebt. daß er nicht umhin konnte, so nahe wie möglich neben dem Wagen einherzureiten, soweit es die schmalen Straßen gestatteten, Lord Ulverston hingegen zu gut erzogen, um seinem Beispiel zu folgen. Er widmete sich Miss Morville und konnte, da er zufällig einmal (während er mit einer argen Verkühlung das Bett hüten mußte und nichts anderes aufzutreiben war) einen der ausgezeichneten Romane ihrer Mama gelesen hatte, auf dem ganzen Weg nach Whissenhurst eine animierte Konversation mit ihr aufrechterhalten.

Die beruhigenden Nachrichten, die Marianne von ihrer alten Amme erhielt, besänftigten jegliche Unruhe in ihrer Brust.

Sie brauchte sich nicht länger eine Abtrünnige zu schelten und konnte sich des Bewußtseins freuen, daß es ihren Eltern schon besser ging und sie ihr alles Gute für ihren Aufenthalt in Stanyon wünschten.

«Sie sind ausgesprochen begabt zum Kutschieren, Miss Bolderwood», sagte der Viscount, als sie Whissenhurst Grange verließen. «Ich habe Sie aufmerksam beobachtet und mit größtem Vergnügen! Aber St. Erth ist nicht der Richtige, um Ihnen die Feinheiten beizubringen, die Sie unbedingt kennen müßten! Ger, mein Lieber, nimm mein Pferd und überlasse mir deinen Platz neben Miss Bolderwood. Ich möchte ihr zeigen, wie man die Kurven nimmt!»

«O ja, bitte!» sagte Marianne eifrig. «Sie sind doch Mitglied des Viererzug-Clubs, nicht wahr? Denken Sie nur, was Papa dazu sagen wird, wenn ich ihm erzähle, daß mir einer der besten Fahrer des Landes Unterricht erteilt hat!»

«Mein Trick, Ger!» murmelte der Viscount und übergab dem Earl seine Zügel.

«Der Verrat eines Freundes bringt einen auf die traurigsten Gedanken», erwiderte der Earl. «Ich warne dich! Meine Rache folgt dir auf dem Fuß und wird fürchterlich sein!»

«Ich hätte die Waffen nicht so leicht gestreckt», murmelte Martin, während der Viscount behende das Kabriolett bestieg.

«Das glaube ich, aber ich betrachte mich durchaus nicht schlechter placiert als zuerst», erwiderte der Earl und schwang sich in den Sattel. «Das ist ein hübsches Pferd, Miss Morville, und Sie verstehen damit umzugehen. Jagen Sie auch zuweilen?»

Sie mußte an seiner chevaleresken Art ihre Freude haben. Er blieb nicht nur an ihrer Seite, sondern verschmähte es auch, Martins Beispiel zu folgen, der nach wie vor so nahe am Wagen ritt, als es nur anging, und unterhielt sich mit ihr wie jemand, der sich in seiner Umgebung wohlfühlt. Als sie an einem offenen Gatter vorbeikamen, schlug der Earl vor, die Straße zu verlassen und sich statt dessen einen kleinen Galopp über die Felder zu gönnen. Das Getreide war in diesem Jahr besonders weit gediehen und hatte der Jagdsaison ein frühzeitiges Ende gesetzt. Sie konnten daher nicht querfeldein reiten, langten aber dennoch nach einem sehr angenehmen Ritt früher als die anderen in Stanyon an. Der Earl gab der Hoffnung Ausdruck, daß Miss Morville am Abend trotz dieser Anstrengung keinen Tanz auslassen würde, eine Höflichkeitsfloskel, die sie belustigte, da er offensichtlich der Ansicht war, daß sie den Nachmittag im Hinblick auf die abendlichen Festlichkeiten der Ruhe zu widmen gedachte. Statt dessen hatte sie sich noch um eine Unmenge von Details zu kümmern, deren Erledigung für die Bewirtung einer großen Anzahl von Gästen unerläßlich war und von der Gräfinwitwe als unter ihrer Würde stehend betrachtet wurde. Weder sie noch ihr verstorbener Gatte hatten gerne Gäste zu sich gebeten, und seit der Hochzeit ihrer Tochter war in Stanyon kein Ball mehr veranstaltet worden. Die Haushälterin und der Verwalter waren durch dieses ungewöhnliche Ereignis daher auch ganz außer sich geraten. Obwohl sie sich der ehrenvollen Pflicht, für den Herzog von Belvoir und seine Familie Zimmer herzurichten, mit freudigem Stolz unterzogen und nebenbei noch zwanzig Personen zum Nachtmahl und vierzig weitere zum Souper zu versorgen hatten, waren sie an solch großartige Unterfangen durchaus nicht gewöhnt und verließen sich in Ermangelung ihrer Herrin auf Miss Morville, um sich danach zu erkundigen, wie viele Kuchen gebacken werden sollten, ob man beim Souper nur Tee und Kaffee oder auch Limonade und Champagner servieren sollte; welche Zimmer den verschiedenen Gästen, die in Stanyon zu übernachten gedachten, zugewiesen werden sollten; wer sich um die Musikanten zu kümmern hatte; wie die Blumen arrangiert, wie viele Spieltische im Italienischen Salon aufgestellt werden sollten; dann mußten genügend Sessel im Ballsaal verteilt werden, damit diejenigen, die entweder dem Tanz zuschauen wollten oder das Pech hatten, keinen Partner gefunden zu haben, wenigstens sitzen konnten.

Der Earl, der Miss Morville bei einer ernsten Unterredung mit Abney überraschte, bekam ein schlechtes Gewissen. «Meine liebe Ma'am, wenn ich geahnt hätte, daß die ganze Mühe dieses Balles auf Sie fallen würde, hätte ich nie vorgeschlagen, einen zu veranstalten! Ich glaube, Sie müssen schon einen rechtschaffenen Zorn auf mich haben!»

«Nein, ganz und gar nicht! Ich freue mich, wenn ich mich nützlich machen kann, und diese Art von Arbeit ist genau das, was mir Spaß macht.»

«Sie machen Ihre Sache auch ausgezeichnet», sagte er, und sein Blick wanderte von den Blumen zu den sauberen Kartenpäckchen, die auf den verschiedenen Tischen hergerichtet waren. «Sie denken an alle die Einzelheiten, die ich bestimmt vergessen hätte.»

«Höchstwahrscheinlich hätten Sie das», stimmte sie zu. «Aber jetzt müssen Sie mich bitte entschuldigen. Lady St. Erth erhielt heute früh ein Eilschreiben von Ihrer Schwester, mit der Mitteilung, daß sie und Lord Grampound sich schon sehr auf den Ball freuen – ein Umstand, von dem Mrs. Marple nicht in Kenntnis gesetzt wurde. Ich bin überzeugt, daß Lady Grampound sicher gerne wieder ihre ehemaligen Zimmer beziehen würde, und dabei hatten wir geplant, die Ashbournes dort einzuquartieren.»

«Louisa kommt!» rief er aus. «Guter Gott, wie verrückt! Wer kann sie denn dazu aufgefordert haben, achtzig Meilen zu einem ganz gewöhnlichen Ball zu fahren?»

«Ich glaube nicht, daß man sie dazu aufgefordert hat», antwortete Miss Morville, «aber ich nehme an, daß Lady St. Erth den Ball in einem ihrer Briefe erwähnt hat. Und das allein – wenn Sie mir die Bemerkung gestatten – dürfte genügen, um sie zum Kommen zu veranlassen.»

«Bei Gott! Sie ist das lästigste und neugierigste Weib, das ich kenne.»

«Sie ist keine besonders scharfsinnige Frau», sagte Miss Morville, «auch ist ihr Benehmen sicher nicht nach jedermanns Geschmack, aber ich halte sie nicht für bösartig und glaube nicht, daß sie – wenn sie Ihre Existenz vielleicht auch bedauern mag – Ihnen übelgesinnt ist oder daran die Schuld gibt, der Ältere zu sein.»

«Da bin ich ihr aber sehr verpflichtet! Das ist wirklich edel von ihr!» sagte er spöttisch.

Miss Morville lächelte, betrachtete aber das Gespräch offenbar als beendet, und als die Haushälterin einen Blick ins Zimmer warf, ging sie mit ihr fort, um die notwendigen Änderungen in der Schlafzimmerverteilung mit ihr zu besprechen.

9

Man erwartete die ersten Gäste nicht vor fünf Uhr nachmittags und nahm an, daß um diese Zeit diejenigen Herrschaften eintreffen würden, die man eingeladen hatte, die Nacht über in Stanyon zu bleiben; aber kurz nach drei sah Miss Morville, die sich zufällig in einem der Salons aufhielt, deren Fenster auf die Auffahrt hinausgingen, zu ihrem Entsetzen zwei große Reisekutschen am Fuße der Terrasse haltmachen. Ein vierschrötiger Mann schwang sich vom Pferd und schaute sich um. Miss Morville erkannte schweren Herzens das Dutzendgesicht Lord Grampounds. Die Diener ließen die Trittbretter der beiden Kutschen herunter, und einen Augenblick später bewahrheiteten sich Miss Morvilles schlimmste Befürchtungen: Lord und Lady Grampound hatten ihre interessante Nachkommenschaft nach Stanyon mitgebracht.

Die Erklärung hierfür folgte auf dem Fuß. Sobald sich der erste Begrüßungssturm gelegt hatte, erklärte Lady Grampound, eine junge Frau von sechsundzwanzig Jahren, die bereits starke Ansätze zeigte, ihrer Mutter ähnlich zu werden, daß die ganze Gesellschaft auf dem Weg nach Derbyshire wäre, um die alte Lady Grampound zu besuchen. «Sie möchte schon so lange die Kinder sehen, weißt du, Mama, und da ich deinen Ball auf keinen Fall versäumt hätte, schien es mir das beste, sie gleich mitzubringen, denn Stanyon liegt ganz an unserem Weg oder zumindest nur ein klein wenig abseits.»

Die Gräfinwitwe hatte gegen die Geographiekenntnisse ihrer Tochter nichts einzuwenden. Abgesehen davon konnte sie sich nicht vorstellen, daß zwei süße kleine Jungen von drei und vier Jahren ihr die geringste Mühe bereiten könnten. Damit sagte sie auch nur die Wahrheit, da sie keinerlei Anstalten traf, sich um ihre Unterbringung zu kümmern, und als sie lauter wurden, als ihr angenehm war, führten sie die Kinderfrauen außer Hörweite. Ihre Mutter sagte selbstzufrieden, sie könnte sich nicht erinnern, die lieben Kleinen jemals so gut aufgelegt gesehen zu haben. «Der Besuch in Stanyon ist daran schuld. Harry hat mich mindestens hundertmal gefragt, wann wir nach Stanyon fahren würden. Ich wußte, wie sehr sich St. Erth freuen würde, sie zu sehen, und ich sagte Grampound, daß wir keinerlei Bedenken zu haben brauchten, die Kinder mitzubringen.»

Der Earl, der sich meisterlich beherrschte, fragte seine Stiefschwester, wie lange er mit der Freude der Anwesenheit in Stanyon rechnen dürfe. Sie antwortete bedauernd, daß sie leider gezwungen wäre, ihre Reise schon am nächsten Tag fortzusetzen, worauf alle außer der Gräfinwitwe etwas fröhlichere Gesichter machten. Aber die Stimmung eines der Anwesenden fiel sofort um einige Grade, als Lady Grampound hinzufügte: «Natürlich ist es sehr, sehr schade, und der arme kleine Harry brüllte mindestens eine halbe Stunde lang, als ich ihm sagte, daß wir nur eine Nacht in Stanyon bleiben würden. Der süße Kleine! Er hat nicht vergessen, daß ihn sein lieber Onkel Martin eimal vor sich aufs Pferd gesetzt und rund um den Schloßpark spazierengeführt hat! Und natürlich ist jetzt Johnny auch ganz versessen darauf! Ich habe sie beruhigt und ihnen versichert, daß der Onkel Martin morgen früh ihnen die Freude machen würde, mit ihnen spazierenzureiten. Anderenfalls wüßte ich nicht, wie ich sie von hier fortbringen sollte!»

Der liebe Onkel Martin schaute durchaus nicht erfreut aus, war jedoch imstande, seine Gefühle so lange im Zaum zu halten, wie seine Schwester in Hörweite war. Dann erst erklärte er, daß Louisa sich sehr irrte, wenn sie sich einbildete, er würde seine Zeit damit verschwenden, ihre Kinder zu amüsieren.

«Guter Gott, Martin, bist du verrückt?» fragte Gervase. «Du wirst mit diesen Rangen morgen spazierenreiten, sobald sie ihr Frühstück hinuntergeschlungen haben, und wenn Theo und ich dich an den Sattel binden müssen! Hast du nicht gehört, wie Louisa sagte, sie wüßte anderenfalls nicht, wie sie die Kinder von hier fortbringen könnte?»

Martin grinste, sagte jedoch unverfroren, daß die Kinder sicher lieber auf Clouds Rücken reiten würden.

«Nichts», sagte Gervase, «würde mir größere Freude bereiten, als sie vor mich auf Cloud zu setzen, aber es ist wahr, wenn auch sehr traurig, daß er – obwohl im allgemeinen sanft wie ein Lamm – den Anblick kleiner Jungen nicht vertragen kann. Ich weiß nicht, woher das kommt, aber –»

«Nein, weder Sie noch irgend jemand anderer!» unterbrach Martin empört. «Sie sind mir schon der Richtige!»

«Ja, und ich warne dich in aller Form: entweder du tust deinen Neffen diesen kleinen Gefallen, oder du verläßt Stanyon morgen für immer!»

In Martins Augen schlich sich ein Ausdruck diabolischer List: Er sagte mit der Stimme eines Verschwörers: «Gervase, könnten wir nicht Theo –?»

«Ein glänzender Gedanke!» rief Gervase. «Wie wir wissen, hat er für kleine Kinder eine besondere Vorliebe!»

«Wer?» fragte der Gegenstand dieser Intrige, der eben ins Zimmer gekommen war. Als ihm der Plan auseinandergesetzt wurde, lachte er und sagte, daß nur der liebe Onkel Martin die Jungen zufriedenstellen würde. «Und da Martin nun einmal so unvorsichtig war, einen Präzedenzfall zu schaffen, ist es nur recht und billig, daß er jetzt die Folgen trägt», fügte er hinzu. «Weiß jemand von euch, wo Drusilla steckt? Die Kinder müssen etwas zum Nachtmahl bekommen, und ich glaube, sie ist die geeignete Person, um den Oberkoch schonend darauf vorzubereiten.»

«Arme Drusilla!» bemerkte der Earl. «Was für Unheil richten meine kleinen Neffen jetzt wieder an? Als ich Myladys Ankleidezimmer verließ, hatten sie bloß den Teppich in Brand gesteckt.»

«Keine Angst! Miss Bolderwood hat sie in den Roten Salon mitgenommen und spielt mit ihnen Domino!» sagte Theo.

Diese Mitteilung hatte zur Folge, daß der Earl und Martin sofort davonstürzten, um an einem Spiel teilzunehmen, für das sie beide plötzlich eine langvergessene heftige Vorliebe verspürten.

Inzwischen erfreute sich Lady Grampound an einem Tête-à-tête mit ihrer Mama, während ihr Gatte, selbst Landbesitzer, durch die Ställe und den Gutshof wanderte, jede Verbesserung beobachtete, die seit seinem letzten Besuch vorgenommen worden war, und Vergleiche zog, die alle zugunsten seines eigenen Gutes ausfielen.

Lady Grampound war viel mehr Mariannes als des Balles wegen nach Stanyon gekommen; und da Mariannes gute Erziehung sie zu der Äußerung bewog, niemals kräftigere oder gescheitere Kinder gesehen zu haben als Harry und John, und ihr sonniges Gemüt es ihr obendrein leicht machte, mit ihnen zu spielen, zögerte Lady Grampound nicht, zu erklären, daß sie ein entzückendes Wesen wäre, das sie von Herzen gerne als Schwägerin begrüßen würde.

«Es ist wirklich furchtbar, daß der arme Martin von der Erbfolge ausgeschlossen ist!» sagte sie. «Ich habe mich nie mehr gekränkt als damals, als ich erfuhr, daß Gervase aus dem Kampf bei Genappe heil und ganz hervorgegangen ist, denn, du weißt ja, das Siebente war dort heftig engagiert, und man hätte annehmen können – aber es sollte nicht sein, und selbstverständlich wünsche ich ihm nichts Böses – wenn er nur nicht älter wäre als Martin. Im Gegenteil, ich kann ihn sehr gut leiden und werde nie vergessen, was für ein hübsches Taufgeschenk er dem lieben kleinen Johnny geschickt hat! Aber wenn der arme Martin schon nichts erbt, so muß er sich wenigstens gut verheiraten, und ich glaube wirklich, daß Miss Bolderwood das richtige Mädchen für ihn ist. Sie scheint ganz einwandfrei zu sein, und, denk dir nur, Mama, Sir Thomas soll angeblich hunderttausend Pfund wert sein, wenn nicht mehr. Das einzige, was mir nicht gefällt, ist die Anwesenheit dieses Ulverston. Ich habe zwar nie gehört, daß er auf Brautschau wäre, aber jetzt, da sein Papa den Titel geerbt hat, wird er sicher haben wollen, daß sich sein Sohn verheiratet, und man kann nicht leugnen, daß Ulverston sehr gewandt ist. Aber schließlich ist er ein wohlhabender Mann, so daß es ihm nicht darum zu tun sein kann, eine reiche Heirat zu machen.»

Auf diese Bemerkung hin wurde der Gräfin übel. Der Anfall war jedoch nur von kurzer Dauer. Ihr Geist war neuen Ideen nicht sehr aufgeschlossen, und ebensowenig konnte sie annehmen, daß es einen jungen Mann gäbe, der mehr dazu geeignet wäre, die Liebe eines jungen Mädchens zu erwecken, als ihr eigener Sohn. Er war groß, gut aussehend und von vornehmer Geburt; und was seine gelegentlichen Zornausbrüche betraf, so quittierte sie sie ähnlich wie ihre Tochter die Ungezogenheiten ihrer beiden kleinen Jungen: jeder Fehler war auf Vitalität zurückzuführen.

Da sich Lady Grampound grundsätzlich nicht für Dinge interessierte, die nicht in unmittelbarem Zusammenhang mit ihrer nächsten Anverwandtschaft standen, ging sie bald auf Themen über, die ihr mehr am Herzen lagen. Und während sie ihrer Mutter von Harrys Fortschritten im Lesen, Johnnys Anfälligkeit für Bronchitis und der Schwierigkeit, einen Lakaien zu finden, der Tüchtigkeit mit Anstand verband, erzählte, verging die Zeit recht angenehm, bis sie genötigt war, sich für den Ball umzuziehen.

Lady Bolderwood hatte bestimmt, daß Marianne ihr weißes Seidenkleid mit dem Mieder *à la russe* und Perlen als einzigen Schmuck tragen sollte. Miss Morville, die sie in ihrem Zimmer aufsuchte, um sich zu vergewissern, daß es ihr zu ihrer Toilette an nichts fehlte, dachte im stillen, daß Lady Bolderwood wirklich zu bedauern war, nicht sehen zu können, wie reizend Marianne in dieser festlichen Kleidung aussah; da es aber nicht ihre Art war, sich Begeisterungsausbrüchen hinzugeben, beschränkte sie sich lediglich darauf, das Kleid zu bewundern, Mariannes verstörte Frage, ob ihre Frisur in Ordnung wäre – Betty hatte ihre Locken reizend einfach *à l'anglaise* frisiert –, mit Überzeugung zu bejahen, einen mit Flitter besäten Georgetteschal um ihre Schultern zu legen und ihr genau zu zeigen, wie sie ihn am vorteilhaftesten drapieren müßte. Da sie selbst schon einige Londoner Saisons hinter sich hatte, brauchte sie nicht mehr Weiß zu tragen, eine Farbe, die ihr nicht besonders gut stand, sondern hatte sich für ein blaßrosa Seidenkleid entschieden – ihre Lieblingsfarbe –, das unter einem kostbaren Spitzenüberwurf zu tragen war. Ihr Perlenhalsband war nicht so wertvoll wie das Mariannes, aber in ihren Ohren funkelten ein Paar Diamantenpendants, und sie trug einen wertvollen Fächer und ein Paar sehr schöner französischer Handschuhe von zartrosa Farbe, die auf der Stelle

Mariannes Neid erweckten. «Sie sind wirklich sehr hübsch» bestätigte Miss Morville. «Mein Bruder Jack hatte die Freundlichkeit, sie mir zu schicken, als er voriges Jahr in der Nähe von Paris stationiert war, und ich habe sie noch nie getragen.»

«Wissen Sie», gestand Marianne ein wenig schüchtern, «ich dachte eigentlich, Sie machen sich nicht viel aus solchen Dingen!»

«Im Gegenteil», erwiderte Miss Morville, «ich habe eine unglückliche Leidenschaft für Putz. Leider – oder vielleicht glücklicherweise – habe ich keine gute Figur, und mein Teint ist zu dunkel, als daß ich mich in die Farben kleiden könnte, die Ihnen, meine liebe Marianne, so entzückend stehen.»

Marianne errötete und protestierte und wunderte sich im stillen, daß ihre Freundin so ruhig auf ihren eigenen Mangel an Schönheit anspielen konnte.

Sie gingen zusammen durch die verschiedenen Galerien und Vorräume bis zum Langen Salon, wo sie die meisten jener Gäste, die zum Diner geladen waren, schon versammelt fanden. Diejenigen, die in Stanyon zu übernachten gedachten, waren schon vor einiger Zeit eingetroffen und erwarteten nunmehr die Ankunft jener Personen, die in der unmittelbaren Umgebung von Stanyon wohnten und von der Gräfin mit der Ehre einer Einladung zum Diner bedacht worden waren. Die Gräfin, in eine prunkvolle purpurrote Robe aus Samt und Seide gehüllt und mit dem berühmten Frantschen Familienschmuck behangen, der aus einem Diadem, einem Halsband und einer Brosche bestand, denen eine gründliche Reinigung nicht geschadet hätte, teilte sich mit ihrer Tochter in die Arbeit, die Herzogin von Rutland mit einem Bericht über den letzten Masernanfall von Harry und Johnny anzuöden. Nur das härteste Training im Hause ihres Papa, des Earl von Carlisle, der sehr viel auf Etikette hielt, befähigte die Herzogin, die selbst kleine Kinder hatte, während dieses Gedankenaustausches wenigstens den Anschein von Liebenswürdigkeit aufrechtzuerhalten. Das einzige, was ihr die Kraft dazu gab, war die Sicherheit, daß in Anbetracht ihres hohen Ranges sie die einzig mögliche Tischnachbarin für den Earl sein würde, und sie zögerte nicht zu gestehen, daß sie für ihn eine große Schwäche hatte.

Der Earl sah an diesem Abend besonders gut aus, in einem dunklen, vom ersten Schneider Londons angefertigten Rock und einem ganz besonders kompliziert gebundenen Halstuch. Seine glänzenden Locken, *à la Brutus* gebürstet, dem Stil, dem Mr. Brummell zum Sieg verholfen hatte, leuchteten im Kerzenlicht wie frischgeprägtes Gold; und seine Strümpfe kamen, ebenso wie Miss Morvilles Handschuhe, aus Paris. So genau waren Rock und seidene Kniehosen seiner Gestalt angepaßt, daß Martin plötzlich bedauerte, seinen eigenen Abendanzug nicht auch bei Weston bestellt zu haben.

Der Eintritt der beiden jungen Damen rief eine Sensation hervor, an der Miss Morville, wie sie ohne Groll feststellte, keinerlei Anteil hatte. Lord Ulverston entfuhr ein «Bei Jupiter»; was der jungen Dame, mit der er sich gerade unterhielt, durchaus nicht entging. Die Herzogin, der Miss Bolderwoods Schönheit sofort auffiel, erkundigte sich bei ihrer Gastgeberin aufgeregt flüsternd nach dem Namen dieser neuesten Beauté.

Doch wenn auch Marianne der Schönheit nach an erster Stelle stand, so nicht an Rang, und wie sehr auch immer die Gräfin sich bemühte, ihrem Sohn zu einer reichen Erbin zu verhelfen, so konnte sie dennoch nicht übersehen, daß er unmöglich die Tochter eines Baronet zum Diner geleiten konnte, wenn andere höhergestellte Damen anwesend waren. Mr. Warboys wurde daher Marianne als Tischherr zugeteilt, und wenn seine geistigen Fähigkeiten auch nicht sehr hochentwickelt waren, so gelang es ihm doch, sie während der ganzen Mahlzeit zu unterhalten. Lord Grampound saß zu ihrer Linken, und da er seine Aufmerksamkeit aufs beste zwischen seiner Tischnachbarin – einer Matrone mit ebenso unerschöpflicher wie uninteressanter Konversation – und seinem Essen teilte, das er als außergewöhnlich schmackhaft bezeichnete, mußte sich Marianne ihm nicht oft widmen. Am oberen Ende des Tisches schienen der Earl und Ihre Gnaden, die Herzogin von Rutland, einander leidlich zu unterhalten; etwas weiter unten erfüllte Martin seine Pflicht neben einer geschwätzigen Gräfin. Und in der Mitte plauderten Miss Morville und Theo Frant mit der ganzen wohltuenden Gelassenheit alter Freunde.

Kaum hatten sich die Damen und die Herren nach dem Souper wieder zusammengefunden, als die übrigen Gäste eintrafen. Nach einer kurzen Weile spielten die Musikanten zum ersten Kontertanz auf. Wieder verbot es die gute Sitte sowohl dem Earl als auch seinem Bruder, Miss Bolderwood an die Spitze der Reihen zu führen. Der Herzogin kam die Ehre zu, den Ball zu eröffnen; und es war Lord Ulverston, der das Glück hatte, sich Mariannes Hand für die ersten beiden Tänze zu sichern. Trotz wildestem Manövrieren gelang es Martin nicht, in der Aufstellung den Platz neben ihr zu ergattern, ein Umstand, den Miss Morville, der dieses Glück zuteil geworden war, als gnädiges Walten der Vorsehung betrachtete. Der objektivste Beobachter hätte nämlich feststellen müssen, daß zwischen dem lebhaften Viscount und Marianne bereits das allerbeste Einvernehmen herrschte; und niemand, der mit Martin auch nur flüchtig bekannt war, hätte auf dessen gutes Benehmen angesichts der naiven Freude, mit der Marianne Lord Ulverstons Avancen quittierte, auch nur einen Heller gesetzt.

Eben forderte Gervase sie für die erste Quadrille auf. Sie tanzte ihre Schritte korrekt, da sie aber Quadrille bisher nur unter Anleitung ihres Tanzmeisters getanzt hatte, war sie aufgeregt darauf bedacht, keine Fehler bei den verschiedenen Figuren zu machen, und hatte daher nur wenig Zeit, den Bestrebungen des Earl, sie zu unterhalten, ihre Aufmerksamkeit zu schenken. Er selbst, wie von einem Offizier des Herzogs von Wellington nicht anders zu erwarten, war ein ausgezeichneter Tänzer, der die schwierigsten Schritte mit Leichtigkeit und Eleganz ausführte; die Sicherheit, mit der er sie in die «Grande Ronde» führte, entlockte ihr einen Ausruf der Bewunderung; er sagte, daß es ihr nur an der nötigen Übung fehlte, um in dieser Kunst als vorbildlich gelten zu dürfen: ein Kompliment, das sie den «Pas d'été» mit mehr Kühnheit ausführen ließ, als sie sonst an den Tag gelegt hätte.

Aber den Earl erwartete ein schwerer Rückschlag: als die Musikanten auf seinen ausdrücklichen Wunsch einen Walzer anstimmten, war Marianne nicht dazu zu bewegen, zu tanzen. Die Instruktionen ihrer Mama waren eindeutig: sie durfte, wenn man sie dazu aufforderte, an einer Quadrille teilnehmen, unter keinen Umständen jedoch an einem Walzer. Weder der Earl noch Lord Ulverston vermochten sie dazu zu bewegen, diesem Verbot zuwiderzuhandeln: Walzer getanzt zu haben, ohne von den Patronessen bei Almack offiziell in die Gesellschaft eingeführt worden zu sein, mußte jeder *Débutante* das unwiderrufliche Stigma der Leichtfertigkeit aufdrücken. Lady Bolderwood hatte die Gefahr vorausgesehen und vorgebaut: wenn sich eine junge Dame bei einem privaten Ball auch manche Freiheit erlauben durfte, so war sie zu klug, um nicht zu wissen, daß genug eifersüchtige alte Damen nicht zögern würden, in einflußreichen Kreisen verlauten zu lassen, daß Miss Bolderwood doch nicht ganz so untadelig wäre.

Mariannes Gehorsam enttäuschte zwar ihre Bewunderer, schadete ihr aber durchaus nicht in den Augen von Lady St. Erth oder deren anderen weiblichen Bekannten. Mindestens drei Mütter vielversprechender junger Töchter bezeichneten sie als sehr bescheidenes Mädchen; und zahlreiche Damen, die ihre Söhne gut verheiraten wollten, fanden sie ganz entzückend und ungekünstelt.

Da Miss Morville zufällig neben Marianne stand, als der Earl sie um die Ehre bat, den Walzer mit ihm zu tanzen, bewog ihn der Anstand dazu, sich als nächste an sie zu wenden. Sie nahm die Aufforderung mit ihrer gewohnten Ruhe an, knickste flüchtig und ließ sich von ihm aufs Parkett führen. Dort erwies sie sich zu seiner Überraschung als leichtfüßige Tänzerin, mit den einzelnen Schritten so vertraut, daß sie sie fast instinktiv ausführte, und dabei imstande, sich vernünftig mit ihm zu unterhalten. Da sie sich über den Wert des Kompliments, von ihrem Gastgeber zum Tanz aufgefordert worden zu sein, während zahlreiche Damen höheren Ranges diese Ehre noch erwarteten, keinen Illusionen hingab, sagte sie ernst: «Wenn Sie mit mir darüber gesprochen hätten, Mylord, hätte ich Ihnen sagen können, daß Miss Bolderwood sicherlich nicht Walzer tanzen würde. Und dann hätten Sie den Musikanten nicht auftragen müssen, einen zu spielen.»

«Woher wissen Sie, daß ich es ihnen aufgetragen habe, Ma'am?» fragte er, unwillkürlich lächelnd.

«Nun, ich habe es nicht getan, weil Lady St. Erth nicht wünscht, daß Walzer getanzt wird; und ich bin auch überzeugt, daß Martin es nicht war, weil er niemals Walzer tanzen gelernt hat.»

«Ihre Annahme ist ganz richtig», gab er zu. «Und ich werde sofort einen weiteren bestellen! Sie tanzen wunderbar, Miss Morville!»

«Ich habe ziemlich viel Übung», sagte sie. «Und ich bin Ihnen für Ihre Höflichkeit sehr verpflichtet, aber ich glaube, Sie sollten lieber Lady Firth zum Tanz auffordern.»

«Miss Morville, Sie mögen zwar die Vorbereitungen für den Ball getroffen haben, wie ich mich aber dabei aufführen werde, das bestimme ich allein!» sagte er. «Ich habe Lady Firth bereits zum Boulanger aufgefordert und fühle mich nunmehr frei, zu tun, was mir paßt. Ich hoffe, Sie werden mir das Vergnügen eines zweiten Walzers mit Ihnen nicht versagen!»

Inzwischen hatte sich Martin der kleinen Gruppe junger Mädchen zugesellt, deren Mütter wie Lady Bolderwood den Walzer nicht billigten. Wenn es ihm gelungen wäre, würde er Marianne aus der schönen Schar entführt haben, aber ein kaum der Schule entwachsenes Mädchen, das er seit Jahren kannte, begrüßte ihn mit derartigen Entzückensausbrüchen, daß ihn die Höflichkeit dazu zwang, einige Minuten mit ihr zu plaudern. Und als ein anderer Kavalier endlich ihre Aufmerksamkeit in Anspruch nahm, hatte Lord Ulverston, der eben den Klauen Lady Grampounds entronnen war, neben Marianne Platz genommen und amüsierte sie mit einigen von der Gräfinwitwe so sehr verabscheuten Kriegsanekdoten, und obwohl Martin Marianne nicht aus den Augen ließ, gelang es ihm nicht, ihre Aufmerksamkeit von ihrem unterhaltsameren Gesellschafter abzulenken. Er hatte die kluge Voraussicht besessen, sich für das Souper den Platz neben ihr zu sichern. Aber was ihm das auch an Tröstung gewähren mochte, wurde durch das Pech zunichte gemacht, daß Ulverston zu ihrer

Linken placierte. Außer dem langen Tisch in der Mitte des Zimmers waren noch ein paar kleine aufgestellt worden, und die beiden Paare saßen an einem von diesen. Martin, der Abney beschworen hatte, den Tisch für ihn freizuhalten, bedauerte binnen kurzem, was ihm anfangs als gute Kriegslist erschienen war. Die beiden Gesellschaften verschmolzen natürlich zu einer einzigen, und es wäre müßig gewesen, zu leugnen, daß Lord Ulverston die Seele des Ganzen war. Das war an und für sich böse, doch noch böser war es für Martin, entdecken zu müssen, daß Seine Lordschaft Marianne bereits für den zweiten Tanz engagiert hatte. Er war wütend über sie, weil sie den Bestürmungen eines Mannes zu erliegen schien, den er langsam für einen Schurken zu halten begann, und hätte er Gelegenheit gefunden, würde er sicher nicht gezögert haben, sie darauf aufmerksam zu machen, daß ihre Mama bestimmt nicht damit einverstanden wäre, wenn sie erführe, daß Marianne zweimal mit demselben Mann getanzt hatte. Der Ball war sinnlos geworden: er wunderte sich über die Reizlosigkeit seiner Partnerin und kam zu der Überzeugung, daß Tanzen eigentlich eine ganz blödsinnige Sache wäre.

Als man sich zum nächsten Tanz aufstellte, hatte er endlich das Glück, Marianne aufs Parkett zu führen. Aber kaum hatten sie zu tanzen begonnen, als Marianne ihre Schleppe ein wenig aus der Hand gleiten ließ. Lord Grampound, der beim Tanzen das, was ihm an Beschwingtheit fehlte, durch Energie wettmachte, stellte unverzüglich den Fuß auf einen der zarten Spitzenvolants, so daß Marianne den Saal verlassen mußte, um eine provisorische Reparatur vorzunehmen. Sie versicherte Martin, der seinen Schwager für seine Ungeschicklichkeit mit Wonne niedergeboxt hätte, daß ein paar Nadeln die ganze Sache wieder in Ordnung bringen würden, und ließ sich von ihm in einen der angrenzenden Salons führen, der zufällig leer stand. Marianne, die genau wußte, daß eine von Betty in ihrem Zimmer vorgenommene Reparatur nicht ein paar Minuten, sondern eine halbe Stunde dauern würde, ließ sich die Spitze gerne von Martin zusammenstecken. Das tat er auch, mit den Nadeln, die sie auf den Rat ihrer Mama für derartige Unfälle zu sich gesteckt hatte. Am Saum des Kleides waren nur ein paar Zoll Spitze abgetrennt worden, und das Werk nahm daher nicht lange Zeit in Anspruch. Martin erhob sich, und Marianne machte ihm Komplimente über seine Geschicklichkeit, dankte ihm und lachte über den Zwischenfall. Ihre Wangen hatten sich beim Tanzen gerötet; ihre Augen funkelten vor unschuldiger Freude; und sie sah so entzückend aus, daß Martin den Kopf verlor und sich so weit vergaß, ihr seine Leidenschaft zu erklären, und versuchte, sie in die Arme zu schließen.

Auf eine so plötzliche Wendung war sie vollkommen unvorbereitet. Sie erschrak nicht wenig. An harmlosem Flirt hatte sie ihre Freude, aber Lady Bolderwoods Wachsamkeit hatte bisher sämtliche Heiratsanträge abgewendet, so daß sie nicht wußte, wie sie die verzweifelte Glut, der sie sich plötzlich gegenübersah, dämpfen sollte. Sie konnte lediglich vor Martin zurückweichen und mit zitternder Stimme sagen: «Nein, nein! Oh, bitte nicht!»

Vielleicht war es nicht überraschend, daß er nicht auf sie hörte, sondern ihr folgte und die Hände faßte, die ihn abzuwehren suchten. Und er würde sie sicherlich geküßt haben, wäre nicht im selben Augenblick seine Schwester in Begleitung seines Stiefbruders eingetreten. Sein Name, von Gervase scharf gerufen, brachte ihn auf die Erde zurück. Er fuhr herum; das Blut schoß ihm in die Wangen, und in seinen Augen stand eine seltsame Mischung von Scham und Wut.

Marianne schien ebenso durcheinander wie er und stand zitternd, mit abgewandtem Gesicht, um die Tränen zu verbergen, die ihr der Schreck ausgepreßt hatte. Lady Grampounds Ausruf: «Guter Gott, was soll das heißen?» konnte sie nicht beruhigen. Die Stimme versagte ihr, um die wenigen unzusammenhängenden Worte auszusprechen, die ihr auf der Zunge schwebten; und sie legte ihre zitternde Hand mit tiefster Dankbarkeit auf den Arm des Earl. Er hatte das Zimmer durchquert und sagte in seiner ruhigen Art: «Ich habe Sie gesucht, denn man spielt gerade zu einem neuen Tanz auf, Ma'am. Ich habe den traurigen Unfall mit Ihrem Kleid bemerkt und hoffe, daß mein Bruder Ihnen behilflich sein konnte, die Spitze wieder zusammenzustecken.»

«O ja! Sehr freundlich!» brachte sie mühsam hervor. «Es ist nicht schlimm – nur ein winziger Riß!»

Dankbar ging sie mit ihm bis zur Tür, wo sie mit Lord Ulverston zusammentrafen, der scherzend sagte: «Ger, du bist ein Schuft. Du versuchst mir Miss Bolderwood abspenstig zu machen. Dabei hat sie diesen Tanz mir versprochen. Liefere sie aus, Elender!»

Er bemerkte Mariannes Verlegenheit; wenn ihn ein rascher Blick auch nicht über die ganze Begebenheit unterrichtete, so ließ er ihn doch zumindest begreifen, daß Martin in irgendeiner Weise daran die Schuld traf; und mit der Geistesgegenwart, die ebenso seinem guten Herzen wie auch seiner guten Erziehung entsprang, plauderte er in seiner lustigen Art weiter, bezichtigte seinen Freund des Verrats und kündigte an, daß er ihn am nächsten Morgen zum Duell fordern würde.

«Nein, nein!» sagte Gervase und sekundierte ihm nach Kräften. «Das wäre eine zu grobe Verletzung der Gastfreundschaft! Wenn du deine Pflichten gegenüber deinem Gastgeber schon so sehr verletzen kannst, so werde ich zumindest die meinen dem Gast gegenüber zu erfüllen wissen!»

«Unsinn, Ger! Miss Bolderwood, lassen Sie sich von diesen scheinheiligen Worten nicht blenden! Genau denselben Streich hat er mir einmal in Frankreich gespielt und war nicht einen Augenblick um eine Ausrede verlegen! Aber kommen Sie! Wir werden keinen Platz mehr bekommen, wenn wir uns nicht beeilen!»

Der Earl übergab Marianne der Obhut seines Freundes, und sie ließ sich in den Ballsaal zurückführen. Dann wendete er sich an seinen Bruder, maß ihn von oben bis unten und sagte eisig: «Habe wenigstens die Güte, Martin, den Schein eines Gentlemans zu wahren! Diese Manieren mögen bei einer Maskerade in Covent Garden am Platz sein; in Stanyon sind sie gänzlich unangebracht!»

«Was fällt Ihnen ein?» stieß Martin hervor und machte einen Schritt auf ihn zu, als ob er auf ihn losstürzen wollte. «Sie sind nicht der Richter über mein Benehmen!»

«Du irrst. Ich bin der einzige Richter über das Benehmen der Leute, die unter meinem Dach leben!»

«Ja! Sie wären mich gerne los, nicht wahr? Sie fürchten, von Marianne einen Korb zu kriegen, wenn ich –»

«Lassen wir Miss Bolderwood aus dem Spiel. Ich werde nicht dulden, daß einer meiner Gäste beleidigt wird. Am allerwenigsten ein Mädchen, das unserer Obhut anvertraut wurde. Du solltest dich schämen!»

Da sich Martin tatsächlich schämte, machte ihn diese vernichtende Kritik zorniger denn je. Und seine Schwester trug zur Verschlechterung seiner Laune wesentlich bei, indem sie in einem lehrhaften, sehr an ihre Mutter gemahnenden Tonfall sagte: «Ich kann nicht umhin, zu sagen, daß St. Erth vollkommen recht hat. Ein derartiges Benehmen, mein lieber Martin, ist durchaus nicht am Platz. Grampound wäre sehr entrüstet.»

«Grampound soll sich zum Teufel scheren, mitsamt dir und St. Erth!» sagte Martin wütend.

«Martin, komm mir jetzt nur nicht mit einem deiner blödsinnigen Zornanfälle», empfahl Lady Grampound. «Du solltest lieber Miss Bolderwood um Verzeihung bitten. Ich werde ihr sagen, daß du benebelt warst.»

«Das kommt gar nicht in Frage! Du wirst deine Nase gefälligst nicht in meine Angelegenheiten stecken, Louisa! Ich habe die Absicht, Marianne zu heiraten!»

«Möglich», sagte Gervase trocken, «jedoch bevor du sie mit Aufmerksamkeiten bedrängst, die sie nicht zu begrüßen scheint, wäre es vielleicht ratsam, die Zustimmung ihres Vaters einzuholen.»

«Sehr richtig», stimmte Lady Grampound bei. «Es hat gar keinen Sinn zu schimpfen, Martin, St. Erth hat vollkommen recht. Als Grampound um meine Hand anhielt, tat er es erst, nachdem der liebe Papa ihm gesagt hatte, daß ihm diese Verbindung nicht unwillkommen wäre. Und hätte es Mama mir nicht mitgeteilt, so wäre ich nie darauf gekommen, daß Grampound sich leidenschaftlich in mich verliebt hatte, denn er benahm sich mir gegenüber immer mit der größten Zurückhaltung, so daß ich annehmen mußte, er interessiere sich mehr für sein Essen als für mich!»

Diese Erinnerungen, über die sie herzlich lachte, bewirkten nur, daß ihr Bruder sie mit dem Ausdruck des größten

Mißfallens betrachtete und seine Lippen so fest zusammenpreßte, daß sie nur mehr wie ein dünner Strich aussahen.

«Ich bin sicher, daß Grampound sich ganz richtig benommen hat», sagte Gervase ernst, aber um seine Mundwinkel zuckte es verräterisch. «Wir haben genug gesprochen, glaube ich: gehen wir lieber in den Saal zurück.»

«Ich bin noch lange nicht zu Ende!» schleuderte ihm Martin entgegen. «Hören Sie endlich auf, mit mir zu sprechen, als ob ich der letzte Schuft wäre, der es mit Marianne nicht ernst meint! Das ist nicht wahr. Und wenn Sie glauben, daß ich die Absicht habe, um Ihre Erlaubnis zu bitten, bevor ich um ihre Hand anhalte, dann sind Sie schwer im Irrtum!»

Er wurde von Theo unterbrochen, der mit bestürzter Miene und anscheinend sehr erschrocken hereinkam. Er zog die Tür rasch hinter sich ins Schloß und sagte: «Gervase! Martin! Um Gottes willen! Man hört euch bis in den Ballsaal! Was ist los?»

«Nichts, was dich anginge!» erwiderte Martin.

«Martin ist an allem schuld», erklärte Lady Grampound. «Er hat sich sehr schlecht benommen und will es jetzt nicht zugeben! Aber so war es immer schon mit ihm! Und Mama läßt ihm auch alles durchgehen, so daß Grampound sagt, es ist kein Wunder –»

«Grampound in allen Ehren, Louisa», unterbrach Gervase hastig, «aber ich bezweifle, daß Martin sich für seine Aussprüche interessiert. Laß dich von Theo in den Saal zurückführen! Es wäre zu auffällig, wenn wir alle miteinander gingen.»

«Ich glaube, es wäre besser, du würdest Lady Grampound begleiten», sagte Theo geradeheraus.

«Unsinn! Martin und ich hatten zwar eine kleine Meinungsverschiedenheit, aber deshalb werden wir nicht handgemein werden, das versichere ich dir! Louisa, tu mir den Gefallen, mit niemandem über diese Vorfälle zu sprechen! Es ist nicht der geringste Grund vorhanden, Grampound davon in Kenntnis zu setzen.»

«Die einzige Person, mit der man darüber sprechen müßte, ist Mama», sagte Mylady und legte ihre Schleppe über den

Arm. «Ich werde es jedoch nicht tun, weil sie Martin ohnehin keinen Verweis erteilen wird! So war es schon immer!»

Mit diesen schwesterlichen Worten ließ sie sich von ihrem Vetter in den Ballsaal zurückführen, wo sie ihm, ohne eine Minute zu verlieren, den ganzen Vorfall haarklein erzählte.

Gervase, mit seinem Bruder allein geblieben, sagte in freundlicherem Ton: «Nun, das Ganze war eine unglückliche Geschichte, aber sie wird bald in Vergessenheit geraten! Wenn ich zu heftig war, so bitte ich dich, mir zu verzeihen, aber zu versuchen, ein Mädchen wie Miss Bolderwood gegen seinen Willen zu küssen, ist, wie du selbst genau weißt, wirklich der Gipfel!»

Martin, durch die von Marianne erlittene Abfuhr im Innersten verletzt und von Selbstvorwürfen gepeinigt, war nicht imstande, die Friedenshand zu ergreifen, sondern sagte mit erstickter Stimme: «Zum Teufel, lassen Sie mich in Ruhe!» und stürzte aus dem Salon.

10

Es war nicht zu erwarten, daß Miss Bolderwood an diesem Abend Ruhe finden würde, ohne vorher die aufregenden Ereignisse des Abends ihrer Freundin mitgeteilt zu haben. Lord Ulverstons Freundlichkeit und gute Laune hatten zwar zur Beruhigung ihrer Nerven viel beigetragen, aber sie hatte nun einmal einen argen Schrecken ausgestanden, von dem sie sich nicht so bald wieder erholen würde. Seit ihrer Schulzeit war sie fast nie mit einem Mann allein gewesen – außer ihrem Papa –, denn selbst als der Earl ihr Fahrstunden gab, hatte sein Diener immer hinten auf dem Wagen gestanden. Ihre Eltern hatten sie in sorgliche Zärtlichkeit gehüllt; und wenn sie auch mit ihren zahlreichen Verehrern gerne flirtete, so war der Gedanke, daß dieses leichtfertige Verhalten sie dazu ermutigen könnte, ihre Schutzlosigkeit bei der ersten besten Gelegenheit auf so gemeine Weise zu mißbrauchen, niemals in ihren unschuldigen Sinn gekommen. Diese neue Entdeckung bedrückte sie einigermaßen; und sie neigte stark zu der Annahme, ein leichtfertiges Mädchen zu sein, das die Herren zum Glauben berechtigte, sich allerhand erlauben zu dürfen.

Miss Morville reagierte auf Mariannes vertrauliche Mitteilungen mit bewundernswerter Ruhe und großem Verständnis. Wiewohl sie zugab, daß es zweifelsohne sehr unangenehm sein müßte, sich in einer so peinlichen Situation zu befinden, vertrat sie die Meinung, daß es nicht verwunderlich wäre, wenn sich Martin so weit vergessen hätte. «Wenn Sie so hübsch sind, Marianne, und so wild kokettieren, was können Sie da anderes erwarten?»

«Oh, noch nie ist mir etwas so Fürchterliches passiert! Ich war nicht im entferntesten darauf gefaßt, daß er so etwas versuchen würde!»

«Natürlich hätte er es nicht tun dürfen, aber schließlich ist er noch sehr jung, und ich bin überzeugt, daß es ihm jetzt sehr leid tut», sagte Miss Morville tröstend. «An Ihrer Stelle würde ich den ganzen Zwischenfall vergessen!»

«Wie können Sie nur so etwas sagen? Er benahm sich, als ob ich – als ob ich ein richtiges Straßenmädchen wäre!» Da dieser Ausspruch Miss Morville sichtlich erheiterte, fügte sie erzürnt hinzu: «Drusilla, wie können Sie nur so verständnislos sein! Sie müssen doch schon gefühlt haben wie ich!»

«Vielleicht hätte ich es», gab Miss Morville zu. «Ich glaube zwar nicht, aber die traurige Wahrheit ist, daß noch niemand je den leisesten Wunsch gezeigt hat, mich zu küssen!»

«Ich beneide Sie!» erklärte Marianne. «Ich wünschte, ich wüßte, wie ich Martin morgen beim Frühstück in die Augen schauen soll! Ich kann nicht!»

«Oh, darin sehe ich nicht die geringste Schwierigkeit», sagte Miss Morville. «Erstens ist es schon morgen, und zweitens werden Sie, wenn überhaupt, in diesem Zimmer frühstücken und sicherlich erst viele Stunden nach den Herren.»

Diese praktische Antwort wurde nicht sehr gnädig aufgenommen. Marianne sagte schmollend, daß Drusilla ihre Gefühle durchaus nicht zu verstehen schiene, und machte sie darauf aufmerksam, daß ihre nächste Begegnung mit Martin, gleichviel ob beim Frühstück oder Mittagessen, ihr eine unerträgliche Verlegenheit bereiten würde.

«Ihm auch, glauben Sie mir!» bemerkte Miss Morville. «Darum – je früher Sie es hinter sich haben, desto leichter wird es sein.»

«Wenn ich nur nach Hause könnte!» sagte Marianne.

«Das werden Sie auch in zwei bis drei Tagen. Jetzt davonzulaufen würde einem Geschwätz die Wege ebnen, mit dem Sie sicher nicht einverstanden wären. Und Sie können kaum in der Nachbarschaft wohnen bleiben, ohne Martin gelegentlich zu treffen.»

Die Richtigkeit dieser Bemerkung war nicht zu bezweifeln. Marianne weinte ein bißchen; und nachdem sie voll Entrüstung eine Weile bei Martins Torheit, Frechheit und schlechter Erziehung verweilt hatte, ging sie von der Analyse seines verderbten Charakters zur lobenden und dankbaren Erwähnung des erlesenen Taktgefühls und der großen Freundlichkeit Lord Ulverstons über.

«Ich werde ihm nie genug danken können!» erklärte sie. «Ich bin ganz überzeugt, daß er meine Verwirrung sehr wohl bemerkt hat, denn ich war so verstört, daß ich kaum sprechen konnte, und seinem Blick zu begegnen ging vollends über meine Kräfte! Ich wäre in Ohnmacht gesunken, wenn er mich nach dem Grund meiner Aufregung gefragt hätte, aber er erwähnte es mit keinem Wort! Die Art, in der er mir seinen Arm bot, war so außerordentlich liebenswürdig; er führte mich zum Büfett, verschaffte mir ein Glas Limonade und sagte, es wäre unerträglich heiß im Saal und ob ich nicht vielleicht lieber ein kühleres Zimmer aufsuchen wolle. Und dann, wissen Sie, unterhielten wir uns über alles mögliche, bis ich mich wieder wohlfühlte. Ich bin überzeugt, daß es nie jemand Netteren gegeben hat.»

Miss Morville war durchaus bereit, sie in diesen angenehmeren Überlegungen zu bestärken; und mit dem Hinweis darauf, wie traurig es doch wäre, Stanyon zu verlassen, ohne Seine Lordschaft näher kennengelernt zu haben, gelang es ihr, sie vom Gedanken an eine verfrühte Abreise ganz abzubringen. Und wenn die arglosen Lobeshymnen ihrer jungen Freundin den Verdacht in ihr wachriefen, daß eine Umarmung vom Viscount in ihrer Brust keinerlei Gefühle der Empörung hervorgerufen hätte, so war sie klug genug, diesen Gedanken bei sich zu behalten.

Marianne war überzeugt, sie würde während der restlichen Nacht kein Auge schließen können. Dessenungeachtet schlief sie friedlich, noch lange nachdem Miss Morville ihr eigenes Schlafgemach verlassen hatte. Sie guckte in Mariannes Zimmer – Marianne rührte sich nicht – und ließ sie ausschlafen.

Zum Frühstück erschienen nur die Herren, aber gegen elf Uhr kamen die meisten Damen aus ihren Gemächern herunter, einschließlich Lady Grampounds, die anscheinend nur deshalb aufgestanden war, um sich zu vergewissern, daß ihre beiden Söhne auch zu ihrem Spazierritt kamen. Da Martin nicht zu Unrecht murrte, der Spazierritt mit seinen Neffen würde ihn zu einer Zeit vom Schloß entfernen, da sich die meisten Gäste verabschieden wollten, sagte sie, das mindeste, was er tun könnte, wäre, ihnen diese kleine Freude zu machen: eine geheime Anspielung auf sein schlechtes Benehmen vom Vorabend, die ihn zu der Antwort aufstachelte, daß er glücklich sein würde, mit ihren Bengeln spazierenzureiten, wenn damit ihre sofortige Abreise aus Stanyon gesichert wäre.

Zu Mittag hatten alle Ballgäste mit Ausnahme der Grampounds das Schloß verlassen, und die Gräfinwitwe war in der Lage, die Festivität mit jedem, der die Unklugheit besaß, sich ihrem Lehnstuhl zu nähern, zu erörtern, sich für die Vortrefflichkeit des Essens zu beglückwünschen und alle Gäste aufzuzählen, denen die besondere Ehre einer Einladung zuteil geworden war. Bei diesem harmlosen Vergnügen wurde sie nach Kräften von ihrer Tochter unterstützt, die sich keinen größeren Segen für ihre Mitmenschen denken konnte, als sich in Stanyon zu befinden, und außerdem noch eine zusätzliche Quelle der Befriedigung in der Tatsache fand, daß die Herzogin ihr Kleid bewundert hatte. Der lärmende Eintritt Harrys und Johns, die darauf brannten, ihrer Mama alle Einzelheiten über den herrlichen Spazierritt zu erzählen, schaffte eine gewisse Abwechslung. Jede Unterhaltung wurde unmöglich: sobald sie damit fertig waren, ihre Neuigkeiten einstimmig Lady Grampound in die Ohren zu brüllen, begannen sie über die Rechte der Erstgeburt zu streiten, da

Harry die Meinung vertrat, die Plünderung von Großmamas Strickkörbchen wäre sein Vorrecht, eine Ansicht, die Johnny sehr entschieden bekämpfte.

«Süße kleine Jungen!» sagte die Gräfin. «Ich bin sicher, sie würden gerne spielen. Gestern hat ihnen das Domino mit der lieben Marianne so viel Freude bereitet!»

«Ja, gewiß, Mama, aber bitte, setze ihnen das nicht in den Kopf, denn ich sagte ihnen, sie dürften Miss Bolderwood nicht mit der Bitte belästigen, noch einmal so freundlich zu sein.»

Marianne, die damit beschäftigt war, das Strickkörbchen wieder in Ordnung zu bringen, verstand den Wink mit dem Zaunpfahl. Sie beharrte darauf, daß sie sich sehr freuen würde, mit den Kindern zu spielen, und ging fort, um die Dominosteine zu holen, während Lady Grampound ihre Sprößlinge von ihrem bevorstehenden Glück in Kenntnis setzte. Als Marianne zurückkehrte, war der Friede wieder hergestellt, da selbst Johnnys schrille Schreie – sein Bruder zwickte ihn auf die heimtückischste Weise – beim Anblick einer Schachtel voll kandierter Pflaumen verstummten.

Als Martin mit Lord Ulverston ins Zimmer kam, war Marianne viel zu sehr in Anspruch genommen, um ihm mehr Aufmerksamkeit zu schenken als einen kurzen, scheuen Gruß. Martin sagte steif, sie würde vielleicht in Anbetracht des besonders schönen Wetters vor dem Essen einen Spaziergang zu den Ziersträuchern machen wollen. Sie lehnte ab, und kurz darauf mußte er zähneknirschend mit ansehen, wie Ulverston sich den Dominospielern zugesellte und mit besonders reizendem Lächeln und Erröten empfangen wurde.

Die Grampounds beabsichtigten, am Nachmittag abzureisen. Während die ganze Gesellschaft in einem der Salons bei Tisch saß und sich an kaltem Fleisch und Früchten gütlich tat, sprach Lord Grampound den Wunsch aus, ein in der Nachbarschaft gelegenes Haus zu besuchen, das er für die Sommermonate zu mieten gedachte. Das veranlaßte seine Gattin, die umfangreichen Verbesserungen, die in Grampound Manor vorgenommen werden sollten, bis ins letzte Detail zu beschreiben, sowie sich über den schädlichen Einfluß der Luft von Brighton auf Harrys Leber und ihren eigenen heißen

Wunsch, den Sommer in der Nähe von Stanyon zu verbringen, auszulassen. Die Gräfinwitwe, die sich über das Recht ihres Stiefsohnes, in derlei Angelegenheiten um seine Meinung befragt zu werden, hoheitsvoll hinwegsetzte, lud ihre Tochter sofort ein, doch nach Stanyon selbst zu kommen und dort zu bleiben, solange es ihr gefiel. Eine Einladung, die Mylady sicherlich angenommen haben würde, wenn nicht Lord Grampound mit großer Festigkeit erklärt hätte, daß er es vorzöge, ein eigenes Haus zu mieten.

«Du hast sicher recht, Liebling», stimmte seine Frau zu. «Obwohl es für Mama eine große Freude gewesen wäre, die Kinder einmal recht lange bei sich zu haben. Und ich wüßte nicht, wo sie lieber wären. Aber natürlich liegt mir nichts ferner, als dir zu widersprechen, und wir werden tun, was du wünschest. Das einzige ist, daß ich mich an den Weg nach Kentham nicht mehr erinnern kann. Martin, du wirst mit Grampound bis zum Haus reiten, denn ich bin überzeugt, du weißt, wie man am besten hinkommt, und dann können wir es uns miteinander anschauen. Zum Essen bist du wieder zurück.»

Daß seine Schwester so kühl über seine Zeit verfügte, brachte Martin derart in Harnisch, daß er sagte: «Ein reizender Gedanke, Louisa, aber leider habe ich für heute nachmittag schon etwas anderes vor!»

«Unsinn! Was kannst du schon vorhaben?» antwortete sie. «Du möchtest bloß ungefällig sein und könntest sehr wohl mit uns kommen, wenn du nur wolltest.»

Martin schwieg.

Lord Grampound räusperte sich. «Ich würde mich sehr freuen, wenn Martin mitkäme, aber wenn er nicht will, möchte ich nicht in ihn dringen.»

Martin schwieg nach wie vor, und Gervase, der fand, daß schon genug über ihn hereingebrochen war, legte sich ins Mittel und sagte: «Wenn Sie sich mit mir zufriedengeben, Grampound, werde ich gerne mitkommen. Ich kann Ihnen zwar nicht versprechen, Sie richtig zu führen, aber ich glaube ungefähr zu wissen, wo Kentham liegt.»

Seine Lordschaft nahm dieses Angebot an. Martin spürte etwas wie Dankbarkeit, ein Gefühl, das von seiner Schwester im Keim erstickt wurde: sie hielt ihm einen Vortrag über gutes Benehmen, der mit einem höchst unvorteilhaften Vergleich zwischen seinen Manieren und denen seines Bruders endete.

«Du könntest dir deine erbaulichen Reden ersparen!» sagte er unbeherrscht und sprang auf. «St. Erth ist die Vollkommenheit in Person, natürlich! Wenn du ihm genügend schmeichelst, wird er vielleicht Mamas Einladung, den Sommer hier zu verbringen, unterstützen!»

«Sei still, du Narr!» flüsterte Theo.

«Gib dir keine Mühe! Ich gehe schon!» schnappte Martin und rannte aus dem Zimmer.

Marianne konnte nicht bezweifeln, daß Martins Weigerung, die Grampounds zu begleiten, dem Wunsch entsprang, mit ihr eine Unterredung unter vier Augen herbeizuführen. Er hatte bereits zweimal versucht, sie von der übrigen Gesellschaft zu entfernen, und da sie nicht wußte, wie sie auf eine eventuelle Bitte um Verzeihung reagieren oder ihn zurückweisen sollte, falls er ein zweites Mal versuchte, zärtlich zu werden, war sie sehr aufgeregt und bat Miss Morville so inständig, sie doch keinen Augenblick allein zu lassen, daß Drusilla, die ursprünglich die Absicht gehabt hatte, durch den Park zu ihrem eigenen Haus zu gehen, wo sie verschiedenes zu erledigen hatte, diesen Plan aufgeben mußte. Solange die Grampounds noch da waren, saßen alle im Schloß herum. Doch kaum hatten die Kutschen, denen der Earl und sein Schwager vorausritten, den Torbogen passiert – nur eine Stunde später, als ursprünglich beabsichtigt, und nach zwei falschen Alarmen – und waren durch den Park davongeholpert, als nichts mehr die übrige Gesellschaft innerhalb der vier Wände zurückhielt. Miss Morville schlug Marianne vor, zu den Ziersträuchern zu spazieren, und die beiden Damen machten sich auf den Weg, freuten sich des warmen Frühlingssonnenscheins und plauderten über die Ereignisse des Balles, soweit Marianne sich ihrer ohne Kummer erinnern konnte. Trotzdem kam das schmerzliche Erlebnis unvermeidlich wieder an die Oberfläche, und obwohl Mariannes übertriebenste Vorstellungen durch die Nachtruhe zum großen Teil besänftigt worden waren, vertraute sie Miss Morville an, daß sie ihre Meinung, ihre

Mama wäre sehr altmodisch, weil sie sie nirgends allein hingehen lassen wollte, nunmehr geändert hatte, da sie *jetzt* einsehen mußte, wie gefährlich es für ein weibliches Wesen doch wäre, mit einem jungen Mann allein zu sein.

Nachdem sie ein wenig umhergewandert waren, gesellte sich Lord Ulverston zu ihnen. Er bot je einer Dame einen Arm, aber nach kurzer Zeit erkannte Miss Morville, daß ihre Anwesenheit weder zu seinem noch zu Mariannes Wohlbefinden wesentlich beitrug. Sie machte den beiden daher den Vorschlag, sie zu verlassen und, wie sie ursprünglich beabsichtigt hatte, nach Gilbourne House zu gehen. «Müssen Sie wirklich gehen? Sie sind doch sicher müde nach einer durchtanzten Nacht!» war alles, was Marianne dagegen zu sagen hatte. Die Gefahren, die bei einem Tête-à-tête mit einem jungen Mann lauerten, waren vergessen; und da Miss Morville vollstes Vertrauen zu den Fähigkeiten Lord Ulverstons besaß, seine Gefühle – wie heftig sie auch sein mochten – in den Schranken der Schicklichkeit zu halten, zögerte sie nicht einen Augenblick, ihre Freundin seiner Obhut anzuvertrauen.

In Gilbourne House wurde sie von der Haushälterin begrüßt, die ihr eine große Anzahl schwierigster Fragen unterbreitete und ebensoviele Klagen vorzubringen hatte. Eine der heftigsten betraf die empörende Undankbarkeit, Selbstsucht und Doppelzüngigkeit eines der Hausmädchen, das, statt am nächsten Morgen rechtzeitig wieder da zu sein, die Erlaubnis, eine Nacht daheim im Dorf zu verbringen, dazu mißbraucht hatte, sich den Fuß zu verstauchen und nicht auftreten zu können. So lautete wenigstens die Botschaft, die sie geschickt hatte. Da das Haus etwa eine Meile von Gilbourne House entfernt war, konnte man von der kräftigen Mrs. Buxton nicht erwarten, die Richtigkeit dieser Behauptung nachzuprüfen; aber sie machte Miss Morville dunkle Andeutungen, daß sie die betreffende junge Dame schon immer der größten Leichtfertigkeit verdächtigt hätte.

Miss Morville teilte diesen Argwohn nicht, versprach jedoch, Kitty zu besuchen, da sie ein stark ausgeprägtes Pflichtgefühl besaß und außerdem von ihren Eltern dazu erzogen worden war, das Wohlergehen ihrer Dienstboten als persönliche Angelegenheit zu betrachten.

Miss Morville machte sich also auf den Weg, um die Kranke zu besuchen, nicht ohne vorher einen Streit mit Mrs. Buxton ausgefochten zu haben, die die Fortschrittlichkeit ihrer Herrschaft bei weitem nicht teilte und Miss Morville nicht ohne einen Diener fortgehen lassen wollte, der ihr Körbchen tragen sollte.

Miss Morville fand die Tatsache genau den Angaben entsprechend und den Knöchel der armen Kitty sehr stark geschwollen. Ihre Gaben – Arnika, Eier und Käse, aus Mrs. Buxtons eifersüchtig bewachter Speisekammer geraubt, wurden mit Dank angenommen, aber nicht ohne Mißtrauen, da Kittys Mutter der unerschütterlichen Überzeugung war, daß gegen Verrenkungen, Wunden, Frostbeulen und eine Anzahl anderer Krankheiten nichts besser wäre als gut eingeriebenes Gänsefett. Aber ein Besuch Miss Morvilles war ebenso erfreulich wie ehrenvoll. Sie wurde in das winzige Wohnzimmer geführt, mit Wacholderwein bewirtet, mußte die ganze Geschichte von Kittys Unfall über sich ergehen lassen und war der Gegenstand wiederholter Dankesbezeigungen für ihre Herablassung. Als Drusilla das Häuschen endlich verließ, war es daher schon reichlich spät und dunkelte bereits. Sie hatte jedoch nur ein kurzes Stück bis zu einem der kleineren Parktore, von wo dann eine Straße, die einen kleinen Umweg machte, bis zu den Ställen und dem Küchenhof führte. Der kürzeste Weg zum Schloß war daher, einer der schönen Reitbahnen zu folgen, die den Schloßwald bis zur Hauptavenue durchschnitten.

Über dem Wald lag die Dämmerung, und es war kühl, da die Sonne schon untergegangen war. Aber Miss Morville, weder so elegant, einen warmen Mantel zu verachten, noch so zart, nicht herzhaft ausschreiten zu können, fühlte sich durchaus wohl. Sie bildete sich auch nicht ein, verfolgt zu werden, als ein kleines Tier im Unterholz raschelte; und war unempfindlich gegen den Schrecken, den ihr das plötzliche Erscheinen eines Kaninchens hätte einjagen können. Nach einer Viertelstunde flotten Gehens kam die Avenue in Sicht. Sie hörte den Hufschlag eines Pferdes und nahm an, daß der Earl sich von den Grampounds getrennt hatte und nun auf dem Heimweg zum Schloß wäre, nicht aber, daß ein zu allem entschlossener, höchstwahrscheinlich maskierter Räuber im Anzug wäre. Sie behielt recht: kurz darauf erhaschte sie einen Blick von Cloud, der auf dem Grasstreifen neben der Avenue einhergaloppierte. Da der Weg, auf dem sie sich befand, beinahe im rechten Winkel zur Avenue verlief, entschwanden Cloud und sein Reiter sehr bald ihren Blicken und wurden von den Bäumen und Büschen verdeckt, die zu beiden Seiten gepflanzt waren. Doch obwohl sie Pferd und Reiter nicht mehr sehen konnte, hörte sie sehr wohl das Hufgeklapper, und als dieses ganz plötzlich verstummte, vom unverkennbaren Geräusch eines Falls, dem Knirschen von Hufen auf losen Steinen und dem Getrappel eines durchgehenden Pferdes gefolgt wurde, war sie nicht so prosaisch anzunehmen, daß für diese Geräusche igend etwas anderes verantwortlich sein könnte als ein Sturz. Es schien zwar eigenartig, daß der Earl auf einer glatten Reitbahn vom Pferd gefallen sein sollte, aber Miss Morville verlor keine Zeit, Überlegungen über die Unwahrscheinlichkeit eines solchen Ereignisses anzustellen, sondern raffte ihre Röcke zusammen und begann aus Leibeskräften zu laufen. Nach ein paar Sekunden hatte sie die Avenue erreicht. Dort erwartete sie ein schrecklicher Anblick: von Cloud war keine Spur zu sehen, aber sein Herr lag unbeweglich über dem schmalen Grasband, Kopf und Schultern auf der Fahrbahn. Dieser Umstand, erkannte Miss Morville, erklärte seine Bewußtlosigkeit. Sie fiel neben seinem leblosen Körper auf die Knie und riß ohne zu zögern seinen Rock auf, um nach dem Herzschlag zu fühlen.

Als der Earl wieder zum Bewußtsein erwachte, fand er sich am Boden ausgestreckt, seinen Kopf in Miss Morvilles Schoß gebettet. Sein kunstvoll geknüpftes Halstuch à la Postkutsche war gelockert, und in der Nase spürte er den Geruch aromatischen Essigs. Mit einem verschleierten Blick auf das besorgte Gesicht, das sich über ihn neigte, sagte er ein wenig mühsam: «Guter Gott! Ich bin gestürzt!»

«Ja», bestätigte Miss Morville und zog ihr Riechfläschchen von seiner Nase weg. «Ich kann zwar keine gebrochenen

Glieder entdecken, aber vielleicht täusche ich mich. Können Sie Arme und Beine bewegen?»

«Ja!» antwortete er, setzte sich mit einiger Anstrengung auf und stützte den Kopf in die Hände. «Aber ich verstehe nicht! Wie, zum Teufel – Wo ist mein Pferd?»

«Ich nehme an, daß es in den Stall gelaufen ist, denn als ich hier anlangte, war nichts mehr von ihm zu sehen. Machen Sie sich deshalb keine Sorgen! Im Gegenteil, es ist ein Glück, daß es durchging, denn es wird alle Leute alarmieren. Und da Ihr Diener weiß, in welche Richtung Sie geritten sind, können wir bald mit Hilfe rechnen.»

Er lachte mühsam. «Sie denken an alles, Ma'am!»

«Ich denke vielleicht an alles», sagte Miss Morville, «aber es gelingt mir nicht immer, alles zu tun, was ich gerne täte! Mein größter Wunsch war, Wasser zu holen, um Sie wieder zum Bewußtsein zu erwecken, aber unter den herrschenden Umständen wagte ich mich kaum von Ihrer Seite. Soviel ich sehen kann, glaube ich nicht, daß Sie Ihr Schlüsselbein gebrochen haben.»

«Sicher nicht, Ma'am! Ich bin nur auf meinen Kopf gefallen!»

«Schmerzt es sehr?» fragte sie teilnehmend.

«Ja! Es schmerzt wie wild, aber lange nicht so sehr wie mein Selbstgefühl, kann ich Ihnen versichern! Wie konnte ich nur stürzen, als ob ich das ärgste Greenhorn wäre?»

Da er keine Antwort erhielt, fügte er mit einer wackeren Bestrebung, zu scherzen, hinzu: «Aber ich vergesse meine gute Erziehung! Ich muß Ihnen dafür danken, mein Leben gerettet zu haben, Miss Morville – wenn auch auf Kosten meines Halstuches!»

«Ich bin im allgemeinen», sagte Miss Morville bedächtig, «nicht dafür, geringfügige Dienste aufzubauschen, aber in diesem Fall glaube ich beinahe, Mylord, daß Ihre Worte zutreffen.»

Er war gerade dabei, sein verwüstetes Halstuch mit unsicheren Fingern wieder lose um seinen Hals zu knüpfen, aber bei diesen Worten hielt er inne und warf ihr einen bestürzten Blick zu. «Ich nehme an, daß ich in diesem undeutlichen Licht unaufmerksam genug war, Cloud in einen Kaninchenbau steigen zu lassen. Ich muß gestehen, daß ich mich nicht genau erinnern kann, wie es zuging, aber –»

«Nein», sagte Miss Morville.

Er musterte sie angestrengt. «Nein?»

«Sie waren einige Minuten bewußtlos, Sir», sagte Miss Morville. «Als ich festgestellt hatte, daß Ihr Herz regelmäßig schlug, hatte ich Muße, mich umzusehen, um womöglich die Ursache des Unfalls zu entdecken. Ich verschärfe Ihre augenblickliche unangenehme Lage nur mit dem allergrößten Widerwillen, aber ich muß Sie in Ihrem eigenen Interesse bitten, sich ansehen zu wollen, was mir vor kurzer Zeit auffiel.»

Der überraschte Blick des Earl folgte gehorsam ihrem ausgestreckten Zeigefinger und verweilte auf einer dünnen, jedoch starken Schnur, die quer über der Avenue auf dem Boden lag und sich im Dickicht verlor.

«Sie werden bemerken», sagte Miss Morville trocken, «daß die Schnur an einem der niedrigeren Äste dieses Baumes zu Ihrer Linken befestigt ist. Ich habe versucht, der Sache auf den Grund zu kommen, und neige sehr zu der Ansicht, daß es einer im Dickicht verborgenen Person ein leichtes sein mußte, das andere Ende in der Hand zu halten und in dem Augenblick, da Ihr Pferd knapp davor war, straff anzuziehen.»

Einen Moment herrschte Stille; dann sagte der Earl: «Ihre Beobachtungsgabe ist sehr scharf, Ma'am. Aber was für ein Glück, mit Sicherheit zu wissen, daß ich nicht aus eigenem Verschulden vom Pferd gefallen bin!»

Diese sorglose Antwort schien ihr zu gefallen, denn sie lächelte und sagte: «Ich bin überzeugt, daß Sie sehr erleichtert sein müssen, Mylord.» Dann schwieg sie einen Augenblick und setzte hinzu: «Ich liebe es durchaus nicht, nebensächlichen Umständen eine übertriebene Bedeutung beizumessen, aber ich kann Ihnen nicht verhehlen, Mylord, daß mir die ganze Sache nicht besonders gefällt!»

«Sie drücken sich mit lobenswerter Mäßigung aus, Miss Morville», sagte Gervase, erhob sich und putzte den Schmutz von seinem Rock. «Was mich betrifft, so muß ich gestehen, daß sie mir äußerst mißfällt!»

«Wenn ich die fürchterliche Vermutung loswerden könnte», sagte sie und hielt ihre Hände fest in ihrem Schoß verschränkt, «daß Sie nur dank meines unerwarteten Dazwischenkommens noch am Leben sind, würde ich mich viel wohler fühlen.»

Er streckte ihr die Hand hin. «Kommen Sie, stehen Sie auf! Sie werden sich erkälten, wenn Sie auf dem feuchten Boden sitzen bleiben. Mein Sturz hätte kaum tödlich ausgehen können! Ich hätte mir natürlich den Hals brechen können, aber der größeren Wahrscheinlichkeit nach mußte ich mit ein paar blauen Flecken, wie dies tatsächlich der Fall war, oder schlimmstenfalls mit ein paar gebrochenen Gliedern davonkommen!»

Sie stand mit seiner Hilfe auf, sagte aber ein wenig unfreundlich:

«Natürlich haben Sie nicht die geringste Veranlassung, mir Verstand zuzubilligen, denn ich glaube, ich habe Sie nie darauf aufmerksam gemacht, daß ich, obwohl ich kein Bücherwurm bin, über eine leidlich gute Intelligenz verfüge! Mein Fehler besteht jedoch in einem totalen Mangel an Phantasie, der es mir ganz unmöglich macht, anzunehmen, daß ein Strick aus Versehen über Ihren Weg gespannt wurde, oder vielleicht», fügte sie beißend hinzu, «durch übernatürliche Einwirkung! Darum kommen Sie mir bitte nicht wieder mit einer Ihrer unsinnigen Gespenstergeschichten. Ich bin durchaus nicht dazu aufgelegt!»

Er lachte. «Nein, nein, ich weiß, daß Ihr Sinn dagegen verhärtet ist, Ma'am! Nehmen wir also als gegeben an, daß ein Strick an diesen Baum gebunden war und so lange liegengelassen wurde, bis mein Pferd knapp davor war. Es kann kein Zweifel bestehen, daß er dann straff gezogen wurde, und zwar so, daß er ungefähr Clouds Knie ereichte. Denn daß Cloud sehr plötzlich stolperte und ich über seinen Kopf flog, an das erinnere ich mich.»

«Wer war es?» fragte sie unvermittelt.

«Ich habe keine Ahnung, Miss Morville. Sie vielleicht?»

Sie schüttelte den Kopf. «Als ich auf die Avenue hinauslief, war niemand zu sehen. Natürlich schaute ich mich auch nicht um, denn in diesem Augenblick hatte ich keinen Verdacht, daß es kein Unfall, sondern ein Anschlag wäre, aber ich denke, daß mir eine Bewegung im Dickicht hätte auffallen müssen.»

«Nicht unbedingt, wäre der Täter hinter dem Dickicht gestanden. Kamen Sie, lange nachdem ich gestürzt war? Überhaupt, Ma'am, wo waren Sie eigentlich? Ich habe Sie nicht gesehen!»

«Nein, denn ich kam aus dem Dorf und ging die Reitbahn entlang, wissen Sie», antwortete Miss Morville und zeigte mit dem Kopf auf den Weg. «Sie würden mich nur gesehen haben, wenn Sie sich umgedreht hätten, und selbst dann wäre ich wahrscheinlich durch das Dickicht völlig verdeckt worden. Ich hörte den Sturz, und Sie können mir glauben, daß ich keine Minute verlor, um zu Ihnen zu laufen – es kann sich höchstens um ein paar Sekunden gehandelt haben. Niemand hätte in dieser kurzen Zeit zwischen dem Sturz und meinem Kommen diesen Strick wegnehmen können, es sei denn –»

Sie verstummte. Er drängte sanft: «Es sei denn, Miss Morville?»

«Verzeihen Sie mir!» bat sie. «Ich hätte beinahe etwas gesagt, was Ihnen guten Grund zu der Annahme geben könnte, ich wäre nicht ganz normal! Ich glaube, der Schreck, Sie leblos am Boden ausgestreckt zu sehen, hat meine Nerven ein wenig hergenommen.»

«Sie meinten, man hätte mich vielleicht umgebracht, während ich bewußtlos lag, hätten Sie nicht meinen Angreifer verscheucht, nicht wahr?»

«Ja, daran habe ich gedacht», gab sie zu. «Wahrscheinlich dachte ich an das böse Abenteuer bei der Brücke, dem Sie neulich entronnen sind!»

«Davon wissen Sie also auch!»

«Jeder weiß davon. Einer der Diener hörte, wie Ihr Vetter Martin wegen seiner – seiner Nachlässigkeit tadelte, Sie nicht gewarnt zu haben. Sie müssen doch wissen, wie schnell sich Tratschereien in einem so großen Haushalt verbreiten! Aber wenn es wirklich Martin gewesen sein sollte, der Sie zu Fall brachte, so bin ich überzeugt, daß er nicht die Absicht hatte, Sie zu töten!»

«Ein Lausbubenstreich, Miss Morville?» sagte Gervase.

«Natürlich ein sehr übler, denn er konnte nicht wissen, ob der Unfall nicht tödlich ausgehen würde. Wenn er im Zorn ist, kann man unmöglich voraussagen, was er tun wird. Es scheint ihm dann alles egal zu sein. Aber ich muß zugeben, daß dies alles übersteigt, dessen ich ihn jemals für fähig gehalten hätte! Ich kann es wirklich nicht verstehen, denn er ist alles andere als ein Genie, so daß wir sein Benehmen nicht einmal mit Exzentrizität entschuldigen können.»

Er mußte trotz seiner Kopfschmerzen lächeln. «Haben Sie die Erfahrung gemacht, daß Genies zu Gewalttätigkeiten neigen, Ma'am?»

«Nun, manchmal benehmen sie sich ganz unvernünftig», antwortete sie. «Die Geschichte, glaube ich, liefert uns genügend Beispiele für das eigenartige Benehmen von Leuten mit überragendem Intellekt. Mir speziell bekannt ist der traurige Fall der armen Mary Lamb, die in einem Anfall von Wahnsinn ihre Mama ermordete. Dann Miss Wollstonecraft, eine ehemalige Freundin meiner Mutter, die in die Themse sprang, und *die*, müssen Sie wissen, war wirklich überdurchschnittlich intelligent.»

«In die Themse sprang!» wiederholte der Earl.

«Ja, bei Putney. Sie wollte die fürchterliche Tat eigentlich in Battersea begehen, fand aber, daß die Brücke dort zu belebt war, so daß sie bis Putney rudern mußte. Ein vorbeifahrendes Boot fischte sie heraus, und sie heiratete später Mr. Godwin, was sie von allen Selbstmordgedanken abbrachte. Nicht, daß ich es für ein besseres Los halten würde», überlegte Miss Morville, «aber ich habe mich für Mr. Godwin nie begeistern können, obwohl ich weder ihn noch Miss Wollstonecraft je getroffen habe, aber ich dachte oft, daß mir Mr. Imlay sympathischer gewesen wäre als Mr. Godwin. Er war ein Amerikaner, mit dem Miss Wollstonecraft eine unglückliche Liaison hatte, und obwohl ihm die bösesten Dinge nachgesagt wurden, vertrat Mama immer die Meinung, daß die größten Schwierigkeiten von Miss Wollstonecrafts Entschluß herrührten, ihm einzureden, er wäre eine Ulme, um die sie ihre Ranken schlingen wollte. Ich glaube, nicht viele Herren wären einer so anstrengenden Rolle auf die Dauer gewachsen gewesen.»

«Ich stimme Ihnen wie immer völlig bei, Miss Morville», sagte er ernsthaft. «Aber wollen Sie wirklich, daß ich annehmen soll, ein Geistesgestörter wäre für meinen Unfall verantwortlich?»

«Keineswegs. Martin hat seine Leidenschaften nicht immer in der Gewalt, kann aber sicherlich nicht als geistesgestört betrachtet werden. Ich kann mir Ihren Unfall überhaupt nicht erklären, außer mit einer Lösung, von der ich von vorneherein überzeugt bin, daß sie falsch ist.»

Er lächelte unmerklich. «Ich verlasse mich auf Ihre Diskretion, Miss Morville. Am besten, wir sagen, daß ich so unachtsam war, Cloud in einen Kaninchenbau steigen zu lassen. Inzwischen wäre es vielleicht gut, diesen Strick einzustecken.»

Sie schaute schweigend zu und sagte, nachdem er den Strick vom Baum losgebunden und in die Tasche gesteckt hatte: «Ich glaube, daß Sie durchaus imstande sind, Ihre eigenen Angelegenheiten in Ordnung zu halten, Mylord, und werde mich nicht einmischen. Aber, wenn es Ihnen auch absurd erscheinen mag, so hat mich dieser Zwischenfall doch ein wenig ängstlich gemacht, und ich bitte Sie inständig, auf der Hut zu sein, solange Sie in Stanyon bleiben!»

«Ja, soweit das in meiner Macht steht, werde ich es sicher tun», antwortete er. «Aber wenn ich diese Geschichte überall ausposaune, ist damit überhaupt nichts gewonnen: wer auch immer der Schuldige sein mag, weiß, daß sein Plan fehlgeschlagen ist, und wird sich aller Wahrscheinlichkeit nach nicht verraten. Ich muß annehmen, daß jeder in Stanyon wußte, ich würde auf dieser Straße zum Schloß zurückkehren. Wem war denn bekannt, daß Sie ins Dorf gingen?»

«Nur Marianne und Lord Ulverston. Sonst kann niemand gewußt haben, daß ich nach Gilbourne House ging.»

«Das hilft uns nicht weiter. Ich habe Lucy nie verdächtigt, mir nach dem Leben zu trachten!» sagte er lächelnd.

11

Sie gingen langsam die Allee hinunter, auf das Schloß zu, und der Earl versicherte Miss Morville, daß er, abgesehen von seinen Kopfschmerzen, von seinem Sturz keine ernstlichen Verletzungen davongetragen hatte. Sie waren noch nicht weit gelangt, als sie einen Wagen kommen hörten, der anscheinend in einem Höllentempo kutschiert wurde. «Wenn das Chard ist, der meine Grauschimmel so traktiert, werde ich ihm bald einen anderen Grund zur Aufregung geben!» sagte der Earl.

Aber die vier Pferde, die fast im gleichen Augenblick um die Ecke gebraust kamen, waren keine Grauschimmel, und ebensowenig wurden sie von Chard kutschiert, sondern dieser saß neben Lord Ulverston, der die Zügel in der Hand hielt und sein Gespann anfeuerte, die Allee hinunterzugaloppieren.

Der Earl riß Miss Morville auf den Grasstreifen, aber der Viscount hatte ihn bereits bemerkt und zügelte seine Pferde. Sie blieben unruhig tänzelnd stehen, und der Earl rief aus: «Wenn ich geahnt hätte, daß du meine Braunen so behandeln würdest, hätte ich sie dir nie verkauft! Viererzug-Club! Daß ich nicht lache! Der reinste Schinder!»

«Mein Gott, Ger, hast du uns erschreckt!» sagte der Viscount entsetzt. «Ich war gerade nach Hause gekommen, nachdem ich Miss Bolderwood etwa eine Stunde lang spazierengeführt hatte, als Cloud in den Hof galoppiert kam, schäumend und mit ganz zerschnittenen Beinen! Ich dachte, du mußt ihn gegen einen ganz schönen Zaun gejagt und einen bösen Sturz erlitten haben!»

«Ich bin gestürzt, aber nicht an einem Zaun. Ein gewöhnlicher Kaninchenbau hat mich zu Fall gebracht.»

«Ein Kaninchenbau? Dich?» rief Ulverston ungläubig.

«Mach dich nicht lustig über mich! Niemand ist unfehlbar!»

«Wo ist dieser berühmte Kaninchenbau?»

«Ach, im Park! Ich würde mich nicht darauf einlassen, dir genau den richtigen zu zeigen: es gibt so viele dort!»

«Genau! So viele, daß du mit einem losen Zaum reitest, in die Luft schaust und, wenn du abgeworfen wirst, die Zügel fahren läßt! Unsinn, lieber Junge, aufgelegter Unsinn!»

«Wie schlimm sind die Beine meines Pferdes zerschnitten?» unterbrach Gervase. «Das ist das ärgste an der ganzen Geschichte!»

Chard, der vom Wagen gesprungen war und mit verwundertem, beunruhigtem Gesicht zuhörte, sagte, er glaube nicht, daß die Verletzungen viel mehr wären als Kratzer. «Ich habe ihn Jem anvertraut, me lord, da ich nicht wußte, in was für einen *embarazo* Sie geraten waren, und glaubte, Sie brauchen mich nötiger als das Pferd.»

«Unsinn! Mache ich den Eindruck, als ob ich in arge Verlegenheiten geraten könnte?»

«Was das betrifft, me lord, so ist nicht abzusehen, in was für Verlegenheiten Sie noch geraten können», antwortete sein Stallknecht offen. «Das einzige, was ich sagen kann, ist, daß ich bisher noch niemals erlebt habe, daß Ihr Pferd ohne Sie heimgekommen ist!»

Inzwischen hatte der Viscount den Wagen umgedreht und Gervase befohlen, einzusteigen.

«Auf keinen Fall! Du wirst Miss Morville heimfahren und nicht mich, Lucy!»

«Ich werde euch beide mitnehmen!» sagte der Viscount. «Sie haben doch nichts dagegen, wenn es ein wenig eng wird, Ma'am? Komm, Ger, du brauchst mir nichts vorzumachen! Ich weiß zwar nicht, wie es dazu gekommen ist, aber es ist klar wie Tinte, daß du einen argen Sturz hinter dir hast! Du bist ja ganz durcheinander, glaube ich – zumindest dein Halstuch! Noch nie habe ich dich in einem ähnlichen Zustand gesehen!»

Der Earl half Miss Morville in den Wagen und kletterte ihr nach. Der Viscount vermerkte den glücklichen Umstand, daß keiner von ihnen dick wäre; Chard schwang sich rückwärts hinauf, und die Pferde zogen an.

«Noch etwas, Ger, über deinen mysteriösen Sturz!» sagte der Viscount. «Ich kann nicht verstehen, wie –» Er brach ab, da der Earl, der seinen Arm über die Lehne des Kutschbocks gelegt hatte, um mehr Platz für Miss Morville zu machen, mit der Hand die Schulter seines Freundes suchte und warnend drückte. «Meinetwegen! Es hat keinen Sinn, darüber zu sprechen!» sagte er.

Kurz darauf fuhren sie durch den Bogen des Torturmes. Miss Morville wurde beim Schloß abgesetzt, aber der Earl bestand darauf, zu den Ställen zu fahren, um Clouds Verletzungen zu besehen. Dort trafen sie Theo bei derselben Beschäftigung. Beim Geräusch des einfahrenden Wagens kam er in den Hof und sagte in seiner leidenschaftslosen Art: «Ich bin froh, dich heil und ganz zu sehen, Gervase! Was hast du getrieben, ich bitte dich?»

«Ich bin bloß durch meinen eigenen Leichtsinn zu Schaden gekommen», antwortete Gervase und stieg aus dem Wagen. «In der Dämmerung übersah ich ein Kaninchenloch. Das ist alles!»

«Mein lieber Gervase, dein Pferd hat sich noch nie die Knie aufgeschunden, weil es in ein Kaninchenloch gestiegen ist!» protestierte Theo. «Als ich es sah, glaubte ich, du hättest es gegen eine Steinmauer getrieben!»

«Ist es arg verletzt?»

«Ich hoffe nicht. Ein bißchen zerkratzt. Ob es Narben davontragen wird oder nicht, kann ich nicht sagen. Ich habe deinem Burschen aufgetragen, heiße Umschläge aufzulegen.»

Der Earl nickte und ging in den Stall, von Chard gefolgt. Theo schaute den Viscount an und hob fragend die Augenbrauen.

«Keinen Sinn, mich zu fragen!» sagte Ulverston, der den Blick ganz richtig interpretierte. «Er will nicht, daß man darüber spricht. Wo steckt der verdammte Stallbursche? Clarence! Komm und bring die Pferde in den Stall, wo immer du auch sein magst!»

Sein Reitknecht kam gerannt. Der Viscount übergab das Gespann seiner Obhut und sprang vom Wagen.

«Wo ist der junge Frant?» fragte er unvermittelt.

«Martin? Ich weiß nicht», antwortete Theo ein wenig überrascht.

«Mr. Frant ging vor einiger Zeit mit seinem Gewehr fort, Mylord», ließ sich Clarence vernehmen.

«Oh, wirklich? Danke, das genügt!»

«Was soll das heißen, Ulverston?» fragte Theo und zog ihn außer Hörweite des Stallburschen. «Was hat Martin damit zu tun?»

«Ich weiß nicht, aber wenn Sie Gers Humbug über Kaninchenlöcher glauben – ich nicht! Abgeworfen mag er werden. Aber die Zügel würde er nie auslassen! Ich mische mich prinzipiell nicht in fremde Angelegenheiten. Aber Ger ist mein Freund. Auch Ihrer, denke ich. Was es war, weiß ich nicht. Aber irgend etwas ist passiert, das er uns nicht sagen will. Zum Teufel, ich habe schon nach den ersten drei Tagen hier bemerkt, daß dieser Bengel von einem Bruder ihm alles mögliche antun würde, wenn er nur könnte!»

Theo schwieg und runzelte die Stirne. Nach einer Weile sagte der Viscount: «Haben die beiden nicht gestern gestritten? Oh, Sie brauchen nicht so diskret zu sein! Schließlich bin ich mitten hineingeplatzt! Kann mir auch denken, worüber.»

«Sie haben gestritten, aber ich glaube, es war nicht ernst. Martin ist jähzornig und sagt oft Dinge, die er nicht so meint.»

«Was ist mit dem Burschen los?» fragte der Viscount. «Scheint dauernd böse zu sein!»

Theo lächelte schwach. «Ist er auch, seit St. Erths Rückkehr. Aber er kann sehr nett sein, wenn er will.»

«Wie schade, daß er nicht öfter will! Kann er Ger nicht leiden?»

«Er ist eifersüchtig. Sie haben doch sicher erkannt, daß St. Erth das geerbt hat, was Martin immer als sein Eigentum betrachtete. Ich hoffe, daß ihm die Dummheit seines Verhaltens bald zum Bewußtsein kommen wird, und bin überzeugt, daß das der Fall sein wird, denn Gervase ist der beste Mensch unter der Sonne, und selbst Martin wird das früher oder später einsehen müssen.»

«Aber das ist verrückt, Frant, ganz verrückt!» protestierte Ulverston.

«Nun, in gewisser Beziehung ist Martin ziemlich verrückt», sagte Theo. «Er ist von Natur aus herrschsüchtig; solange sein Vater noch lebte, setzte er in allem und jedem seinen Willen durch. Keiner hat ihm je beigebracht, seine Leidenschaften zu zügeln. Alles, was er sich wünschte, hat er bekommen, und was am schlimmsten von allem war, man behandelte ihn, als ob er der Erbe wäre und Gervase überhaupt nicht existierte.»

«Er war doch in der Schule, oder nicht?»

«Ja, er folgte Gervase nach Eton.»

«Sie werden mir doch nicht erzählen, daß er dort immer seinen Willen durchsetzte! Ich war auch in Eton! Sie übertreiben, alter Freund!»

«Man hat Sie zu Hause wahrscheinlich nicht so verzogen. Auf Martin hatte die Schule gar keinen Einfluß, sobald er wieder zu Hause war.»

Sie wurden vom Earl unterbrochen, der sich hinter sie stellte und leichthin sagte: «Was brütet ihr da für Verrat aus, ihr beide? Ich glaube nicht, daß Cloud Narben an den Beinen behalten wird.»

«Gervase, verbirgst du uns etwas?» fagte Theo geradeheraus.

«Ach, wahrscheinlich hat Lucy dir gesagt, daß ich bisher noch nie die Zügel aus der Hand gegeben habe, oder nicht? Besten Dank für das Kompliment, Lucy, aber es ist wirklich unverdient. Aber jetzt muß ich trachten, mich so unbemerkt wie möglich ins Schloß zurückzustehlen, denn wenn Martin einen Blick auf mein Halstuch in seinem gegenwärtigen traurigen Zustand werfen könnte, würde er aufhören, mich für einen Dandy zu halten, und das wäre für uns beide eine böse Enttäuschung!»

«Martin ist nicht zu Hause», sagte der Viscount. «Er ist mit seinem Gewehr fortgegangen, sagt mein Diener.»

«So? Er ist wirklich ein unermüdlicher Jäger! Ich habe ihn zwar noch nie auf der Jagd gesehen – halsbrecherisch, davon bin ich ganz überzeugt –, aber er schießt ausgezeichnet! Lucy, ich habe dir noch gar nicht dafür gedankt, daß du mir so heroisch zu Hilfe geeilt bist. Mein lieber Freund, ich könnte dir nicht dankbarer sein, selbst wenn ich dich wirklich gebraucht hätte!»

«Schwindel, nichts als Schwindel! Diese Stimmung kenne ich! Mich wirst du nicht so leicht drankriegen!»

Der Earl lachte, warf ihm eine Kußhand zu und entschwand ins Schloß.

In seinem Schlafzimmer erwartete ihn Turvey, der bei seinem Anblick sichtlich zusammenzuckte. «Ich weiß, Turvey, ich weiß!» sagte er. «Mein Rock wird nie wieder derselbe sein, was auch immer Sie anfangen mögen, und ich bin überzeugt, daß Sie alles Erdenkliche probieren werden. Und was mein Halstuch betrifft, so könnte ich ebensogut ein Taschentuch umbinden, nicht wahr?»

«Ich bin froh, daß Eure Lordschaft keine ernsten Verletzungen davongetragen hat», erwiderte Turvey verweisend.

«Das dürfte Sie wohl erstaunen, wo Sie mich doch für ein so zerbrechliches Geschöpf halten, nicht wahr?»

«Die Nachrichten, die Miss Bolderwood ins Schloß brachte, waren alarmierend genug, Mylord.»

«Oh! So wurde es also bekannt!»

«Miss Bolderwood war gerade aus Lord Ulverstons Wagen ausgestiegen, als das Pferd Eurer Lordschaft vorbeigaloppierte. Soviel ich weiß, hat dies der jungen Dame großen Schrecken verursacht! Gestatten Sie, Mylord, daß ich Ihnen aus Ihrem Rock helfe!»

Als Ulverston etwa zwanzig Minuten später sein Zimmer betrat, saß der Earl an seinem Toilettentisch. Er trug ein Hemd und seidene Kniehosen und beschäftigte sich mit der heiklen Aufgabe, die Falten eines frischen Halstuches im «Napoleon-Stil» zu arrangieren. Neben ihm stand Turvey und beobachtete gespannt jede Bewegung der schlanken Finger. Über seinen Arm hingen eine Anzahl gestärkter Halstücher, während drei oder vier verknüllte Wracks in einem Winkel auf dem Boden lagen. Der Earl warf seinem Freund einen raschen Blick im Spiegel zu und sagte: «Psst! Bitte, verhalte dich ganz still, Lucy, und tue nichts, was meine Aufmerksamkeit ablenken könnte!»

«Geck!» sagte der Viscount.

Turvey schaute ihn vorwurfsvoll an, aber Gervase schien nichts gehört zu haben. Er band seine Krawatte fertig, betrachtete sein Spiegelbild eine Weile gedankenvoll, während Turvey den Atem anhielt, und sagte: «Turvey, meinen Rock!»

Der Diener stieß einen Seufzer der Erleichterung aus, legte die überflüssigen Halstücher sorgsam über eine Sessellehne und griff nach einem Rock aus dunkelblauem Tuch.

«Und wie heißt dieses Kunstwerk?» erkundigte sich Ulverston.

«*A la Napoleon* – wie kann man nur so unwissend sein! Meinst du, ich sollte es lieber nicht tragen?»

«Nein, aber ich frage mich, warum du nicht eine eigene Mode kreierst! ‹Erdbeben *à la St. Erth*›, zum Beispiel? Wie wär's damit, mein Lieber?»

Turvey hüstelte diskret. «Wenn es gestattet ist, Mylord, so möchte ich mir die Bemerkung erlauben, daß die Desborough-Krawatte sich schon in den höchsten Kreisen großer Beliebtheit erfreut. Momentan sind wir damit beschäftigt, den ‹Wasserfall von Stanyon› zu vervollkommnen, der, wie ich ganz überzeugt bin, die Modewelt im Sturm erobern wird.»

«Sie sollten unsere Geheimnisse nicht verraten, Turvey», sagte Gervase und stand auf, um sich von seinem Diener in den Rock helfen zu lassen. «Danke, das ist alles.»

Turvey verbeugte sich und wandte sich ab, um den abgelegten Reitanzug aufzuheben. Der Earl hatte ein Messer von seinem Toilettentisch genommen, schaute nicht sogleich auf und manikürte seine Fingernägel. Der Diener legte die Reithosen wieder hin, fuhr mit der Hand in die Tasche des Rocks und zog das Knäuel Schnur heraus, das die Fasson störte. Im selben Moment blickte der Earl auf und bemerkte, was er tat. Auf seinem Gesicht spiegelte sich Ärger; er sagte schärfer, als sonst seine Art war: «Lassen Sie das liegen!»

Die leichte Verbeugung, mit der Turvey diesen Befehl entgegennahm, drückte auf ein Haar genau die Meinung aus, die er von Leuten hatte, die Spagatknäuel in der Tasche trugen. Er wollte die Schnur gerade auf den Sessel legen, als der Viscount einen Schritt auf ihn zumachte und sie ihm aus der Hand nahm.

«Sie können gehen.» Der Earl beugte sich wieder über seine Fingernägel.

Ulverston ging zum Kamin zurück und prüfte die Schnur, in dem er ein Stück davon in die Hand nahm und daran riß. Als sich Turvey zurückgezogen hatte, sagte er: «Ich habe einmal gesehen, wie eine ganze erste Reihe mit diesem Trick zu Fall gebracht wurde. Aber das war bei Nacht! Ein Hinterhalt!»

Der Earl sagte nichts.

«Sehr dumm von dir, das Zeug in der Tasche zu behalten, mein Lieber!»

«Sehr.»

Ulverston warf das Knäuel beiseite. «Heraus damit, Ger! So war es also!»

«Ja.»

«Martin?»

«Ich weiß nicht.»

«Nun, du weißt schließlich, daß er um die Zeit draußen war!»

«Das sagst du.»

«Zum Teufel, das sagte Clarence, und welchen Grund hätte er, zu lügen?»

«Keinen. Ich zweifle nicht daran: höchstwahrscheinlich reitet Martin täglich um diese Zeit mit seinem Gewehr fort.»

«Was willst du machen?» fragte Ulverston.

«Nichts.»

«Großartig!» sagte Ulverston. «Das schlägt ja beinahe die Holländer! Ich nehme an, daß nicht einmal eine Kleinigkeit wie die –» er zeigte mit dem Kinn auf die Schnur – «dir zu denken gibt?»

«Im Gegenteil, es gibt mir entsetzlich viel zu denken. Meine Überlegungen über dieses Vorkommnis mögen falsch sein, auf jeden Fall aber sind sie unerfreulich, und mit deiner Erlaubnis, Lucy, werde ich sie bei mir behalten.»

«Damit gebe ich mich nicht zufrieden!» sagte Ulverston. «Du kannst nicht ‹nichts› tun, wenn ein Versuch gemacht wurde, dich umzubringen!»

«Schön, was soll ich also deiner Meinung nach tun?» fragte Gervase und legte das Manikürmesser auf den Tisch. Er warf einen Blick auf das finstere Gesicht des Viscount und lächelte. «Du weißt es nicht, oder? Soll ich der ganzen Familie mitteilen, daß ich durch einen derartigen Trick vom Pferd gestürzt bin? Oder soll ich meinen Bruder beschuldigen, mir nach dem Leben getrachtet zu haben?»

«Wirf ihn hinaus!»

«Mit welcher Begründung?»

«Guter Gott, ist das nicht Grund genug?»

«Ja, wenn ich es beweisen könnte.»

«Da hast du deinen Beweis!» sagte der Viscount und zeigte auf die Schnur.

«Mein lieber Lucy, den Beweis, daß mir jemand einen bösen Streich spielen wollte. Nicht aber den Beweis dafür, daß mein Tod beabsichtigt war.»

«Unsinn!» sagte der Viscount mit ausbrechendem Zorn. «Wie kannst du mir nur solch einen hirnverbrannten Unsinn erzählen, Ger?»

«Nun, ich bin doch nicht tot, oder?» sagte Gervase. «Ich bin nicht einmal verletzt, und daß ich einen Augenblick bewußtlos war, kann man ebensogut als Pech betrachten. Wenn ich nicht mit dem Kopf auf die Avenue gefallen wäre, wäre mir nicht einmal das passiert.»

«Was zum Teufel willst du mir jetzt weismachen?» fragte Ulverston und starrte ihn an. «Hältst du das etwa für einen Dummenjungenstreich? In diesen Fall ist kein dummer Junge verwickelt!»

«Meinst du wirklich? Ich finde, daß Martin diesem Alter kaum entwachsen ist. Ich muß zwar zugeben, daß ich ihn nicht ganz genau verstehe, aber es ist mir klar, daß er der Ansicht ist, ein ordentlicher Dämpfer würde mir nicht schaden. Du hast ja gehört, was er heute früh bei Tisch gesagt hat, bevor er aus dem Zimmer gestürzt ist: ‹St. Erth ist die Vollkommenheit in Person!› Nun, es hätte ihn sicher sehr gefreut, wenn ich an dem Tag, an dem du hier angekommen bist, in einen schmutzigen Fluß gefallen wäre. Da ich ihm diese Liebe nicht getan habe, so mußte ich eben vom Pferd stürzen. – *Nonpareil* unter den Reitern, der ich angeblich bin! Im übrigen möchte ich wissen, wer dieses Gerücht überhaupt aufgebracht hat!»

«Es ist ganz nebensächlich, wer oder ob überhaupt jemand das gesagt hat!» erwiderte der Viscount sehr aufgebracht. «Das Ganze ist ein verdammter Unsinn! Dein kostbarer Bruder ist kein solches Kind, um nicht zu wissen, daß die Folgen unter Umständen hätten tödlich sein können!»

«Wenn er sich Zeit genommen hätte, darüber nachzudenken, sicher», stimmte St. Erth zu. «Aber die Frage ist, weißt du, ob er sich jemals Zeit nimmt zu überlegen, welche Folgen seine unbesonnenen Handlungen haben können. Herein?»

Die Tür öffnete sich, und Theo trat ein. Gervase sagte sofort: «Ach, zum Teufel! Nein, geh fort, Theo. Lucy hat schon alles für dich gesagt!»

Theo schloß die Tür und kam näher. «Zwecklos, Gervase! Ich bin fest entschlossen zu erfahren, was dir heute nachmittag zugestoßen ist. Ulverstons Worte haben genügt, mich zu beunruhigen, und ich bitte dich, meine Intelligenz nicht mit weiteren Geschichten über Kaninchenlöcher zu beleidigen, in die du angeblich gefallen bist, weil ich sie nicht zu glauben gedenke!»

«Sie werden von Ger nichts hören außer leerem Gerede!» sagte der Viscount geradeheraus. «Die nackte Wahrheit ist, daß sein Pferd zum Sturz gebracht wurde. Durch einen Strick, den jemand über den Weg gespannt hast. Hier ist er, wenn Sie daran zweifeln sollten!»

«O mein Gott!» sagte Theo. «Martin?»

Sein Vetter zuckte die Achseln, ging zum Feuer und schaute in die Flammen. Sein Gesichtsausdruck ließ keinerlei Schlüsse zu.

«Meiner Meinung nach ist es höchste Zeit, diesen Burschen loszuwerden!» verkündete der Viscount.

«Theo wird dir nicht beipflichten», unterbrach Gervase. «Wir haben darüber schon einmal gesprochen.»

«Aber damals war das noch nicht passiert!» sagte Theo und hob den Kopf.

«Hast du daraufhin deine Meinung geändert?» fragte Gervase und beobachtete ihn.

Theo runzelte die Brauen. «Nein», sagte er schließlich. «Nein, ich habe meine Meinung nicht geändert. Wenn Martin das wirklich getan hat – aber weißt du es? –, so glaube ich, daß er in einem seiner blinden Zornanfälle gehandelt hat. Sein gestriger Streit mit dir, die heutige Sekkatur seiner Schwester – oh, ich kenne Martin! Er war heute wild wie ein gefangener Löwe, und wenn er in dieser Stimmung ist, wird er sich nicht damit aufhalten, zu bedenken, welche Folgen die kindische Rache, für die er sich gerade entscheidet, unter Umständen haben kann!»

«Das ist alles Blödsinn», sagte der Viscount, der seine Worte nicht gerade auf die Waagschale legte.

«Sie kennen Martin nicht so gut wie ich. Aber selbst wenn er schreckliche Absichten hätte, würde ich sagen – behalte ihn hier, wo man ihn überwachen kann!»

Der Viscount rieb sich nachdenklich die Nase. «Das hat etwas für sich, Ger», gab er zu.

«Ich habe augenblicklich nicht die Absicht, ihn aus Stanyon fortzuschicken», sagte Gervase.

«Wirst du ihn wegen des heutigen Unfalles zur Rede stellen?» fragte Theo.

«Nein, und ich bitte auch dich, es nicht zu tun.»

«Ganz, wie du willst. Ich habe mit dem, was ich zu ihm über die Brücke sagte, sicher nichts Gutes getan», meinte Theo mit einem säuerlichen Lächeln. «Ich hoffe nur, daß ich ihn nicht dazu angestachelt habe! Ich fange langsam an zu bedauern, dich so dringend gebeten zu haben, in Stanyon zu bleiben, Gervase. Vielleicht wäre es besser gewesen, Martin Zeit zu geben, sich langsam an den Gedanken zu gewöhnen, daß du jetzt der Herr hier bist.»

«Er hat ein ganzes Jahr Zeit gehabt, sich an diesen Gedanken zu gewöhnen», antwortete Gervase trocken. «Rätst du mir jetzt, mich nach London zurückzuziehen? Da kommst du zu spät: ich lasse mich nicht mit Gewalt aus Stanyon vertreiben.»

«Nein, das würde ich dir auch nicht raten. Die Sache zwischen dir und Martin muß einmal zu einer Entscheidung kommen – aber wie diese Entscheidung aussehen wird und ob es ohne Krach und Skandal abgehen wird, das kann ich nicht sagen.»

«Ich ebensowenig. Aber ich werde mein möglichstes tun, da Krach und Skandal mir ebenso verhaßt sind wie dir, Theo. Das kannst du mir glauben. Inzwischen ist nichts mehr zu sagen. Es muß Essenszeit sein. Gehen wir zu Mylady hinunter!»

Sie fanden die übrige Gesellschaft bereits im Langen Salon versammelt. Martin stand ein wenig abseits von den übrigen, nahe beim Feuer, und spielte mit einer Lichtputze. Als er die Tür gehen hörte, drehte er sich um und errötete. Seit seinem

Zornausbruch bei Tisch war er seinem Bruder nicht mehr begegnet, und das mochte der Grund für den leicht gezwungenen Ton sein, in dem er sagte: «Hallo, St. Erth! Sie sind gestürzt, habe ich gehört. Wie ist das passiert?»

«Aus bloßer Unachtsamkeit. Cloud stieg in ein Kaninchenloch.»

«Keine Verletzungen, oder?»

«Ein bißchen zerkratzt. Keine bleibenden Narben, hoffe ich.»

«Mein Gott, wie schlimm!» sagte Martin. «Ich bin zwar überzeugt, daß Sie meinen Rat nicht brauchen, aber an Ihrer Stelle würde ich heiße Umschläge auflegen. Die Beine werden dabei vielleicht aufgehen wie Hefeteig, aber das vergeht bestimmt, und Sie können wetten, daß man nichts mehr sehen wird, sobald die Wunden verheilt sind.»

«Ich bin ganz deiner Meinung, und es wird auch schon gemacht.»

Hier schaltete sich die Gräfinwitwe ein. Sie erfreute die Anwesenden mit einem Bericht über die verschiedenen Stürze, die der Vater des Earl erlitten hatte, verbunden mit der Beschreibung ihrer eigenen Gefühle bei diesen Gelegenheiten und einigen Erinnerungen an schreckliche Unfälle ihres lieben Papa, der ein sehr wilder Reiter gewesen war. «Nicht, daß mein Vater kein ausgezeichneter Reiter gewesen wäre, denn ich bin sicher, daß es nie einen besseren gegeben hat», sagte sie. «Ich selbst habe für diesen Sport nicht sehr viel übrig, aber ich kann wohl sagen, daß ich bestimmt eine sehr gute Reiterin geworden wäre, wenn ich mich dafür interessiert hätte, da ich ja den unschätzbaren Vorteil gehabt hätte, meinen Vater zum Lehrer zu haben. Tatsächlich erinnere ich mich noch heute an viele Regeln, die er zum Nutzen meines Bruders aufgestellt hat. ‹Halte ihn fest beim Kopf› war eine davon. Und wenn er noch gelebt hätte, als Martin sich an einer der Hecken von Ashby Pastures das Schlüsselbein brach, so würde er sicher gesagt haben: ‹Du hättest ihn fest beim Kopf halten sollen.› ‹Wirf dein Herz voraus› war ein anderer seiner Aussprüche und ‹Geh deinen eigenen Weg› ebenso und ‹Immer drauflos, und wenn's den Hals kostet›.»

Der Earl, der neben Martin stand, sagte leise: «Hast du – hm – deinen Großvater gekannt, Martin?»

«Gott sei Dank, nicht», antwortete Martin und grinste. «Ich möchte mit Ihnen wetten, daß selbst ein Fuchs nicht schlauer war als er!»

«Die Wette würde ich nicht annehmen!» sagte Gervase.

Glücklicherweise trat Abney eben ein, um mitzuteilen, daß angerichtet sei. Denn das plötzliche Gelächter, das Martin entfuhr, erregte die Aufmerksamkeit seiner Mutter, und sie wünschte von der Ursache seiner Heiterkeit in Kenntnis gesetzt zu werden. Da sie von zäher Wesensart war, vergaß sie diesen Wunsch durchaus nicht so bald. Aber als sie bei Tisch saß und ihre Frage wiederholen konnte, hatte Martin inzwischen genügend Muße gehabt, um über eine passende untadelige Antwort nachzudenken.

12

Eine gewisse Mattigkeit machte sich bei allen Anwesenden bemerkbar, mit Ausnahme der Gräfinwitwe. Nach der Geschäftigkeit und der Aufregung des Balles schien die kleine Gesellschaft flau. Zwischen zwei der bei Tische sitzenden Personen herrschte Spannung; andere waren mit Stoff für ernstes Nachdenken versorgt worden; und nur zwischen der Gräfinwitwe und dem Kaplan konnte man so etwas wie blühende Konversation bemerken. Da die Gräfinwitwe erstens gegen Müdigkeit in höchstem Maße unempfindlich war und sich außerdem während der letzten vierundzwanzig Stunden nicht mehr als unumgänglich nötig angestrengt hatte, war sie sich keiner Ermüdung bewußt, sondern erfreute die Tischgesellschaft mit einigen weiteren Anekdoten über ihren Vater, einer Rekapitulation der ausgezeichneten Vorkehrungen, die zum Gelingen des Balles getroffen worden waren, und einer Beschreibung des Vergnügens der Gäste über die ausgezeichnete Bewirtung. Bei dieser Tätigkeit wurde sie von Mr. Clowne unterstützt, der ihre Feststellungen unermüdlich bestätigte, ihre

Geschichten herzhaft belachte und im großen und ganzen als Echo fungierte. In ihrer Fürsorge hatte sie Martin neben Marianne gesetzt, aber da sie in ihre eigene Konversation restlos vertieft war, entging ihr vollkommen, daß dieses Arrangement zumindest während der ersten Hälfte der Mahlzeit durchaus nicht als glücklich bezeichnet werden konnte. Die von Martin unternommenen wohldurchdachten Versuche, Marianne ins Gespräch zu ziehen, fanden nur schüchterne, einsilbige Antworten, und erst als Gervase Miss Morville seinem Vetter überließ und mit Marianne zu sprechen begann, wobei er es verstand, derart geschickte Fragen einzuflechten, daß sich auch Martin an der Unterhaltung beteiligen mußte, gelang es, das Eis zwischen diesen beiden alten Freunden zum Schmelzen zu bringen. Diejenigen, denen Martin gut bekannt war, bemerkten mit Erleichterung, daß er sich einigermaßen in der Gewalt hatte. Er schien seine schlechte Laune abgelegt zu haben und entschlossen zu sein, sich – sogar zu seinem Bruder – mit einer Höflichkeit aufzuführen, die beinahe schon an Liebenswürdigkeit grenzte. Auch Marianne gegenüber hätte er sich kaum besser betragen können, denn er benahm sich so, als hätte er die Ereignisse des vorhergehenden Abends vollkommen vergessen. Eine glückliche Bemerkung des Earl gestattete ihm, zu Marianne zu sagen: «Erinnerst du dich...?» Sie erinnerte sich und konnte mit Hilfe dieser unbeschwerten Erinnerung in ihm wieder den bevorzugten Spielkameraden wiederfinden. Sie wurde merklich ungezwungener; und als das Dessert serviert wurde, plauderte sie bereits ganz natürlich mit Martin, so daß sich der Earl wieder Miss Morville widmen konnte. Da die Gräfin Theo um die Details einer sehr uninteressanten Geschichte gebeten hatte, mit der sie eben den Viscount langweilte, war sie ein wenig vernachlässigt worden, begegnete aber dem Blick des Earl mit einem warmen zustimmenden Lächeln.

«Ich bitte um Vergebung!» sagte Gervase mit gedämpfter Stimme.

«Keine Ursache!» erwiderte sie ebenso. «Das haben Sie sehr gut gemacht.»

Als die Damen das Zimmer verlassen hatten, blieb Martins Laune unverändert gut. Während der Tisch abgeräumt und

Portwein und Madeira hereingebracht wurden, unterhielt er sich mit dem Viscount. Und als der Viscount in eine Zweifrontenunterhaltung mit Theo und Mr. Clowne verwickelt wurde, zögerte er nur einen Moment, bevor er seinen Platz mit dem neben seinem Bruder vertauschte.

Der Earl betrachtete ihn gedankenvoll über sein Weinglas hinweg, sagte aber nichts. Martin schaute ihm mit sichtlicher Anstrengung voll ins Gesicht und sagte:

«St. Erth – ich – nun, was ich sagen wollte, ist –»

«Ja», sagte Gervase ermutigend.

«Es ist nur – St. Erth, ich hätte es natürlich nicht tun sollen! Ich wollte es auch gar nicht, nur –»

«Was hättest du nicht tun sollen?»

«Gestern abend – Marianne!»

«Oh!»

«Der Grund war –»

«Du brauchst mir nichts zu sagen», unterbrach Gervase lächelnd. «Ich weiß genau, was der Grund war.»

Er bemerkte das aufblitzende Feuer in Martins Augen und hielt sie mit seinen in Schach. Nach einer kleinen Weile wandte Martin sich ab, ließ ein kleines befangenes Lachen hören und sagte: «Ja, das glaube ich wohl! Meinen Sie, daß ich mit ihr darüber sprechen sollte?»

«Darüber? Auf keinen Fall! Laß es auf sich beruhen!»

Martin schaute erleichtert drein. Er trank sein Glas leer, sah die Karaffe und schenkte sich ein zweites ein. Dabei sagte er: «Sie glauben also nicht, daß ich mich bei ihr entschuldigen sollte?»

«Du würdest sie nur in Verlegenheit bringen.»

«Ich glaube fast, daß Sie recht haben.» Martin nippte nachdenklich an seinem Wein und stellte das Glas nieder. «Ich wollte, Ihr Grauschimmel hätte sich nicht an den Beinen verletzt!» sagte er unvermittelt. «Wirklich ein verdammtes Pech! Kann mir nicht vorstellen, wie das passiert ist!»

«Oder wieso ich so schandbar vom Pferd fiel?» meinte der Earl und betrachtete ihn aufmerksam.

«Oh, das ist nichts Außergewöhnliches! Der beste Reiter fällt einmal vom Pferd! Aber Ihr Grauschimmel ist ein fabelhaftes Jagdpferd! Ich möchte um nichts in der Welt, daß er Narben davonträgt!»

In diesem Augenblick bat der Viscount um die Karaffe, und die Unterhaltung wurde allgemein.

Als sich die Herren kurz darauf zu den Damen gesellten, wurde zunächst erwogen, Spekulation zu spielen. Aber die Gräfinwitwe hatte keine Lust, sagte, daß sich alle bestimmt lieber an Musik erfreuen würden, und bat Marianne, zum Klavier zu gehen. Marianne war sehr bestürzt und versicherte Mylady, daß ihre Fähigkeiten auf diesem Instrument durchaus nicht überragend wären. Als die Gräfin keinerlei Anzeichen von sich gab, diese Entschuldigung zur Kenntnis genommen zu haben, warf Marianne einen flehenden Blick auf Miss Morville, die auf diesen stillen Hilferuf sofort reagierte, aufstand und sagte: «Ich bin sicher, Lady St. Erth würde Sie gerne singen hören, Marianne. Und wenn es Ihnen recht ist, wird es mir ein Vergnügen sein, Sie zu begleiten.»

Marianne hätte sich etwas Schöneres vorstellen können, aber da sie eine hübsche, gut ausgebildete Stimme besaß, war ihr das unendlich lieber, als sich durch eine Haydnsonate durchquälen zu müssen. Sie folgte ihrer Freundin an den Flügel und entzückte die Anwesenden mit einigen Balladen. Es bedurfte keiner großen Überredungskunst, um sie dazu zu bewegen, gemeinsam mit Lord Ulverston ein Duett zu singen. Ihre Stimmen paßten ausgezeichnet zusammen. Sie entdeckten, daß ihr gegenseitiger musikalischer Geschmack nahezu derselbe war; und wenn ihre gemeinsame musikalische Darbietung einen der Anwesenden auch nicht über die Maßen erfreute, so gefiel sie doch allen anderen sehr gut, und die Gräfin ging sogar so weit, mit dem Fuß den Takt zu schlagen und einige Kehrreime mitzusummen.

An diesem Abend trennte man sich zeitig. Die Damen zogen sich sofort nach der Abendandacht zurück. Der Earl ging mit seinem Freund Billard spielen. Zu seiner Überraschung schloß Martin sich ihnen an. Er hatte sogar die Liebenswürdigkeit, für sie zu markieren, was Ulverston veranlaßte, dem Earl einen bezeichnenden Blick zuzuwerfen und später zu sagen: «Der süße kleine Bruder scheint Gewissensbisse zu haben, wie?»

Gervase lächelte. «Ich habe dir ja gesagt, daß er noch ein halber Schuljunge ist. Ich glaube, wir werden uns ab jetzt besser vertragen.»

«Es würde mich nicht überraschen, wenn das Ganze bloß ein Manöver wäre», antwortete der Viscount skeptisch.

Am nächsten Tag erhielten sowohl Miss Morville als auch Miss Bolderwood Briefe von ihren Müttern. Der Brief Miss Bolderwoods war von einem Diener aus Whissenhurst herübergebracht worden. Lady Bolderwood durfte ihr Zimmer bereits wieder verlassen und sehnte sich nach ihrer Tochter. Und nach dem Inhalt zweier von Mrs. Morville engbeschriebener Seiten war zu schließen, daß auch Drusilla Stanyon bald verlassen würde. Die Gegend von Lakeland war wohl sehr schön, aber in Greta Hall herrschte ein etwas zu großer Überfluß an Coleridges, da Mrs. Coleridge und ihre interessante Nachkommenschaft sich offensichtlich für immer bei den Southeys installiert hatten. Mrs. Morville schrieb, daß man ernsthaft daran dachte, den armen Mr. Coleridge bei einem Herrn, der in Highgate wohnte, in Pflege zu geben. Mr. Southey hatte nämlich die schreckliche Enthüllung gemacht, daß sein unglücklicher Schwager während der letzten Jahre ein ganzes Pfund Laudanum pro Woche verbraucht hatte. Er machte sich in düsterer Stimmung darauf gefaßt, daß die Kinder ihm zur Last fallen würden, zahlte er doch bereits für Hartleys Universitätsstudium und hatte Derwent in eine Privatschule nach Ambleside geschickt. Mrs. Morville fand Sara, das jüngste der drei Kinder, etwas altklug, und es stand sehr zu fürchten, daß Hartley die Unverläßlichkeit seines Vaters geerbt hatte. Mr. Morville, so schrieb seine Gattin, war sehr betrübt, feststellen zu müssen, wie weit sich Mr. Southey von den edleren Idealen seiner Jugendzeit entfernt hatte; ein Umstand, über den sie selbst sich nicht wundern konnte. Das einzige, was sie in Erstaunen setzte, war seine Fähigkeit, inmitten eines derartigen Haushaltes seinem Schriftstellerberuf nachzugehen.

Die Gräfinwitwe gab auf charmante Weise ihrem Bedauern darüber Ausdruck, Marianne noch am selben Tag abreisen zu sehen; und was die Aussicht betraf, Miss Morvilles

Gesellschaft in Bälde entbehren zu müssen, so legte sie eine äußerst schmeichelhafte Betrübnis an den Tag und wiederholte unermüdlich, wie sehr sie davon überzeugt wäre, daß Mrs. Morville auf die Rückkehr ihrer Tochter nach Gilbourne House keinen wie immer gearteten Wert legen könnte.

Alle ihre Lobeshymnen auf Stanyon im Vergleich zu Gilbourne House quittierte Miss Morville ebenso höflich wie unbeugsam. Lord Ulverston bat um die Ehre, Miss Bolderwood nach Hause bringen zu dürfen, und wurde, als Martin eilig sagte, daß er selbst die Absicht hätte, diesen Dienst zu versehen, mit einer plötzlichen Taubheit geschlagen, die ihn selbst weit weniger zu stören schien als Martin. Marianne errötete, dankte und schien sich nicht entschließen zu können; Miss Morville ließ der Gräfinwitwe Zeit, anzukündigen, daß sie ihren jungen Gast selbst nach Whissenhurst zurückbringen würde, und sagte dann, daß sie gerne mitfahren wollte. Dagegen hatte die Gräfin nichts einzuwenden, und das Ende vom Lied war, daß die beiden Damen die Barutsche bestiegen, während Ulverston und St. Erth hinterdrein ritten.

In Whissenhurst Grange bat Marianne ihre Begleiter ins Haus, um ihnen eine Erfrischung aufzuwarten. Der Earl protestierte, da er der Meinung war, eine solche Invasion wäre kaum das Richtige für Rekonvaleszente, jedoch während Marianne ihm versicherte, daß ihre Mama sehr enttäuscht sein würde, wenn er sie nicht begrüßen käme, erschien Sir Thomas an einem der Vorderfenster, winkte und lud alle mit einer Handbewegung ins Haus. Sie traten daher alle ein, und Lord Ulverston wurde dem Nabob und seiner Gattin vorgestellt. Man schickte nach Wein und Kuchen. Und während sich der Earl nach dem Gesundheitszustand Sir Thomas' erkundigte, sagte Marianne, die ein wenig abseits neben dem Viscount stand, schüchtern, sie nehme an, auch er würde nun sehr bald aus Stanyon abreisen. Aber es schien, als hätte der Viscount nicht die Absicht, Stanyon in der allernächsten Zeit zu verlassen. Marianne war überrascht und sagte mit einem unschuldigen Blick: «Ich dachte, Sie wollten nur bis zum Ball bleiben!»

«Nein – oh, nein!» erwiderte Ulverston. «Keine Ahnung, wie lange ich noch in Stanyon bleiben werde!»

«Werden Sie in der Stadt sein, wenn wir unseren Ball geben?» fragte Marianne.

«Ja», erwiderte Seine Lordschaft prompt. «Wird Lady Bolderwood mir eine Einladung schicken?»

«O ja! Ich hoffe, Sie werden kommen können!»

«Zweifellos, Miss Bolderwood: ich werde ganz sicher kommen! Wann übersiedeln Sie nach London?»

«In vierzehn Tagen, glaube ich – sofern Papas Krankheit unsere Pläne nicht umgestürzt hat.»

«In vierzehn Tagen? Aber! Gerade wenn ich auch nach London fahren werde!» sagte er.

«Aber Sie haben doch gerade gesagt, Sie wüßten nicht, wann Sie wegfahren würden!»

«Sehr richtig! Wußte ich auch nicht. Da hatten Sie mir noch nicht gesagt, wie lange Sie noch in Lincolnshire bleiben würden.»

Sie schaute entzückend aus in ihrer Verwirrung. Ihre ganze Koketterie ließ sie im Stich, und sie konnte nur noch mehr erröten und tun, als wäre sie damit beschäftigt, eine der Maschen frisch zu binden, die ihr Kleid schmückten.

Inzwischen hatte Sir Thomas sich dazu überreden lassen, sowohl seinen Sitz neben dem Feuer wieder einzunehmen als auch seinen Plaid wieder um die Schultern zu wickeln. Er sagte zum Earl: «Wer ist dieser junge Mann, Mylord? Wie war doch der Name?»

«Ulverston: der älteste Sohn des Earl von Wrexham. Er hat, wie ich, vor kurzem den Dienst quittiert.»

«Hm!» Sir Thomas' kluger Blick verweilte einen Augenblick auf dem Viscount und Marianne.

«Seine Art gefällt mir», entschied er.

«Er ist ein reizender Kerl.»

Auch Lady Bolderwood schien den Viscount sympathisch zu finden, was nicht verwunderlich war, da er die erste Gelegenheit ergriff, die sich bot, neben ihr auf dem Sofa Platz zu nehmen und sich angenehm zu machen. Als sie hörte, daß er augenblicklich in Stanyon zu Gast war, lud sie ihn sehr herzlich ein, doch mit dem Earl zu einer zwanglosen Gesellschaft zu kommen, die sie vor ihrer Abreise nach London zu geben beabsichtigte. Er nahm an, ohne es für notwendig zu erachten, ihr mitzuteilen, daß sie sich auf das Vergnügen seines Besuches beträchtlich früher gefaßt machen könnte.

Die Besucher aus Stanyon verabschiedeten sich bald darauf, und Lady Bolderwood begleitete Marianne in ihr Zimmer hinauf, um sich ihren Aufenthalt bis in die kleinsten Einzelheiten erzählen zu lassen. Sie erfuhr, daß Marianne sich sehr gut unterhalten hatte, daß Lady St. Erth liebenswürdig, die liebe Drusilla ganz besonders liebenswürdig und der Ball herrlich gewesen wäre, daß sie so viele Partner gehabt hätte, daß sie sich kaum mehr an die Hälfte erinnern könnte; aber es schien ihr, als wäre ihre Tochter nicht ganz bei der Sache. Sie schrieb das der Müdigkeit nach so vielen Aufregungen zu und erwartete, daß Marianne nach einer ordentlich durchschlafenen Nacht besser in Form sein würde. Aber am nächsten Morgen war Marianne geistesabwesender denn je; kümmerte sich kaum um Mr. Warboys, der sie in Whissenhurst besuchen kam, mit der einleuchtenden Begründung, sich nach Sir Thomas' Gesundheitszustand erkundigen zu wollen; und wurde von ihrer Mama dreimal dabei ertappt, in Tagträume versunken zu sein: das erste Mal, als sie hätte Klavier üben sollen, das zweite Mal, als man sie darum gebeten hatte, die Sèvres-Porzellanfiguren im Salon zu waschen, und das dritte Mal, als sie an dem für Tante Caroline bestimmten Musterband hätte sticken sollen. Lady Bolderwood fühlte sich genötigt, sie zu tadeln und darauf aufmerksam zu machen, daß sie ein Aufenthalt in London in ein unnützes Ding verwandeln würde, das nur in Gesellschaft glücklich sein könnte, wenn sie sich von einem einzigen Ball auf dem Land schon so hernehmen ließ. Marianne beugte sich sehr bestürzt über ihre Stickerei, murmelte, daß es nicht das wäre und daß sie sich aus Gesellschaften wirklich nicht viel mache.

«Nun, mein Liebes, du darfst durch deinen Aufenthalt in Stanyon nicht zu anspruchsvoll werden, weißt du. Ich will gerne glauben, daß es sehr angenehm war, mit den Rutlands und ihresgleichen zusammenzukommen, aber es hat mir gar nicht gefallen, dich so unhöflich zum armen Barny Warboys zu sehen.»

«Oh, nein, Mama!» protestierte Marianne und begann zu weinen.

«Du hast ihn wirklich nicht sehr herzlich willkommen geheißen! Man soll alte Freunde niemals neuer wegen vernachlässigen, mein liebes Kind.»

«Ich wollte wirklich nicht – ich habe Kopfschmerzen!» stammelte Marianne. «Ich wollte zu Barny wirklich nicht unfreundlich sein.»

«Nein, mein Liebes, ich bin überzeugt, daß du nicht unfreundlich sein wolltest», sagte Lady Bolderwood und tätschelte ihre Wange. «Du denkst eben nur noch ein wenig zu viel an das vergnügliche Leben in Stanyon. Nun, nun! Weine nicht! Ich weiß, ich brauche dir nur ein Wort zu sagen!»

Marianne gab ihr einen Kuß umd gelobte Besserung. Tatsächlich führte sie alle Arbeiten, die man ihr gab, gewissenhaft aus, aber ihre Laune war sehr ungleichmäßig. Sie konnte bald lustig sein, wie es ihre Art war, bald versonnen, stahl sich zuweilen aus dem Haus, um allein im Garten spazierenzugehen, oder saß über ein Buch gebeugt, während ihre Gedanken in die Ferne schweiften. Die verschiedenen jungen Herren, die nach Whissenhurst auf Besuch kamen, fanden sie fröhlich, aber durchaus abgeneigt, mit ihnen zu flirten, eine Neuerung, die Lady Bolderwood zuerst mit Befriedigung feststellte, sie aber bald auf den Gedanken brachte, daß Marianne in Stanyon in eine Patsche geraten sein müßte. Als Martin nach Whissenhurst kam und von Marianne mit ungewohnter Förmlichkeit begrüßt wurde, verdichtete sich diese Annahme zur Gewißheit, und sie bat ihre Tochter, ihr mitzuteilen, was vorgefallen war. Marianne ließ den Kopf hängen, gab zu, daß Martin versucht hätte, sie zu küssen, beeilte sich aber hinzuzufügen, daß es nicht ganz so schlimm gewesen wäre und daß Drusilla gemeint hätte, sie sollte nicht zu viele Worte darüber verlieren.

«Drusilla Morville ist ein sehr vernünftiges Mädchen», sagte Lady Bolderwood anerkennend. «Sie hat vollkommen recht, und vielleicht braucht es mir gar nicht leid zu tun, daß das passierte, denn jetzt hast du wenigstens gemerkt, wohin das Tändeln führt, und ich bin sicher, daß du in Zukunft besser aufpassen wirst.»

Damit glaubte sie auch den Grund für Mariannes Niedergeschlagenheit herausgefunden zu haben, doch als sie die Geschichte ihrem Gatten erzählte, verwirrte er sie nicht wenig damit, in seiner üblichen geraden Art zu sagen: «Nun, Mama, du solltest deine Tochter am besten kennen, aber das wäre das erste Mal, daß mir ein junges Mädel deshalb den Kopf hängen läßt, weil ein hübscher junger Mann bis über beide Ohren in sie verliebt ist!»

«Mein lieber Sir Thomas, ich bin überzeugt, Martin hat sie sehr erschreckt –»

«Sehr erschreckt! Das glaube ich schon, hat ja auch Grund dazu gehabt, der kleine Wildfang! Aber das erklärt noch lange nicht, warum sie in ihrem Essen herumstochert und ins Feuer starrt, wenn sie glaubt, daß wir sie nicht beobachten. Nein, nein, Mylady, wenn der junge Frant daran schuld ist, daß sie ihren Appetit verloren hat, können Sie mich einen Dummkopf heißen!»

Seine Frau lächelte nachsichtig und schüttelte den Kopf, aber die Ereignisse sollten Sir Thomas recht geben. Am nächsten Morgen, als Marianne am Wohnzimmerfenster saß und ihrer Mama dabei half, Taschentücher einzusäumen, sah man einen Reiter die Straße heraufkommen. Lady Bolderwood, die ihn nicht sofort erkannte, wunderte sich gerade, wer es wohl sein mochte, als sie einer außerordentlichen Veränderung an ihrer ach so teilnahmslosen Tochter gewahr wurde. Marianne errötete. Ihr Kopf blieb über die Stickerei geneigt, aber auf ihren Lippen zitterte das eigentümlichste kleine Lächeln. Lady Bolderwood starrte sie ganz erstaunt an.

«Ich denke – ich glaube – es ist Lord Ulverston, Mama!»

Es war tatsächlich Lord Ulverston. Kurz darauf schüttelte er allen die Hand und erklärte sehr fließend, daß er nicht umhin konnte, sich zu erkundigen, ob Sir Thomas und Lady Bolderwood wieder ganz hergestellt seien, da er zufällig an ihrem Haus vorbeigekommen wäre. Lady Bolderwoods Staunen wuchs, denn als er sich von ihr zu Marianne wandte, um ihre Hand in die seine zu nehmen, sah sie ihre Tochter so strahlend und in ihren Augen gleichzeitig so viel Schüchternheit und Glanz, daß sie ihr fast wie ein fremdes Wesen erschien.

Sir Thomas, durch einen Diener von der Ankunft Seiner Lordschaft in Kenntnis gesetzt, kam ins Zimmer und hieß den Viscount auf das herzlichste willkommen. Zum nicht geringen Ärger seiner Gattin warf er ihr einen bedeutungsvollen Blick zu, mit dem er ihr zu verstehen gab, um wieviel richtiger er den Gemütszustand seiner Tochter beurteilt hatte als sie.

Der Viscount blieb etwa eine halbe Stunde und plauderte in seiner ungezwungenen Art. Und wenn auch sein Blick des öfteren zu Marianne hinüberschweifte und seine Stimme sich unmerklich veränderte, wenn er Gelegenheit hatte, das Wort an sie zu richten, so war sein Betragen in jeder Beziehung untadelig. Als er sich erhob, um aufzubrechen, begleitete ihn Sir Thomas zur Eingangstür. Doch kaum hatte sich die Wohnzimmertür hinter ihnen geschlossen, als ihn Seine Lordschaft um eine kurze Unterredung bat.

«Ah, so ist das also!» sagte Sir Thomas. «Nun, Mylord, ich glaube, wir gehen am besten in die Bibliothek!»

Als Sir Thomas wieder zu den Damen kam und man dem Viscount nachgewinkt hatte, fragte Marianne, ob er Seiner Lordschaft die indischen Schätze gezeigt hätte.

«Ja!» erwiderte Sir Thomas. Aber nachdem Marianne gegangen war, sagte er zu seiner Frau mit einem seiner Heiterkeitsausbrüche: «Indische Schätze! Seine Lordschaft kam wegen keines indischen Schatzes!»

«Guter Gott! Sie können doch nicht meinen, daß er um Marianne angehalten hat?»

«Genau das. Er kam, mich um die Erlaubnis zu bitten, sich um sie bewerben zu dürfen, ganz wie es sich gehört.»

«Aber er kennt sie doch erst seit ein paar Tagen!»

«Was hat das schon zu bedeuten! Ich wußte fünf Minuten, nachdem ich Sie zum ersten Mal sah, wie es um mich stand, Mylady!»

«Sie ist zu jung! Sie ist doch noch nicht einmal in die Gesellschaft eingeführt worden!»

«Nun, das sagte ich ihm auch. Ich sagte, wir könnten zu einer Verlobung nicht unsere Zustimmung geben, bevor sie nicht ein Stück von der Welt gesehen hätte.»

Sie betrachtete ihn argwöhnisch. «Soll das heißen, Sir Thomas, daß Sie ihm die Erlaubnis gegeben haben, ihr einen Antrag zu machen?»

«Nun, wenn mein Mädel ihn gern hat, sage ich nicht nein. Das sagte ich ihm», gestand er. «Es wäre wirklich nicht schlecht für sie, Maria. Abgesehen vom Titel ist er genau der Mann, den ich mir für mein Herzblatt vorgestellt habe. Er ist nicht auf ihr Vermögen aus: nach dem, was er mir gesagt hat, besitzt er selbst mehr als genug. Und ich kann dir versichern, es ist mir lieber, ihr Herz ist schon vergeben, bevor wir sie den Aufmerksamkeiten all der feschen jungen Mitgiftjäger mit klingenden Titeln und leeren Geldtaschen aussetzen, die in London auf der Lauer liegen!»

«Ich bin überzeugt, daß sie nie –»

«Meine liebe Maria, wer kann wissen, was sie tun würde? Sie ist nicht so gerieben wie manche junge Damen heutzutage, und wenn ein Mädel hunderttausend Pfund zu erwarten hat, wird ihr jeder Lump den Hof machen! Und wie schrecklich wäre es, wenn sie ihr Herz an einen Mann hängte, der nur auf ihr Geld aus ist!»

«Ja, das schon, aber – mein lieber Sir Thomas, Sie haben es viel zu eilig! Sie überlegen nicht! Vielleicht sind die Wrexhams mit der Verbindung gar nicht einverstanden!»

Er lachte trocken. «Das einzige, was die Wrexhams oder irgendeine andere hochnoble Familie an dieser Verbindung stören würde, wäre, wenn ich plötzlich mein Vermögen an der Börse verspielte!»

13

Während der Viscount Marianne hofierte, schien Martin Anstrengungen zu machen, die Beziehungen zu seinem Stiefbruder zu verbessern. Der Earl quittierte seine manchmal ein wenig zu gesuchten Bestrebungen, freundlich zu sein, mit Ruhe. Er ermutigte ihn weder, noch stieß er ihn zurück, doch hielt er sich ein wenig fern und nahm die Avancen, die der Zutunlichkeit eines halbwilden kleinen Hundes manchmal nicht ganz unähnlich waren, mit einer Gelassenheit entgegen, die durch die momentanen Schmeicheleien ebensowenig beeinflußt wurde wie durch die frühere Feindseligkeit.

Im Gegensatz zum Viscount, der Martins Veränderung voll Mißtrauen betrachtete, beobachteten ihn Theo und Miss Morville erleichtert und hoffnungsvoll.

«Ich glaube», sagte Miss Morville, «daß die gleichmäßige Liebenswürdigkeit Seiner Lordschaft auf Martin nicht ohne Einfluß war. Zuerst neigte er wohl dazu, darin einen Beweis für Unmännlichkeit zu sehen, aber jetzt, da er gemerkt hat, wie falsch diese Annahme ist, beginnt er ihn zu respektieren – und bei Martin, glaube ich, ist Achtung die Wurzel jeder Zuneigung.»

«Genau das!» sagte Theo warm. «Sie haben ganz richtig geurteilt, Drusilla! Was mich betrifft, so glaube ich, daß Martin die Dummheit seines früheren Benehmens eingesehen hat und sich in Zukunft besser aufführen will.»

«Und was mich betrifft», unterbrach Ulverston, «so glaube ich, daß euer kostbarer Martin es mit der Angst zu tun bekommen hat und jetzt darauf erpicht ist, uns allen weiszumachen, er hätte sich mit Gers Vorhandensein völlig ausgesöhnt!»

«Ein hartes Urteil!» sagte Theo lächelnd. «Ich kenne Martin fast von der Wiege an und kann nicht glauben, daß er im Grunde seiner Seele schlecht ist. Er ist jähzornig, benimmt sich oft dumm, aber daß wirkliche Gemeinheit in ihm steckt, will ich gar nicht erst denken!»

«Das ist der Kern des Problems», sagte Ulverston. «Sie *wollen* es gar nicht erst denken!»

«Ich weiß, worauf Sie anspielen, aber ich glaube, daß es ihm aufrichtig leid tut!»

«Mein Gott, Frant, halten Sie mich für einen Esel? Wenn es ihm aufrichtig leid tut, so lediglich deshalb, weil er daran schuld ist, daß sich Gers Pferd die Beine zerkratzt hat!» Er fing einen warnenden Blick Theos auf und fügte ungeduldig hinzu: «Ach, Unsinn! Miss Morville war dabei und muß die Wahrheit kennen!»

«Stimmt das, Drusilla? Und Sie haben nichts gesagt?»

«Ich kenne den Grund des Unfalls», erwiderte sie ruhig. «Seine Lordschaft bat mich jedoch zu schweigen, und ich habe es auch getan, weil ich ihn für durchaus fähig halte, seine eigenen Angelegenheiten zu besorgen, ohne daß ich mich einmische.»

«Sehr richtig!» sagte der Visount. «Habe nie jemand Vernünftigeren gesehen! Er ist nicht der Mann, der auf Schmeicheleien hereinfällt! Wenn er nicht merkt, daß die ganze brüderliche Liebe, die ihm dieser Junge jetzt zeigt, viel zu dick aufgetragen ist, dann ist er nicht halb so gescheit, wie ich immer gedacht habe!»

«Bedenken Sie eines», sagte Theo, «Sie mögen wohl Gervase kennen, aber ich kann behaupten, Martin zu kennen. Und ich muß bei meiner Meinung bleiben. Ich leugne nicht, daß ich mehr Grund zur Besorgnis sah, als Sie sich unter Umständen vorstellen können, aber jetzt liegen die Dinge so, daß ich fast glaube, Stanyon mit ruhigem Gewissen verlassen zu können.»

«Stanyon verlassen? Wollen Sie fort?» fragte der Viscount überrascht.

«Oh, nicht auf immer! Ich hätte schon vor einer Woche abreisen sollen, habe aber meine Reise verschoben. Ich bin nämlich der Bevollmächtigte meines Vetters, und zu dieser Jahreszeit besuche ich für gewöhnlich seine verschiedenen Güter.»

«Wirklich? Und warum haben Sie Ihre Reise verschoben?» fragte der Viscount.

Theo lachte. «Ja, jetzt haben Sie mich in der Falle! Aber das gehört der Vergangenheit an, wenn Sie erlauben! Wenn Martin so unbeherrscht war, seinem Bruder ein paar gefährliche Streiche zu spielen, so wird er nichts dergleichen mehr tun! Verlassen Sie sich darauf!»

Martin selbst war ängstlich darauf bedacht, seinem Vetter recht zu geben. Der Grund dafür war naheliegend, und er gab ihn auch offen zu: «Du brauchst mir nicht nachzuspionieren, Theo! Ich weiß, daß du glaubst, ich möchte St. Erth irgend etwas antun! Aber das werde ich nicht!»

«Mein lieber Martin!»

«Ich weiß, was du denkst!» beharrte Martin. «Bloß weil ich ihn nicht auf diese Brücke aufmerksam gemacht habe! Was du deshalb für einen Lärm geschlagen hast!»

«Überrascht es dich?»

«Ach Gott! Ich gebe zu, daß es mich damals nicht gestört hätte, wenn er ins Wasser gefallen wäre; aber ich bin zu der Überzeugung gekommen, daß er im Grund genommen gar nicht so übel ist – wenn man nur wüßte, wie man ihn behandeln soll!»

«Ist das so schwer?»

«Vielleicht nicht für dich, weil er dich gern mag.»

«Er hat dir kaum Ursache zu der Annahme gegeben, dich nicht zu mögen», sagte Theo trocken.

«Sag doch gleich, daß ich ihm Ursache gegeben habe, mich nicht gern zu haben, denn das ist es wohl, worauf du hinauswillst!» sagte Martin zornig. «Ich weiß nicht, was du eigentlich glaubst, das ich ihm antun könnte, aber ich wollte, du würdest aufhören, mir nachzurennen, als ob du mein Kerkermeister wärest oder so was Ähnliches!»

«Das bildest du dir ein, Martin!»

«Nicht im geringsten. Warum bist du zum Beispiel mitgegangen, als ich Gervase neulich das Jagdrevier zeigte?»

«Guter Gott! Warum hätte ich nicht mitgehen sollen?»

«Als ob es das einzige Mal gewesen wäre!» fuhr Martin fort. «Ich glaube, als ich ihn zum Wettschießen aufforderte, hast du gedacht, ich würde auf ihn feuern statt auf die Zielscheibe, wenn du nicht da wärest, um aufzupassen!»

«Nein, Martin, ungeachtet dessen, was passierte, als du mit ihm gefochten hast, kam mir dieser Gedanke nicht in den Sinn.»

Martin schoß die Röte ins Gesicht. «Das war Zufall!»

«War es auch Zufall, daß du nicht außer Reichweite gegangen bist, als der Knopf von deinem Florett gefallen war?»

«Wenn du mir jetzt ewig nachtragen willst, daß ich die Beherrschung verlor – außerdem ficht er zehnmal besser als ich! Ich hätte ihn niemals verletzen können!»

«Ich bitte um Verzeihung! Ich hatte nicht die geringste Absicht, dir irgend etwas nachzutragen. Du hast mit diesem Unsinn angefangen. Du solltest lieber an andere Dinge denken. Im übrigen wirst du mich jetzt eine Zeitlang loswerden: in ein bis zwei Tagen fahre ich nach Evesleigh und von dort nach Maplefield.»

Als der Earl von diesem Plan erfuhr, zeigte es sich, daß es ihm nicht entgangen war, unter welch wohlwollender Bewachung er stand, denn er lachte und fragte allen Ernstes, ob Theo denn glaube, daß er ohne ihn sicher wäre. Er spielte gerade in der Bibliothek mit Miss Morville Schach und zögerte, als Theo ihn von seinen Absichten unterrichtete, nicht, hinzuzufügen: «Ich vertrage mich sehr gut mit Martin und werde ohne Wachhund noch besser mit ihm auskommen. Ich bin dir sehr verpflichtet, Theo, aber ich glaube, daß deine Anteilnahme nicht unbemerkt geblieben ist und wenig dazu beigetragen hat, mich bei Martin beliebt zu machen. Sie sind am Zug, Miss Morville.»

«Ich weiß, aber ich glaube, daß Sie mir eine Falle gestellt haben», sagte sie und blickte stirnrunzelnd auf das Brett. «Ich habe nämlich bemerkt, Mylord, daß ich immer dann, wenn Sie einen scheinbar unüberlegten Zug machen, in größte Schwierigkeiten gerate!»

«Wie unschön von ihm!» sagte Theo lächelnd. «Ich hätte ihn nie einer solchen Falschheit für fähig gehalten!»

«Keine Falschheit, Theo, sondern Strategie!»

«Der Verweis ist verdient! Ich wünschte, meine eigenen strategischen Fähigkeiten reichten an deine heran, aber es scheint mir am nötigen Feingefühl zu fehlen. Du hast recht, Gervase: Martin hat mir bittere Vorwürfe gemacht, euch auf euren verschiedenen Ausflügen begleitet zu haben, und ich gelobe Besserung.»

«Ja, bitte, tue das! Ich brauche keine Leibwache! Aber mußt du unbedingt nach Evesleigh? Kannst du deine Geschäfte nicht von Stanyon aus erledigen? Es ist doch nur zehn Meilen von hier, oder nicht?»

«Ein bißchen weiter. Aber ich habe die Erfahrung gemacht, daß es besser ist, wenn ich einen oder zwei Tage an Ort und Stelle verbringe. Die Frage ist nur, ob ich heuer auch nach Studham fahren soll. Ich muß Martin fragen, ob er es wünscht.»

«Martin fragen, ob er was wünscht?» fragte Martin, der eben zur Tür hereinkam.

«Studham. Willst du dich um deine Angelegenheiten selbst kümmern oder soll ich es für dich tun?»

«Gott, das habe ich ganz vergessen! Es wäre mir alles andere als unangenehm, die Sache selbst zu führen, wenn sie mir gehörte!»

Theo schaute belustigt drein. «Wenn nicht ein ganz bestimmter Grund dagegen spräche, würde ich vorschlagen, daß du mit mir kommst», sagte er. «Aber so wie die Dinge liegen, ist es am besten, du fährst allein! Ich werde deine letzte Begegnung mit dem jetzigen Bewohner von Studham nicht so bald vergessen.»

«Könnte es sein, daß Martin für Tante Dorothea nicht viel übrig hat?» fragte der Earl und verschob einen seiner Springer, um einem bedrohten Bauern beizustehen.

Martin grinste, und Theo antwortete an seiner Statt: «Es ist ein Fall gegenseitiger Antipathie. Ich habe das Unglück gehabt, nach einigen Gefechten den Vermittler spielen zu müssen, aber ich bin fest entschlossen, dem Waterloo fernzubleiben!»

«Ich werde Ihnen etwas sagen, St. Erth!» sagte Martin. «Sie sollten mit Theo nach Studham fahren!»

«Ich sehe nicht die leiseste Veranlassung dafür.»

«Um meiner Tante Ihre Aufwartung zu machen, natürlich! Wenn Sie sie nach Stanyon einladen, würde ich sogar nach Studham übersiedeln!»

«Danke, Martin, da ziehe ich deine Gegenwart der Tante Dorotheas noch vor!»

«Wieso? Ich dachte, du hättest sie sehr gerne! Hast du nicht gedroht, sie herzuholen?»

«Doch, aber es bestand nie die geringste Gefahr, daß ich diese Drohung verwirklichen würde.»

«Sie sind mir der Richtige! Ich muß sagen, ich wollte, mein Vater hätte ihr nie erlaubt, sich in Studham niederzulassen, denn sie lebt sicher ewig, wenn auch nur, um mir damit etwas zu Fleiß zu tun.»

«Du solltest ihr kündigen.»

«Das würde ich ohnehin tun, aber die Sache ist die: ich würde selbst nicht gern dort wohnen», sagte Martin freimütig. «So weit von Quorndon Hall! Ich weiß nicht, wie ich das aushalten sollte!» Er hielt inne und fügte hinzu: «Wenn Sie mich natürlich los sein wollen –»

«Aber nein, durchaus nicht. Schach, Miss Morville!»

«Schwarz muß aufgeben, glaube ich. Sonst jagen Sie meinen König über das ganze Brett.»

«Wo ist Ulverston?» fragte Martin unvermittelt.

«Ausgeritten, glaube ich.»

«Oh!» Martins Gesicht verdüsterte sich. «Wie lange beabsichtigt er noch in Stanyon zu bleiben?»

«Keine Ahnung.»

«Ich dachte, er wollte bloß ein paar Tage bleiben», murmelte Martin.

Der Earl gab keine Antwort. Theo sagte: «Wenn ich deine Angelegenheiten für dich erledigen soll, Martin, mußt du mir deine Instruktionen geben. Hast du einen Augenblick Zeit? Dann komm in mein Zimmer!»

«Oh, ich bin sicher, du machst alles viel besser als ich!» sagte Martin achselzuckend, folgte ihm aber bis zur Tür. «Aber, bitte, schau einmal nach, was dieser blödsinnige Mugginton treibt! Wie mein Vater einen solchen Esel zum Verwalter machen konnte, werde ich nie begreifen! Als ich das letzte Mal dort war, sprach er davon, auf dem Langen Feld Weizen zu bauen! Und dabei weißt du doch, Theo –»

Das Schließen der Tür übertönte das Ende des Satzes. Während Miss Morville die Schachfiguren in die Schachtel einräumte, sagte sie: «Es ist sehr schade, daß er mit Lady

Cinderford nicht auskommt, denn er braucht dringend eine Beschäftigung, und nichts würde ihm leichter fallen, als ein Gut zu verwalten. Ich bin überzeugt, daß er mindestens ebensogut weiß wie Ihr Verwalter, was zu geschehen hat.»

«Ich glaube, daß er nie nach Studham übersiedeln wird. Dabei ist es sehr ertragreich, so daß er sich ohne weiteres ein Haus in Leicestershire kaufen könnte, wenn er wollte.»

Sie bedachte dies, schüttelte jedoch den Kopf. «Ich glaube nicht, daß er dort glücklich wäre. Ich nehme an, daß Sie sich mit ihm noch niemals eingehend unterhalten haben, und vielleicht ist er auch zu schüchtern, um Ihnen seine innersten Wünsche zu offenbaren, aber er ist mit Stanyon eng verwachsen. Er liebt Stanyon, wissen Sie.»

«Für ihn ist es voll der glücklichsten Erinnerungen», bemerkte er.

Sie blickte auf und schaute ihm voll ins Gesicht. «Haben Sie selbst so wenig dafür übrig, Mylord?»

«Bei Gott, nein! Ich glaube, ich beginne langsam mich damit anzufreunden, halte es jedoch für den unbequemsten Aufenthaltsort, den man sich vorstellen kann. Aber dem könnte ja leicht abgeholfen werden, wenn man sich die nötige Mühe nähme.»

«Nun, ich hoffe, Sie werden sich diese Mühe nehmen», sagte sie. «Und wenn ich an Ihrer Stelle wäre, Mylord, so würde ich als erstes eines der Wohnzimmer im Erdgeschoß, die nie benützt werden, in einen Speisesaal verwandeln! Dann müßten Sie nicht Speisen essen, die kalt werden, während man sie bringt!»

Er lachte. «Ich muß gestehen, daß das tatsächlich eine große Verbesserung wäre! Wenn ich an mein Reformwerk schreite, werde ich mich sicherlich an Sie um Rat wenden, Ma'am!»

«Das glaube ich kaum», antwortete sie. «Sie werden das Ganze wahrscheinlich einem Modearchitekten übergeben, der Ihnen einen weiteren Flügel anbauen wird. Und dann werden Sie schlimmer daran sein als zuvor.»

«Viel schlimmer! An wen denken Sie? An Nash? Zu teuer für mich, fürchte ich!»

«Ich glaube nicht», sagte sie ernsthaft, «daß Mr. Nashs Stil für Stanyon das richtige wäre.»

Die Nachricht, daß Theo abreisen wollte, um die verschiedenen Güter des Earl zu besuchen, wie er das nun schon seit einigen Jahren pünktlich tat, gab der Gräfinwitwe ebensoviel Grund zur Überraschung wie zur Klage. Sie sagte mehr als einmal, daß sie von diesem Plan keine Ahnung gehabt hätte. Und lange bevor sie beim letzten ihrer zahlreichen Einwände angelangt war, hätte ein uneingeweihter Zuhörer annehmen können, Mr. Theodore Frant kutschierte für gewöhnlich in der Welt herum, währenddessen in Stanyon alles vernachlässigt blieb. Er begegnete ihren Protesten mit unerschütterlicher Geduld und nahm sich nur dann die Mühe zu antworten, wenn sie eine direkte Erwiderung verlangte. Nachdem sie anfänglich jede Vergrößerung der Gesellschaft in Stanyon mit tiefstem Mißtrauen betrachtet hatte, war sie inzwischen dazu übergegangen, jede Abreise zu bejammern. Es fiel ihr ein, daß ihr abendliches Whistspiel durch Theos Abwesenheit auf Miss Morvilles Mitwirkung angewiesen sein würde; und dieser Umstand erinnerte sie an die unmittelbar bevorstehende Rückkehr von Mr. und Mrs. Morville und die damit verbundene Abreise von deren Tochter. «Und dann werden Sie nach London fahren, St. Erth», sagte sie. «Ich weiß nicht, was ich dann tun werde, denn ich habe nicht die Absicht, vor Mai in die Stadt zu übersiedeln. London ist meinem Gesundheitszustand nicht zuträglich. Wenn Martin nach London fährt, kann er bei seiner Schwester wohnen. Sie wird sich bestimmt freuen, ihn aufzunehmen.»

«Ich soll bei Louisa und ihrem Mann wohnen, diesem langweiligen Dummkopf?» rief Martin. «Nein, danke! Außerdem fahre ich vielleicht nicht hin.»

«Du fährst nicht nach London? Du gehst doch zum Ball der Bolderwoods!»

«Das weiß ich noch nicht», sagte Martin finster.

Dieser erstaunliche Ausspruch gab den Gedanken der Gräfinwitwe eine andere, der Zuhörerschaft noch unwillkommenere Richtung. Sie konnte sich nicht vorstellen, was sich ihr Sohn eigentlich dachte, denn sie war ganz sicher, er hätte mindestens hundertmal gesagt, daß er gleichzeitig mit den Bolderwoods nach London fahren würde. Gervase und Miss

Morville scheuten keine Mühe, um sie auf ein anderes Thema zu bringen, doch es war alles umsonst: sie gab ihrer Verwunderung mit einer derartigen Beharrlichkeit Ausdruck, daß Martin endlich, zum Äußersten getrieben, aus dem Zimmer stürzte.

Ihr Egoismus hinderte sie meistens daran, sich mit den Sorgen anderer zu beschäftigen, aber Martin war nun einmal ihr Liebling, und wenn sie auch nicht so weit ging, seine Interessen vor ihre eigene Bequemlichkeit zu stellen, so verbrachte sie ihre Zeit gerne damit, über sein Wohlergehen zu sprechen. Sie fürchtete, daß ein Zank, wie er unter Liebenden häufig vorkommt, Miss Bolderwood und Martin einander entfremdet hätte; und als Miss Morville, der sie diese Erkenntnis im Vertrauen mitteilte, das Unglück hatte, anzudeuten, daß Marianne bisher noch keinen Beweis dafür gegeben hätte, Martin – was auch immer seine Gefühle für sie sein möchten – mehr als einen anderen ihrer Freier zu bevorzugen, war die Gräfin äußerst ungläubig. Es schien ihr völlig absurd, daß ein junges Mädchen für seine Reize unempfänglich sein könnte. Sie hatte gezeigt, daß die Verbindung ihr nicht unwillkommen wäre, also was konnte außer einem unsinnigen Mißverständnis noch dagegen sprechen? Vielleicht wagten die Bolderwoods nicht, in ihrer Liebenswürdigkeit einen Wink zu sehen, daß sie nichts dagegen haben würde, ihre Tochter in die Familie aufzunehmen? Sie hielt Sir Thomas für einen sehr ehrenwerten Mann, der wohl ängstlich darauf bedacht war, sich nicht anzubiedern. Und sie hatte große Lust, nach Whissenhurst zu fahren, um ihn zu beruhigen.

Miss Morville war nicht leicht aus der Fassung zu bringen. Obwohl sie bei dieser Ankündigung erbleichte, gelang es ihr, ihren Schrecken zu verbergen und Mylady einen Entschluß auszureden, der ihrer Meinung nach nur zu einem peinlichen Auftritt mit Sir Thomas führen konnte.

«Könnte es sein», fragte die Gräfin, der plötzlich ein neuer Gedanke aufblitzte, daß die Bolderwoods es auf St. Erth abgesehen haben? Auf mein Wort, das wäre wohl hoch hinaus! Ich hätte Sir Thomas einer solchen Anmaßung nie für fähig gehalten, denn der Earl of St. Erth, das wissen Sie wohl, kann sich seine Braut aus den höchsten Kreisen wählen. Und bestünde die geringste Aussicht, daß Martin den Titel erbt, würde ich die Bolderwood-Verbindung nicht einen Augenblick unterstützen!»

«Ich glaube nicht, Ma'am, daß Sir Thomas dieser Gedanke jemals gekommen ist. Er und Lady Bolderwood finden Marianne noch viel zu jung zum Heiraten.»

«Verlassen Sie sich darauf, meine Liebe, so jung kann ein Mädchen gar nicht sein, daß ihre Eltern nicht schon planten, es gut zu verheiraten», sagte die Gräfin. «Ich werde nach Whissenhurst fahren und eine Andeutung fallen lassen, daß eine Verbindung mit St. Erth für mich gar nicht akzeptabel wäre. Ich versichere Ihnen, daß ich dagegen noch mit meinem Todesseufzer ankämpfen würde!»

Miss Morville glaubte ihr aufs Wort: von der Wahrscheinlichkeit jedoch, daß dieser Widerstand beim Earl oder bei Sir Thomas irgendwelche Beachtung finden würde, war sie weit weniger durchdrungen, und sie erneuerte ihre Anstrengungen, die Gräfinwitwe von einem Unternehmen abzubringen, das nur beschämend für sie ausgehen konnte. Sie entdeckte plötzlich selbst den unwiderstehlichen Wunsch, Marianne zu sehen, machte Mylady darauf aufmerksam, daß es angezeigt wäre, zuerst einmal die genaue Sachlage zu erkunden, bevor sie selbst in Erscheinung träte, und brachte sie endlich dazu, den Besuch so lange aufzuschieben, bis sie ihr mitgeteilt hätte, wie sich die Sache wirklich verhielt, wozu sie sich verpflichtete. Die Gräfin schonend darauf vorzubereiten, daß nicht ein Frant es zuwege gebracht hatte, das Herz der Erbin zu gewinnen, sondern ein Austell, betrachtete sie nicht als ihre Pflicht. Daß der Schock arg sein würde, wußte sie; und sie befürchtete, daß nur eine offizielle Verlobungsankündigung Mylady davon überzeugen würde, daß die Bolderwoods jemanden, der kein Frant war, als Schwiegersohn angenommen hatten.

Da Theo am nächsten Morgen nach Whissenhurst reiten wollte, um sich von den Bolderwoods zu verabschieden, bat ihn Miss Morville, sie zu begleiten. Er fand sich gerne dazu bereit, und sie ritten miteinander fort, in glücklicher Unwissenheit, daß Martin vor ihnen dieselbe Richtung eingeschlagen hatte.

Es war unvermeidlich, daß Miss Morville Theo den Grund ihres Besuches mitteilte, denn er war so sehr jedermanns Vertrauter, daß es ihr das Natürlichste von der Welt erschien, ihm zu erzählen, was sich zwischen ihr und der Gräfinwitwe begeben hatte: Er unterhielt sich darüber weniger, als sie eigentlich erwartet hatte, und sagte bloß mit einem gezwungenen Lächeln: «Ich habe zu lange mit ihr unter einem Dach gelebt, um mich über ihre Verrücktheiten zu wundern. Jeder außer ihr hat doch gemerkt, daß sich Ulverston auf den ersten Blick in Marianne verliebte. Nur wird man sie nicht leicht davon überzeugen können, daß sogar ein Howard oder Percy einem Frant vorgezogen werden kann.» Er schwieg einen Augenblick und sagte dann: «Ich nehme an, daß die Bolderwoods, jetzt, da sie gemerkt haben, daß St. Erth keine ernsten Absichten hat, Ulverston für ihre Tochter sichern wollen. Das ist weiter nicht verwunderlich.»

Er sprach in seiner gewohnten ruhigen Art, aber sie glaubte, aus seinen Worten einen bitteren Unterton herauszuhören, und sagte: «Sie tun ihnen Unrecht, glaube ich. Ihr einziger Wunsch ist, Marianne glücklich zu sehen.»

«Sicherlich, aber man kann ihnen verzeihen, daß sie das Glück einer zukünftigen Gräfin für wahrscheinlicher halten als das einer gewöhnlichen Bürgersfrau. Ich mache ihnen keine Vorwürfe: Miss Bolderwood ist der höchsten Ehren würdig.»

Er sagte nichts weiter, und sie lenkte das Gespräch nach einem kurzen Schweigen in weniger verfängliche Bahnen.

Unterdessen war Martin in Whissenhurst angelangt. Als er durch das Tor ritt, konnte er durch einen der Einschnitte in der Eibenhecke, die den Garten von der Auffahrt trennte, Marianne erspähen. Er nahm an, daß sie sich mit ihren Frühlingsblüten zu schaffen machte – sie waren zu ihrem liebsten Steckenpferd geworden –, und lenkte seinen Braunen unverzüglich zum Stall. Dort ließ er ihn in der Obhut des Oberstallknechts und ging zum Glashaus, das Sir Thomas mit enormem Kostenaufwand hatte errichten lassen. Marianne war nicht zu sehen. Und gerade als Martin unentschlossen dastand und überlegte, ob sie am Ende wieder ins Haus gegangen wäre, hörte er ihre Stimme. Sie trällerte eine fröhliche Ballade und kam aus der Gärtnerei, wohin er sich sofort begab. Marianne war allein im Gärtnerschuppen und verpflanzte eben weiße Hyazinthen aus irdenen Töpfen in eine große Vase. Sie sah entzückend aus. Ihre blonden Locken waren nur mit einem hellblauen Band zusammengehalten. Um die Schultern trug sie einen Schal, und in der Hand hielt sie eine kleine Schaufel. Sie bemerkte Martin nicht sofort, sondern sang weiter und drückte die Erde rund um ihre Blumen sorgsam nieder, während er ihr zuschaute. Ein kleines Geräusch ließ sie auffahren; sie schaute sich um und ließ die Schaufel mit einem Ausdruck des Erschreckens fallen.

Er kam in den Schuppen und hob sie auf. «Du brauchst nicht zu erschrecken!» sagte er. «Ich bin es nur!»

Sie nahm ihm die Schaufel aus der Hand und legte sie nieder. «O nein, ich wollte nicht – das heißt, ich erwartete nicht – du hast mich so erschreckt! Danke! Sind sie nicht wunderschön? Ich bin so stolz auf sie und werde sie in Papas Bibliothek stellen, denn als ich zu gärtnern begann, lachte er bloß und sagte, daß aus meinen Knospen nichts werden würde, weil ich schon nach einer Woche sicher nicht mehr daran dächte. Er wird sich wundern!»

«Marianne», sagte er, ohne im mindesten darauf einzugehen, «ich bin gekommen, weil ich unbedingt mit dir sprechen muß!»

«Oh, bitte –! Natürlich freue ich mich immer, dich zu sehen, Martin, aber ich kann mir wirklich nicht vorstellen, worüber du mit mir sprechen möchtest! Mach kein so ernstes Gesicht! Heute ist ein so schöner Tag, und wenn die Sonne scheint, kann ich nicht ernst sein – du mußt doch wissen, daß ich es nicht kann!»

Er ließ sich nicht ablenken, sondern sagte: «Seit dieser Ballnacht hast du mir nicht erlaubt, dir nahezukommen. Ich habe dich erschreckt – ich hätte damals nicht mit dir sprechen sollen – aber du kannst doch an meinen – meinen Gefühlen für dich nie gezweifelt haben!»

«Ich hoffe, wir sind immer gute Freunde gewesen», sagte sie befangen. «Bitte erinnere mich nicht an das, was damals vorgefallen ist – es macht mir zu viel Kummer. Du hast es nicht so gemeint – ich bin ganz überzeugt, daß du es nicht so gemeint hast!»

«Unsinn!» unterbrach er fast zornig. «Natürlich habe ich es so gemeint! Das weißt du doch!»

Sie ließ den Kopf hängen und stammelte: «Ich glaube, ich habe mich nicht immer so betragen, wie ich hätte sollen. Ich hatte keine Ahnung – es war sehr schlecht von mir, wenn – wenn mein Betragen dir Grund gegeben hat, anzunehmen, daß ich von dir eine Liebeserklärung erwartete.»

Er schaute sie aus funkelnden Augen an. «Vor einer Woche hast du noch ganz anders geredet!»

«Ich war töricht – Mama sagte, ich sollte nicht –»

«Alles nur seitdem Ulverston gekommen ist, dieser oberflächliche Geck!» unterbrach er. «Du tändelst mit ihm und ermutigst seine Avancen –»

«Das ist nicht wahr! Ich mag dir nicht länger zuhören! Du solltest solche Dinge nicht sagen, Martin! Du weißt, daß du es nicht solltest! Bitte, hör auf!»

«Du glaubst, du kannst mich mit all den anderen an der Leine halten, aber da irrst du dich! Ich liebe dich, Marianne!»

Sie machte eine abwehrende Bewegung, aber er faßte ihre Hand und behielt sie fest in der seinen. Die Worte stürzten über seine Lippen, aber sie war viel zu aufgeregt, um seinen Schwüren, sie glücklich zu machen, wenn sie ihn nur heiraten wollte, Gehör zu schenken. Sie versuchte vergeblich ihre Hand loszumachen und stammelte: «Nein, nein, du darfst nicht! Papa würde es nicht erlauben – nein, wirklich, Martin, das ist sehr unrecht von dir!»

Inzwischen hatte er sich auch ihrer zweiten Hand bemächtigt; und als sie in sein Gesicht schaute, war sie entsetzt, darin einen so stürmischen Ausdruck zu sehen. Er hätte ebensogut Haß bedeuten können wie Liebe. Das Bewußtsein, mit ihrer gedankenlosen Koketterie so viel Leidenschaft entfesselt zu haben, erfüllte sie mit Reue und Schrecken. Tränen zitterten an ihren Wimpern, und das einzige, was sie herausbrachte, war: «Ich habe es nicht gewollt! Ich habe es nicht verstanden!»

«Es gab eine Zeit, wo du anders gedacht hast! Bis St. Erth zurückkam! Ist das der Grund? Erst St. Erth und jetzt Ulverston! Du würdest ganz anders reden, wenn ich St. Erth wäre, nicht wahr? Bei Gott, ich glaube, ich beginne dich endlich richtig einzuschätzen!»

Gegen diese Anschuldigung protestierte sie unter Tränen. «Das ist nicht wahr! Du tust mir weh! Laß mich los! Oh, bitte, bitte, laß mich los!»

Die Wahrscheinlichkeit, daß er diese Bitte erfüllen würde, war nicht sehr groß. Aber im selben Augenblick schaute der Viscount in den Schuppen, auf der Suche nach Marianne. Mit zwei schnellen Schritten war er neben Martin, packte ihn fest an der Schulter und sagte gebieterisch: «Das genügt! Sie vergessen sich, Frant!»

Martin ließ Marianne auf der Stelle los und drehte sich blitzschnell um. Mehr brauchte es nicht, um seine Leidenschaft zur Wut zu steigern, als eine Einmischung von dieser Seite. Der Viscount hatte kaum mehr als eine Sekunde Zeit, um in seinen sprühenden Augen seine Absicht zu lesen. Aber er war ein junger Mann von rascher Auffassungsgabe, und das genügte. Er wich dem Schlag aus, der auf sein Kinn gezielt war, konterte schnell und schlug Martin nieder. Marianne, die an die Wand gelehnt stand, stieß einen kleinen Entsetzensschrei aus und drückte die Hände an die weißen Wangen.

Der Viscount ging rasch zu ihr und sagte mit beruhigendem Lächeln: «Ich bitte um Verzeihung! Infam, Sie so zu erschrecken! Nicht weinen! Gar keine Veranlassung – Ehrenwort! Wollen Sie nicht ins Haus gehen? Miss Morville ist bei Ihrer Mama. Sie werden auch Theo Frant dort finden – ich habe sie auf der Straße überholt. Sagen Sie Ihren Eltern nichts von dieser Sache! Viel besser, glauben Sie mir!»

«Oh, nein!» sagte sie schwach. «Aber Sie – Sie werden nicht –?»

«Gott, nein!» sagte er fröhlich und führte sie zur Tür. «Wirklich kein Grund zur Beunruhigung!»

Sie flüsterte bittend seinen Namen, aber er sagte leise: «Psst! Nicht jetzt!» und gab ihr einen kleinen Schubs über die Schwelle.

Martin hatte sich inmitten der zerbrochenen Blumentöpfe zusammengeklaubt und putzte wütend den Schmutz von seinen Kleidern. Der Viscount musterte ihn ironisch. «Gewohnheit von Ihnen, Damen, die kein Interesse daran haben, Ihre Aufmerksamkeiten aufzudrängen, nicht wahr?»

Martin ballte die Fäuste, hielt sie aber unbeweglich.

«Sie werden mir dafür Genugtuung geben, Mylord!»

«Blödsinn!» sagte Ulverston kurz.

«Nennen Sie mir Ihre Freunde! Sie werden von meinen hören!»

«Wie soll ich mich mit Ihnen duellieren, zum Teufel?» fragte Ulverston. «Ich bin in Ihres Bruders Haus zu Gast, Sie junger Narr!»

«Nicht in meinem! Sie haben mich niedergeschlagen: wollen Sie mir dafür die Satisfaktion verweigern?»

«Wissen Sie, ich habe für Theater nichts übrig!» sagte Ulverston. «Sie sollten mir dankbar sein, daß ich Ihnen einen Kinnhaken gegeben habe! Sie haben ihn bitter nötig gehabt!» Mit diesen Worten hätte er den Schuppen verlassen, aber Martin stellte sich ihm in den Weg. «Wollen Sie mir Ihre Freunde nennen, Mylord, oder wollen Sie Ihre Fähigkeiten als Schütze lieber nicht an meinen messen?»

«Oh, gehen Sie zum Teufel!» schnappte Ulverston. «Wen wollen Sie denn, daß ich nennen soll? Ihren Bruder? Ihren Vetter?»

Martin geriet in Verlegenheit, erholte sich aber rasch wieder. Er sagte: «Mr. Warboys wird Ihnen gerne zur Seite stehen.»

«Danke! Ich werde mich nicht an ihn wenden.»

Martins rechte Hand kam wie ein Blitz aus heiterem Himmel und gab ihm eine tüchtige Ohrfeige auf die Wange. «Sind Sie jetzt anderer Meinung?»

Der Viscount beherrschte sich mit Mühe, ließ seine Hände tatenlos, war aber wirklich sehr zornig. Er sagte: «Ja, das hat mich endlich dazu gebracht, meine Meinung zu ändern. Wenn niemand anderer Ihnen eine Lektion erteilen will, Martin Frant, so werde ich es tun!»

14

Es war ein großes Glück für das gute Einvernehmen zwischen Stanyon und Whissenhurst, daß Marianne, ehe sie das Haus erreichte, auf Miss Morville stieß, die sie im Garten gesucht hatte. Marianne war sichtlich erregt, atmete heftig, hatte Tränen in den Augen und blasse Wangen. Auf die teilnehmende Frage ihrer Freundin sagte sie nur das eine Wort: «Martin!» und schien geneigt, einen hysterischen Anfall zu bekommen. Das genügte Miss Morville, um Marianne in ihr eigenes Zimmer hinaufzuführen und sie zu bitten, ihr alles zu erzählen. Die Geschichte, die sie zu hören bekam, war unzusammenhängend und mit Selbstvorwürfen gespickt. Miss Morville deutete sie, so gut sie konnte, und tat, was in ihren Kräften stand, um Marianne zu beruhigen. Als diese schaudernd vom Kampf im Schuppen zu erzählen begann, konnte sie sich eines kleinen Lächelns über Mariannes Entsetzen nicht erwehren. Sie entschuldigte sich für diesen Mangel an Sensibilität mit der Erklärung, daß sie ihre Brüder so oft raufen gesehen und ihre blaugeschlagenen Augen mit rohen Steaks behandelt hatte, daß sie auf diesem Gebiet vielleicht nicht mehr so empfinden konnte, wie sie eigentlich sollte. Sie konnte sogar hoffen, daß der Austausch einiger Hiebe die erbitterten Gemüter etwas erleichtert hatte, aber Mariannes Beschreibung der ganzen Szene und besonders die eingehende Schilderung von Martins Gesichtsausdruck, als er sich vom Boden zusammenklaubte, zerstreute diesen tröstlichen Gedanken bald. Sie kannte Martins Charakter und konnte sich seine Erbitterung lebhaft vorstellen; und das einzige, auf das sie bauen durfte, war Ulverstons Vernunft.

«Wenn sie sich duellieren – um meinetwillen!» sagte Marianne und rang die Hände.

«Nun, das werden sie nicht!» erwiderte Miss Morville. «Es wäre höchst unpassend!»

«Unpassend! Es könnte tödlich sein!»

«Ich kann mir nicht vorstellen, daß einer von ihnen so dumm sein kann!»

«Ulverston nicht, nein! Aber Martin! Er ist so zornig! Wer kann wissen, wozu er imstande ist?»

«Sie haben recht: das kann niemand wissen», gab Miss Morville nach einigen Augenblicken kühler Überlegung zu. «Nun, dann ist das einzige, was man tun kann, das Duell zu verhindern – wenn sie sich wirklich duellieren wollen, und ich glaube fast, daß es so ist, denn Männer haben oft so verrückte Reaktionen, daß man sie jeder Torheit für fähig halten kann.»

«Oh, wenn man es nur verhindern könnte! Aber sie werden uns nichts sagen, weil Frauen sich in solche Dinge nie einmischen sollen! Sie würden es sicher nicht mögen, wenn wir versuchen wollten, uns in einen Ehrenhandel einzudrängen!»

«Was sie mögen oder nicht, ist mir vollkommen gleichgültig», erwiderte Miss Morville ein wenig schroff. «Ich denke daran, wie äußerst unangenehm für Sie und die Frants ein solcher Skandal wäre. Versprechen Sie mir, meine liebe Marianne, mit niemandem über das Vorgefallene zu sprechen! Es wird zu keinem Duell kommen, und wenn ich beide anzeigen müßte, um es zu verhindern.»

Marianne schien im Zweifel, ob sie erfreut oder schockiert sein sollte. «Oh, das wäre fürchterlich!»

«Sie brauchen sich nicht zu ängstigen: ich bin überzeugt, daß es nicht notwendig sein wird, zu so extremen Mitteln zu greifen.»

Ihre Sicherheit blieb nicht ohne Wirkung. Marianne trocknete ihre Tränen und war beruhigt. Als sie ihre zerzausten Locken in Ordnung gebracht und ihren Schal neu drapiert hatte, war sie ruhig genug, um in den Salon hinuntergehen zu können, wo Ulverston und Theo mit Sir Thomas und seiner Gattin plauderten.

Das Benehmen Ulverstons ließ keinerlei Schlüsse zu, aber Miss Morville fand, daß Theo ernst aussah. Von Martin war keine Spur zu entdecken, und da ihn die Bolderwoods mit keinem Wort erwähnten, nahm sie an, daß er wohl Whissenhurst verlassen hatte, ohne sie zu begrüßen.

Diese Annahme bestätigte sich bald. Die Besucher aus Stanyon verließen Whissenhurst gemeinsam, und während Ulverston auf den Stufen, die zum Eingang hinaufführten, mit Sir Thomas plauderte, benützte Theo die Gelegenheit, um Miss Morville beiseitezuziehen und zu fragen, ob sie wüßte, was zwischen Martin und dem Viscount vorgefallen wäre.

«Ja, und ich glaube, es weiß es ein jeder! Hat Ulverston mit Ihnen gesprochen?»

«Ulverston nicht, aber ich traf Martin und habe den Jungen noch nie so wild gesehen! Er überfiel mich mit irgendeinem Unsinn, ob ich ihm in einem Ehrenhandel mit Ulverston zur Verfügung stehen würde. Das kann er doch nicht im Ernst gemeint haben!»

«Ich fürchte schon. Was haben Sie geantwortet?»

«Er gab mir kaum Gelegenheit zu einer Antwort. Alles, was ich sagte, war, daß ich etwas Derartiges bestimmt nicht tun würde. Wenn er nicht so böse dreingeschaut hätte, würde ich das Ganze für einen Scherz gehalten haben. Aber Ulverston –! Guter Gott, das darf nicht geschehen! Ich werde mit Martin sprechen!»

Sie mußten abbrechen, da die Pferde gebracht wurden und Sir Thomas darauf wartete, ihnen adieu zu sagen. Miss Morville wurde in den Sattel gehoben, und man machte sich auf den Heimweg. Der Viscount trug mit einer Menge komischer Geschichten zur Erheiterung bei, in einer Art, die niemanden hätte vermuten lassen, daß er noch eine Stunde früher in einen heftigen Streit verwickelt gewesen war.

In Stanyon angelangt, ritten die Herren zu den Ställen. Miss Morville stieg am Fuße der großen Treppe ab und ging rasch hinauf. Nachdem sie von Abney in Erfahrung gebracht hatte, daß Seine Lordschaft in der Bibliothek sei, begab sie sich unverzüglich dorthin.

Der Earl war gerade dabei, eine mit Grisaille-Email-Malerei verzierte goldene Schnupftabaksdose mit seiner Spezialmischung zu füllen, erhob sich jedoch sofort, als er sah, wer eingetreten war, und stellte den Topf beiseite. Ein Blick auf Miss Morville veranlaßte ihn zu der Frage: «Was ist geschehen, Ma'am?»

Sie ließ die lange Schleppe ihres Reitkleides fallen, zog ihre Handschuhe aus und sagte mit einem leichten Lächeln: «Sie bemerken so viel mehr, als man annehmen sollte, Mylord, daß es beinahe schon verwirrend ist.»

«Wirklich? Aber was ist vorgefallen, das Sie beunruhigt hat? Nehmen Sie doch Platz!»

Sie gehorchte, sagte jedoch: «Nun, ich glaube zwar nicht, daß ich Grund habe, persönlich beunruhigt zu sein, aber etwas ist vorgefallen, und ich glaube, daß Sie derjenige sind, der davon in Kenntnis gesetzt werden sollte.» Darauf erzählte sie ihm Mariannes Leidensgeschichte so knapp wie möglich. «Vielleicht hätte ich ihr nicht so viel Bedeutung beigemessen, hätte mir Theo nicht gesagt, was ihm passiert ist. Marianne war sehr aufgeregt, aber das, glaube ich, ist hauptsächlich dem Umstand zuzuschreiben, daß sie keine Brüder hat und an heftige Auftritte daher nicht gewöhnt ist.»

«Im Gegensatz zu Miss Morville?»

«Gott, ja! Ich finde, es ist wirklich sehr schade, daß Marianne nicht sofort davongelaufen ist, denn dann, wissen Sie, hätten sie das haben können, was Jack eine richtige Keilerei nennt, und ich bin sicher, daß die beiden daran das größte Vergnügen gehabt und sich in besserem Einvernehmen getrennt hätten. Zumindest –» fügte sie ein wenig nachdenklich hinzu – «könnte man das von den meisten Männern erwarten, aber ich gebe zu, daß Martin ein wenig anders ist.»

«Daß er versuchte, Lucy zu provozieren, glaube ich gerne. Daß Lucy es aber zuließ, überrascht mich sehr.»

«Ich weiß natürlich nicht, was für einen Gentleman schon als unerträgliche Provokation gilt, aber ich kann mir vorstellen, daß Martin eine solche Provokation liefern würde, oder nicht?»

«Mit Begeisterung», stimmte er zu. «Der Teufel soll den Jungen holen!»

«Er ist wirklich ein bißchen anstrengend. Aber wenn Sie es vielleicht auch nicht gerne hören, so habe ich doch das Gefühl, daß er nicht ganz richtig behandelt wurde. Schließlich hat ihn Marianne – und sie ist sich dessen vollkommen bewußt – in einer Weise ermutigt, die es einem unmöglich macht, die Schuld an seinem unbeherrschten Benehmen ihm allein zuzuschieben.»

«Oh, das weiß ich! Wenn sie nicht so unschuldig wäre, würde man sie für schändlich kokett halten.»

«Ich bin sicher, daß sie nicht im entferntesten die Absicht hatte, ihn unglücklich zu machen.»

«Nein, der Jammer liegt darin, daß er zu jung war, um ihr reizendes Lächeln nach seinem wahren Wert einzuschätzen, und sie, um zu erkennen, daß Martin nicht der Mann war, der sich ihre leichtherzige Koketterie gefallen lassen würde. Was für eine unerquickliche Geschichte! Erwarten Sie von mir, daß ich das Ganze in Ordnung bringen soll?»

«Natürlich. Wenn Sie das nicht tun, müßte ich die Anzeige erstatten. Bei einem Friedensrichter, glaube ich.»

Er lachte. «Ich hoffe, wir müssen es nicht so weit kommen lassen! Wollen Sie die Sache in meine Hände übergeben? Sie können sich darauf verlassen, daß ich tun werde, was in meiner Macht steht!»

«Mit Vergnügen», antwortete sie, stand auf und faßte die Schleppe ihres Kleides. «Theo sagte, er würde mit Martin sprechen, aber es würde mich nicht überraschen, wenn Sie mehr Einfluß hätten, als er je gehabt hat. Und auf jeden Fall müßten Sie auf Lord Ulverston einwirken können.»

Mit diesen Worten verließ sie ihn, und er wandte sich wieder seiner Schnupftabaksdose zu. Sie war bald gefüllt, und er hatte gerade den Topf in den Schrank zurückgestellt, als Ulverston eintrat.

Der Viscount nahm die goldene Dose sofort in die Hand und betrachtete sie eingehend. «Hübsch!» bemerkte er. «Woher hast du die, Ger?»

«Rue St. Honoré – Louis XV. Natürlich nicht das Richtige für den täglichen Gebrauch.»

«Oh, beim alten Ducroix? Ich habe dort auch eine gekauft – echtes Barriere mit Lapiseinlage.»

«Ich weiß. Er zeigte sie mir auch, aber das marmorierte Email gefiel mir nicht. Wie geht's denn den Leuten in Whissenhurst?»

«Oh, die sind in Hochform! Lady Bolderwood steckt voller Pläne für ihren Empfang, der nächste Woche stattfinden soll. Das Dumme ist nur, daß ich bis dahin nicht werde bleiben können.»

«Ja, das fürchte ich auch», erwiderte der Earl. «Hast du nicht am Ende gar einen Brief bekommen, der dich in aller Eile nach London zurückruft?»

Ulverston legte die Schnupftabaksdose auf den Tisch und schaute den Earl an wie ein ertappter Junge. «Du weißt also, was los ist, nicht wahr? War Martin bei dir?»

«Nein, aber Miss Morville. Ich sollte dich vielleicht gleich darauf aufmerksam machen, daß sie bereit ist, dich beim nächsten Friedensrichter anzuzeigen.»

«Aufdringliche Person!»

«Durchaus nicht. Sie ist eine Frau von erstaunlicher Klugheit. Was für ein Unsinn ist das, Lucy?»

«Ein Unsinn, den nicht ich angezettelt habe.»

«Aber du kannst dich doch nicht mit Martin duellieren!»

Ulverston zuckte die Achseln. «Ich sagte ihm das auch, aber er fand es daraufhin für angebracht, mir eine Ohrfeige zu geben. Was hätte ich machen sollen?»

«Nun, ich könnte mir verschiedene Dinge vorstellen, die du hättest machen können. Sie alle würden Martin äußerst guttun, schließen aber ein Duell nicht ein.»

«Du bist auf der falschen Fährte: er hat mich gefordert, nicht ich ihn. Natürlich sagte ich ihm, er sollte sich nicht lächerlich machen, aber als er mir antwortete, ich traute mich wohl nicht, mich mit ihm zu messen, war das wohl der Gipfel!»

«Ja, da liegt der Hund begraben!» sagte Gervase lachend. «Mein lieber Lucy, als ob du es nötig hättest, deinen Mut zu beweisen! Du mußt mir schon verzeihen! Aber gegen meinen verrückten jungen Bruder wird dir das nicht gelingen, weißt du!»

«Reg dich nicht auf! Du glaubst doch nicht im Ernst, daß ich ihn treffen will?»

«Nein, aber ich fürchte stark, daß er dich treffen will.»

«Diese Gefahr nehme ich auf mich.»

«Gib dich keinen Täuschungen hin, Lucy», sagte Gervase ruhig. «Wenn Martin die Absicht hat, dich zu töten, so hast du keine Chancen. Er ist ein fabelhafter Schütze.»

«Wirklich?» Der Viscount schien ein wenig erschrocken. «So gut wie du?»

«Viel besser.»

«Wie? Ernstlich? Und wenn – ein Grund mehr, um nicht auszukneifen!»

«Lucy, zu deiner Beruhigung kann ich dir sagen, daß du nichts als Ruhm ernten wirst, wenn du deine Forderung gegen einen Jungen zurückziehst, der nicht ein Zehntel deiner Erfahrung besitzt.»

«Du bist auf dem Holzweg: nicht meine Forderung. Konnte nichts tun als auf einen Streit eingehen, den er fest entschlossen war, mir anzuhängen.»

Der Earl, der mit seinem Monokel gespielt hatte, hob es an ein Auge und betrachtete seinen Freund. «Du sagtest, Martin hätte dich ins Gesicht geschlagen!»

«Hat er auch. Die Sache war so: ich habe ihn niedergeschlagen. Er verlangte Satisfaktion. Ich weigerte mich. Daraufhin gab er mir eine Ohrfeige und fragte, ob ich mich vielleicht *jetzt* mit ihm duellieren würde. Ich nenne das *seine* Forderung und nicht meine!»

«Wie entsetzlich regelwidrig!» bemerkte der Earl erheitert.

«Regelwidrig! Die ganze Geschichte ist ganz abscheulich. Gott weiß, ich lege keinerlei Wert darauf, mit deinem Bruder zu streiten – aber ich glaube, es wäre an der Zeit, jemand brächte ihm bei, daß man hilflose Mädchen nicht mit seinen verdammten Aufmerksamkeiten zu verfolgen hat!»

«Verzeih, Lucy, aber wie stehst du eigentlich zu Miss Bolderwood? Ich selbst habe Martin schon wegen seines – ungebührlichen Benehmens ihr gegenüber zur Verantwortung gezogen, aber ich glaube, man sollte bedenken, daß sie alte Schulkameraden und nicht daran gewöhnt sind, sich sehr förmlich zueinander zu benehmen!»

«Ja, ja! Jugendfreundschaft! Ich kenne das!» sagte Ulverston ungeduldig. Er ging im Zimmer auf und ab. «Nun! Ich denke, du hast es ohnehin erraten! Es soll zwar erst nach ihrer Einführung in die Gesellschaft bekanntgegeben werden, aber du darfst mir schon jetzt Glück wünschen, Ger!»

«Von ganzem Herzen! Du wirst an ihr eine entzückende Frau und außerdem noch die Befriedigung haben, der Gegenstand des allgemeinen Neides zu sein!»

Der Viscount lachte über das ganze Gesicht, als er die Hand seines Freundes drückte. «Ist sie nicht schön, Ger? Diese sprechenden Augen! Diese Haltung!»

«Ja, wirklich!» erwiderte Gervase warm.

«Ich kann dir sagen, daß ich mich glücklich schätze, ihre Neigung errungen zu haben, bevor du auf dem Plan erschienen bist!»

«Ich kann mir nicht schmeicheln, sie jemals mehr beeindruckt zu haben als Martin zum Beispiel.»

«Oh, Martin!» sagte der Viscount, und sein Lächeln verschwand. «Wenn ich denken müßte, dich ausgestochen zu haben, würde es mir leid tun!»

«Nein, du hast Martin ausgestochen.»

«Das ist mir ganz egal. Außerdem stimmt es nicht!»

«Nun, ich glaube, daß er der begün – der aussichtsreichste ihrer Verehrer war», sagte Gervase und verbesserte sich hastig.

«Wahrscheinlich. Wie du sagst, sind sie alte Schulkameraden. Wenn er sich einbildete, von ihr geliebt zu werden, muß er ein noch größerer Dummkopf sein, als ich dachte.»

Gervase tat, als hätte er diese Bemerkung nicht gehört, nahm seine Schnupftabaksdose, öfnete sie und bediente sich nachdenklich.

«Willst du Martin auf halbem Weg entgegenkommen, Lucy?»

«Um dir Ärger zu ersparen, ja.»

Gervase lächelte ihm zu. «Wirklich, Lucy, wir können einen solchen Skandal nicht brauchen. Diese kleinen Affären sickern immer durch. Außerdem – wer hätte dir sekundieren sollen?»

«Genau das habe ich den jungen Narren auch gefragt! Er sagte, daß Mr. Warboys mir diesen Dienst sehr gerne erweisen würde! Ein Mensch, den ich in meinem ganzen Leben erst dreimal gesehen habe!»

Gervase brach in Gelächter aus. «Warboys! Ich wünschte, er käme, um dir seine Dienste anzubieten!»

Aber im selben Augenblick widerstand Mr. Warboys mit aller Kraft den Anstrengungen Martins, ihn zur Annahme dieser Mission zu bewegen. «Nein, zum Kuckuck, Martin!» sagte er. «Ich habe nichts dagegen, deinen Sekundanten zu spielen – obwohl ich im Grunde finde, daß du dich lächerlich machst –, aber ich will verdammt sein, wenn ich einem Mann sekundiere, den ich überhaupt nicht kenne!»

«Du kennst ihn ja! Er war auf unserem Ball!»

«Was hat das schon zu bedeuten! Ich habe ihn auch ein paarmal in Whissenhurst gesehen, aber das heißt doch nicht, daß ich ihn kenne!»

«Da ist doch gar nichts dabei! Die Umstände sind eben ungewöhnlich und –»

«Das ist es eben!» sagte Mr. Warboys. «Ich will dich nicht beleidigen, alter Junge – völlig zwecklos, mich zu fordern, falls du jetzt beleidigt bist –, aber die Umstände sind mir etwas zu ungewöhnlich! Ich kenne mich zwar selbst nicht genau aus, aber ich glaube nicht, daß das richtig ist! Ich werde Vater fragen. Der weiß alles.»

«Das wirst du nicht! Glaubst du, ich will, daß alle Leute davon erfahren?»

«Das werden sie früh genug», bemerkte Mr. Warboys weise. «In vierundzwanzig Stunden wird man in der ganzen Gegend von nichts anderem sprechen! Feiner Wirbel wird das werden! Kühl dich ab, lieber Freund! Das Beste, was du tun kannst!»

«Ich sage dir doch, der Kerl hat mich niedergeschlagen und meine Forderung akzeptiert.»

«Aber erst, nachdem du ihm eine Ohrfeige gegeben hast, oder nicht? Feiner Kerl, dieser Ulverston», sagte Mr. Warboys gedankenverloren. «Zieh die Forderung zurück. Das einzige, was du tun kannst.»

«So?» sagte Martin durch die Zähne. «Ich werde dir schon zeigen, daß es nicht das einzige ist.»

«Mir nicht», sagte Mr. Warboys im Brustton der Überzeugung. «Je mehr ich darüber nachdenke, desto mehr glaube ich, daß das genau die Art von Affäre ist, in die ich nicht verwickelt werden möchte. Du kannst doch nicht einen Mann fordern, der in deinem Haus wohnt!»

«In St. Erth's Haus, nicht in meinem!»

«Kommt auf dasselbe heraus. Sehr wichtig, in allen Ehrensachen peinlich genau zu sein. Und noch etwas: überhaupt keine Veranlassung, ihn zu fordern. Als er dich niederschlug, schon. Nichts dagegen zu sagen. Aber nicht, nachdem du ihn niedergeschlagen hast. Seine Sache, Satisfaktion zu verlangen, nicht deine. Du hast den Karren ganz schön in den Dreck gefahren, Martin!»

«So? Bildest du dir vielleicht ein, ich werde meine Forderung zurückziehen, bloß weil du mir dazu rätst?» fragte Martin wütend.

«Nein», antwortete Mr. Warboys trübe. «Dachte eben daran. Hätte dir sagen sollen, nur so weiterzumachen. Noch nie jemanden gesehen, der so auf jeden losgegangen wäre wie du! Oft daran gedacht, du hättest dich nie so wild in Miss Bolderwood verliebt, wenn du nicht gesehen hättest, daß wir ihr alle nachrennen. Sie uns vor der Nase wegzuschnappen: das hätte dir so gepaßt!»

«Bei Gott, Barny, wenn du nicht mein Freund wärest –» sagte Martin und ballte die Fäuste.

«Wenn ich nicht dein Freund wäre, hätte ich mich nie getraut, dir das zu sagen», antwortete Mr. Warboys unumwunden. «Es ist aber die reine Wahrheit. Zum Kuckuck, Ulverston hat ganz recht gehabt mit seinem Kinnhaken. Tut mir bloß leid, nicht dabeigewesen zu sein. Hätte es vielleicht selbst versucht, wenn ich gesehen hätte, daß du den armen kleinen Engel erschreckst! Will nicht behaupten, daß es mir gelungen wäre, weil ich nicht annähernd dein Gewicht habe, aber so ist es nun einmal: Ich glaube, es wäre mir nichts übriggeblieben –»

«Es wäre von dir nichts übriggeblieben!» verbesserte Martin mit grimmigem Humor.

Da Mr. Warboys gerade im Banne tiefsinniger Gedanken stand, schenkte er dem keine Beachtung, sondern sagte nach einer kleinen Weile: «Weißt du was, Martin: wäre nicht überrascht, wenn mehr daran wäre, als wir wissen. Dachte mir das schon gestern abend. Scheint sehr verliebt in Ulverston, nicht wahr? Sinnlos, den Kerl zu durchlöchern: könnte ihr leicht eine Abneigung gegen dich einflößen. Und was machst du dann?»

Diese ungewöhnlich vernünftige Betrachtung fand keine Gnade vor Martins Augen. Er sagte grob: «Ich bin nicht gekommen, um dich predigen zu hören, du Schafskopf! Wirst du Ulverston sekundieren, ja oder nein?»

«Nein», sagte Mr. Warboys. Dann fügte er gewissenhaft hinzu: «Das heißt, solange er mich nicht darum bittet. Tut er das – so frage ich meinen Vater!»

«Und du behauptest, mein Freund zu sein!» sagte Martin erbittert.

«Zum Teufel, Martin, es ist doch nicht Sache deines Freundes, deinem Gegner zu sekundieren! Ich habe dir schon gesagt, daß ich es für dich tun würde. Oder nicht? Zwar blöd von mir, aber ich bin nicht der Mann, der ein Versprechen zurücknimmt.»

«Barny, wirst du ihm sekundieren, wenn er dich darum bittet?»

Mr. Warboys kratzte sich am Kinn. «Würde wahrscheinlich müssen», gestand er zu. «Aber wenn ich sein Sekundant bin, wer ist dann deiner? Willst du mir das nicht sagen?»

«Mein Gott – irgendwer! Rockcliffe – Alston!»

«Na, das wird ja schön werden!» sagte Mr. Warboys beißend. «Warum gehst du nicht zum Marktschreier von Grantham und bittest ihn, dir zu sekundieren? Gott, Martin, der Teufel soll mich holen, wenn du nicht einen Klaps hast!»

«Schön! Dann nehme ich Caversham!» sagte Martin ein wenig niedergeschlagen, aber sofort wieder in der Höhe. «Der wird nichts reden!»

«Nein, und hören wird er auch nichts!» antwortete Mr. Warboys in gerechtem Zorn. «Du kannst doch nicht einen Mann zum Sekundanten nehmen, dem man alles auf eine Schiefertafel schreiben muß!»

«Das ist mir ganz egal!» sagte Martin und griff nach Handschuhen und Reitgerte.

«Ich weiß, daß dir das egal ist: du wirst ja mit ihm nicht verhandeln müssen! Wenn du dich unbedingt duellieren mußt, so laß dir doch von deinem Vetter sekundieren!»

«Tut er nicht», sagte Martin kurz angebunden. «Vor allem muß man Ulverston sagen, daß du bereit bist, ihm zu sekundieren.»

«Wenn Theo Frant nicht zu dir steht, dann bist du im Unrecht!» sagte Mr. Warboys.

Aber Martin war schon davongestürmt und überließ es seinem leidgeprüften Freund, die Bibliothek seines Vaters nach dem Ehrenkodex zu durchstöbern. Ein sorgsames Studium dieses unschätzbaren Werkes brachte zutage, daß die erste Pflicht eines Sekundanten im Versuch bestand, eine Versöhnung herbeizuführen. Worauf Mr. Warboys den Rest des Abends im Bemühen verbrachte, einen herzzerreißenden Appell an seinen voraussichtlichen Kollegen, dieses hohe Ziel gemeinsam mit ihm anzustreben, in so wenige Worte zu fassen, als man bequem auf einer kleinen Schiefertafel unterbringen konnte.

Martin ritt nach Stanyon zurück. Er wußte, daß ein Zusammentreffen mit Ulverston bei Tisch mit nicht geringer Verlegenheit verbunden sein würde, aber er war so aufgebracht, daß er sich daraus nichts machte, ja, er bedachte es nicht einmal näher. Noch weniger bedachte er die unerquicklichen Folgen, die der Tod des Viscount – denn er war fest entschlossen, ihn zu töten – nach sich ziehen würde. In finsterem Schweigen ließ er sich von seinem Diener aus der Reitkleidung in den Abendanzug helfen; und als er sein Zimmer verließ und die Galerie zur großen Stiege hinunterschritt, war er noch in derselben gefährlichen Stimmung. Sein Name, vom Earl gerufen, brachte ihn zu einem plötzlichen Stillstand. Er drehte sich um, sah, daß Gervase aus seinem Zimmer herausgekommen war, und sagte kurz: «Ja?»

«Komm herein! Ich möchte mit dir sprechen.»

«Ich habe Ihnen nichts zu sagen, St. Erth!»

«Aber ich habe dir etwas zu sagen. Wenn du willst, kann ich es auch hier tun, aber ein etwas weniger öffentlicher Ort wäre mir lieber.»

«Ich weiß, worüber Sie mit mir sprechen wollen, und Sie können sich die Mühe sparen.»

«Du weißt es nicht.»

Martin starrte ihn an. In seinen Augen standen Argwohn und Feindseligkeit. Er zögerte, zuckte dann die Achseln und folgte dem Earl in sein Schlafzimmer. «Sie wollen mich vom

Duell mit Ulverston abbringen. Sagen Sie mir nicht, daß ich mich nicht duellieren kann, denn ich kann es, und bei Gott, ich werde es auch!»

«Nein. Das ist ganz unmöglich!»

«Ich weiß nur einen einzigen Umstand, der es unmöglich machen würde! Wenn er sich zurückziehen wollte! Ist es das? Traut er sich nicht?»

«Ulverston wird sich mit dir duellieren, wann und wo immer du willst», erwiderte der Earl. «Wenn du darauf versessen bist, so wird er dich absichtlich verfehlen, und dasselbe, glaube ich, wirst du tun.»

«Da irren Sie sich!» sagte Martin mit einem häßlichen kleinen Lachen. «Wenn er das tut, um so dümmer von ihm. Warnen Sie ihn! Ich werde mein Ziel nicht verfehlen!»

«Ich habe ihn gewarnt», antwortete Gervase. «Er will es riskieren. Es ist nicht an ihm, sich zurückzuziehen: schließlich hast du ihn gefordert.»

«Das habe ich, und Sie können mich nicht dazu zwingen, meine Forderung zu widerrufen.»

«Nein, das kann ich natürlich nicht», sagte der Earl, und seine Ruhe unterschied sich seltsam von Martins Leidenschaftlichkeit. «Aber du hast in Unkenntnis einer wesentlichen Tatsache gehandelt, Martin. Ulverston ist mit Miss Bolderwood verlobt.»

"Was?» donnerte Martin, und die Farbe kam und ging in seinem Gesicht. Er war sehr bleich.

«Es soll erst nach ihrer Einführung in die Gesellschaft offiziell bekanntgegeben werden, aber er hat ihr Jawort.»

«Das ist eine Lüge!» stammelte Martin. «Sie sagen das nur, damit ich mich nicht mit Ulverston duelliere! Ich glaube es nicht!»

Gervase gab keine Antwort. Er stand vor dem Feuer, schien sich weder um Martin zu kümmern noch seine Worte zu beachten, sondern stieß mit dem Fuß nach einem der Scheite im Kamin und sah nachdenklich zu, wie die Funken aufsprühten. Eine rasche Bewegung Martins ließ ihn aufschauen, aber Martin war nur zum Fenster gestürzt, als wollte er so viel Raum wie möglich zwischen sich und seinen Stiefbruder bringen. Der Earl blickte wieder ins Feuer.

«Sie hätte es mir sagen können!» brach Martin los.

«Ja.»

«Sie wußte, daß ich – sie *wußte* –!»

«Sie ist jung. Und ein wenig gedankenlos.»

«Gedankenlos! O nein! Das nicht! Ein Titel – eine glänzende Stellung! Das ist es, worauf sie aus war! Ich gönne es ihr! Wenn Sie um sie angehalten hätten, hätte sie auch ja gesagt! Wenn Sie tot wären und ich an Ihrer Stelle, so würde sie mich nehmen, und Ulverston könnte sich zum Teufel scheren!»

«Du würdest sie unter diesen Bedingungen schwerlich haben wollen.»

«Unter allen Bedingungen!» erklärte Martin wild. «Sie ist die einzige Frau, die ich jemals lieben werde!»

Der Earl hielt sich diplomatischerweise zurück, zu dieser Feststellung seine Meinung zu äußern. Und wenn in seinen Augen ein Funke Belustigung aufblitzte, so merkte Martin nichts davon.

«Weiber!» rief Martin voll Abscheu. «Jetzt weiß ich, was sie wert sind! Niemals werde ich mich wieder einfangen lassen!»

Er rannte ruhelos im Zimmer auf und ab, nahm ein Buch vom Tisch und legte es wieder hin, brachte die Falten des Vorhangs in Ordnung, zog an den schweren Quasten, die vom Betthimmel herunterhingen, packte schließlich einen elfenbeinernen Kamm vom Toilettetisch und bog ihn voll Wut so lange, bis er mitten entzweibrach. Er warf die beiden Stücke auf den Boden und sagte herausfordernd: «Ich habe Ihren Kamm zerbrochen! Entschuldigen Sie!»

«Das macht nichts.»

«Sie haben sicher ein paar Dutzend Kämme!» sagte Martin, als ob diese Wahrscheinlichkeit seinem Haß für seinen Bruder neue Nahrung gäbe.

Ein diskretes Klopfen ließ den Earl zur Tür schauen. Ein Lakai trat ein, der entschuldigend sagte, man hätte ihn geschickt, um Seiner Lordschaft mitzuteilen, daß die Tafel gedeckt sei.

«Abney soll erst in einer Viertelstunde zum Essen bitten.»

«Ja, Mylord. Mylady –»

«Ich lasse mich bei Mylady entschuldigen. Ich wurde aufgehalten und bin mit meiner Toilette noch nicht fertig.»

Der Laikai schaute verstohlen von ihm zu Martin und verbeugte sich zur Tür hinaus.

Kaum hatte sie sich hinter ihm geschlossen, als Martin ausrief: «Erwarten Sie von mir, daß ich mit Ulverston unter einem Dach wohnen bleibe?»

«Ulverston sagte mir, daß er Stanyon verlassen müßte. Ich glaube, es wird weniger Gerede verursachen, wenn er erst Montag abreist, aber es soll geschehen, wie du wünschst.»

«Wenn ich heute abend mit ihm an einem Tisch sitzen muß, so kann ich das ebensogut für den Rest meines Lebens!» sagte Martin grob. Er ging wieder im Zimmer herum, blieb aber plötzlich vor dem Earl stehen, als ob ihm ein Gedanke aufgeblitzt wäre. «Schließlich und endlich – er hat mich niedergeschlagen! Er schuldet mir Satisfaktion!»

«Würdest du auch so denken, wenn eure Rollen vertauscht wären?»

Martin rannte wieder auf und ab und erinnerte seinen Bruder unwiderstehlich an ein wildes Tier in einem Käfig. Nach ein oder zwei Runden warf er über die Schulter zurück: «Was soll ich tun?»

«Du kannst dich natürlich mit ihm duellieren und die Berechtigung seiner Handlungsweise dadurch bestätigen, daß du ihn absichtlich verfehlst.»

«Unsinn!»

«Das glaube ich auch.»

«Ich werde ihn nicht um Entschuldigung bitten! Nein, bei Gott, das wäre wirklich zu viel! Wie konnte ich ahnen –?»

«Ich glaube, daß er für die falschen Voraussetzungen, unter welchen du gehandelt hast, das vollste Verständnis haben wird. Ulverston ist nicht der Mann, der von dir eine Entschuldigung verlangen würde. Wenn du es wünschst, kann ich die Sache für dich in Ordnung bringen, so daß es für euch beide nicht notwendig sein wird, überhaupt noch ein Wort darüber zu verlieren. Wenn du mich mit dieser Mission betrauen willst, werde ich ihm sagen, daß ich dich von seiner heimlichen Verlobung mit Miss Bolderwood in Kenntnis gesetzt habe, worauf du deine Forderung selbstverständlich zurückgezogen hast.»

Nach einem kurzen inneren Kampf sagte Martin mit erstickter Stimme: «Meinetwegen!» Dann warf er einen seiner schwelenden Blicke auf Gervase und sagte: «Sehr freundlich von Ihnen! Sie glauben zweifellos, daß ich Ihnen jetzt dankbar sein sollte! Ich bin Ihnen nicht dankbar! Wenn Sie nicht gewesen wären, wäre dieser Kerl nie hergekommen!»

«Gott, nein! Aber wenn sie deine Gefühle erwidert hätte, Martin, würde dir sein Kommen nicht geschadet haben», sagte der Earl freundlich.

Martin schien diese Worte nicht zu beachten. «Alles war in bester Ordnung, bis Sie gekommen sind! Sie haben ihr in den Kopf gesetzt, Gräfin zu werden, durch Ihr Hofieren und Ihre Schmeicheleien mit Bällen und ehrenvollen Aufmerksamkeiten – Sie haben meine Werbung in den Hintergrund gedrängt! Sie haben Ulverston hergebracht und dazu ermuntert, hierzubleiben! Sie haben alle gegen mich aufgehetzt – Marianne, Theo, Louisa – sogar meine Mutter! Ja, sogar meine Mutter jammert, weil Sie nach London fahren werden! Sie wird Sie schrecklich vermissen! Jawohl, das sagt sie! Aber einen haben Sie nicht drangekriegt mit Ihren sanften Worten, einem werden Sie nicht abgehen, und dieser eine bin ich! Ich hasse Sie, St. Erth! Ich hasse Sie aus Herzensgrund!»

«Wenn du so denkst, wundert mich das nicht», sagte der Earl ein wenig traurig.

«Sagen Sie meiner Mutter, ich bin zu Warboys essen gegangen!» sagte Martin wild und stürzte aus dem Zimmer.

15

Martin aß zu oft außer Haus, als daß seine Abwesenheit seiner Mutter besonders aufgefallen wäre. Abgesehen von der wiederholten Bemerkung, sie hätte von seiner Absicht, die Warboys' zu besuchen, keine Ahnung gehabt und wäre überzeugt, daß er zum Tee in Whissenhurst sein würde, enthielt sie sich jeder Äußerung. Es beschäftigten sie ganz andere Dinge: sie hatte zufällig in der «Gazette» gelesen, daß die Frau eines gewissen Mr. Henry Lamberhurst einen Sohn zur Welt gebracht hatte, und da das Ergründen komplizierter Verwandtschaftsverhältnisse zu jenen Dingen gehörte, die ihr die größte Befriedigung verschafften, fiel ihr sofort ein, daß eine entfernte Cousine von ihr einen Lamberhurst geheiratet hatte, der wiederum durch zwei andere Heiraten mit den Austells verschwägert war. Und mit der gutmütigen, wenn auch nicht besonders wirkungsvollen Hilfe des Viscount vertrieb sie sich die Zeit während des Abendessens damit, sämtliche Verzweigungen beider Familien auf das genaueste durchzugehen, um beim Dessert zu dem offensichtlich befriedigenden Schluß zu gelangen, daß zwischen dem unbekannten Henry Lamberhurst und den Lamberhursts, die sie kannte, keinerlei Verbindung bestehen konnte.

Die darauffolgenden Erinnerungen an einige Leute, die sie einmal in Ramsgate getroffen hatte und von denen sie annahm, daß sie mit seiner Familie irgendwie verwandt sein müßten, blieben dem Viscount erspart, da sie damit nur Miss Morville erfreute, in einem der Salons, wohin sich die beiden Damen nach dem Essen zurückzogen. Miss Morville, die es fertiggebracht hatte, um eine detaillierte Schilderung ihrer Entdeckungen in Whissenhurst herumzukommen, und keinerlei Verlangen danach trug, diesbezüglich ins Gebet genommen zu werden, bestärkte sie in dieser langweiligen Tätigkeit, und es gelang ihr, durch geschickt eingestreute Fragen die Gräfin solange auf andere Gedanken zu bringen, bis sie sich mit dem Eintritt der Herren ganz von selbst dem Whist zuwandten.

Erst nachdem das Spiel zu Ende war, konnte Theo mit dem Earl ungestört sprechen. Er hielt ihn zurück, als der Earl eben im Kielwasser des Viscount die Bibliothek verlassen wollte, und sagte in seiner offenen Art: «Einen Moment, St. Erth! Was ist heute in Whissenhurst zwischen Martin und Ulverston vorgefallen?»

«Lediglich ein Mißverständnis.»

«Gervase, Martin darf Ulverston nicht fordern!»
«Das wird er auch nicht tun.»
Theo betrachtete ihn mit wissendem Blick. «Er scheint aber die Absicht gehabt zu haben. Hast du die Sache erstickt?»
«Nicht genau das. Martin war über die näheren Umstände nicht voll unterrichtet.»
«Ich verstehe. Mit anderen Worten: Ulverston hat um Miss Bolderwood angehalten und Erfolg gehabt.»
«Die Verlobung soll vorläufig noch geheimgehalten werden», mahnte der Earl.
«Du brauchst keine Angst zu haben, daß ich es ausposaunen werde. Nun, ich habe es erwartet. Armer Martin. Er hat nicht genügend Zeit gehabt, sich daran zu gewöhnen, daß er nicht bedeutend genug ist, um die Hand einer reichen Erbin anstreben zu können.»
«Wirklich, Theo, ich glaube, du tust Miss Bolderwood unrecht!»
«Nein. Das ist das Werk ihrer Eltern. Ich habe schon immer gewußt, daß sie hoch hinaus wollen. Oh, glaube nicht, daß ich sie tadle! Es war unvermeidlich.» Er zwang sich zu einem Lächeln. «Ich glaube, daß du ihnen Hoffnungen gemacht hast, du Casanova!»
«Unsinn!»
«Mein lieber Gervase, du kannst doch nicht so naiv sein, anzunehmen, daß Sir Thomas nicht seine rechte Hand dafür gegeben hätte, seine Tochter als Gräfin St. Erth zu sehen!»
«Du sprichst genau wie meine Stiefmutter», bemerkte der Earl. «Er hat mir nie die leiseste Veranlassung gegeben, das anzunehmen. Ebensowenig beweist sein Wunsch, die Verlobung nicht sofort bekanntzugeben, daß er seine rechte Hand dafür gäbe, Miss Bolderwood als zukünftige Gräfin von Wrexham zu sehen, glaube ich.»
«Ich bin anderer Meinung. Er hatte sich Besseres erhofft. Die Frants waren schon Grafen St. Erth, bevor es die Austells noch zu Baronen gebracht hatten.»
«Ganz genau wie meine Stiefmutter!» murmelte Gervase.
Theo mußte lachen, sagte jedoch: «Wie immer du diesen Unterschied auch betrachtest – du kannst dich darauf verlas-

sen, daß ihn die Bolderwoods nicht übersehen! Halte um Marianne an, bevor noch die Verlobung offiziell mitgeteilt ist, und du wirst sehen, was Sir Thomas dir antworten wird!»

«Mein lieber Theo, wo ist dein Scharfsinn hingekommen? Es war doch bei beiden Liebe auf den ersten Blick! Hast du das nicht gemerkt?»

«Hat Martin es gemerkt?»

«Oh, Martin! Wann hat Martin weiter gesehen, als seine Nase reicht?»

«Nie, und eben darum bedaure ich ihn mehr denn je. Ich glaube, er hat nichts geahnt. Die Nachricht muß für ihn ein arger Schock gewesen sein.»

«Ich fürchte, du hast recht. Aber er wird sich sehr bald wieder erholen. Momentan entsagt er allen Frauen – ein sehr gutes Zeichen!»

«Wo ist er jetzt?»

«Ich weiß nicht – sofern er nicht tatsächlich seinen Freund Warboys besucht hat!»

«Hoffentlich hat er nichts Dummes angestellt!» sagte Theo, und eine Falte grub sich zwischen seine Augenbrauen. «Er hat mich beinahe umgeworfen, als er vorhin aus dem Haus stürzte, und sah aus, als ob er mich auf der Stelle umgebracht haben würde, hätte ich gewagt, das Wort an ihn zu richten.»

«Armer Theo!» sagte der Earl leichthin. «Ich fürchte, du warst mein Sündenbock – oder Lucys!»

«Habt ihr gestritten?» fragte Theo, und die Falte vertiefte sich.

«Zum Streiten braucht es zwei.»

«Keine Ausflüchte, Gervase! Hat er –» Er brach ab, denn aus der großen Halle näherten sich rasche Schritte, und eine Sekunde später trat Martin ein.

Er schaute müde und abgespannt aus, mit blassem Gesicht, und seine ausdrucksvollen Augen waren dunkel. Als er seinen Vetter bemerkte, blieb er auf der Schwelle stehen und rief aus: «Oh –! Du hier!»

«Willst du mit Gervase sprechen? Ich gehe schlafen.»

«Es ist ganz gleich. Wahrscheinlich weißt du ohnehin alles!» Er warf einen Blick auf St. Erth und senkte die Augen. «Ich wollte nur sagen – ich war wütend!»

«Ich weiß», sagte der Earl ruhig.

Martin warf ihm einen zweiten schnellen Blick zu. «Ich glaube, ich sagte – ich weiß nicht mehr. Ich sage manchmal Dinge, wenn ich wütend bin, die ich – die ich nicht so meine.»

«Ich habe nicht darauf geachtet, und du solltest es auch nicht tun.»

Martin schien sich zu einem Lächeln zu zwingen. «Nein. Nur – sehr freundlich von Ihnen, es so aufzufassen. Natürlich weiß ich, daß Sie nichts dafür können. Gute Nacht!»

Er ging rasch fort. Während einer vollen Minute wurde in der Bibliothek kein Wort gesprochen. Der Earl schneuzte eine tropfende Kerze und sagte: «Hast du die Absicht, nach Stanyon zurückzukommen, sobald deine Angelegenheiten in Evesleigh geordnet sind? Oder willst du sofort nach Studham weiterreisen?»

«Ich glaube, ich werde meine Reise verschieben», sagte Theo langsam.

«Wirklich? Darf ich wissen, warum?»

Theo schaute ihn stirnrunzelnd an. «Es könnte unter Umständen ratsam sein, daß ich in Stanyon bliebe – wenigstens im Augenblick.»

«Oh, das alte Lied! Ich habe dir schon einmal gesagt, daß ich keinen Wachhund brauche, mein Lieber!»

«Trotzdem bleibe ich lieber hier.»

«Warum? Jetzt, da du sogar gehört hast, daß Martin sich bei mir entschuldigt hat?»

Theo schaute seinem Vetter gerade in die tiefen blauen Augen. «In all den Jahren, die ich Martin nun kenne», sagte er fest, «habe ich ihn nie jemanden um Verzeihung bitten oder einen Fehler eingestehen hören!»

«Mein heilsamer Einfluß!» sagte Gervase leichthin.

«Ich würde mich freuen, das annehmen zu können.»

«Glaubst du es nicht?»

«Nein», sagte Theo. «Nein, das glaube ich nicht.»

«Wie dem auch sei, Theo, du wirst die Liebenswürdigkeit haben, morgen nach Evesleigh zu fahren, genau wie du es ursprünglich plantest.»

«Sehr wohl. Aber ich wollte, die Ulverston-Geschichte wäre nicht bekanntgeworden!» sagte Theo.

Selbstverständlich herrschte am nächsten Morgen beim Frühstück eine gewisse Gezwungenheit. Seit ihrem Zusammenstoß in Whissenhurst begegneten Martin und der Viscount einander zum ersten Male wieder. Selbst Mr. Clowne schien sich der Spannung bevußt zu sein, und seine uninteressanten Bemerkungen überbrückten den Zeitraum von der kühlen gegenseitigen Begrüßung dieser beiden bis zum Eintritt des Earl, dessen exquisit geschnittener Rock dem Viscount einen Ausruf des Entzückens und die Frage entlockte, welcher Schneider ihn gemacht hätte.

«Nicht Scott!» sagte er.

«Nein, Weston», erwiderte der Earl. «Martin, was höre ich da von Falken im Westwald?»

Nichts hätte Martin seine Unbill – wenigstens für den Augenblick – eher vergessen lassen. Seine dunklen Augen leuchteten auf. Er antwortete: «Pleasley behauptet es! Er schwört, daß ein Pärchen dort in einem der alten Elsternhorste nistet. Ich weiß, wo.»

«Ist es nicht noch zu früh?» fragte der Viscount.

«Ich habe erlebt, daß sie schon im März zu brüten begonnen haben», sagte Martin. «Ich gebe zu, daß es ungewöhnlich ist, aber durchaus möglich.» Er wendete sich an seinen Bruder. «Ich reite heute früh nach Roxmere, um mir ein paar junge Pferde anzuschauen. Aber heute nachmittag möchte ich mein Gewehr mitnehmen und mein Glück versuchen.»

«Schade, daß die Falken so schädliche Tiere sind», sagte Mr. Clowne, «aber sie sind sehr schön anzusehen, wenn sie ganz unbeweglich in der Luft schweben, als ob sie aufgehängt wären.»

«Ich frage mich, ob sie wirklich so schädlich sind, wie die Leute sagen», bemerkte Theo.

«Guter Gott, wenn wir im Westwald wirklich ein Pärchen haben, würde kein Fasan- oder Rebhuhnjunges am Leben bleiben!» rief Martin aus.

«Ich glaube, wenn du sie näher beobachten könntest, würdest du draufkommen, daß sie sich hauptsächlich von Feldmäusen nähren. Wenn du Sperber gesagt hättest, dann –»

Martin widerlegte diese himmelschreiende Behauptung, erinnerte Theo an verschiedene Vorfälle, die seine eigene Theorie zu belegen schienen, und vergaß für einen kleinen Moment seine Sorgen. Seine Lebhaftigkeit hätte niemanden auf den Gedanken gebracht, daß er unter der Qual unerwiderter Liebe litt. Er schaute übernächtigt aus, aß aber ein herzhaftes Frühstück und erinnerte sich erst gegen Ende der Mahlzeit wieder an seine Niederlage und daran, daß sein Erzfeind ihm gegenüber saß und gleichmütig kaltes Fleisch verzehrte. Seine Stirn umwölkte sich, und er verfiel in Schweigen; als er aber vom Tisch aufstand und der Earl ihm nachrief: «Halte die Augen offen, vielleicht findest du etwas Passendes in Roxmere!», blieb er auf der Schwelle stehen und antwortete beinahe herzlich: «Wenn Sie wollen. Aber ich glaube nicht, daß Helston etwas anderes zu bieten hat als ganz junge Pferde.»

«Das macht nichts. Ein guter Dreijähriger, Martin, nicht zu kurz im Rücken und gut gebaut! Aber du kennst dich ja aus.»

Martin nickte. «Ich werde sehen», sagte er.

Er kam erst gegen Mittag nach Stanyon zurück. Der Viscount war inzwischen nach Whissenhurst gefahren, und Martin betrat den Salon gerade in dem Augenblick, als sich seine Mutter, Miss Morville und Gervase zu einem Imbiß niedersetzten. Er brachte zwei Briefe mit, die er von der Post abgeholt hatte. «Einer für Sie, Drusilla, und einer für Sie, St. Erth. Von Louisa», setzte er hinzu. «Ich wette um fünfundzwanzig Pfund, daß sie will, Sie sollen sie alle für den Sommer nach Stanyon einladen!»

«Von Louisa?» sagte die Gräfinwitwe. «Warum sollte Louisa an St. Erth schreiben? Sicher irrst du dich! Der Brief kann nicht von Louisa sein!»

«Nun, es ist ihre Schrift, und Grampound hat den Brief aufgegeben», sagte Martin und zeigte den Brief, der mit großen schrägen Buchstaben adressiert und freigemacht war.

Beim Anblick von Grampounds Unterschrift, die in eine Ecke gekritzelt war, bekehrte sich die Gräfin zu der Meinung, daß der Brief tatsächlich von ihrer Tochter stammte. Und nachdem sie sich davon überzeugt hatte, daß Martin statt «an

Ihre Ehren, die Gräfin» nicht irrtümlicherweise «an Seine Ehren, den Earl» gelesen hatte, ließ sie es widerwillig zu, daß ihr Stiefsohn sich in den Besitz seines Eigentums setzte. Während er das Siegel brach und sich in die beiden Blätter vertiefte, erging sie sich in endlosen Bemerkungen, Vermutungen und Ausdrücken des Staunens. «Ich verstehe nicht, was Louisa damit bezwecken kann, St. Erth einen Brief zu schicken», sagte sie. «Was kann sie denn nur von ihm wollen? Warum hat sie nicht mir geschrieben? Bist du sicher, daß kein Brief für mich dabei war, Martin?»

«Natürlich bin ich sicher, Ma'am!» sagte er ungeduldig. Die übrigen sind für Theo, aber der ist mit Hayle fortgegangen.»

«Das ist wirklich eigenartig!» sagte sie unzufrieden. «Ich hätte mich sehr gefreut, von Louisa einen Brief zu erhalten.»

«Meine liebe Ma'am», sagte Gervase, der den Brief durch sein Monokel studierte, «ich würde Ihnen mit dem größten Vergnügen diesen hier geben – das heißt, ich werde ihn Ihnen geben, denn ich finde Louisas Schrift ganz und gar unleserlich.»

Die Gräfin nahm ihm die Blätter ohne Bedenken aus der Hand. «Louisa hat eine ganz besonders elegante Schrift», sagte sie. «Ich finde sie ganz leicht zu lesen. Sie hätte gleich an mich schreiben sollen.»

«Will sie herkommen?» fragte Martin.

«Nein, sie schreibt etwas über Doppeltüren in Kentham und ihren Mops Pug.»

«Das ist typisch für sie!» rief Martin mit einem Blick des Abscheus. «Was zum Teufel hat der Mops mit Ihnen zu tun?

«Sehr viel, fürchte ich. Nun, Ma'am? Was ist es, von dem Louisa meint, ich würde es mit dem größten Vergnügen für sie erledigen? Ich bin auf das Schlimmste gefaßt und bitte Sie, mich nicht länger im Ungewissen zu lassen!»

«Sie werden Louisa sehr gerne beistehen», sagte die Gräfinwitwe in einem Ton, der keinerlei Widerspruch duldete. «Die Arme! Aber ich habe ihr gleich gesagt, wie es ihr gehen würde, denn ich bin überzeugt, daß es auf der ganzen Welt niemand Ungefälligeren gibt als Mrs. Neath. Jetzt sehen Sie selbst, daß sie nicht mehr als die Hälfte aller Fragen beantworten will, die Louisa ihr gestellt hat. Aber das war mir von allem Anfang an klar. Sie hat sich auch Mrs. Warboys gegenüber einmal auf höchst unschöne Weise benommen – wegen einer Geflügelhändlerin –, und als ich von Grampounds Absicht, Kentham zu mieten, hörte, gab ich ihm den Rat, lieber nach Stanyon zu kommen, denn, verlassen Sie sich darauf, sagte ich, Sie werden sich in Mrs. Neaths Haus nicht wohlfühlen. Sie ist eine so unangenehme Person! Jetzt sehen Sie, was dabei herausgekommen ist! Louisa kann sich nicht daran erinnern, ob man die beiden Wohnzimmer in ein einziges verwandeln kann oder wie viele Betten aufgestellt werden können, und jetzt muß St. Erth hinüberfahren, um herauszufinden, wie sich die Sache eigentlich verhält! Es ist wirklich ein starkes Stück von Mrs. Neath, und ich wäre gar nicht überrascht, wenn sie Louisas Fragen nur deshalb nicht beantwortet hätte, um St. Erth in ihre Fänge zu bekommen. Sie ist eine sehr aufdringliche Frau, und ich habe sie nie nach Stanyon eingeladen außer zum Jour. Wenn Sie nichts mit ihr zu tun haben wollen, Gervase, kann Theo ja an Ihrer Stelle gehen.»

«Meine liebe Ma'am, Theo fährt genau in die entgegengesetzte Richtung!»

«Wenn er zuerst nach Kentham fährt, kann ihm das gar nichts ausmachen. Aber natürlich muß ich schon sagen, daß sie Ihre Forderungen bereitwilliger ausführen wird als seine. Theo ist überhaupt nicht entgegenkommend – nicht, daß ich wünschen würde, Mrs. Neath entgegenzukommen, aber es wäre doch wirklich zu arg, wenn der arme kleine Pug nicht nach Kenthan kommen dürfte!»

«Wollen Sie wirklich diesen ganzen Weg machen, nur um Gnade für einen Mops zu erflehen?» fragte Martin erzürnt.

«Ich glaube schon. Eine innere Stimme sagt mir, daß es das Klügste ist. Außerdem habe ich nichts Besonderes vor und kann heute nachmittag ebensogut nach Kentham hinüberfahren – es sei denn, ich gehe mit dir auf die Falkenjagd.»

«Oh –! Wenn Sie wollen! Aber ich bin überzeugt, daß ich die Falken nicht einmal zu Gesicht bekommen werde», erwiderte Martin unfreundlich. «Sie werden wahrscheinlich nur Ihre Zeit verschwenden – und ich könnte länger ausbleiben, als Ihnen lieb ist, vielleicht nur, um ein paar Hasen zu erwischen.»

«Dann fahre ich besser nach Kentham», sagte der Earl gutmütig. «Auf dem Heimweg werde ich bei der Kreuzung von Wickton anhalten, für den Fall, daß du noch draußen bist und mit mir nach Hause fahren möchtest.»

«Nicht nötig: ich gehe lieber. Es würde mich stören, zu wissen, daß Sie auf mich warten.»

«Wie du willst», sagte der Earl achselzuckend. «Was hat dir Helston gezeigt?»

«Nichts, was Ihnen gefallen hätte. Zumindest war nur ein einziger Brauner da, der mir gefiel. Ich wäre zu schwer für ihn. Aber vielleicht wäre er das Richtige für Sie.»

Die Gräfinwitwe hatte inzwischen den Brief ihrer Tochter zu Ende gelesen und nunmehr Muße, sich Miss Morville zuzuwenden, die ihren eigenen Brief in die Tasche steckte. Mit einer königlichen Herablassung, die beinahe die Unverschämtheit der Frage vergessen ließ, erkundigte sie sich, wer ihr geschrieben hätte. Miss Morville erwiderte, daß der Brief von ihrer Mutter käme und sie davon in Kenntnis setzte, daß sie und Mr. Morville in der folgenden Woche nach Lincolnshire zurückzukehren beabsichtigten. Eine Mitteilung, die die Gräfin in wehmutsvolle Stimmung versetzte, was wiederum den raschen Aufbruch der Tischgenossen zur Folge hatte. Martin ging fort, um seinen Jagdrock anzuziehen; Miss Morville begleitete die Gräfin in den Italienischen Salon, wo letztere auf einem Sofa bald sanft einschlummerte; und der Earl schlenderte in den Stall, um Clouds Beine zu besehen.

Dort traf er Theo, der gerade seinem Reitknecht einige Befehle erteilte, unter anderen den, daß sein Pferd am nächsten Morgen nach Evesleigh gebracht werden sollte, da vorher ein verlorenes Hufeisen ersetzt werden mußte. Als er hörte, wohin der Earl an diesem Nachmittag reiten wollte, brach er in Gelächter aus und sagte: «Das wirst du doch nicht tun!»

«Mein lieber Theo, ich wage es nicht, zu zögern! Stell dir nur vor, wie gräßlich, wenn Louisa wieder über uns hereinbräche!»

«Das ist wahr! Aber dich mit einem derartigen Auftrag über Land zu schicken! Soll ich es für dich tun?»

«Nein, denn du bist nicht entgegenkommend, und obwohl meine Stiefmutter Mrs. Neath um keinen Preis entgegenkommen möchte, hat sie mir befohlen, meiner Schwester diesen Dienst zu erweisen.»

«Unsinn! Was du dir schon aus ihren Befehlen machst!»

«Nun, um der Wahrheit die Ehre zu geben», sagte der Earl lachend, «ich habe meine Grauen schon drei Tage nicht aus dem Stall geholt und kann ihnen ebensogut auf der Straße nach Kentham Bewegung verschaffen wie anderswo!»

«Ja, wenn das so ist –! Aber es wäre doch eher zu erwarten gewesen, daß sich Louisa an Martin wenden würde!»

«Und ich dachte schon, ich hätte dir klargemacht, daß größter Wert auf ein entgegenkommendes Wesen gelegt wird!»

«Das hast du auch. Wo ist Martin?»

«Ich weiß nicht genau. Er will in den Westwald gehen, auf die Falkenjagd, und hat auf meine Gesellschaft nachdrücklich verzichtet.»

«Oh, dabei bleibt es also? Er sollte sie lieber in Ruhe lassen: sie werden schon keinen Schaden anrichten!»

«Höchstwahrscheinlich, aber ich gönne ihm wirklich die Freude, wenigstens etwas umbringen zu können! Chard, wir fahren nach Kentham. Bringen Sie meinen Wagen in einer halben Stunde, bitte!» Er schaute auf seinen Vetter. «Wann machst du dich auf den Weg, Theo?»

«Sobald ich kann. Erst muß ich einen Brief aus Maplefield beantworten, hoffe aber, spätestens um vier Uhr fortzukommen, sofern ich nicht noch ein zweites Hufeisen lose finde!»

Sein Reitknecht flüchtete merklich erblassend in den Nebenraum, wo Sättel und Zaumzeug untergebracht waren. Gervase murmelte: «Was für ein strenger Herr du bist! Fährst du?»

«Ja, in meinem Gig, mit einem Großteil deiner weltlichen Güter auf dem Rücksitz verstaut! Wie ich zu allen Gutshöfen, die zu besuchen ich mir vorgenommen hatte, kommen werde, ist mir vorläufig noch ein Rätsel!»

«Sei still! Dein unglücklicher Knecht ist außer Hörweite! Wenn du dich jetzt mit Briefen aus Maplefield in deinen Turm sperren willst, so sage ich dir adieu. Und lasse mir meine Pächter nicht unbescheiden werden!»

Theo ergriff seine Hand und behielt sie eine Weile in der seinen. «Das werde ich nicht! Gervase –»

«Ja?»

Theo ließ seine Hand los. «Nichts. Gib acht auf dich, während ich fort bin!»

«Das tue ich immer. Deine Anwesenheit ist nicht unerläßlich, um mich vor Schaden zu bewahren, glaube ich.»

«Da kannst du recht haben.»

«Ich glaube fast sicher, recht zu haben.»

«Er hat es zwar besser aufgenommen, als ich erwartet hätte – aber Ulverstons Anwesenheit kann die Wunde nur frisch aufreißen!»

«Er verläßt uns Montag und wird bis dahin in Whissenhurst genug zu tun haben!»

«Dieser Umstand wird zu Martins guter Laune kaum beitragen», sagte Theo mit einer Grimasse.

Eine halbe Stunde später machte sich der Earl auf den Weg nach Kentham. Neben ihm saß Chard, steif, mit gekreuzten Armen, eine der wenigen Konzessionen, die er an die Etikette machte, nach der das Benehmen des Lakaien eines Edelmanns und Zivilisten geregelt wurde. Er kannte den Earl seit Beginn seiner militärischen Laufbahn, hatte Seite an Seite mit ihm gefochten, dieselben Mühen und Entbehrungen mit ihm geteilt und war ihm treu ergeben. Daß sein Herr den Dienst quittiert hatte, bedauerte er tief, denn seine Meinung von Zivilisten war keine sehr hohe (ebensowenig schätzte er Soldaten, die einem anderen Regiment angehörten als seinem eigenen), aber nachdem er das erste ungute Gefühl, ohne Epauletten und Säbel in einem gewöhnlichen Rock auszureiten, überwunden hatte, fand er seine neue Stellung gar nicht so übel. Der Oberstallknecht eines Earls war besonders auf Reisen eine Person von großer Wichtigkeit, der in jedem Gasthof, in den ihn sein Weg führte, die beste Unterkunft für seine Pferde und größte Aufmerksamkeit für sein persönliches Wohl erwarten durfte. Und, was noch wichtiger war, der Earl war ein guter Herr, der ihm vollstes Vertrauen schenkte und ihn mit jener zwanglosen Familiarität behandelte, die Turvey so sehr beklagte. Deshalb hielt ihn Achtung, nicht aber Angst vor einer kühlen Zurechtweisung davon ab, während des ersten Teils der Fahrt das Wort an den Earl zu richten. Die Grauschimmel waren ausgeruht und die Landstraßen schmal und holprig, so daß der Earl seine Aufmerksamkeit voll und ganz den Pferden zuwenden mußte. Und erst nachdem sie schon ein paar Meilen zurückgelegt hatten, ließ Chard die Bemerkung fallen, daß er nicht überrascht wäre, wenn eines von Lord Ulverstons Pferden ein Geschwür bekäme. Da der Earl wußte, daß Chard und des Viscounts Clarence, der ihm in Frankreich als Ordonnanz gedient hatte, geschworene Feinde waren, schenkte er dieser Bemerkung ebensowenig Beachtung wie einigen scharfen Bemängelungen der Praktiken, die Seine Lordschaft in seinen Ställen duldete.

«Sehr tadelnswert», sagte er. «Vielleicht wäscht er den Pferden Seiner Lordschaft sogar den Schmutz von den Beinen!»

«Das, me lord, habe ich nicht behauptet», erwiderte Chard streng.

«Wie schade! Was werden Sie machen, wenn Seine Lordschaft Stanyon am Montag verläßt? Sie werden Ihre Aufmerksamkeit dann den Unzulänglichkeiten von Mr. Martins Oberstallknecht zuwenden müssen!»

«Der junge Hickling», sagte Chard. «Nein, me lord, ich würde ihn sehr *adecuado* nennen – mit Pferden.»

«Wie kommen Sie mit ihm aus?»

«Nun, me lord, in Anbetracht dessen, was Sie mir zu Beginn sagten, hatten wir keine *batalla campal*, aber das will nicht heißen, daß wir nicht noch eine haben werden, denn an einem dieser Tage werde ich ihm eine *bofetada* geben, und dann wird es zu einer feinen Rauferei kommen.»

«Warum?»

«Weil er sich einbildet», sagte Chard offen, «daß alles genau nach Mr. Martins Kopf gehen muß, und das ist durchaus nicht meine Meinung. Ich muß sagen, wenn ich so zahm wäre, wie ihm das passen würde, könnten wir unsere Pferde in einem verlassenen Kuhstall einstellen!» Ohne den Blick von der Straße zu wenden, fügte er hinzu: «*No se moleste usted!* wie man uns in Spanien sagte, wenn etwas schiefgegangen ist. Mit dem jungen Hickling werde ich schon fertig, me lord. Der Jammer mit ihm ist, daß er mit Mr. Martin zusammen aufgewachsen ist und wie jeder Grünschnabel in seinem dummen Kopf nicht viele Gedanken drinnen hat, die, wenn man so sagen kann, auf natürliche Art und Weise hineingekommen sind. Aber drinnen sind sie nun einmal, obwohl ich nicht sagen kann, wer sie hineingesteckt hat.»

Der Earl schwieg eine Weile. Als er wieder antwortete, war es mit seiner gewöhnlichen leisen, gleichmäßigen Stimme. Chard konnte keine Spur von Zustimmung oder Zorn darin entdecken, sosehr er sich auch anstrengte. «Werden Sie weiter mit ihm fertig, Chard – aber ohne offenen Kampf, wenn ich bitten darf.»

«Nichts dagegen, daß ich die Augen offen halte, me lord?»

«Nichts. Aber geben Sie acht, daß Sie nicht einen Schatten für den Feind halten!»

«Ich bin in meinem Leben schon Wache gestanden, me lord», sagte Chard. «Man hat uns, wenn man so sagen kann, nie dazu ermutigt, Alarm zu schlagen, wenn ein Hase über den Weg hopste.»

Der Earl lächelte bloß, worauf sich sein leicht beleidigter Diener wieder in korrektes Schweigen hüllte.

Der Auftrag, dessentwegen man den Earl nach Kentham geschickt hatte, hätte nach St. Erths Schätzung in zwanzig Minuten ausgeführt werden können, hielt ihn aber über eine Stunde auf. Mrs. Neath, weit davon entfernt, sich von ihrer unangenehmen Seite zu zeigen, überschwemmte ihn mit Freudenbezeigungen und Aufmerksamkeiten. Sie konnte nicht verstehen, wie es nur möglich gewesen war, daß sie eine der Fragen der lieben Lady Grampound übersehen hatte, und war zutiefst getroffen, sich vorstellen zu müssen, daß Seine Lordschaft nur deshalb aus Stanyon herüberkommen mußte, weil sie so dumm war. Aber keine dieser lebenswichtigen Fragen konnte beantwortet werden, ehe nicht Mr. Neath in aller Eile herbeigeholt wurde, um seinen hohen Gast zu begrüßen; und nachdem dieser ein wenig verdrießliche Herr in einen passenden Rock gesteckt, von einem Diener förmlich ins Zimmer geschoben und von seiner Frau in zischendem Flüsterton entsprechend vorbereitet worden war, mußte der Earl noch Wein und Kuchen über sich ergehen lassen, bevor man den Problemen, die ihn nach Kentham geführt hatten, die geringste Aufmerksamkeit schenken konnte. Endlich gelang es ihm, seine Geschäfte zu erledigen, worauf er noch einer Schilderung von Mrs. Neaths Sommerplänen lauschen mußte – sie hatte die Absicht, den Sommer in Brighton zu verbringen –, bis ihm endlich die Flucht gelang.

Chard, der die Bewirtung eher schäbig gefunden hatte, bemerkte, als der Earl seine Pferde wieder in Gang brachte: «Werden sie ordentlich jagen müssen, me lord, wenn Sie nicht zu spät zum Nachtmahl kommen wollen.»

«Danke! Ich verzichte lieber auf das Nachtmahl, bevor ich meine Pferde lahm werden lasse!»

Die Grauschimmel waren schnell, und er holte alles aus ihnen heraus, aber als er die Kreuzung erreichte, wo er Martin mitnehmen wollte, war es schon etwas später als sechs Uhr. Der Westwald erstreckte sich jenseits der Straße bis nach Wickton und wurde von der Avenue nach Stanyon in einer Länge von mehr als einer Meile durchschnitten. Als die Kreuzung in Sicht kam, hielt der Earl an, aber von Martin war nichts zu sehen. Er fuhr weiter. Kaninchen, vom Rattern des Wagens aufgescheucht, flohen von der Straße in das Unterholz, das sie zu beiden Seiten säumte, und ihr Rascheln schien anzuzeigen, daß kein menschliches Wesen sie seit geraumer Zeit gestört hatte. Der Earl trieb seine Pferde wieder an und sagte: «Ich bin neugierig, ob Mr. Martin seine Falken erwischt hat. Er scheint schon nach Hause gegangen zu sein, also hat er vielleicht Erfolg gehabt.»

«Nun, me lord», sagte Chard widerwillig, «wenn er sie zu Gesicht bekommen hat, dürfte das für ihn schon genügen. Ein sehr guter Schütze, Mr. Martin, das muß ich schon sagen.»

Kaum hatte er diese Worte gesprochen, als ihn ein Schuß auffahren ließ, der anscheinend über die Köpfe der Pferde hinweg gefeuert worden war. Ein Fluch entfuhr ihm, als die Grauschimmel einen wilden Satz nach vorwärts machten, und bevor er Zeit hatte, zu begreifen, was eigentlich vorgefallen war, sah er, wie die Zügel schlaff wurden. Er packte sie, während der Earl gegen seine Schulter taumelte.

Die Pferde waren knapp am Durchgehen. Obwohl Chard mit der einen Hand die Zügel faßte, konnte er sie nur mit knapper Not bändigen, da er mit der anderen Hand seinen Herrn festhielt, der jeden Moment vom holpernden, hin- und herschleudernden Wagen zu stürzen drohte. Einige entsetzliche Augenblicke lang hielt er ihn für tot. Aber nach ein paar Sekunden hob der Earl die Hand und versuchte etwas unsicher, den Griff um seinen Arm zu lockern. «Die Pferde!» sagte er schwach. «Kümmern Sie sich um die Pferde! Und bringen Sie mich nach Hause, denn ich glaube, es hat mich erwischt!» Er steckte die Hand in seinen Rock, befühlte seine Brust und zog sie wieder hervor. Er bemühte sich angestrengt, seinen Blick darauf zu konzentrieren. Sein Handschuh war rot von Blut. «Ja», sagte er, «es hat mich erwischt.»

16

Der Earl vermeinte jemanden seinen Namen rufen zu hören, beharrlich und von sehr weit her. Eine Stimme wiederholte immer wieder: «Ger! Ger, alter Junge! Ger!» Der dringliche Ton begann ihm auf die Nerven zu gehen, und eine kleine Falte erschien zwischen seinen Brauen. Die Stimme, ein wenig näher, rief aus: «Er lebt!» Diese Bemerkung schien ihm so einfältig, daß er die Augen aufschlug, um nachzusehen, wer sie geäußert hätte. Dichter Nebel hüllte ihn ein, so daß er unfähig war, etwas wahrzunehmen, aber er fühlte, daß sein Kopf emporgehoben wurde und daß jemand etwas Hartes und Kühles an seine Lippen hielt. Eine andere Stimme, nicht dringend, sondern ruhig und gebieterisch, befahl ihm, den Mund aufzumachen. Einer so großen Anstrengung war er durchaus abgeneigt, denn eine ungeheure Mattigkeit hatte von seinem ganzen Körper Besitz ergriffen, aber der Befehl wurde wiederholt, und da Gehorchen immer noch weniger mühevoll war als Streiten, machte er den Mund auf. Darauf wurde er zum Trinken aufgefordert, was ihn sehr irritierte. Gerade als er protestieren wollte, fand er seinen Mund voll von einer scharfen Flüssigkeit, so daß er wohl oder übel schlucken mußte, ehe er murmeln konnte: «Was soll dieser Unsinn!»

Die aufgeregte Stimme, die er jetzt als die Lord Ulverstons erkannte, rief voll Freude: «Er hat es genommen! Er kommt zu sich! So ist's recht, Ger! Bleib bei der Stange, mein Junge! Noch einmal davongekommen!»

Der Nebel schien sich zu lichten: er konnte das Gesicht des Viscount, das in seltsamer Weise über ihm aufgehängt zu sein schien, verschwommen hindurch sehen.

«So ist's recht!» sagte Ulverston. «Nur so weiter, alter Junge!»

Aus irgendeinem Grund schien Ulverston sofort seiner Dienste zu bedürfen, weshalb er sich zu einem schwachen Versuch, ihm zu Hilfe zu kommen, verpflichtet fühlte. Er fand, daß er nicht die Kraft hatte, die Hand, die ihn am Aufstehen hinderte, wegzuschieben; und im großen und ganzen erleichterte es ihn, als die andere Stimme sagte: «Bitte, sprechen Sie nicht mehr zu ihm, Mylord! Wenn Sie ihn in Ruhe lassen, wird er sich wieder erholen.»

Er hatte das Gefühl, in seinem Leben noch keine so vernünftige Bemerkung gehört zu haben, und versuchte auch, diesem Gedanken Ausdruck zu verleihen. Er hob von neuem seine bleiernen Augenlider und fand, daß Ulverstons Gesicht verschwunden war. Statt dessen hing das Gesicht Miss Morvilles über ihm. Anscheinend wischte sie seine Stirn mit einem feuchten Tuch ab: er konnte Lavendelwasser riechen. Es war angenehm, aber er hatte das sichere Gefühl, daß es höchst unpassend für sie wäre, sein Gesicht abzuwaschen. Er murmelte: «Sie dürfen nicht! Ich verstehe nicht...»

«Sie brauchen gar nichts zu verstehen, Mylord. Sie müssen nur ruhig liegenbleiben», erwiderte Miss Morville mit einer Stimme, die ihn so unwiderstehlich an die seiner alten

Kinderfrau erinnerte, daß er keinen weiteren Widerspruch versuchte, sondern die Augen wieder schloß.

Sein einziger Wunsch war, wieder in das bequeme Dunkel zurückzugleiten, aus dem Ulverstons Stimme ihn hervorgezogen hatte, aber es war nicht mehr greifbar. Er bemerkte, daß er im Bett lag, und kurz darauf wurde ihm klar, daß es sein eigenes Bett in Stanyon sein mußte und nicht, wie er nebelhaft angenommen hatte, ein Bett in einem Quartier in Südfrankreich. Er hörte, wie Miss Morville Turvey beauftragte, einen Verband fester zu binden, fühlte sich sanft emporgehoben und dann einen Schmerz in der linken Schultergegend.

Ulverstons Stimme fragte ängstlich: «Blutet er noch immer?»

«Nur mehr sehr wenig, Mylord», antwortete Miss Morville.

«Wie lange wird Chard noch ausbleiben?» rief Ulverston aufgeregt. «Was ist, wenn dieser verdammte Quacksalber gar nicht daheim ist?»

Der Earl fand diese Fragen störend, denn sie brachten ihn auf den Gedanken, sich an etwas erinnern zu müssen, an etwas, das jenseits seines umwölkten Bewußtseins herumspukte. Über der Anstrengung, seine Gedanken zu sammeln, runzelte er die Stirn, worauf Miss Morville Ulverston vorschlug, doch hinunterzugehen und Dr. Malpas zu empfangen. Sie fügte leise hinzu: «Bitte, bedenken Sie, Mylord, daß wir nicht wissen, wie es zu diesem Unfall kam, und der Ansicht sind, daß es ein Wilderer gewesen sein muß.»

«Oh, wissen wir das wirklich nicht?» sagte Ulverston mit einem wilden Unterton. «Wilderer! Daß ich nicht lache! Chard weiß es besser!»

«Ich habe ihn eigens ersucht, nichts anderes zu sagen», versetzte Miss Morville. «Ich glaube, er würde es so haben wollen.»

Dem Earl kam ein Gedanke. Er sagte unvermittelt: «Sie hat nichts gegen Pug und kann zehn Betten aufstellen.»

«Ausgezeichnet», sagte Miss Morville ruhig und fuhr wieder mit dem feuchten Schwamm über sein Gesicht. «Jetzt dürfen Sie sich ausruhen.»

«Was ist mir passiert?» fragte er.

«Sie haben einen leichten Unfall gehabt. Nichts von Bedeutung. Es wird Ihnen bald besser gehen.»

«Oh!» Seine Augenlider fielen wieder zu, aber er lächelte und murmelte: «Sie kommen mir immer zu Hilfe!»

Sie antwortete nichts. Er versank in einen Dämmerzustand, merkte hin und wieder, daß sich im Zimmer etwas bewegte, aber es störte ihn nicht. Einmal hielt eine Hand sein Gelenk eine Minute in leichtem, festem Griff, aber er schlug die Augen nicht auf.

Bald darauf störte ihn eine neue unbekannte Stimme, zu seinem großen Unwillen, die sehr viele Fragen stellte und eine ermüdende Anzahl von Befehlen austeilte. Ulverstons Stimme unterbrach einige Male. Es überraschte den Earl überhaupt nicht, als die fremde Stimme sagte: «Ich versichere Ihnen, daß ich niemanden zu meiner Assistenz haben möchte als Miss Morville und den Kammerdiener.»

Ulverston schien der Meinung zu sein, daß Miss Morville dem Fremden nicht helfen könnte. Er sagte in seinem gebieterischsten Ton: «Unsinn! Das kann sie nicht!»

«Natürlich kann sie das», sagte der Earl, aufgebracht über so viel Ungerechtigkeit.

Einen Moment herrschte Schweigen, dann hielt jemand sein Handgelenk in festem Griff, und die fremde Stimme sagte direkt über ihm: «Oh, Eure Lordschaft ist also wach, eh? Sehr gut! Wir werden Sie bald so weit haben, daß Sie sich besser fühlen... Mylord, Miss Morville und ich sind alte Kollegen, und ich weiß, daß sie jeder Situation gewachsen ist. Sie können den Patienten unbesorgt in unsere Hände geben... Diesen Tisch, bitte, mein Lieber – wie heißen Sie? Turvey? Sehr gut. Stellen Sie den Tisch hierher und die Schüssel darauf. Jetzt, Mylord, werde ich Ihnen ein bißchen – ein ganz kleines bißchen – weh tun!»

Der Earl merkte bald, daß der Fremde den Fall anscheinend schwer unterschätzt hatte. Der Schmerz, den er seinem Patienten verursachte, war so heftig, daß er ihm zuerst ein Stöhnen entlockte und ihn dann seine Lippen fest zusammenbeißen ließ. Und gerade, als er sich fragte, wie lange er es wohl noch aushalten könnte, nahm ihm ein noch schärferer, stärkerer Schmerz jede Widerstandskraft. Er fühlte sich in die Dunkelheit zurückfallen und verlor das Bewußtsein.

Als er wieder zu sich kam, war das erste, daß man ihm schon wieder zu trinken befahl. Er gehorchte, wurde wieder auf seine Polster gelegt und hörte eine fröhliche Stimme sagen: «So! Jetzt brauchen Sie nur mehr zu schlafen, Mylord. Morgen früh komme ich Sie dann wieder besuchen und erwarte, Sie viel besser vorzufinden.

«Danke», murmelte der Earl und wünschte, man möchte ihn endlich in Ruhe lassen.

Dieser Wunsch wurde ihm erfüllt. Es wurde still. Man hörte nichts als das Klirren der Vorhangringe an den Stangen und das Knistern des Feuers im Kamin.

Als der Earl die Augen wieder aufschlug, schaute er in abgeschirmtes Lampenlicht. Er sah, wie sich Miss Morville, die neben dem Feuer in einem Lehnstuhl gesessen war, erhob und auf ihn zukam. Er sagte schwach: «Mein Gott, wie spät ist es?»

«Ich kann es Ihnen nicht genau sagen, Mylord, aber es ist ganz unwichtig», antwortete sie und legte ihre Hand auf seine Stirn. Dann schaute sie zur Tür, die ins Ankleidezimmer führte, und sagte: «Ja, Seine Lordschaft ist wach, Turvey. Wenn Sie hereinkommen wollen, gehe ich inzwischen die Suppe für ihn richten.»

«Die Haushälterin hat mir aufgetragen, Ihnen mitzuteilen, Madam, daß sie aufbleiben würde, um alles, was benötigt würde, zubereiten zu können.»

«Danke, ich werde zu ihr gehen», sagte Miss Morville.

Als sie ins Schlafzimmer zurückkam, ein kleines Tablett in der Hand, hatte Turvey seinen Herrn gegen die Polster gelehnt, seine zerrauften goldbraunen Locken gebürstet und die Decken geglättet. Außer einem «Danke» für die geleisteten Dienste sagte der Earl nichts, und Turvey ermunterte ihn auch nicht zum Sprechen. Er war geschickt bei seinen Handreichungen, aber durchaus unpersönlich, und seine undurchdringliche Miene verriet nicht, was für eine Meinung er von einem Haushalt hegte, in dem derart empörende Dinge vorfallen konnten. Als Miss Morville das Zimmer betrat, ging er vom Bett weg und sammelte ein paar Leinenstreifen auf, die zu Boden gefallen waren. Dann verbeugte er sich und sagte, falls Miss Morville ihn benötigen sollte, wäre er im Ankleidezimmer, zog sich zurück und schloß die Tür.

Der Earl schaute zu, wie Miss Morville das Tablett auf das Tischchen stellte, das man an sein Bett herangerückt hatte, und sagte: «Ich erinnere mich jetzt. Wer – hat Chard nichts gesehen?»

«Nein», erwiderte sie, setzte sich und nahm den Teller vom Tablett. «Die Pferde waren am Durchgehen, und als Chard sie wieder in der Gewalt hatte, waren Sie schon ohnmächtig. Er wußte, es wäre wichtiger, Sie heimzubringen, als herauszubekommen, wer Sie angeschossen hatte. Wollen Sie nicht versuchen, ein wenig Suppe zu essen? O nein, bemühen Sie sich nicht! Ich werde Sie füttern.»

Der Earl, der versucht hatte, sich aufzurichten, sagte bekümmert:

«Ich bin schwächer als ein kleines Kind!»

«Sie haben sehr viel Blut verloren», sagte sie nüchtern. «An Ihrer Stelle würde ich nicht sprechen.»

«Ja, aber ich muß wissen –» er verstummte, denn sie hatte einen Löffel in seinen Mund geführt, schluckte die Suppe und sagte: «Das ist absurd! Ich bin überzeugt, allein essen zu können! Sie brauchen nur ein zweites Polster hinter meinen Rücken zu stecken!»

«Ich glaube schon, daß Sie es könnten», stimmte sie zu und präsentierte einen weiteren Löffel. «Sie dürfen es auch tun, wenn Sie es sich sehr wünschen!»

«Ich sollte es eigentlich», sagte er lächelnd, gab aber nach. «Sie sollten schon längst im Bett sein. Ich bin überzeugt, daß es schon sehr spät ist.»

«Ich gehe schlafen, sobald Sie mit Ihrer Suppe fertig sind. Machen Sie sich keine Sorgen! Ich habe mit Turvey vereinbart, daß ich die erste Hälfte der Nacht bei Ihnen bleiben würde.»

«Ich bin Ihnen wirklich sehr verpflichtet – und sehr beschämt, Ihnen so viel Mühe bereitet zu haben!»

«Keine Ursache. Es ist keine Mühe für mich. Ich habe oft dabei geholfen, meine Brüder zu pflegen.»

Er versuchte keinen weiteren Protest, sondern begann nach einer Weile von neuem: «Ich muß es wissen! Nachdem ich verwundet wurde –»

«Ich fürchte», entschuldigte sie sich, «daß ich Ihnen überhaupt nichts sagen kann, da ich fast ununterbrochen in diesem Zimmer war. Chard hat niemanden gesehen, und wie ich Ihnen schon gesagt habe, wagte er nicht, anzuhalten.»

Er warf sich ruhelos herum und runzelte die Brauen. «Ja, aber – Lucy darf nicht – ich glaube, ich erinnere mich, daß er etwas gesagt hat – zu Ihnen, nicht wahr?»

«Er sagte wohl etwas zu mir, aber Sie brauchen sich deshalb keine Sorgen zu machen, Mylord. Wir sind übereingekommen, daß es höchst unpassend wäre, Verdächtigungen zu äußern, die vielleicht völlig unbegründet sind.»

Ein schwaches Lächeln umspielte seine Lippen. «Das heißt, daß Sie Lucy dazu gebracht haben, den Mund zu halten. Ich hätte mich auf Ihre Klugheit verlassen können!»

«Natürlich, aber es wäre besser für Sie, an diese Sache erst dann wieder zu denken, wenn Sie ein wenig kräftiger sind!» antwortete sie.

«Lassen Sie nicht zu, daß Lucy mit Martin streitet!»

«Das wird er nicht tun.»

«Sie kennen ihn nicht! Er darf Martin an dieser Sache nicht die Schuld geben, und ich fürchte, daß er das schon getan hat.»

«Ich versichere Ihnen auf mein Wort, daß er das nicht getan hat.»

«Was hat Martin gesagt?»

Sie wendete sich ab, um den Teller auf das Tablett zurückzustellen, und erwiderte, ohne ihn anzusehen: «Nichts, Mylord.»

«Nichts?»

«Ich war sehr beschäftigt», erinnerte sie ihn. «Ich habe Martin nicht gesehen.»

«Das glaube ich schon, aber –»

«Ich kann Ihnen nur soviel sagen, daß es zwischen den beiden zu keinem Streit gekommen ist.»

Er schaute ihr nach, wie sie das Tablett aus dem Zimmer trug. Als sie wieder zu ihm kam, las sie Anstrengung in seinem Blick und sagte: «Ich glaube, Mylord, daß Ihre Wunde schmerzt. Dr. Malpas hat Ihnen einen Beruhigungstrank verordnet. Wenn Sie ein wenig davon nehmen wollen, wird Ihnen sicher besser werden.»

«Das ist es nicht. Aber während ich hier liege, so schwach, daß ich nicht einmal aufstehen kann, und von der ganzen Familie abgeschnitten –»

«Morgen werden Sie sich schon viel besser fühlen, wenn Sie nur jetzt ein wenig schlafen wollen», versprach sie. «In Stanyon ist nichts geschehen, was Sie nicht billigen würden, und außerdem, wissen Sie, ist es jetzt schon zwei Uhr vorüber, so daß Sie gar nichts ausrichten würden, selbst wenn Sie aufstehen könnten, denn es sind alle schon längst zu Bett gegangen.»

Die Richtigkeit dieser Bemerkung mußte er wohl oder übel anerkennen, murmelte aber mit einem Abglanz seines sonstigen spitzbübischen Lächelns: «Sie haben auf alles eine vernünftige Antwort, Miss Morville!»

Sie lächelte zurück, antwortete jedoch nicht, sondern ging zur Tür, die ins Ankleidezimmer führte, und rief Turvey, damit er käme, um sie bei der Wache abzulösen, blieb nur so lange, bis sie gesehen hatte, daß der Earl seinen Schlaftrunk eingenommen hatte, wünschte darauf ihrem Patienten eine gute Nacht und ging schlafen, nachdem sie noch Turvey angewiesen hatte, zwei der Polster, die dem Earl zur Stütze dienten, wegzunehmen.

Als Dr. Malpas am nächsten Morgen gegen neun Uhr kam, war sie noch nicht aufgestanden, und Lord Ulverston begleitete den Doktor in das Zimmer des Earl. Er fand den Patienten auf dem Wege der Besserung, jedoch sehr schwach, genau wie Miss Morville vorausgesagt hatte.

«Schwach, Mylord! Kein Wunder!» sagte der Doktor und fühlte den Puls des Earl. «Ein wenig Fieber, wie zu erwarten. Ich werde Sie aber nicht schröpfen, denn ich glaube, daß Sie ganz von selbst wieder in Ordnung kommen werden. So eine böse Sache! Ich kann mir gar nicht vorstellen, wie es passieren konnte! Zwar gibt es genug Wilderer in dieser Gegend, aber für gewöhnlich sind sie doch nicht so unachtsam, über die Straße zu schießen – nein, und ich habe auch noch von keinem gehört, der bei Tageslicht auf die Jagd gegangen wäre! Erst gestern habe ich mich mit Sir Geoffrey Acton darüber unterhalten – er hat schon wieder einen Gichtanfall gehabt! –, und seiner Meinung nach sind Sie von einem dieser entlassenen Soldaten angeschossen worden, von denen man jetzt so viel hört. Ich bin überzeugt, viele davon sind große Schurken, und wenn sie einmal losgelassen sind, kann man nicht absehen, was sie alles anstellen werden.»

Lord Ulverston machte einen ungeduldigen Zwischenruf, aber der Earl brachte ihn mit seinem Blick zum Schweigen und sagte: «Sehr wahr.»

Inzwischen hatte der Doktor die Wunde freigelegt und schien über ihr Aussehen entzückt zu sein. «Ausgezeichnet! Könnte gar nicht schöner sein!» erklärte er. «Eine reinere Wunde könnte man sich gar nicht wünschen, und die Lunge ist auch unversehrt! Aber ich muß Eurer Lordschaft schon sagen – es ging um eines Haares Breite! Ja, Sie hatten so viel Blut verloren, als Ihr Diener Sie nach Hause brachte, daß Sie bis zu meiner Ankunft leicht hätten sterben können, hätte nicht Miss Morville so viel Geistesgegenwart und Tatkraft besessen! Sie ist ein vortreffliches Mädchen, das seine fünf Sinne beisammen hat! Und Blut kann sie sehen, ohne deshalb hysterische Anfälle zu bekommen!»

«Bei Jupiter, ja!» sagte der Viscount. «Ich weiß nicht, was wir ohne sie angefangen hätten, Ger, denn einen entsetzlicheren Anblick habe ich selten gesehen. Ich hätte keine Ahnung gehabt, wie ich das Blut stillen sollte!»

«Miss Morville ist eine bemerkenswerte junge Dame», antwortete Gervase. «Es tut mir sehr leid, ihr ein so häßliches Schauspiel bereitet zu haben. Ich muß ja übel ausgesehen haben!»

«Gott, das machte ihr gar nichts aus! Dafür fiel Mylady in Ohnmacht, oben auf der Treppe, als sie sah, wie man dich herauf
trug!» Der Viscount lachte in sich hinein. «Und ich war so durcheinander, daß ich Miss Morville sagte, sie sollte sich um

Mylady kümmern. Ihre ganze Antwort war, ich sollte doch das Kammermädchen rufen, da sie Wichtigeres zu tun hätte! Ich hätte sie beinahe umgebracht, denn, weißt du, Ger, Frauen, die in Ohnmacht fallen, kann ich nun einmal nicht vertragen, aber als ich sah, wie geschickt sie zu Werke ging, mußte ich alles zurücknehmen!»

Man klopfte leicht an die Tür. Turvey ging öffnen, und Miss Morville trat ein. Der Viscount sagte fröhlich: «Ah, da ist sie ja selbst! Nur herein, Ma'am! Ich habe St. Erth gerade erzählt, wie beherzt Sie sind! Und der Doktor sagt, daß Sie Blut sehen können, ohne hysterisch zu werden!»

«Ich glaube», sagte Miss Morville prosaisch, «daß mein Geschlecht im allgemeinen mehr aushält als Ihres, Mylord.» Dann wünschte sie dem Doktor einen guten Morgen, bemerkte mit Befriedigung, daß der Earl besser aussah, und bat Dr. Malpas, die Gräfin zu besuchen, bevor er Stanyon verließe.

«Sagen Sie ihr, ich lasse mich entschuldigen!» sagte der Earl, lächelte und streckte seine rechte Hand in einer unbewußt bewillkommnenden Geste aus.

Sie schaute hin, rührte sich aber nicht von der Stelle und sagte mit ausdrucksloser Stimme: «Gerne, Mylord.»

Nachdem Dr. Malpas die Wunde gereinigt und frisch verbunden hatte, mußte er noch seine Rezepte ausschreiben, bevor er sich zu Mylady begeben konnte. Er brachte seinen Patienten mit der Verordnung von dünnem Haferschleim und strikter Ruhe dazu, mehrere Grimassen zu schneiden; warnte ihn, ja nicht zu früh aufzustehen, da er sonst mit hohem Fieber rechnen müßte; und folgte schließlich Miss Morville in die Gemächer der Gräfinwitwe.

Der Earl, vom Besuch des Doktors erschöpfter, als er zugeben wollte, entließ Turvey; und als der Diener das Zimmer verlassen hatte, drehte er seinen Kopf in den Kissen, um seinem Freund in die Augen schauen zu können. «Bitte, Lucy!»

«Lieber alter Junge, kein Grund, dich aufzuregen! Alles in bester Ordnung!»

«Es regt mich weit mehr auf, im unklaren gelassen zu werden. Ihr verbergt mir etwas. Du und Miss Morville!»

«Unsinn!» sagte der Viscount wenig überzeugend.

«Lucy, was auch immer du argwöhnen magst, laß nicht zu, daß irgend jemand behauptet, Martin hätte auf mich geschossen! Die Geschichte, die der Doktor und sein gichtiger Patient erfunden haben, ist gerade das Richtige! Es darf nicht in der ganzen Grafschaft getuschelt werden, daß Martin mich umbringen wollte!»

Der Viscount schwieg und zupfte am Bettvorhang. Nach einem Moment sagte Gervase noch eindringlicher: «Lucy, ich spreche im Ernst! Guter Gott, stell dir doch nur vor, was du an meiner Stelle empfinden würdest!»

«Ich weiß. Ich würde nicht daran denken an deiner Stelle, Ger. Hat keinen Zweck!»

«Was hat Martin gesagt?» fragte Gervase und beobachtete ihn unter zusammengezogenen Brauen. «Wo ist Martin?»

«Da überfragst du mich!» sagte der Viscount und lachte kurz auf.

«Was meinst du?»

Der Viscount zögerte und sagte dann: «Hör zu, Ger! Wenn ich mich nicht sehr täusche, so weiß die ganze Grafschaft ohnehin schon, daß Martin versuchte, dich umzubringen! Martin ist fort!» Er blickte auf, sah den Schrecken in den Augen des Earl und sagte: «Seitdem er gestern auf die Falkenjagd ging, ist er nicht mehr hiergewesen. Deshalb wollte deine Stiefmutter den Doktor sprechen! Es stimmt schon, daß sie in Ohnmacht gefallen ist, als sie sah, wie man dich hereinbrachte, aber es war nicht das, worüber sie sich aufgeregt hat!»

«Oh, mein Gott!» sagte Gervase scharf. «Weiter! Erzähl mir alles!»

«Glaube kaum, daß ich das tun sollte, alter Junge!» sagte Ulverston umd betrachtete ihn besorgt. «Du solltest dich ausruhen, weißt du!»

«Wenn du mir nicht sofort alles erzählst, stehe ich auf.»

«Nein, nein, tu das nicht! Es ist nur das, Ger – man hat sein Gewehr gefunden. Auch den Patronengürtel.»

«Wer? Wo?»

«Chard. Feiner Kerl, Chard! Ritt gestern noch zu der Stelle, wo man dich niedergeschossen hat, sofort nachdem er den Quacksalber geholt hatte. Hoffte, eine Spur zu finden. Nun, hat er auch. Fand Martins Gewehr in einem Kaninchenloch und den Patronengürtel in einem Ginsterbusch. Anscheinend wollte er beides schnell loswerden, denn das Schaftende war nicht gut versteckt. Das ist alles. Aber jedermann hier weiß, daß man dich angeschossen hat und daß dein Bruder verschwunden ist, und wenn du glaubst, daß sich das nicht herumsprechen wird, bist du ein Schafskopf, Ger!»

«Martin würde keine Kugeln für Falken mitnehmen!»

«Nein, würde er nicht. Aber niemand hätte ihn daran gehindert, sein Gewehr mit Kugeln zu laden, wenn er auf größeres Wild aus war!» sagte der Viscount brutal. «Ich möchte dir nicht weh tun, aber er hatte einige Schuß in seinem Gürtel. Habe sie selbst gesehen – kein Schwindel!»

Der Earl preßte die Hand an die Stirn. «Ein paar Schuß in seinem Gürtel... Was noch?»

«Nichts. Keine Spur von ihm zu finden. Sicher glaubte er dich tot. Hat Angst bekommen! Er ist schon der Hitzkopf, der so etwas täte!»

«Also schön. Und dann?»

«Darüber habe ich meine eigene Meinung», sagte Ulverston dunkel.

«Und die wäre?»

«Nächster Hafen. Wenn er Angst gekriegt hat und sich nicht traut, hierzubleiben, ist es das einzige, was er tun kann. Außer Landes gehen!»

Der Earl ließ die Hand sinken. «Ja. Ich glaube, ich verstehe.»

Ulverston sah, wie bleich er war, und sagte schuldbewußt: «Hätte dir nichts sagen sollen! Reg dich nicht auf, alter Junge! Sag mir, was ich tun soll, und ich werde es machen.»

«Chard. Schick ihn zu mir!»

«Geht nicht. Wenigstens nicht sofort. Habe ihn nach Evesleigh um deinen Vetter geschickt. Scheint der Mann zu sein, den wir jetzt brauchen.» Da Gervase mit gerunzelten Brauen schweigend vor sich hinstarrte, fügte er hinzu: «Ich weiß, du hast es nicht gerne gesehen, wenn Theo Martin so streng bewachte. Brauchst keinen Wachhund, nicht wahr? Nun, genau das hast du gebraucht, Ger! Solange Frant hier war und Martin wußte, daß er ihm auf die Finger sah, traute er sich nicht, seine verdammten Absichten auszuführen. Kaum war Frant aus dem Weg und Martin fühlte sich nicht mehr überwacht, als er auch schon die erste Gelegenheit ergriff, die sich ihm bot! Ich glaube, meine Verlobung hat ihn rasend gemacht.»

Der Earl betrachtete ihn. «Wenn Martin wirklich versucht hat, mich umzubringen, so tat er es doch nur, um an meine Stelle zu treten! Er konnte sich durch nichts sicherer zum Mörder stempeln als durch seine Flucht!»

«Das habe ich mir auch schon gedacht», stimmte Ulverston zu. «Das Dümmste, was er machen konnte. Aber je mehr ich darüber nachdenke, desto mehr glaube ich, daß er genau der unüberlegte junge Hitzkopf ist, der so etwas machen würde. Kopflos, Ger, ganz kopflos! Vielleicht hat er es schon bereut, als er abdrückte! Mein Gott, schließlich habe ich über deinen kostbaren Martin auch schon Verschiedenes herausgefunden, seitdem ich hier bin! Er hat schon hübsch viel auf dem Gewissen, nur weil er sich nie die Mühe genommen hat, nachzudenken, bevor er seinen Leidenschaften freien Lauf ließ! Es würde mich überhaupt nicht wundern, wenn er es mit der Angst zu tun bekommen hätte und davongerannt wäre, im Moment, da er begriff, was er eigentlich getan hatte. Nein, und ich werde dir noch etwas sagen: es würde mich nicht wundern, wenn er zurückkäme und uns irgendeine verrückte Geschichte auftischen würde, warum er abgefahren ist, sobald er Zeit gehabt hat, seine ärgste Angst zu überwinden und einzusehen, wie blödsinnig seine Flucht war!»

«Ich muß aufstehen!» sagte der Earl aufgeregt. «Ich muß aufstehen!»

Ulverston, von den Folgen seiner unbedachten Worte ziemlich verstört, sagte hastig: «Nein, nein, was hättest du davon? Zum Teufel, ich wollte, ich hätte dir nichts gesagt!» Er drehte sich schnell um, als er die Tür gehen hörte, und begrüßte den Eintritt Miss Morvilles mit einer Mischung aus Erleichterung und Schuldbewußtsein. «Kommen Sie, Ma'am, und sagen Sie St. Erth, daß er hierbleiben soll. Sie werden mit mir sehr unzufrieden sein, aber ich habe ihm gesagt, daß sein Bruder seit gestern nicht mehr gesehen wurde, und natürlich erklärt er jetzt, aufstehen zu müssen.»

«Es scheint mir äußerst bedauerlich», sagte Miss Morville eisig, «daß Sie keine Viertelstunde mit Lord St. Erth beisammen sein können, ohne daß er zu fiebern beginnt, Mylord! Ich bitte um Vergebung, wenn ich unhöflich scheine, aber ich muß Sie bitten, fortzugehen!»

«Sie sind wirklich unhöflich, Ma'am! Verteufelt unhöflich!» sagte der Viscount entrüstet. «Schießlich und endlich mußte St. Erth es doch erfahren!»

«Wenn Sie nicht gehen, Mylord, werde ich noch unhöflicher werden, fürchte ich!» warnte Miss Morville.

Der Viscount zog sich zurück, in nicht ganz einwandfreier Schlachtordnung, und nachdem Miss Morville einen Blick auf den Patienten geworfen hatte, ging sie zum Tisch, nahm ein Glas und goß es aus einer ominösen Flasche, die sie mitgebracht hatte, voll. Gervase sagte müde: «Schon wieder einer Ihrer Beruhigungsgetränke, Miss Morville?»

«Bloß die Medizin, die Dr. Malpas Ihnen verordnet hat. Ich soll sie Ihnen um diese Zeit geben», antwortete sie und brachte ihm das Glas.

Er nahm es ihr aus der Hand, hob es aber nicht sofort an die Lippen. «Lucy hat recht. Ich mußte es erfahren.»

«Sicher. Aber nicht jetzt.»

Er preßte wieder die Hand an die Stirn. «Wenn ich nur klar denken könnte! Ich habe einen Kopf wie ein Holzklotz!»

«Das ist nicht verwunderlich. Sobald Sie wieder kräftiger sind, werden Sie sich besser fühlen. Und das erreichen Sie mit Geduld und dadurch, daß Sie tun, was man Ihnen sagt.»

Er lächelte mühsam, hob das Glas an die Lippen und trank es aus. «Weiß meine Stiefmutter von dem Gerede?»

«Natürlich. Es ist sehr schmerzlich für sie, aber dagegen können Sie nichts machen.»

«Arme Frau! Versichern Sie ihr, daß ich mit dem Leben davonkommen werde! Sollte ich mit ihr sprechen?»

«Nein. Sie werden bis morgen früh mit niemandem sprechen außer mit mir und Turvey.»

Er seufzte, aber noch während sie sprach, ging die Tür auf, und Theo trat leise ein.

Er war sehr blaß, blickte finster und sagte mit gedämpfter Stimme zu Miss Morville: «Ulverston sagte mir, daß ich meinen Vetter nicht sehen dürfte. Wie geht es ihm?»

«Er ist sehr müde, und es wäre am besten, ihn schlafen zu lassen.»

Theo ging weiter ins Zimmer hinein und schaute auf das Bett. Als er sah, daß der Earl nicht schlief, sondern ihn träumerisch betrachtete, kam er näher und sagte bewegt: «Gervase! Wie geht's dir, mein Lieber?»

«Ausgezeichnet! Ich hätte mir keine schönere Wunde wünschen können.»

«Chard hat mir alles erzählt. Ich kam sofort herüber – wohl wissend, daß ich Stanyon nie hätte verlassen dürfen!»

«Nicht jetzt, wenn Sie so gut sein wollen!» sagte Miss Morville.

Theo warf ihr einen Blick zu. «Nein. Sie haben vollkommen recht! Aber Ulverston hat mich geschickt, um ihn zu beruhigen. Ich glaube, ich weiß, was du willst, Gervase, und werde tun, was auch immer du von mir verlangst. Wenn du willst, daß die Gerüchte zum Schweigen gebracht werden sollen, werde ich mein möglichstes tun. Ehrenwort!»

«Ja, ich dachte, daß ich mich in dieser Beziehung auf dich verlassen könnte», sagte Gervase. «Die Geschichte des Doktors ist ebenso gut wie irgendeine andere. Ich bin jetzt zu Bewußtsein gekommen und habe enthüllt, daß ich einen untersetzten Mann in Homespun im Unterholz herumlungern gesehen habe. Aber Martin muß gefunden werden.»

«Er wird gefunden werden», sagte Theo beruhigend. «Mach dir nur ja keine Sorgen, Gervase! Ich kann das schon für dich erledigen und werde es tun!»

«Danke», sagte Gervase mit halbgeschlossenen Augen.

Miss Morville machte Theo ein Zeichen, zu gehen. Er nickte und verließ das Zimmer, ohne ein Wort zu sagen. Sie fand den Puls des Earl stürmisch und konnte nur hoffen, daß Ruhe und Schlaf ihn wieder auf sein normales Maß bringen würden.

Der Earl verbrachte den Rest des Tages zwischen Halbschlaf und Wachen. Seine beiden Pfleger fanden ihn willig. Er schluckte, was man ihm gab, Essen und Medizin, und unterwarf sich gerne Miss Morvilles Verbot, Besucher zu empfangen. Sein Puls ging nach wie vor zu schnell, und er schlief nur kurz und unruhig. Gegen Abend schien er sich wohler zu fühlen, raffte sich aus seiner Lethargie auf und protestierte energisch gegen Miss Morvilles Plan, sich mit Turvey in die Nachtwache zu teilen. Da für eine solche wirklich keine zwingende Notwendigkeit mehr bestand und Miss Morville bemerkte, daß es ihn nur aufregen würde, wenn sie auf ihrem Willen bestand, ließ sie sich dazu überreden, zu Bett zu gehen. Es wurde ausgemacht, daß Turvey die Nacht auf einem Klappbett im Ankleidezimmer verbringen sollte, und mit dem stillschweigenden Entschluß, im Laufe der Nacht ins Krankenzimmer zu schauen, zog sich Miss Morville in ihr eigenes Schafzimmer zurück. Sie war tatsächlich sehr müde, und wenn ihr Gewissen ihr auch sagte, daß sie vor dem Schlafengehen eigentlich die Gräfinwitwe besuchen sollte, fühlte sie sich der anstrengenden Konversation dieser Dame doch nicht gewachsen.

Als sie sich niederlegte, war es zehn Uhr. Sie schlief fast sofort ein, erwachte aber etwas mehr als zwei Stunden später, zehn Minuten vor der Zeit, die sie für sich selbst festgesetzt hatte. Sie zündete eine Kerze an und stand auf. Da sie vor dem Schlafengehen nur Kleid und Schuhe ausgezogen hatte, war sie in kurzer Zeit wieder angekleidet und frisiert. Die Kerze in der Hand, stahl sie sich die Galerie entlang und um die Ecke zum Schlafzimmer des Earl. Im Haus war alles still. Nur vor dem Zimmer des Earl brannte eine Lampe und erleuchtete den Gang ein wenig. Miss Morville öffnete vorsichtig die Tür und betrat leise das Zimmer.

Auch da brannte eine Lampe schwach, ein wenig vom Bett entfernt, damit der Earl durch das Licht nicht gestört würde. Er schien zu schlafen, aber die zerwühlten Bettdecken zeigten, wie unruhig sein Schlaf war. Aus dem Ankleidezimmer kamen schwere rhythmische Atemzüge, so daß Miss Morville merkte, daß sich wenigstens Turvey einer ausgezeichneten Nachtruhe erfreute. Sie sah mit Mißvergnügen, daß das Feuer nahe am Ausgehen war, und legte leise frisches Holz nach. Dann ging sie zum Bett zurück und versuchte sehr vorsichtig, die Daunendecke, die im Begriff war, herunterzurutschen, wieder über die unbedeckte Schulter des Earl zu ziehen. Er bewegte sich, öffnete aber die Augen nicht, und nachdem sie einen Moment lang unbeweglich gestanden war, ging sie auf den Zehenspitzen zur Tür zurück.

Sie hatte die Tür fast erreicht, als sie wie angewurzelt stehenblieb: sie hatte ein Geräusch gehört, von dem sie geschworen hätte, es wären Schritte. Sie klangen gedämpft, und gerade als sie entschied, sich getäuscht zu haben, hörte sie sie von neuem. Sie wunderte sich, denn sie kamen weder vom Gang noch aus dem Ankleidezimmer, sondern schienen eher aus der Richtung der Wand zu kommen, die dem Ankleidezimmer gegenüberlag. Dann hörte sie ein Geräusch, das klang, als ob eine Hand leise eine Tür berührte. Das Herz schlug ihr bis zum Hals. Sie ging rasch zum Bett zurück, stand aufrecht da und starrte angestrengt auf die Wand zu ihrer Rechten. Einen einzigen raschen Blick warf sie auf das Ankleidezimmer, als ob sie Turvey rufen wollte, aber dann preßte sie die Lippen aufeinander und suchte mit den Augen die andere Wand ab.

Sie war getäfelt wie das ganze Zimmer. Die einzelnen Schnittflächen waren mit geschnitzten Wandpfeilern verdeckt, deren Kapitelle in einer ununterbrochenen Linie ineinandergriffen. Die Flammen hatten gerade die Scheite erfaßt, die sie auf das Feuer gelegt hatte, und ihr Schein flackerte über die verschlungenen Bogen und die sorgsam ausgearbeiteten Schnitzereien. Wieder hörte sie ein schlurfendes Geräusch, als ob jemand seinen Weg im Dunkeln suchte. Dann kam unverkennbar das Drücken auf eine Klinke. Miss Morville stand steif und still. Plötzlich wußte sie, daß der Earl nicht schlief. Sie hörte, wie er sich bewegte, und bevor sie sich umdrehen konnte, fühlte sie, wie er sie warnend am Handgelenk ergriff. Sie warf ihm einen raschen Blick zu und sah, daß auch er die Wandverkleidung anstarrte. Er sagte so leise, daß sie ihn kaum hörte: «Psst!»

Ihr Herz klopfte zum Zerspringen, aber sie wußte, daß ihre Anwesenheit genügte, um den Earl vor Schaden zu bewahren, und hatte sowieso nicht die Absicht gehabt, Lärm zu schlagen.

Die Täfelung krachte; eine Tafel der Wandverkleidung schob sich langsam hinter eine andere, und im Lampenlicht sah man eine Hand, die sich am Rande festhielt.

17

Die Öffnung wurde langsam breiter, aber die Lampe war zu niedrig geschraubt, als daß ihr Licht in die Höhlung gefallen wäre, die durch die Verschiebung der Holztafel entstanden war. Es folgte eine kleine Pause, die Miss Morville als ganz besonders nervenaufreibend empfand, und dann brach eine Stimme das Schweigen, die – kaum mehr als ein Flüstern – beschwörend sagte: «St. Erth!»

Der Griff um Miss Morvilles Handgelenk lockerte sich. «Komm herein, Martin!» sagte der Earl ruhig.

Martin bückte sich und stieg über die Wandleiste ins Zimmer. Als Miss Morville von ihrem Platz neben dem Bett, das im Dunkeln stand, ins Licht trat, fuhr er auf und stammelte: «Ich wußte nicht! Ich dachte –» Er hielt inne und zuckte die Achseln. «Es ist ganz gleich. St. Erth, ich mußte Sie sehen. Bitte verzeihen Sie mir, wenn ich Sie erschreckt habe, aber ich war fest entschlossen, mit Ihnen zu sprechen!»

«Wohin führt dieser Gang?» unterbrach ihn der Earl und wies mit dem Kopf gegen die Öffnung.

«Das ist kein Gang: das ist bloß die Geheimtreppe! Sie mündet in den Kasten neben der Tür, die auf den alten Rasenplatz hinausführt. Das müssen Sie doch wissen!»

«Du irrst. Ich wußte es weder, noch wurde mir je gesagt, daß eine Geheimtreppe direkt in mein Zimmer führt.»

Miss Morville ging leise zur Tür, die ins Ankleidezimmer führte und nur angelehnt war, und schloß sie. Dann schraubte sie die Lampe heller.

«Ich glaube, jedermann dachte, daß Sie davon wüßten», sagte Martin. «Aber was ist schon dabei? Ich muß –»

«Wer weiß davon?»

«Gott, jeder!» sagte Martin ungeduldig. «Das ist längst kein Geheimnis mehr, heutzutage! Natürlich verwendet sie niemand –»

«Das scheint nicht ganz zu stimmen.»

«Ich meine doch, im allgemeinen! Ich mußte Sie sehen!»

Miss Morville hatte die Lampe geputzt, und ihr goldenes Licht wurde langsam stärker. Als sie aufblickte, bemerkte sie, daß Martin verstört und ungewöhnlich bleich aussah. Sie sagte nichts, sondern nahm eins der überzähligen Polster und trug es zum Bett. «Gestatten Sie, daß ich Ihnen dieses Polster gebe, Mylord», sagte sie. «Es wird besser für Sie sein, wenn Sie sich nicht auf den Ellbogen stützen.»

Er dankte ihr und lehnte sich mit einem Seufzer der Erleichterung zurück. Sie warf einen Blick auf Martin und sagte ruhig: «Ihr Bruder ist noch schwach und sollte um diese Zeit nicht sprechen. Bitte, bleiben Sie nicht allzulange!»

«Ich habe nicht den Wunsch, ihm zu schaden – obwohl Sie das wahrscheinlich nicht glauben werden!»

Sie antwortete nicht, sondern setzte sich ans Feuer. Er blickte sie finster an, aber sie erwiderte seinen Blick in der für sie bezeichnenden Weise, geradeheraus, aus weitgeöffneten Augen. Er errötete und wandte sich seinem Stiefbruder zu.

«Sag mir einmal», sagte der Earl, «warum du über die Geheimtreppe kommst, anstatt durch die Tür?»

«Dreimal dürfen Sie raten! Man läßt mich nicht!»

«Wer läßt dich nicht?»

«Theo – Ulverston – Ihr verdammter Diener!»

«So! Aber hat man vielleicht eine Wache vor meine Tür gestellt?»

«Nein! Vor Ihre nicht, aber vor meine!» sagte Martin bitter. «Chard sitzt vor meinem Zimmer. Ein Wunder, daß er mich nicht eingesperrt hat!»

«Mein Gott! Aber wie, wenn ich fragen darf, ist es dir gelungen, unbemerkt an ihm vorbeizukommen? Oder führt in dein Zimmer auch eine Geheimtreppe?»

«Nein! Ich bin zum Fenster hinausgeklettert. Ich sagte Ihnen doch, daß ich Sie sehen *mußte*!»

«Warum, Martin?»

«Weil alle glauben, daß ich Sie ermorden wollte!»

«Haben sie es dir gesagt?»

«Nicht mit Worten. Aber die Fragen, die sie mir gestellt haben – und wie sie mich anschauen! Ich bin nicht auf den Kopf gefallen! Ich weiß, was sie sich denken! Sie sagen, mein Gewehr und mein Patronengürtel wurden gefunden, dort – dort wo es passiert ist, und daß ich Kugeln in meinem Gürtel stecken hatte! Das ist nicht wahr! Das ist eine verdammte Lüge, St. Erth! Guter Gott, was hätte ich mit Kugeln anfangen sollen, wo ich auf nichts anderes aus war als ein verfluchtes Paar Falken und vielleicht ein oder zwei Tauben!»

«Hast du die Falken getroffen?» fragte Gervase.

«Nein. Ich habe sie nicht einmal zu Gesicht bekommen.»

«Oder eine Taube?»

«Nein!»

«Hast du dein Gewehr überhaupt nicht abgefeuert?»

«Doch, auf ein Kaninchen», murmelte Martin. «Oh, das hat man alles schon herausbekommen, nur keine Angst! Aus dem Gewehr wurde geschossen, und ich leugne es nicht! Ich habe ein Kaninchen erlegt, aber wo das jetzt ist, weiß ich nicht! Ich kann es nicht herzeigen! Auf Sie habe ich nie geschossen!»

Der Earl lehnte sich an die Polster und beobachtete jede Veränderung auf Martins Gesicht aus halbgeschlossenen Augen. «Martin, warum bist du davongelaufen?» fragte er.

«Ich bin nicht davongelaufen!» rief Martin aus.

«Psst! Nicht so laut! Mein Diener schläft im Nebenzimmer. Wo bist du denn gewesen?»

«Ich weiß es nicht!» Als er sah, wie sein Bruder die Stirn runzelte, fügte er zornig hinzu: «Fragen Sie doch Chard! Der wird es Ihnen schnell genug erzählen! Er hat mich in irgendeinem Dorf in der Nähe von Wisbech aufgelesen! Ich weiß nicht, wie es heißt!»

«Ich hoffe, du wirst mir sagen, was er dort gemacht hat, denn ich kann es mir nicht im entferntesten vorstellen!»

«Das werde ich auch!» stieß Martin hervor. «Ihr Freund Ulverston hatte ihn beauftragt, auf der Straße nach King's Lynn nach mir Ausschau zu halten. Ulverston glaubte, man würde mich auf dem Wege zum nächsten Hafen überraschen. Gott, wie ich mich zurückgehalten habe, ihm an die Gurgel zu springen, weiß ich nicht!»

«Ja, ich erinnere mich, daß Lucy mit mir davon gesprochen hat», sagte Gervase nachdenklich.

«Ich wollte nach Stanyon, nicht zur Küste!» sagte Martin stürmisch und machte einen Schritt auf das Bett zu.

«Auch das hat er vorausgesagt», murmelte Gervase.

Martin wich zurück. «Ich hätte mir die Mühe sparen können, zu Ihnen zu kommen. Sie werden mir ebensowenig glauben wie er oder Theo! Sehr gut: Lassen Sie mich doch wegen des Mordes verhaften!»

«Aber ich bin doch nicht tot», sagte Gervase und lächelte schwach. «Was werde ich nicht glauben?»

«Man hat mich entführt!» sagte Martin herausfordernd.

Miss Morville, die bis dahin scheinbar unbeteiligt ins Feuer geschaut hatte, hob den Kopf und schaute ihn erstaunt an.

«Sagen Sie mir doch gleich, daß Sie mir kein Wort glauben! Ich warte darauf!»

«Nicht im geringsten. Wo, wann und wie?»

Martin warf ihm einen trotzigen Blick zu. «Ich weiß nicht, wann – außer, daß es nicht lange war, nachdem ich das Kaninchen erlegt hatte, und ich habe keine Ahnung, wann das gewesen sein kann, außer, daß es nicht sehr lange vor dem Attentat auf Sie gewesen sein muß. Ich hatte nichts erlegt und dachte, daß ich mich vielleicht noch nach ein paar Waldtauben umsehen könnte, aber Sie wissen ja, wie das ist. Wenn sie einmal argwöhnisch sind, erwischt man sie nicht mehr, außer, man liegt ganz still. Ich legte mich also ins Dickicht und wartete. Da muß sich jemand von rückwärts angeschlichen haben. Ich weiß es nicht! Das einzige, was ich weiß, ist, daß mir jemand von hinten einen fürchterlichen Schlag auf den Kopf gegeben hat. Das weiß ich, aber sonst nichts, bis ich wieder zu mir kam. Und wieviel später das war, habe ich keine Ahnung.»

Kurze Stille. «Und dein Spaniel?» fragte der Earl.

«Nicht mit», antwortete Martin errötend. Er blickte auf. «Er hatte sich einen Dorn in den Fuß getreten und hinkte. Ich konnte ihn nicht mitnehmen. Fragen sie Hickling, ob das wahr ist oder nicht! O ja! Ich weiß, was Sie sich jetzt denken! Hickling würde mir zuliebe jede Lüge erzählen, nicht wahr?»

«Ich weiß nicht. Würde er?»

«Ich glaube schon!»

«Gut. Erzähl weiter!»

«Ich sagte Ihnen schon, daß ich nicht weiß, was eigentlich passiert ist! Ich kam erst wieder zu mir, als man mich irgendwohin führte, in einem Wagen oder so etwas ähnlichem. Ich konnte nichts sehen – ich war gebunden, geknebelt, und über meinen Kopf hatte man einen Sack gestülpt – nicht, daß mir das etwas ausgemacht hätte, denn mein Kopf schmerzte sowieso zum Zerspringen, und in dem Moment war mir alles ganz egal, außer, daß ich so geschüttelt wurde, daß ich dachte, ich würde gleich wieder in Ohnmacht fallen. Ob ich wirklich in Ohnmacht fiel, weiß ich nicht mehr, aber ich erinnere mich, daß ich mich schrecklich schlecht fühlte. Und dann war ich plötzlich nicht mehr in einem Wagen, sondern lag irgendwo auf der Erde. Vielleicht war es ein Kuhstall, es roch wenigstens so, aber ich konnte nichts sehen und mich nicht bewegen, und ich weiß nicht einmal, wie lange ich dort war: Stunden um Stunden glaube ich. Ich glaube, ich verschlief den größten Teil der Zeit. Sicher, denn als jemand begann, mich hochzuziehen, fuhr ich aus dem Schlaf. Dann wieder dieses verfluchte Rumpeln und Schütteln, und dann wurde ich wieder aus dem Wagen gezogen und rollte und rollte und rollte irgendwo hinunter.»

«Rollte wohin?» fragte der Earl.

«In eine Sandgrube, aber das wußte ich damals noch nicht.»

«Oh! Und wer rettete dich aus der Sandgrube?»

«Niemand. Ich konnte mich selbst befreien. Wenn mir das nicht gelungen wäre, säße ich vielleicht noch immer dort, denn sie war mitten in der Einsamkeit und außer Gebrauch, glaube ich.»

«Aber wieso konnten Sie sich auf einmal befreien, wo es Ihnen vorher doch ganz unmöglich war?» fragte Miss Morville verwundert.

«Ich glaube, die Stricke müssen sich durchgescheuert haben», sagte Martin zögernd. «Oder vielleicht haben sie nachgegeben – nein, das ist es nicht, denn als ich darauf kam, daß ich meine Arme endlich bewegen konnte, strengte ich mich fürchterlich an, und der Strick riß, so daß ich glaube, er muß durchgescheuert gewesen sein oder vielleicht schwach an einer Stelle. Da schauen Sie!» Er rollte seinen Ärmel in die Höhe und zeigte einen wundgescheuerten blauen Oberarm.

«Ich werde Ihnen Arnika darauf geben, wenn Sie wollen», sagte Miss Morville freundlich.

Er fuhr herum und schaute sie an. «Ich brauche keine Arnika! Sie halten das alles für ein Märchen, nicht wahr?»

«O nein! Nur soll man sich von aufregenden Geschichten nie mitreißen lassen, und ich muß bemerken, daß es nicht gar so schwierig wäre, sich solche Hautabschürfungen selbst zuzufügen. Ich glaube schon, daß alles sich genauso abgespielt hat, wie Sie es beschrieben haben, aber man kann leicht verstehen, daß Theo und Lord Ulverston Ihnen nicht glauben wollten.»

«Da bin ich Ihnen sehr verbunden! Warum sagen Sie nicht gleich, daß Sie mich für einen Mörder halten, und Schluß damit!»

«Martin», unterbrach Gervase, «warum hat man dich betäubt, gefangengehalten und schließlich in eine Sandgrube gerollt?»

«Guter Gott! Wenn ich das wüßte! Ich nehme an, irgendein desperater Kerl wollte mich ausrauben!»

«Und hat man dich beraubt?» fragte Gervase.

«Nein, weil ich kein Geld bei mir hatte! Ein Mann nimmt doch kein Geld mit, wenn er auf die Jagd geht!»

«Eben das habe ich mir vorgestellt», stimmte Gervase zu. «Das scheint diesem desperaten Menschen also nicht eingefallen zu sein. Glaubst du, er hat dich in einem Anfall von Wut in die Sandgrube gerollt, weil er merkte, daß die ganze Mühe nicht dafürgestanden hat?»

«Nein. Er war nicht auf Raub aus, natürlich. Das sehe ich jetzt ein, aber damals – nun, ich weiß, es klingt sehr unglaubwürdig, aber es ist wirklich wahr! Ich bedachte überhaupt nicht, daß ich kein Geld bei mir hatte, bis ich aus dieser Sandgrube herauskroch. Da fiel mir ein, daß ich keinen Heller in der Tasche hatte.»

«Hast du dann den Entschluß gefaßt, zurückzukommen?»

Martin errötete. «Ich hatte immer die Absicht gehabt, zurückzukommen! Aber deshalb bin ich erst heute abend hier angelangt, nach zehn Uhr! Teilweise deshalb, zumindest. Ich kann Ihnen sagen, ich fühlte mich gar nicht wohl, nachdem ich mich freigemacht hatte! Ich konnte nicht aufrecht stehen, und mein Kopf schmerzte dermaßen, daß ich kaum aus den Augen schauen konnte, und ich hatte solchen Durst! Sobald mich meine Beine wieder tragen konnten, trachtete ich, zuerst einmal aus der Grube herauszukommen und Wasser zu finden. Nun, ich kam heraus, wußte überhaupt nicht, wo ich war, aber nicht weit entfernt sah ich einen Wald, und da hielt ich es für sehr wahrscheinlich, daß auch ein Fluß in der Nähe wäre. Und dann – dann –»

«Dann?»

«Dann legte ich mich schlafen!» sagte Martin. «Ich glaube, ich muß stundenlang geschlafen haben, denn als ich aufwachte, war es, der Sonne nach zu schließen, schon Mittag vorbei, und als ich den Sack von meinem Kopf heruntergebracht hatte, hatte es erst gedämmert. Ich fühlte mich besser und machte mich auf den Weg ins nächste Dorf. Ich muß fürchterlich ausgeschaut haben! Ich merkte bald, daß man mich im Wirtshaus für einen ganz gewöhnlichen Landstreicher hielt. Natürlich hatten sie keine Post dort, und der Wirt sagte, er hätte auch kein Pferd, das ich mieten könnte, aber ich würde nicht weit von dort das Nötige finden, in Guyhirne.»

«Und hast du das auch?»

«Nein. Das heißt –» Martin schaute verstohlen von seinem Bruder zu Miss Morville. «Ich bin nicht hingegangen. Ich weiß, das war dumm, aber ich kam mit einem Landmann ins Gespräch, der einen Wagen kutschierte, und der nahm mich ein Stück mit. Da erfuhr ich, was Ihnen passiert war, St. Erth!»

«Von einem Kutscher?»

«Ich hätte es von einem Dutzend erfahren können! Ein Tagelöhner, der heute früh in Cheringham war, hat die

Geschichte überall herumerzählt. Der Kutscher sagte mir, Sie wären ermordet worden, und ich wäre verschwunden, und man suchte überall nach mir! Natürlich hätte ich mir denken können, daß es nur halb so schlimm wäre, aber – ich – ich habe –»

«Angst bekommen?»

«Ich wußte nicht, was ich tun sollte», stieß Martin hervor. «Ich dachte, wenn mich jemand erkennen würde – oder erriete, wer ich war, würde man mich vielleicht direkt ins Gefängnis abtransportiert haben, mich, Martin Frant! Das einzige, was ich tun wollte, war, so schnell wie möglich hierher zurückzukommen, unerkannt, um herauszufinden, was wirklich los war und was ich tun sollte. Aber dieser Kerl, Chard, suchte überall nach mir, und ich war gesehen worden, natürlich, obwohl mich niemand erkannt hatte in diesem Aufzug! Ich nehme an, daß diese verfluchten Tölpel ihn auf meine Fährte hetzten, als er mich beschrieb. Er holte mich im nächsten Dorf ein – in meinem Gig noch dazu! – und – und dann erfuhr ich, wie die Dinge standen. Er brachte mich heim, als ob ich ein Verbrecher wäre, den man zum Tribunal führt, und er mein Kerkermeister oder so was Ähnliches! Und danach kamen Theo – und Ulverston – und glaubten nicht ein Wort von dem, was ich sagte, und behaupteten, daß ich Sie nicht sehen dürfte! Aber ich mußte Sie sehen und Ihnen sagen –!»

Miss Morville, die das müde Antlitz schon länger betrachtet hatte, sagte: «Nun, Martin, jetzt, nachdem Sie das getan haben, wäre ich Ihnen sehr dankbar, wenn Sie Seine Lordschaft wieder schlafen lassen wollten! Ich glaube nicht, daß heute noch etwas getan werden kann, und bin überzeugt, daß Ihr Bruder Sie morgen wieder empfangen wird, wenn Sie es möchten.»

Sie wünschte bald, geschwiegen zu haben, denn der Earl schüttelte den Kopf, und seine Lippen formten das Wort: «Nein.»

Martin sah es und sagte rasch: «St. Erth – Sie können doch nicht glauben – St. Erth, Sie werden mich doch morgen empfangen!»

«Nein. Du hast mir nichts mehr zu sagen. Komm nicht in dieses Zimmer! Wenn ich wieder auf bin – dann werden wir sehen.»

Auf Martins Gesicht spiegelte sich Furcht – beinahe Panik. Er machte unwillkürlich einen Schritt vorwärts und rief: «Gervase, Sie können mich doch nicht damit beschuldigen wollen! Sie können doch nicht glauben, daß ich einen Mord begehen wollte!»

Ein seltsames kleines Lächeln huschte über das Gesicht des Earl. «Du hast mich ja nicht ermordet.»

«Ich habe es niemals versucht! Sie müssen mir glauben! Bedenken Sie nur den Skandal!»

«Ich habe daran gedacht. Ich habe Theo gesagt, daß ich einen untersetzten Mann in Homespun bemerkt hätte, der sich im Gebüsch verbarg.»

Martin seufzte schaudernd. «Ich wußte ja, Sie konnten nicht – haben Sie diesen Kerl wirklich gesehen?»

«Nein.»

«Sind Sie dessen sicher?» fragte Martin und schaute ihn unter gerunzelten Brauen an. «Weil – nun, lassen wir das!»

Er bemerkte Miss Morvilles Blick und sagte: «Gut, ich gehe! Nur – wenn Sie sich davor fürchten, mich Ihr Zimmer betreten zu lassen, und Chard mich auf eine solche Weise bewachen soll –»

«Du wirst von Chard befreit werden. Bevor du gehst, erkläre mir noch, wie diese Täfelung funktioniert.»

«Es wundert mich, daß man es Ihnen nie gezeigt hat! Ich erinnere mich genau, wie mein Vater es mir erklärt hat: ich kann kaum älter gewesen sein als zehn Jahre.»

«Leicht möglich. Ich hatte nicht das Glück, mit ihm in so gutem Einvemehmen zu stehen. Wie geht es auf?»

«Oh, das ist eine verzwickte Sache! Auf der Innenseite ist ein ganz eigenartiger Riegel mit einer Sperre, so daß die Tafel nicht zurückgleiten kann, solange er sich unten befindet. Von hier können Sie leicht aufmachen, wenn Sie einen der Knöpfe am oberen Ende dieses Pfeilers drehen.» Er ging zur Wand und legte seine Hand auf den Knopf. «Dieser hier. Er hat eine Vorrichtung, die den Riegel hebt, wenn man dreht – so!»

«Erfinderisch! Darf ich fragen, wie man den Eingang von meinem Zimmer aus sichert?»

«Überhaupt nicht. Aber wenn Sie einen Keil zwischen die Klinke und den Riegel stecken, kann er nicht aufgehoben werden, und der Knopf wird sich natürlich nicht rühren. Ich glaube, daß dieses Versteck den Leuten etwas aufzulösen gegeben hatte, früher, als man alles nach Priesterverstecken durchsuchte!»

«Zweifellos. Kann man den Eingang von der Stiege aus nicht versperren?»

«Nein, aber der Kasten ist zugesperrt. Wir verwenden ihn nie.»

Der Earl streckte die Hand aus. «Den Schlüssel, wenn ich bitten darf!»

«Ich wollte den Kasten zusperren und den Schlüssel zurückgeben.»

«Danke, ich behalte ihn lieber selbst. Wo ist er sonst zu finden?»

«Im Zimmer des Verwalters. Perran hat alle Schlüssel dort an einem Brett hängen.»

«Dieses Arrangement scheint mir nicht sehr empfehlenswert zu sein.»

«Oh, wie Sie wünschen!» sagte Martin und legte einen altmodischen Schlüssel in seine Hand.

«Danke. Und jetzt geh in dein Zimmer zurück und sage Chard, daß ich ihn zu sehen wünsche, bitte!»

«Gut. Und Sie glauben nicht – Sie denken nicht, daß –»

«Verzeih mir! Ich bin zu müde, um diese Sache heute noch länger zu besprechen.»

«Dann sage ich Ihnen gute Nacht!» sagte Martin steif. «Und verzeihen Sie mir, Sie gestört zu haben!»

Gervase antwortete nicht. Miss Morville wartete, bis Martin das Zimmer verlassen hatte. Dann sagte sie: «Ich hoffe, Mylord, daß Sie die Absicht haben, diese Tür unverzüglich zuzusperren?»

«Ja, natürlich!»

«Ich hoffe, daß ich Kleinigkeiten im allgemeinen keine übertriebene Bedeutung beimesse, aber die Tatsache, daß eine

Geheimtreppe in Ihr Zimmer führt, gefällt mir durchaus nicht.»

«Mir auch nicht», sagte er und betrachtete sie erheitert.

«Um die Wahrheit zu sagen», gestand sie, «mir stockte das Blut in den Adern, als ich sah, wie sich die Täfelung langsam öffnete!»

«Ich fürchtete schon, daß Sie Turvey hereinrufen würden. Das hätte meinen Wünschen durchaus nicht entsprochen.»

«Nein, ich war entschlossen, das nicht zu tun, noch ehe Sie meine Hand ergriffen. Ich wußte, daß Ihnen nichts zustoßen würde, solange ich da war.»

«Sie sind eine bemerkenswerte Frau, Miss Morville.»

«Im Gegenteil, ich bin von trauriger Gewöhnlichkeit», antwortete sie. «Ich werde heute mit Ihnen über das Vorgefallene nicht mehr sprechen. Ich kann sehen, daß es Sie sehr angestrengt hat, und ich wünschte, Sie könnten es so lange beiseite schieben, bis Sie wieder bei Kräften sind.» Sie glättete die Daunendecke und sagte nach kurzem Zögern mit ausdrucksloser Stimme: «Ihre Medizin verwahre ich selbst, und vielleicht interessiert es Sie, Mylord, daß alle Nahrung, die Sie zu sich nehmen, aus den Händen des Oberkochs unverzüglich in die Turveys gelangt.»

«Ja, an Gift habe ich noch gar nicht gedacht», sagte er nachdenklich. «Danke! Das habe ich sicherlich Ihnen zu danken, nicht wahr?»

«Durchaus nicht. Ich glaube, Turvey, Abney und der Oberkoch selbst haben das miteinander ausgemacht. Was auch immer die Gefühle einzelner Mitglieder Ihrer Familie sein mögen, Sir, so haben Sie doch vertrauenswürdige Wachen an Ihren Dienern!»

«Es scheint tatsächlich so zu sein! Obwohl ich mir nicht erklären kann, warum sie sich mein Wohlergehen so sehr angelegen sein lassen!»

Sie sagte ernst: «Vielleicht kann man es wirklich nicht verstehen, aber so ist es nun einmal! Und hier kommt Chard, glaube ich. Ich verlasse Sie nun, Mylord. Bitte regen Sie sich nicht mehr auf, als unbedingt nötig. Seitdem Martin mit seiner Geschichte fertig ist, haben Sie nicht aufgehört, die Stirn zu runzeln!»

«Habe ich das? Ich bitte um Vergebung! Er hat mir sehr viel Stoff zum Nachdenken gegeben.»

«In ein paar Tagen werden Sie wieder klarer denken können», sagte sie, ging zur Tür und öffnete. «Sie können hereinkommen, Chard: Seine Lordschaft wünscht mit Ihnen zu sprechen. Ich weiß, Sie werden ihn nicht länger als nötig aufhalten! Gute Nacht, Mylord!»

Sie ging hinaus, und Chard näherte sich vorsichtig dem Bett. Er wurde mit einem Lächeln begrüßt. «Noch am Leben, Chard! Was für Mühe müssen Sie mit diesen Pferden gehabt haben! Und dabei haben Sie noch aufgepaßt, daß ich nicht aus dem Wagen fiel!»

«Kann man wohl sagen, me lord», gab Chard zu und grinste. «Und sehr *contra pelo* ging es mir, nicht stehenbleiben zu können, um diesen Schuft in flagranti zu erwischen! Aber als ich die Grauschimmel endlich gebändigt hatte, waren Sie schon in Ohnmacht gefallen und bluteten so, daß ich nur mehr wie der Teufel nach Hause fahren konnte.»

«Ich bin Ihnen zu großem Dank verpflichtet. Sie haben ganz recht gehandelt, und ich zweifle sehr, daß Sie meinen ‹Mörder› erwischt hätten, selbst wenn es Ihnen möglich gewesen wäre, anzuhalten.»

«Wenigstens gesehen hätte ich ihn gern, me lord», sagte Chard. «Was ich weiß, weiß ich, aber es ist nicht genug. Und ich bin ganz außer mir, daß mir der junge Herr Martin heute nacht durch die Lappen gegangen ist, sozusagen. Aber wie er in das Zimmer Eurer Lordschaft gekommen ist, ohne daß ich es bemerkt habe, das geht mir nicht in den Kopf!»

«Wenn Sie sich umdrehen, können Sie die Stiege sehen, über die er gekommen ist!»

«Ho!» sagte Chard und unterzog die Täfelung und das Loch, das sich dahinter auftat, einer genauen Untersuchung. «So ist das also! Als nächstes werden wir einen *embascado* mitten im Schloß haben, nicht nur draußen! Nun, me lord, das macht mich wirklich ganz fertig! Teufel, man hätte Sie in Ihrem Bett erwürgen können, ohne daß jemand daraus klug geworden wäre!»

«Ich glaube, daß mir das auch einmal fast passiert wäre», sagte der Earl nachdenklich. «Aber da ich keinen Wert darauf lege, über diese Stiege neuerliche Besuche zu empfangen, werden Sie die Güte haben, Chard, eine Kerze zu nehmen, durch den Geheimgang hinauszugehen, den Kasten, in den er mündet, zuzusperren und den Schlüssel zu behalten. Hier ist er.»

Chard nahm den Schlüssel, sagte jedoch: «Nein, Mylord, das ist nicht genug! Da ist jemand verdammt darauf versessen, Ihnen das Lebenslicht auszublasen, und nach dem, was ich gesehen habe, läßt er sich von nichts daran hindern. Ich glaube, wir werden uns beide wohler fühlen, wenn ich mich hier häuslich niederlasse, während Eure Lordschaft ein bißchen schläft.»

Der Earl schüttelte den Kopf. «Danke, nein! Für Sie habe ich eine andere Arbeit. Solange ich an mein Bett gefesselt bin, glaube ich nicht, daß man etwas gegen mich unternehmen wird. Außerdem schläft Turvey im Ankleidezimmer.»

«Der!» sagte Chard verächtlich. «Vielleicht wacht er auf, wenn man vor seiner Tür Trompete bläst – nichts ist unmöglich!»

«Er wacht auf, wenn ich ihn rufe. Aber ich habe eine bessere Antwort für meinen Mörder als Turvey. Bitte machen Sie die oberste Lade dieses Kastens auf umd bringen Sie mir meine Pistole. Vorsicht! Sie ist geladen und entsichert. Danke!» Der Earl nahm die Pistole und legte sie auf seinen Nachttisch. «Und jetzt zünden Sie eine Kerze an!» Er wartete, bis Chard seinen Befehl ausgeführt hatte, und sagte dann: «Ich will nicht, daß Sie vor Mr. Martins Zimmer Wache stehen!»

«Me lord!» protestierte Chard entrüstet. «Ich habe Mr. Martin auf dem Weg nach King's Lynn erwischt!»

«Ich weiß.»

«Gut, Mylord, aber vielleicht wissen Sie nicht, was für einen Bären er mir aufbinden wollte.»

«Ich habe seine Geschichte gehört. Aber ich will nicht, daß er merkt, unter Bewachung zu stehen. Solange ich im Haus bin, glaube ich nicht, in Gefahr zu sein. Aber in ein paar Tagen werde ich dieses Bett wieder verlassen, und dann will ich, daß Sie Mr. Martin folgen, sobald er das Schloß verläßt. Vielleicht wird es nicht immer möglich sein, ihm auf den Fersen zu bleiben. Aber finden Sie heraus, wohin er geht, und wenn er ein

Gewehr mitnimmt, dann folgen Sie ihm so knapp wie möglich.» Er hielt einen Augenblick inne und setzte dann entschlossen hinzu: «Und wenn auch ich außerhalb dieser Mauern bin, so lassen Sie ihn nicht aus den Augen!»

18

Martins Rückkehr brachte zwei Veränderungen mit sich: die Gräfinwitwe tauchte aus der Abgeschiedenheit ihrer Gemächer wieder auf, und Lord Ulverston verschob seine Abreise nach London. Darüber war niemand besonders erstaunt, denn wenn auch der Earl murmelte, daß Lucys Anwesenheit ihn kaum vor Schaden bewahren würde, erhob er doch keinen ernstzunehmenden Protest dagegen, nachdem die Ereignisse alle anderen weniger wichtigen Fragen aus Martins Gedanken verdrängt hatten. Es war tatsächlich zweifelhaft, ob er noch immer um Marianne geworben hätte, wenn ihr Herz noch frei gewesen wäre, denn als sie mit ihren Eltern nach Stanyon herübergefahren kam, um sich nach dem Gesundheitszustand des Earl zu erkundigen, zeigte ihm ihr entsetzter Blick deutlich genug, was sie diesbezüglich empfand. Daß seine Geschichte erst bei seinem Stiefbruder und dann bei der Dame, die er ursprünglich heiraten wollte, so merklich auf Unglauben stieß, hatte auf Martin einen vernichtenden Eindruck gemacht und ihn in gewisser Beziehung auf den Empfang vorbereitet, den Mr. Warboys ihm angedeihen ließ. «Alles, was recht ist, Martin!» sagte Mr. Warboys ohne Umschweife. «Habe immer schon gesagt, daß dich deine Unbeherrschtheit einmal in eine arge Klemme bringen würde!» Dann fügte er mit bemerkenswertem Mut hinzu: «Lektion für dich! Mußt du schon hinunterschlucken, alter Junge!»

Anstatt eine Forderung hervorzuschleudern, die Mr. Warboys ohne Bedenken abgelehnt haben würde, drehte sich Martin wortlos um und ging.

Die Gräfinwitwe nahm ihren Platz in Stanyon wieder ein und erkannte bald, daß Martins Rückkehr, entgegen ihrer

Annahme, den Verdacht, unter dem er stand, nicht zerstreut hatte. Nichts in ihrem wohlgeordneten Leben hatte sie jemals auf die Situation vorbereitet, in der sie sich augenblicklich befand. Glücklicherweise bewahrte sie ihr Egoismus vor Selbstvorwürfen, aber ihre Aufregung war nichtsdestoweniger groß und bewog sie dazu, ihrem Stiefsohn einen Besuch abzustatten; Miss Morville war gegen diesen feindlichen Einbruch machtlos und konnte nur hoffen, daß die kräftige Konstitution des Earl ihn dazu befähigen würde, die Prüfung durchzustehen. Und sie entdeckte wie andere vor ihr, daß seine anscheinende Zerbrechlichkeit und Sanftmut gleichermaßen irreführend waren. Er empfing seine Stiefmutter mit Gleichmut, und obwohl ihr Besuch ihn ermüdete, schlug sein Puls nachher nicht um ein Jota schneller. Die Gräfinwitwe redete eine halbe Stunde auf ihn ein, wobei sie alle Skalen von Schelten, Bitten und Befehlen durchlief. Er hörte ihr geduldig zu und antwortete mit solcher Freundlichkeit, daß sie sein Zimmer höchst beruhigt verließ, um erst ein paar Stunden später darauf zu kommen, daß sie überhaupt nichts ausgerichtet hatte. Er verbannte Martin nicht aus Stanyon, war aber nicht dazu zu bewegen, ihm den Zutritt zu seinem Schafzimmer zu gestatten. Er sagte ihr, daß er bei seiner Geschichte vom Mann in Homespun bleiben würde, berechtigte sie aber in nichts zu der Annahme, daß er Martin an dem Versuch, ihn zu töten, unschuldig glaubte. Erst als Martin sie diesbezüglich ausfragte, fielen ihr alle die Dinge auf, die der Earl nicht gesagt hatte. Sie hatte selten eine solche Niederlage erlitten, und die Wirkung auf sie war eine derartige, daß Miss Morville sich genötigt sah, ihre Bitte (die Gräfinwitwe weinte beinahe), sie doch nicht im Stich zu lassen, solange ihre Nerven noch so angegriffen wären, zu erfüllen.

So kam es, daß Mr. und Mrs. Morville bei ihrer Ankunft in Gilbourne House, etwa eine Woche nach den geschilderten Ereignissen, feststellen mußten, daß ihre Tochter – wiewohl sie sich zu ihrer Begrüßung eingefunden hatte – keine Absicht zeigte, so bald wieder in den Schoß der Familie zurückzukehren. Mr. Morville war gleichermaßen erstaunt, erzürnt und traurig. Er fürchtete, Drusilla hätte sich von der Pracht und

Herrlichkeit blenden lassen; und hätte ihn seine bessere Hälfte dazu ermutigt, würde er die zwingende Notwendigkeit gefühlt haben, seine Tochter kraft seiner väterlichen Autorität dazu zu zwingen, nach Hause zurückzukehren. Aber nicht nur war seine Frau weit davon entfernt, ihn in dieser Absicht zu bestärken, sondern sie riet ihm auch in unmißverständlichen Ausdrücken davon ab, den leisesten Wunsch nach Drusillas Rückkehr auszusprechen.

«Es scheint», sagte Mrs. Morville, «daß die Leute in Stanyon Sorgen haben. Wenn Lady St. Erth Drusilla gebeten hat, vorläufig noch bei ihr zu bleiben, möchte ich nicht ungefällig sein.»

Mr. Morville gab dies zu, bemerkte aber, daß er nicht wüßte, warum seine Tochter in einem Hause, in dem mindestens zwanzig, wenn nicht dreißig Bedienstete angestellt waren, die Krankenschwester spielen sollte.

«Was das betrifft», sagte Mrs. Morville, «so ist es eher Lady St. Erth, die Drusilla braucht, und nicht der Earl. Diese fürchterlichen Gerüchte haben sie entsetzlich aufgeregt, und das ist wirklich kein Wunder! Drusilla hat das Gefühl, daß es sehr häßlich wäre, sie jetzt im Stich zu lassen, nachdem sie ihr soviel Liebenswürdigkeit bewiesen hat. Ich muß zugeben, daß wir Mylady wirklich sehr verpflichtet sind, unsere Tochter während unserer Abwesenheit eingeladen zu haben; und was mich betrifft, so wäre es mir sehr unangenehm, wenn Drusilla ihr an Aufmerksamkeit etwas schuldig bliebe.»

Während Mr. Morville diese Worte in sich aufnahm, hatte er die Brille abgenommen und putzte sie bedächtig mit seinem Taschentuch. Dann setzte er sie wieder auf und betrachtete die Frau seiner Wahl mit einiger Strenge. «Als wir fortfuhren, meine Liebste», sagte er, «ließen wir unsere Tochter nur auf Lady St. Erths dringende Bitte in deren Obhut. Die Verpflichtung lag auf ihrer Seite. Wäre es anders gewesen, hätte ich niemals meine Zustimmung gegeben. Ich dachte, daß wir in diesem Punkt einer Meinung wären!»

«Sicherlich! Das steht außer Frage!» sagte Mrs. Morville errötend. «Die Sache ist die, Mr. Morville: ich war die ganze letzte Stunde mit Drusilla beisammen! Und ich will Ihnen nicht verhehlen, daß das, was sie mir gesagt hat – und mehr noch das, was sie mir *nicht* gesagt hat –, mir reichlich Stoff zum Nachdenken gegeben hat!»

«Wirklich!»

«Zurückhaltung», verkündete Mrs. Morville großartig, «war mir schon immer ein Greuel! Mein Lieber, ich bitte Sie, mir alles mitzuteilen, was Sie über diesen jungen Mann wissen!»

«Über was für einen jungen Mann?» fragte ihr Gatte entgeistert.

Mrs. Morville hegte für die Gelehrsamkeit ihres Gatten sowie für sein Verständnis für Imponderabilien die größte Hochachtung. Dennoch war sie schon oft gezwungen gewesen, zuzugeben, daß seine Beschränktheit in praktischen Dingen sie zur Verzweiflung treiben konnte. Sie schnalzte ungeduldig mit der Zunge und antwortete: «Nun, der neue Earl, natürlich!»

«St. Erth?» sagte er. «Ich bin nie mit ihm zusammengekommen. Soviel ich weiß, kennt ihn mein Bruder. Aber ich sehe den Zusammenhang mit unserem Gespräch nicht.»

«Das glaube ich schon, daß Sie den nicht sehen», sagte Mrs. Morville tolerant, «denn was vor Ihrer Nase liegt, bemerken Sie niemals, mein Lieber! Was würden Sie dazu sagen, wenn unsere Tochter Gräfin St. Erth werden sollte?»

"Was?» rief Mr. Morville aus, alles andere als erfreut, «das kann doch nicht Ihr Ernst sein!»

Sie nickte. «Ich versichere Ihnen, daß mir nie etwas ernster war! Natürlich habe ich auf den ersten Blick eine Veränderung an Drusilla bemerkt. Aber erst, als ich Gelegenheit hatte, eine Stunde mit ihr allein zu sein, konnte ich mir mehr darunter vorstellen als Sie. Obwohl ich natürlich an den spärlichen Erwähnungen Seiner Lordschaft in ihren Briefen hätte merken können, woher der Wind wehte! Er scheint ein äußerst liebenswerter junger Mann zu sein, mein lieber Sir! Und dieser Unfall, wie unangenehm auch immer er sein mag, der sie in dieser Art zusammengeführt hat –»

«Darf ich meinen Ohren trauen?» unterbrach Mr. Morville. «Soll ich annehmen, daß Sie – Sie, Mrs. Morville! – eine solche Verbindung begrüßen würden?»

«Ich bitte Sie, wissen Sie vielleicht irgend etwas über diesen jungen Mann, das meine Freude über eine Verbindung mit ihm trüben müßte?»

«Ich weiß nichts über ihn. Wahrscheinlich ist er genauso ein verschwenderischer Tagedieb wie alle anderen seiner Art.»

«Ich bin erstaunt, daß ein Mann von Ihren geistigen Qualitäten sich einem solchen Vorurteil beugt, mein lieber Mr. Morville», sagte seine Gattin. «Nach allem, was ich von Drusilla gehört habe, ist er untadelig und mit einer so sanften Gemütsart begabt, daß sich jede Frau gratulieren müßte, die ihn zum Mann bekommt!»

«Meinetwegen kann er alle Tugenden besitzen!» erwiderte Mr. Morville, «aber darum bleibt er noch immer der Inbegriff eines Standes, dessen Bekämpfung wir unser Leben geweiht haben. Schon sein Rang allein, hätte ich annehmen dürfen, müßte ihn Ihnen verhaßt machen! Ist es möglich, daß ich mich so getäuscht habe? Haben wir nicht die süße Hoffnung genährt, unsere Tochter mit Henry Poundsbridge zu vermählen?»

«Nun», sagte Mrs. Morville vernünftig, «ich schätze Henry Poundsbridge sehr, und ich muß gestehen, daß ich gegen eine Verbindung mit ihm nichts einzuwenden gehabt hätte. Sie wissen ja, daß Drusilla keine Schönheit ist, und wenn ein Mädchen schon seit drei Jahren in die Gesellschaft eingeführt und noch immer ledig ist, kann man unter ihren Freiern nicht mehr zu lange wählen. Er ist ein vortrefflicher junger Mann, kann sich aber, wie Sie selbst zugeben müssen, mit Lord St. Erth nicht im entferntesten vergleichen!»

«Ich vermag meinen Ohren nicht zu trauen!» sagte Mr. Morville. «Wie können Sie nur in einem solchen Ton sprechen, Mrs. Morville? Ist das, frage ich mich, dieselbe Frau, die ‹Die Kunkel› schrieb? Ist das die Autorin der ‹Gedanken über den republikanischen Staat›? Ist das die Gefährtin, mit der ich jeden meiner philosophischen Gedanken geteilt habe? Ich bin entsetzt!»

«Dazu hätten Sie alle Ursache, mein lieber Sir, wenn ich so verrückt wäre, Henry Poundsbridge dem Earl of St. Erth als Gemahl meiner Tochter vorzuziehen!» antwortete seine Gattin mit einiger Schärfe. «Es wäre mir zwar nie eingefallen, eine derartige Verbindung zu suchen, aber wenn der Earl – ich sage, wenn! – wirklich um die Hand der lieben Drusilla anhalten sollte und Sie Ihre Einwilligung verweigern würden, bliebe mir nichts anderes übrig, als Sie ins Narrenhaus zu stecken! Ich muß mich wirklich wundern, mein Lieber, daß ein Mann Ihrer Intelligenz Theorie und Praxis auf so törichte Weise verwechseln kann. Natürlich werde ich immer zu den Meinungen stehen, die auch die Ihren sind, aber wenn es sich darum handelt, meiner Tochter eine angesehene Position in der Welt zu verschaffen, ist es an der Zeit, utopische Träume beiseite zu lassen!» Da sie bemerkte, daß dieser Ausbruch der Beredsamkeit ihren Gatten fast betäubt hatte, versetzte sie ihm damit den Gnadenstoß, als sie pathetisch hinzufügte: «Als Cordelia Consett muß ich die augenblickliche Gesellschaftsordnung auf das tiefste beklagen; aber als Mutter müßte ich mich dieses Namens für unwürdig erachten, wenn ich eine für mein Kind so schmeichelhafte Verbindung hintertreiben wollte!»

«Soll ich daraus entnehmen», fragte Mr. Morville, «daß der Earl die Absicht hat, um Drusillas Hand anzuhalten?»

«Guter Gott, mein Lieber, wie schnell Sie sich fortreißen lassen!» rief seine Frau aus. «Soviel ich weiß, hat St. Erth nicht im entferntesten diese Absicht! Und Sie können versichert sein, daß ich, als ich mit Drusilla sprach, ängstlich darauf bedacht war, den Anschein zu erwecken, als käme mir dieser Gedanke überhaupt nicht. Das wäre nämlich genau verkehrt! Ich habe nur den Verdacht, daß ihr Herz nicht gleichgültig geblieben ist.»

Mr. Morville warf sich in Positur. «Sollten Sie Ursache haben, anzunehmen, daß St. Erth mit Drusilla getändelt hat –»

«Nichts dergleichenl Nach dem, was ich erfahren habe, bin ich überzeugt, daß er viel zu sehr Gentleman ist, um Hoffnungen zu erwecken, die er nicht zu erfüllen beabsichtigt. Außerdem tändeln die Männer nie mit Drusilla», fügte Mrs. Morville in einem Ton hinzu, der nicht frei von Bedauern war.

«Ich habe den Eindruck», sagte ihr Gatte und schlug ostentativ sein Buch auf, «daß Sie aus einer Fliege einen Elefanten machen, meine Liebe!»

«Das wird sich zeigen! Nur, falls ich recht habe, bitte ich Sie, mein Lieber, das Glück Ihrer Tochter nicht an irgendwelchen törichten Skrupeln scheitern zu lassen!»

«Es wäre ganz gegen meine Prinzipien, Drusilla oder irgendeines meiner Kinder in dieser Beziehung zu etwas zwingen zu wollen.»

«Sehr richtig, und ein besseres Beispiel für das, was ich vorhin über Theorie und Praxis sagte, hätten Sie nicht wählen können! Denn als der arme Jack in die Klauen dieses Weibes geriet und sie auch geheiratet hätte, wenn Sie nicht –»

«Das», unterbrach Mr. Morville, «war etwas ganz anderes.»

«Natürlich war es etwas ganz anderes, mein Lieber, und Sie haben damals auch genau das Richtige getan, wie Jack jetzt als erster zugeben würde!»

Sie wartete einen Augenblick, für den Fall, daß er sich zu einer Antwort aufraffen würde, aber als sie sah, daß er sich allem Anschein nach in sein Buch vertiefte, zog sie sich zurück, um sich einigen herrlichen Tagträumen hinzugeben, von denen man keinen einzigen als einer Dame ihres geistigen Formats hätte für würdig erklären können. Sie wußte es übrigens selbst, lachte über sich und hatte sogar den Anstand, sich des verlockendsten unter ihnen – sie teilte Drusillas Triumph gerade ihrer Schwägerin mit, einer Dame, die drei ebenso hübsche wie unverheiratete Töchter hatte – zu schämen.

Ihre Eskapaden in das Reich der Phantasie würden ihre Tochter überrascht, ja entsetzt haben, deren eigene Ansichten über ihre Lage entschieden hoffnungslos waren. Mrs. Morville hatte sich nicht getäuscht: Drusillas Herz war nicht mehr frei. Wie fest es auch den Avancen des vielversprechenden jungen Politikers Henry Poundsbridge getrotzt hatte, so war es vor dem ersten Lächeln des Earl geschmolzen. «Um die Wahrheit zu sagen», sagte Drusilla streng zu ihrem Spiegelbild, «hast du dich in eine schöne Larve verliebt und solltest dich schämen!» Sie bedachte darauf, daß sie einige Male in Gesellschaft Lord Byrons gewesen war, ohne dem Zauber eines Gesichts zu erliegen, das allgemein als das schönste von ganz England bezeichnet wurde, und heiterte sich wieder auf. Aber bald kühlte eine objektive Betrachtung ihres eigenen Gesichtes ihre gute

Laune wieder ab. Sie konnte weder an ihrem frischen Teint noch an ihren großen dunklen Augen etwas Schönes finden und hätte ihr natürlich gelocktes braunes Haar gerne für goldene oder rabenschwarze Flechten eingetauscht. Und was ihre Gestalt betraf, so konnte sie sich nicht dazu überreden, anzunehmen, daß St. Erth, der selbst so schlank und elegant war – wenn es auch Männer gab, die für kleine rundliche Frauen etwas übrig haben mochten –, sie für etwas anderes halten konnte als ein kleines, unbedeutendes Wesen.

«Wie töricht, anzunehmen, daß er dich anders betrachtet als mit Wohlwollen und Duldung, bloß weil er so besonders entgegenkommend ist!» sagte sie ihrem Spiegelbild. Darauf schneuzte sie sich, schnupfte und fügte mit einem verächtlichen Blick auf ihr erhitztes Gesicht hinzu: «Verlaß dich darauf, du bist genau die Art von einem Mädchen, das ein Mann gerne zur Schwester hätte! Du kannst nicht einmal in Ohnmacht fallen, und ich bin überzeugt, es würde jämmerlich ausfallen, wenn du es probiertest. Alles, was du hast, ist Hausverstand, und wozu kann man den schon brauchen, wenn ich bitten darf?»

Dieser bittere Gedanke erinnerte sie an die verschiedenen Gelegenheiten, bei denen sie – wäre sie die Art von Frau gewesen, die der Earl zweifellos bewunderte – seine Leidenschaft mit einer Schaustellung von Gefühl oder Heroismus hätte entflammen können. Dieser Ausflug in das Reich der Romantik war aber nicht hundertprozentig erfolgreich, denn während sie sich nach Kräften bemühte, die angenehme Vision einer heroischen Miss Morville heraufzubeschwören, konnte die richtige Miss Morville, die nicht nur einen Sinn fürs Praktische, sondern auch zwei Brüder besaß, die sich kein Blatt vor den Mund nahmen, nichts tun, als fortwährend Einwände gegen das Benehmen der Heldin zu erheben. Es hätte sich natürlich sehr gut ausgenommen, sich damals, als der Earl mit Martin focht, zwischen die Kämpfenden zu werfen, daß diese herrliche Geste aber in einer männlichen Brust etwas anderes als Erbitterung hervorgerufen hätte, konnte sie sich bei bestem Willen nicht vorstellen. Sie meinte also, sich diesbezüglich keine Vorwürfe machen zu müssen. Aber als sie sich ihr Verhalten auf der

Avenue vergegenwärtigte, wo der Earl vom Pferd gestürzt war, konnte sie es nur als unqualifizierbar bezeichnen. Hier hatte sie sich eine ideale Gelegenheit für Krämpfe, Ohnmachtsanfälle und Gefühlsbezeigungen höherer Art auf das sträflichste entgehen lassen! Wie konnte sie auch von Seiner Lordschaft erwarten, er sollte erraten, daß ihr Herz so rasend geklopft hatte, daß sie beinahe selbst in Ohnmacht gefallen wäre, wo sie doch in einem völlig unbeteiligten Ton mit ihm gesprochen hatte! Nicht einmal dann, als er leblos ins Schloß gebracht wurde, hatte sie sich benommen wie eine romantische Heldin! War sie beim Anblick seiner blutbefleckten Kleidung in Ohnmacht gefallen? Hatte sie geschrien? Nein! Sie hatte lediglich Ulverston hierhin geschickt, Turvey dorthin, Chard um den Doktor, während sie selbst versucht hatte, zu tun, was in ihren Kräften stand, um das Blut zu stillen.

Hier legte sich die prosaische Miss Morville ins Mittel. «Das war auch ganz richtig!» sagte sie.

«Ich hätte ihm sicher mehr imponiert, wenn ich in Ohnmacht gefallen wäre!» widersprach Drusilla.

«Unsinn! Inzwischen wäre er gestorben, denn du weißt genau, daß niemand sonst die geringste Ahnung hatte, was zu tun war!» sagte Miss Morville.

«Ich hätte wenigstens schreien können, als Martin durch die Wand kam!»

«Er war dir sehr dankbar, daß du nicht geschrien hast. Er sagte, du wärest eine bemerkenswerte Frau», erinnerte sie Miss Morville.

«Dasselbe hat er auch von seiner Tante Cinderford gesagt!» sagte Drusilla, jedem Trost abhold.

Darauf wußte Miss Morville nichts zu antworten, sondern gab betrübliche Ratschläge. «Du solltest ihn dir aus dem Kopf schlagen und zu deinen Eltern zurückkehren», sagte sie. «Sicher wird er sich bald mit einer großen schönen Frau verloben und deine Existenz vollkommen vergessen. Aber trotzdem liegt noch ein nützliches Leben vor dir: deine Brüder werden heiraten, und wenn du selbst auch ledig bleiben wirst, werden sich alle deine Neffen und Nichten keine bessere Tante wünschen können.»

Vielleicht war es unter diesen Umständen nicht überraschend, daß Miss Morville und nicht Drusilla dem Earl bald darauf seine Medizin brachte.

An diesem Tag saß er schon in einem Sessel neben dem Feuer, in den Brokatschlafrock gehüllt, der den Spott seines Vetters erregt hatte. Er lehnte den Kopf an einige Polster und schaute zu Lord Ulverston auf, der sich am Feuer wärmte. Er war ziemlich blaß, und Miss Morville fand, daß er müde aussah. Trotzdem begrüßte er sie mit einem warmen Lächeln und einer Fröhlichkeit, die zu seinem sorgenvollen Aussehen schlecht paßten. «Ich wollte, Sie würden mir sagen, Miss Morville, warum Sie mich nur dann besuchen, wenn Sie irgendein scheußliches Getränk durch meine unwillige Kehle zwängen wollen!» sagte er. «Und heute nachmittag sind Sie nicht einmal deshalb gekommen, sondern haben sich von Turvey vertreten lassen! Wirklich, ich finde, Sie behandeln mich sehr schlecht!»

«Was für ein anspruchsvoller Mensch du doch bist», rief der Viscount scherzend. «Miss Morville ging ihre Eltern begrüßen, und du kannst dich glücklich schätzen, daß sie überhaupt zu dir zurückgekommen ist!»

«Ach ja, das hatte ich vergessen!» sagte Gervase, nahm das Glas und trank es leer. Er gab es Miss Morville zurück und fragte: «Soll das heißen, daß wir Sie jetzt verlieren müssen, Ma'am?»

«Nicht sofort. Ich habe Lady St. Erth versprochen, noch eine Woche bei ihr zu bleiben», antwortete sie.

«Das ist sehr lieb von Ihnen», sagte er und lächelte ihr zu. «Ich hoffe, Mylady und ich haben uns bei Ihren Eltern nicht allzu unbeliebt gemacht!» Als sie lachend zur Tür ging, fügte er hinzu: «O nein, laufen Sie doch nicht so schnell davon! Wie können Sie mich so vernachlässigen? Erzählen Sie mir lieber von Martins neuem Diener!»

Sie war überrascht und wiederholte: «Martins neuem Diener?»

«Miss Morville, haben Sie ihn noch nicht gesehen?» fragte der Viscount. «Habe Ger schon gesagt: etwas zu dunkel für meinen Geschmack, die ganze Geschichte! Noch nie einen solchen Kerl gesehen!»

«Ich wußte nicht, daß Martin einen neuen Diener aufgenommen hat», sagte sie. «Hat er Studley entlassen?»

«Das würde ich auch gerne wissen. Das einzige, was ich Ihnen sagen kann, ist, daß Studley mit irgendeiner Geschichte abzog, daß er seinen alten Vater besuchen müßte. Und dann kam dieser neue. Sagte mir, er wäre ein Diener, aber ich habe das Gefühl, er kommt geradewegs aus dem Gefängnis! Und was mehr ist, ich habe ihn mit Martins Reitknecht tuscheln gesehen, und wenn du mir sagen kannst, Ger, was Martins Kammerdiener im Stall zu suchen hat, wäre ich dir sehr dankbar!»

«Sehr geheimnisvoll», stimmte Gervase zu, sichtlich erheitert.

«Du hast leicht lachen!» sagte der Viscount. Du hast den Kerl nicht gesehen! Diener! Guter Gott, ebensogut könnte man einen Kohlenbrenner anstellen! Nein, wirklich, Ger, auf mein Wort!»

«Martin legt auf sein Äußeres keinen so großen Wert», erlaubte sich Miss Morville zu bemerken.

Gervase warf ihr einen belustigten Blick zu und murmelte bescheiden: «Keiner von diesen Modeaffen! Sehr richtig, Miss Morville!»

«Ich bin überzeugt», antwortete sie feurig, «daß er nie so töricht wäre, sich rasieren lassen zu wollen, wenn es naheliegender wäre, ihm für ein Leichentuch Maß zu nehmen!»

Der Viscount wollte von solchen Reden nichts hören. Er sagte: «Ein Mann muß kein Dandy sein, um einen respektablen Diener zu haben! Entweder er nimmt überhaupt keinen auf, oder aber einen, der seine Arbeit versteht! Ich möchte bloß wissen, wozu er diesen Galgenvogel überhaupt hergebracht hat!»

«Mein lieber, teurer Lucy!» sagte Gervase in seinem süßesten Tonfall. «Was für schreckliche Dinge willst du da insinuieren? Miss Morville, mein Puls klopft zum Zerspringen! Sie sollten ihn fühlen!»

Sie schenkte ihm keine Beachtung, sondern betrachtete den Viscount eingehend.

«Was befürchten Sie, Mylord?»

«Ich sage nicht, daß ich irgend etwas befürchte», sagte der Viscount wenig überzeugend. «Das einzige, was ich sage, ist, daß da etwas nicht stimmt! Erst kommt Martin nach Stanyon zurück mit genau der verrückten Geschichte, die ich dir prophezeit habe! Oder vielleicht nicht, Ger? Du kannst es nicht leugnen und brauchst mich mit deinem Märchen vom Mann in Homespun nicht abzuspeisen! Gott, was für ein Mumpitz! Natürlich mache ich dir keinen Vorwurf: niemand möchte einen Skandal in der Familie! Aber halte mich doch nicht für so blöd, alter Junge! Und dann stirbst du doch nicht, und als nächstes sehen wir einen verboten aussehenden Kerl durch deine zugigen Ahnengalerien schleichen und behaupten, er wäre deines Bruders neuer Kammerdiener! Ich sage dir, Ger, das fresse ich nicht!»

«Aber Martin würde doch nicht –» begann Miss Morville, hielt aber inne und schaute in stummer Frage auf den Earl.

«Niemand kann wissen, was ein junger Narr wie Martin täte oder nicht!» sagte der Viscount. «Vielleicht hätte ich mir gar nichts dabei gedacht, wenn ich nicht gesehen hätte, wie dieser Leek heute dem Stallburschen die Würmer aus der Nase gezogen hat! Aber ich habe es eben gesehen! Hat mich auf allerhand Gedanken gebracht, Ger! Hat mich zum Kalkulieren veranlaßt!»

«Aber, Lucy, du weißt doch, daß du nicht kalkulieren kannst!» protestierte der Earl. «Immer wenn du deine Schulden addierst, kommst du auf ein falsches Ergebnis! Warum fragst du nicht Martin selbst, wozu er dieses seltsame Individuum angestellt hat?»

«Martin und ich sprechen nicht mehr als unbedingt nötig miteinander!» antwortete der Viscount grimmig. «Bin überzeugt, daß er genau weiß, was ich über ihn denke! Ist mir auch einerlei, wenn er es tut!»

«Was für eine nette Tafelrunde muß sich doch jetzt jeden Abend beim Essen versammeln!» bemerkte Gervase und beobachtete das Spiel des Kerzenlichts auf seinem smaragdenen Siegelring.

«Kann man wohl sagen! Und wenn dein Vetter fort ist, wird niemand außer dem geschwätzigen Kaplan die Unterhaltung aufrechterhalten!» sagte der Viscount.

«Will Theo Stanyon verlassen?» fragte Miss Morville rasch.

«Gott ja!» antwortete der Earl. «Die Geschäfte können nicht länger aufgeschoben werden, wissen Sie! Er fährt morgen nach Evesleigh zurück. Wenn ich nur Lucy dazu bewegen könnte, nach London abzureisen – nicht, daß ich ungastlich scheinen möchte –»

«Spar dir die Mühe!» empfahl Ulverston. «Wenn er nicht sicher wäre, daß ich nicht die Absicht habe, Stanyon im Augenblick zu verlassen, würde sich dein Vetter von hier nicht fortrühren! Das kannst du mir glauben!»

«Das habt ihr mir schon beide mitgeteilt, und alles, was ich darauf antworten kann, ist, daß ihr sehr freundlich seid – wenn auch schwer im Irrtum!»

«Das werden wir noch sehen, Ger!» sagte der Viscount.

19

Der Viscount war nicht der einzige, der Martins neuen Kammerdiener mit scheelen Blicken ansah. Als Turvey seinem Herrn an diesem Abend beim Auskleiden half, teilte er ihm mit, daß das Schloß einen neuen Bewohner zählte. Dabei ging aus seinem Ton die zusätzliche Mitteilung hervor, daß Mr. Leek kaum die Art von Mensch wäre, mit dem er sich für gewöhnlich abgäbe. «Wenn ich mir die Bemerkung erlauben darf, Mylord, so ist es eigenartig, daß Mr. Martin ein solches Individuum in seine Dienste genommen hat. Ganz anders als Studley, den ich – wenn er auch kaum nach unserem Standard gemessen werden darf – immer für sehr ehrenwert befunden habe. Abgesehen davon, daß er mit Mr. Martins Stiefeln umzugehen verstand», fügte er nach dem Grundsatz «Ehre, wem Ehre gebührt» hinzu, «obwohl er, wie ich ihm übrigens auch sagte, an die Resultate, die wir mit gewöhnlicher Schuhwichse erzielen, natürlich nicht herankam: aber wenn man die ungenügenden Mittel in Betracht zieht, die ihm zur Verfügung standen, so muß man sagen, daß er tüchtig war – sehr tüchtig! Es steht nur zu hoffen, daß Mr. Martin mit seinem neuen

Kammerdiener keine Enttäuschungen erleben wird! Mehr will ich nicht sagen.»

«Wenn ich auch sonst alles glaube –, das nicht!» sagte der Earl.

«Ich hoffe, Mylord», sagte Turvey und rollte geschickt den Verband auf, den er von Brust und Schulter des Earl abgewickelt hatte, «daß ich nicht einer von denen bin, die andere Leute verleumden: und wenn mir Studleys plötzliche Entfernung aus dem Schloß auch ein wenig seltsam vorkommt, so würde ich meine Überlegungen doch bei mir behalten, läge mir das Wohl Eurer Lordschaft nicht so sehr am Herzen.»

«Danke. Soviel ich weiß, ist Studley seinen Vater besuchen gegangen.»

«Ja, Mylord – seinen kranken Vater», sagte Turvey und streute Basilikumpuder auf die heilende Wunde. «Das gehört sich auch, natürlich – obwohl ich mir nicht vorstellen kann, wie er von der Erkrankung seines armen Vaters erfahren haben kann. Ich glaube, Mylord, daß Dr. Malpas mit dem Zustand Ihrer Wunde nur zufrieden sein kann. Wenn Eure Lordschaft die Freundlichkeit hätte, den linken Arm ein wenig zu heben, würde ich den Verband erneuern.»

Der Earl erfüllte diesen Wunsch, sagte jedoch: «Heraus damit! Was wollen Sie sagen, Turvey? Vermuten Sie am Ende, daß Studley gar keinen Vater mehr hat?»

«Diesbezüglich bin ich nicht unterrichtet, Mylord, aber ich werde die Augen offen halten! Ich war nur begierig, zu erfahren, wie die Nachricht von der Erkrankung seines Vaters Studley wohl erreicht haben mag.»

«Möglicherweise durch die Post! Nicht zu fest, bitte!»

Turvey lockerte den Verband. «Ich bitte Eure Lordschaft um Vergebung! Ich hätte selbst angenommen, daß Studley von seinem Vater einen Brief erhielt, wenn nicht Chard auf dem Weg nach Grantham, wohin er geritten war, um die vom Doktor verordnete schmerzstillende Medizin zu holen, beim Postbüro haltgemacht und alle Briefe mitgebracht hätte, die dort lagen. Es waren nur zwei, Mylord: einer für Mylady und einer für die Haushälterin. Ich hoffe, daß der Verband nicht zu fest ist.»

«Danke, nein. Aber es ist natürlich möglich, daß Studley bei Mr. Martin in Ungnade gefallen ist und eine Entschuldigung suchte, um seine plötzliche Abreise zu erklären, um nicht sagen zu müssen, daß er entlassen wurde.»

Turvey verbeugte sich leicht. «Sehr verständlich, Mylord! Besonders, wenn man bedenkt, daß ihm kein Mensch glauben würde. Soviel ich weiß, ist Studley bei Mr. Martin, seitdem er ein kleiner Junge war.» Er half dem Earl in seinen Schlafanzug und drehte sich um, um die Decken zurückzuschlagen. «Vielleicht wünscht Eure Lordsaft, daß ich, bevor ich mich selbst im Ankleidezimmer zur Ruhe lege, die Tür hier zusperre? Mr. Martins neuer Kammerdiener neigt dazu – zweifellos im Bestreben, sich mit seiner Umgebung vertraut zu machen, und ein wenig verwirrt durch die große Zahl der Gänge und Galerien in diesem Schloß –, herumzuschnüffeln, wenn ich mich so ausdrücken darf. Wollen Eure Lordschaft ein Polster unter die linke Schulter?»

«Nein, danke», antwortete Gervase und streckte sich in dem riesigen Bett aus. «Ebensowenig wünsche ich, eingesperrt zu werden. Wo schnüffelt er denn herum?»

«Das, Mylord, entzieht sich meiner Kenntnis», sagte Turvey und packte den Earl in seine Decken. «Eines der beiden Male, als ich ihn traf, schien er mit den Schlafzimmern an diesem Gang Bekanntschaft zu schließen. Er behauptete, Mr. Martins Zimmer zu suchen. Kann ich noch etwas für Eure Lordschaft tun?»

«Nur eines: beunruhigen Sie die Dienerschaft nicht mit diesen Geschichten!»

«Eure Lordschaft kann diesbezüglich ganz unbesorgt sein. Ich würde es für höchst unpassend halten, meine Überlegungen irgend jemandem außer Eurer Lordschaft mitzuteilen», antwortete Turvey mit Grandezza. «Es wäre jedoch müßig, zu leugnen, daß unter dem Personal bereits viel Gerede entstanden ist, da niemand begreifen kann, was Mr. Martin dazu veranlaßt haben könnte, diesen Leek anzustellen. Ich brauche wohl nicht erst zu sagen, daß ich alle Versuche, meine Meinung diesbezüglich zu ergründen, abgewehrt habe! Das werde ich auch weiterhin tun. Gute Nacht, Mylord!»

Am nächsten Morgen verabschiedete sich Theo von seinem Vetter und sagte mit seinem leichten Lächeln: «Du bist so wohlbehütet, daß ich dich ruhig verlassen kann! Überschätze deine Kräfte nicht! Ulverston, ich verlasse mich darauf, daß Sie mich sofort verständigen, falls – falls Gervase einen Rückfall erleiden sollte! Das haben Sie mir geschworen!»

«Ja, Sie können sich auf mich verlassen!» sagte der Viscount. «Was die Rückfälle betrifft – pah! Wenn Sie jemals mit Ger im Feld gewesen wären, wüßten Sie, daß er kräftiger ist als wir alle miteinander!»

Dieser Meinung gab er später noch einmal Ausdruck, als Miss Morville versuchte, ihren Patienten von der Absicht, sein Schlafzimmer zu verlassen, abzubringen. Ihre Bemühungen waren gänzlich erfolglos, und der Viscount sagte ihr unter vier Augen, daß sie nur ihre Zeit verschwendete. «Alles, was Sie bekommen, ist eine sanfte Antwort, Ma'am! Habe noch nie einen solchen Dickschädel gesehen wie Ger! Er schaut zwar nicht danach aus, und Gott weiß, er tut auch nicht so, aber lassen Sie sich nicht von ihm täuschen! Außerdem wird es ihm gar nicht schaden! Wenn man ihn anschaut, würde man das zwar nicht für möglich halten, aber damals, als er diesen häßlichen Säbelhieb in den Arm bekam, ließ er ihn einfach zunähen und sagte keinem Menschen ein Sterbenswort!»

«Ich dachte eigentlich nicht so sehr daran», gestand Miss Morville. «Vielleicht war es dumm von mir, aber ich glaube, daß ihm niemand etwas tun kann, solange er ans Bett gefesselt ist!»

«Niemand wird ihm etwas tun», sagte der Viscount vertrauensvoll. «Das beste wäre aber, wenn es jemand versuchen wollte. Schließlich kann man doch die Sache nicht einfach auf sich beruhen lassen! Wir müssen diesen feinen Herrn in flagranti erwischen, Ma'am. Ich weiß, Sie können ein Geheimnis bei sich behalten, also werde ich Ihnen etwas sagen: der junge Martin kann nicht einen Meter weit gehen, ohne nicht Chard auf den Fersen zu haben. Feiner Kerl, dieser Chard!»

«Mein Gott! Spioniert er Martin nach? Und weiß es Martin?»

«Gott, nein! Niemand weiß es, außer Chard und mir!» sagte der Viscount. «Und Ihnen, natürlich. Die Sache ist die, ich kann auf Martin nicht aufpassen, und jeder außer dem lieben alten Ger muß doch begreifen, daß irgend jemand es tun muß! Also engagierte ich Chard dafür. Guter Einfall, finden Sie nicht?»

«Ausgezeichnet!» sagte Miss Morville mit hohler Stimme.

«Sie sehen also», erklärte Seine Lordschaft freundlich, «man kann die Sache nicht einfach auf sich beruhen lassen. Martin soll jetzt nur probieren, Ger einen Streich zu spielen, und wir werden ihn schachmatt setzen!»

«Gut, aber –» Sie verstummte und schloß die Lippen über einem unausgesprochenen Gedanken.

Der Viscount, der weiblicher Schwäche tolerant gegenüberstand, gab ihr den Rat, lieber an etwas anderes zu denken. Miss Morville verzichtete nach einem kurzen inneren Kampf ein zweites Mal darauf, sich zu äußern.

Der Earl verließ sein Zimmer am frühen Nachmittag. Er hatte mehr Zeit als sonst auf seine Toilette verwendet, da er seinen linken Arm nur mit großer Vorsicht bewegen konnte, sich aber strikt weigerte, auch nur auf ein Jota seiner gewohnten Eleganz zu verzichten. Turveys Vorschlag, im Schlafrock hinunterzugehen, trug er mit Fassung. Als der Kammerdiener jedoch so weit ging, ihm das Halstuch binden zu wollen, riß ihm die Geduld, und er sprach zwar leise, aber so nachdrücklich mit ihm, daß es einige Minuten später nur eines Blickes bedurfte, um Turvey davon abzubringen, ihn in einen der Salons hinunterzubegleiten, wo er Platz zu nehmen beabsichtigte.

Er ließ seinen Kammerdiener als personifizierte Mißbilligung zurück und schlenderte die Galerie hinunter, der großen Treppe zu. Als er sich der Tür näherte, die zu der Stiege führte, über welche Martin in der Gewitternacht angeblich heraufgekommen war, öffnete sie sich ganz plötzlich, und ein stattlicher Mann in einem schlecht sitzenden schwarzen Anzug schaute vorsichtig auf den Gang. Als er den Earl bemerkte, fuhr er zusammen und schien sich nicht ganz im klaren, ob er nach vorwärts oder rückwärts gehen sollte. Der Earl blieb stehen, hob sein Monokel zum Auge und betrachtete ihn interessiert. Kleidung und Gehabe des Fremden verrieten seinen eigentlichen Beruf, aber es bedurfte dessen kaum, um den Earl davon zu überzeugen, daß er es mit Martins neuem Kammerdiener zu tun hatte. Ulverstons Beschreibung kam ihm in den Sinn. Mr. Leeks schlichte Züge waren sicherlich nicht sehr einnehmend, denn abgesehen davon, daß er teiggesichtig war, hatte er kleine stechende Augen und eine schiefe Nase, die einmal im Laufe der Karriere ihres Eigentümers eingeschlagen worden war. Kurzgeschorenes angegrautes Haar und eine durch den Verlust zweier Unterzähne verursachte Lücke erhöhten seinen Charme nicht gerade, und sein Lächeln, das zwar den Mund ausdehnte, die Augen jedoch todernst ließ, tat nichts dazu, um ihn einnehmender erscheinen zu lassen.

«Ah!» sagte der Earl. «Sie, nehme ich an, sind Mr. Martins neuer Kammerdiener!»

«Kammerdiener Seiner Ehren, des Herrn Martin», sagte Mr. Leek tadelnd. «Vorübergehend! Im Ruhestand sozusagen!» Er fügte hinzu, wie jemand, dem seine Instruktionen zu spät einfallen: «Me lord!»

«Sie kennen mich, wie ich sehe.»

«Eigentlich», antwortete Mr. Leek, «nein! Aber da der andere – der andere Herr mir schon bekannt ist, der erstgenannte Mr. Frant, und me lord Ulverston, komme ich zu dem Schluß, daß Seine Lordschaft der Earl sein muß.»

«Welcher Earl?» fragte Gervase.

«Dem, was dieser Kasten hier gehört», antwortete Mr. Leek mit einer allumfassenden Geste.

«Er gehört tatsächlich mir. Und als Besitzer bin ich ein wenig neugierig, zu erfahren, welch besonderer Umstand den Kammerdiener meines Bruders zu einer Stiege führen mag, die nur zu ein paar Lagerräumen und dem Brunnenhof führt?»

«Ich versuche, mich zurechtzufinden», erklärte Mr. Leek. «Was nicht so einfach ist, wie jemand glauben könnte, der in diesem Schloß aufgewachsen ist. Was ich aber sagen will und wozu ich fest stehe, ist, daß ich in meinem ganzen Leben noch keine Bude gesehen habe, die ich lieber ausräumen würde, will sagen, wenn ich ein Einbrecher wäre, was ich natürlich nicht bin. Aber es gibt welche, die ich kenne, die diese Bude durchkämmen würden, daß es eine Freude wäre! So schnell könnte man gar nicht schauen!»

«Meinen Sie einbrechen?» fragte der Earl.

«Ah!» sagte Mr. Leek. «Schauen Sie sich doch nur diese Augen und Mäuler an!»

«Wie bitte?»

Mr. Leek verbesserte sich mit einem verlegenen Hüsteln hinter der vorgehaltenen Hand. «Fenster und Türen sollte ich sagen, me lord! Jeder Pferdedieb bringt die auf, ohne daß wer was merkt!»

«Könnten Sie?»

«Klar», sagte Mr. Leek offenherzig, «was natürlich nicht heißen will, daß ich es tun würde!»

«Sie haben es schließlich nicht nötig», sagte Gervase, und um seinen Mund spielte ein Lächeln. «Schließlich sind Sie ja innerhalb dieser Bude!»

Mr. Leek stimmte zu, ein wenig aus der Fassung gebracht, und setzte hinzu: «Außerdem ist Buden ausräumen nicht mein Haken – sozusagen!»

«Nein, ich glaube, ich habe eine ziemlich genaue Vorstellung davon, was Ihr Haken eigentlich ist», sagte der Earl.

Mr. Leek schaute ihn von der Seite an. «Ganz richtig, me lord: Gentlemans Gentleman!»

«Aber nur vorübergehend!» erinnerte ihn der Earl.

Das plötzliche Erscheinen seines Brotgebers ersparte es Mr. Leek, diese Bemerkung zu beantworten. Martin, der eben um die Ecke kam, blieb wie angewurzelt stehen und rief: «Was zum Teufel tun Sie hier, Leek?» Er warf einen Blick auf den Earl, errötete und sagte unbeholfen: «Ich freue mich, Sie außerhalb Ihres Zimmers zu sehen, St. Erth!»

Der Earl, dem das fast unmerkliche Kopfnicken, mit dem Martin Mr. Leek verabschiedete, nicht entgangen war, erwiderte liebenswürdig: «Danke, Martin.»

«Sie werden meine Mutter im Italienischen Salon finden!» sagte Martin.

«Auch dafür danke ich dir. Bitte, habe noch die Güte, mir deinen Arm zu leihen!»

Martin machte ein überraschtes Gesicht, ging aber nach kurzem Zögern auf den Earl zu und bot ihm seinen Arm. Er bemühte sich sichtlich, natürlich zu wirken, und sagte: «Mir scheint, Sie fühlen sich noch immer recht schwach!»

«O nein, aber es macht sich gut, wenn es so aussieht, als vertrügen wir uns ausgezeichnet», antwortete Gervase und hängte sich bei ihm ein.

Der Arm wurde steif. «Wenn ich bedenke, daß Sie mir nicht erlauben wollten, während dieser ganzen letzten Tage in Ihr Zimmer zu kommen.»

«Du mußt für die Launen eines Kranken schon ein wenig Verständnis haben», sagte der Earl. «Sag mir, bitte, welche besondere Tugend dich an deinem neuen Diener besticht! Ich bin sicher, daß er einen ganz besonders süßen Kern unter seiner rauhen Schale haben muß, sonst hättest du ihn wohl nicht angestellt.»

«Ach, Leek!» sagte Martin lachend. «Sie sind genau wie Theo! Er hat wirklich nichts Geheimnisvolles an sich! Studley bat mich um Erlaubnis, seinen alten Vater besuchen zu dürfen, und ich hasse es, Fremde um mich zu haben.»

«Ah, er ist also ein Bekannter von dir?»

«Nicht gerade von mir. Er ist Hicklings Onkel – mein Reitknecht, Sie wissen ja. Natürlich möchte ich ihn nicht auf ewig behalten, aber solange Studley nicht da ist, werde ich mit ihm auskommen. Außerdem kümmert er sich um meine Stiefel.»

Der Earl, dessen hessische Stulpenstiefel glänzten wie eine ganze Spiegelgalerie, begutachtete Martins Stiefel durch sein Monokel, ließ es wieder sinken und sagte höflich: «Das gereicht ihnen zweifellos zum Vorteil. Hm – was verwendet er dazu?»

«Schuhwichse, nehme ich an! Was nimmt Turvey für Ihre?»

«Das ist ein Geheimnis, in das ich noch nicht eingedrungen bin!»

«Vielleicht Champagner?» fragte Martin ironisch.

«Ich wäre durchaus nicht überrascht.»

Inzwischen waren sie bei der großen Treppe angelangt. Abney, der eben aus dem Italienischen Salon herauskam, starrte sie einen Augenblick entgeistert an, verbeugte sich und sagte gefühlvoll: «Eure Lordschaft! Darf ich sagen, wie glücklich ich bin, daß Eure Lordschaft uns wieder zurückgegeben sind!»

«Danke. Ich bin Ihnen sehr verbunden. Befindet sich Mylady im Italienischen Salon?»

«Gewiß, ja, Mylord!» sagte Abney und ging auf die Tür zu. «Sir Thomas und Miss Bolderwood sind gekommen, um sich nach dem Befinden Eurer Lordschaft zu erkundigen. Mylady unterhält sich gerade mit ihnen.»

Die schlanken Finger des Earl schlossen sich um einen Arm, der große Lust zeigte, sich loszumachen. Martin sagte: «Ich verlasse Sie jetzt. Ich muß in die Ställe schauen!»

«Alles zu seiner Zeit», erwiderte Gervase.

«Wenn Sie glauben», sagte Martin leise und zornig, «daß ich zuschauen werde, wie Ulverston mit Marianne Süßholz raspelt, irren Sie sich sehr!»

In diesem Augenblick hatte Abney die Tür in den Salon aufgerissen, der Earl sagte bloß «Tut nichts!» und schob seinen Bruder neben sich her.

Ihr Eintritt schnitt mehreren Personen das Wort ab. Marianne, die mit dem Viscount in einer Fensternische über tausend süße Nichtigkeiten geplaudert hatte, stieß einen Freudenschrei aus, kam herbeigelaufen und sagte impulsiv: «Oh, wie ich mich freue! Alles ist wieder in Ordnung, und es geht Ihnen wieder besser!» Dann errötete sie, warf einen vorwurfsvollen Blick auf Martin und stotterte etwas Unzusammenhängendes. Ulverston kam ihr zu Hilfe und sagte freudig: «Hallo, Ger! Wie geht's dir, alter Junge?»

«St. Erth und Martin!» verkündete die Gräfinwitwe und überprüfte diese Tatsache durch ihr langstieliges Lorgnon. «Ich bin ganz besonders erfreut, St. Erth, Sie zu sehen. Ich sagte ja, daß Sie binnen kurzem wieder auf sein würden. Ich fürchtete nie, daß es anders kommen könnte. Alle Frants haben eine hervorragende Konstitution. Jemand sollte St. Erth einen Sessel anbieten. Ah, Martin ist eben dabei! Ich wußte ja, daß ich mich diesbezüglich auf ihn verlassen konnte. Die Anteilnahme, die er seinem Bruder bezeugt, ist unüberbietbar.»

Martin schien sich über dieses Kompliment durchaus nicht zu freuen und sagte eher grob: «Sie sollten sich niedersetzen, St. Erth, sonst fallen Sie noch um, und dann bin ich daran schuld!»

Sir Thomas schüttelte dem Earl herzlich die Hand und sagte ohne Umschweife: «Jetzt ist es aber genug, junger Mann! Je weniger Sie reden, desto besser! Nun, Mylord, ich kam, um mich nach Ihrem Befinden zu erkundigen, aber ich war nicht darauf gefaßt, Sie außer Bett zu finden! Sie sind zwar noch ein wenig blaß, aber das hat nichts zu bedeuten! Ich bin herzlich froh, Sie so gut beisammen zu sehen! Und was man alles für dumme Gerüchte erzählt hat! Natürlich glaube ich kein Wort davon. Dazu habe ich doch schon ein wenig zuviel von der Welt gesehen!»

«St. Erth ist von einem Wilderer angeschossen worden», stellte die Gräfinwitwe fest. «Ich war überhaupt nicht überrascht und dachte gleich, daß es so gewesen sein mußte. Sie sollten alle deportiert werden.»

«Freilich, wenn man sie erwischen könnte!» sagte Sir Thomas. «Nehmen Sie doch Platz, Mylord!»

Während alle in diese Aufforderung einstimmten, der eine ihm ein Polster für den Kopf, der andere einen Schemel für die Füße anbot, flüchtete Martin aus dem Salon und stieß in der Tür beinahe mit Abney zusammen, der eben zwei weitere Besucher hereinführte. Er wich zurück und verbeugte sich flüchtig vor Mr. und Mrs. Morville.

Mrs. Morville erwiderte Martins Verbeugung mit einem Kopfnicken und einem Lächeln; Mr. Morville, der sich unter Protest dazu bereitgefunden hatte, den Gastgebern seiner Tochter seine Aufwartung zu machen, sagte: «Ha, Martin!» und musterte die übrige Gesellschaft mit kalten Blicken, was der Viscount, wie er seiner Braut flüsternd mitteilte, ganz besonders enervierend fand.

Inzwischen hatte Mrs. Morville der Gräfinwitwe die Hand geschüttelt, Sir Thomas und Marianne begrüßt, ihrer Tochter zugelächelt und wünschte nun, die Gräfinwitwe würde die beiden fremden jungen Herren etwas deutlicher vorstellen.

«Mein Stiefsohn, St. Erth, und Lord Ulverston!» sagte sie großzügig.

Beide Herren verneigten sich. Mr. Morville beantwortete die unausgesprochene Frage seiner Frau damit, daß er den Viscount anstarrte und ausrief: «Ulverston, eh? Nun, das versetzt mich gleich hübsch ein paar Jahre zurück! Wie geht es Ihnen? Ihr Vater und ich waren zusammen in Cambridge. Sie schauen ihm sehr ähnlich!»

Mrs. Morville lächelte Ulverston kurz an und wandte ihre Aufmerksamkeit dem Earl zu. Sie schüttelte ihm die Hand und drückte die konventionelle Hoffnung aus, daß er sich von seinem Unfall erholt hätte. Da es Drusilla nicht für nötig gefunden hatte, ihn ihren Eltern näher zu beschreiben, empfand Mrs. Morville sein vorteilhaftes Äußeres als schweren Schock, da sie sich auf einen unverkennbaren Frant gefaßt gemacht hatte. Sie blickte ihn überrascht an, fand jedoch, daß er sie anlächelte, und verstand im selben Moment, wieso ihre sonst so vernünftige Tochter ihr Herz an ihn verloren hatte. Ihr Mut sank, denn sie war keineswegs eine verblendete Mutter, und wenn sie Drusilla auch nach ihrem wahren Wert einschätzte, so konnte sie doch bei bestem Willen an ihr nichts finden, was die Leidenschaft eines Mannes erregen könnte, der, abgesehen davon, eine blendende Partie zu sein, obendrein noch besser aussah, als es irgendeinem jungen Mann ihrer Meinung nach von Rechts wegen zukam.

Nichts von diesen Gedanken spiegelte sich in ihrem Benehmen. Der Earl sprach davon, wie sehr er Drusilla verpflichtet wäre; sie erwiderte ruhig, daß sie sich freue, wenn Drusilla die Möglichkeit gefunden habe, sich nützlich zu machen. Darauf setzte sie sich auf das Sofa, wies auf den Platz zu ihrer Rechten und sagte: «Sie sollten nicht stehen, Lord St. Erth.»

Die Gräfinwitwe, die ihren Sitz beim Feuer wieder eingenommen hatte, sagte: «Ich versichere Ihnen, er ist wieder tadellos beisammen, meine liebe Mrs. Morville. Junge Männer, müssen Sie wissen, erholen sich erstaunlich schnell von derartigen Unfällen. Ich bin überzeugt, daß seine Nerven lange nicht so gelitten haben wie meine. Ich bin nämlich sehr zartfühlend, müssen Sie wissen, und schäme mich dessen nicht. Dr. Malpas mußte mich täglich besuchen, und dabei bin ich sonst bei bester Gesundheit! Ich habe meine Konstitution von meinem lieben Vater geerbt. Sie haben meinen Vater nicht gekannt, Mr. Morville. Das habe ich schon oft bedauert, denn Sie hätten großen Gefallen aneinander gefunden. Mein Vater hat sehr viel und sehr gerne gelesen, außer während der Jagdsaison, natürlich.»

Der Gelehrte war an derartige Bemerkungen glücklicherweise zu sehr gewöhnt, als daß er seine Gefühle anders geäußert hätte als durch einen ironischen Blick über die Ränder seiner Augengläser hinweg und die ein wenig trockene Bemerkung, daß er leider nicht das Glück gehabt hätte, den verstorbenen Lord Dewsbury kennenzulernen. Mrs. Morville verwickelte den Earl in ein Gespräch über seine Militärzeit in Spanien; ihr Gatte nahm seine unterbrochene Unterhaltung mit Lord Ulverston wieder auf, und die Gräfinwitwe richtete einen ihrer Monologe an Sir Thomas, in dem sich ihre Zuneigung zu ihrem Stiefsohn, ihr Haß gegen Wilderer und der Zustand ihrer Nerven unauflöslich mit der Überzeugung vermischten, daß junge Leute im allgemeinen und St. Erth im besonderen solche Unfälle leicht vermeiden könnten, wenn sie etwas mehr Rücksicht für ihre Eltern hätten. Gerade als ihr zwei Aphorismen ihres Vaters über die Selbstsucht junger Leute einfielen, entdeckte Sir Thomas, daß er nun seine Tochter nach Whissenhurst zurückbringen müßte. Und obwohl die Gräfinwitwe Ulverstons Aufmerksamkeitsbezeigungen Marianne gegenüber mit Mißbilligung beobachtet hatte, waren ihr doch in der letzten Zeit andere Dinge nähergegangen als Martins Heiratsabsichten. Sie sagte liebenswürdig: «Marianne sieht reizend aus. Ich freue mich immer, sie in Stanyon zu begrüßen, denn sie ist sehr wohlerzogen, und es war damals sehr lieb von ihr, mit dem süßen kleinen Harry und dem lieben John Domino gespielt zu haben. Wenn ich nach London komme, wird sie sicherlich bei Almack Triumphe feiern – sofern Sie Eintrittskarten haben, natürlich. Wenn nicht, werde ich Ihnen gerne welche verschaffen.»

«Sehr liebenswürdig von Ihnen», sagte Sir Thomas durchaus nicht dankbar, «aber damit hat es keinerlei Schwierigkeit! Ich hoffe, Mylady, Sie werden rechtzeitig nach London kommen, um Lady Bolderwoods Ball zu besuchen. Einer so lieben Freundin wie Ihnen kann ich ja anvertrauen, daß ich dort eine interessante Ankündigung machen werde.» Er beobachtete mit Befriedigung den erstaunten Gesichtsausdruck der Gräfinwitwe und lachte in sich hinein. «Ja, so bläst der Wind!» sagte er und wies mit dem Kinn auf Ulverston. «Wir haben ausgemacht, daß es bis nach der Präsentierung ein Geheimnis bleiben sollte, aber, mein Gott! Ich glaube, die ganze Grafschaft spricht schon davon!»

Darauf verabschiedete er sich, und auch die übrigen Gäste brachen auf. St. Erth und Ulverston begleiteten die Besucher hinunter, und während man auf den Wagen der Morvilles wartete, sagte Sir Thomas, der neben den Earl zu stehen kam, mit einem seiner durchdringenden Blicke: «Ein Wilderer war es also, wie? Hm! Ein bißchen stark, aber ich mache Ihnen keine Vorwürfe! Ich werde Ihnen keinen Rat geben, denn erstens geht mich die Sache nichts an, zweitens hören junge Leute sowieso nicht auf die älteren, und drittens habe ich das Gefühl, daß Sie mit Ihren Angelegenheiten sehr gut allein zurechtkommen. Aber setzen Sie sich nicht unnützen Gefahren aus! Wo ist Ihr Vetter?»

«In Evesleigh», antwortete der Earl.

Sir Thomas räusperte sich. «Zurückgefahren also? Nun! Passen Sie nur auf! Das ist alles, was ich zu sagen habe!»

Er ließ dem Earl keine Zeit zu einer Antwort, sondern drehte sich um und verabschiedete sich von Mrs. Morville. Als die Kutsche abgefahren war, hatte man auch sein und Mariannes Pferd aus dem Stall gebracht. Lord Ulverston hob Marianne in den Sattel, man tauschte Grüße, und die Bolderwoods ritten davon. Ulverston, der den nachdenklichen Blick bemerkte, den der Earl Sir Thomas nachsandte, sagte: «Eigenartiger Mensch, nicht wahr? Anfangs habe ich mich gefragt, was mein Vater wohl zu ihm sagen würde, aber jetzt glaube ich, daß sich die beiden glänzend vertragen werden. Kein Narr, Sir Thomas! Im Gegenteil, er ist ein verdammt gescheiter Kerl!»

«Ich glaube, du hast recht», sagte der Earl langsam. «Verdammt gescheit – es sei denn, ich hätte ihn mißverstanden.»

20

Man konnte die Nachwirkungen von Sir Thomas' Besuch kaum als glücklich bezeichnen. Besonders die leidgeprüfte Miss Morville hatte darunter zu leiden, da sie nicht nur gezwungen war, den ebenso langweiligen wie bitteren Klagen der Gräfinwitwe über die Falschheit Lord Ulverstons und der Bolderwoods ein geduldiges Ohr zu leihen, sondern sie auch davon abzubringen, Ulverston Blicke des Abscheus zuzuwerfen und öfter als einmal täglich zu erwähnen, daß die Aufgabe, die Freunde ihres Stiefsohnes im Schloß zu beherbergen, ihren geschwächten Nerven eine Belastung auferlegte, der sie nicht gewachsen war.

Sowohl Martin wie auch Gervase kamen, um ihren Anteil an diesem allumfassenden Gejammer auf sich zu nehmen, denn sie konnte nicht glauben, daß Marianne Martins Antrag zurückgewiesen hätte, wenn er sich nur die Mühe genommen hätte, etwas geschickter zu Werke zu gehen; und was Gervase betraf, so wurde ihre Überzeugung, daß er an jedem Übel schuld war, das die Familie jemals betroffen hatte, immer unerschütterlicher, je länger sie über sein Benehmen nachdachte: angefangen von dem fürchterlichen Tag, an dem er dem vierjährigen Martin erlaubt hatte, mit einem Feuerzeug zu spielen, wobei die Vorhänge des Kinderzimmers beinahe in Brand geraten wären: ein Vorfall, der zur totalen Vernichtung des Schlosses hätte führen können, wenn nicht die Kinderfrau im selben Moment eingetreten und den Flammen mit der Kohlenschaufel zu Leibe gerückt wäre.

Für gewöhnlich ließ sich der Earl mit seiner Stiefmutter in keine Diskussionen ein, aber diese Anschuldigung kam so unerwartet, daß er sich zu dem Ausruf: «Aber ich war doch gar nicht dabei!» hinreißen ließ.

Er hätte besser daran getan, zu schweigen. Die Gräfinwitwe erinnerte sich sehr wohl, daß er nicht dabei gewesen war, denn das hatte sie ja immer gesagt: er hatte seinen kleinen Bruder ebensowenig gemocht, daß er schon als Kind lieber davongelaufen war, als mit ihm zu spielen. Sie hatte schon von allem Anfang an gewußt, wie es gehen würde; und sie zweifelte nicht im mindesten daran, daß er Ulverston nur deshalb nach Stanyon gebracht hatte, um die Aussichten des armen Martin, eine reiche Erbin zu heiraten, zu sabotieren; und jetzt, wo sie darüber nachdachte, kam sie auch darauf, daß sie Ulverston eigentlich nie gemocht hatte, abgesehen davon, daß sie eine sehr ehrenrührige Geschichte über seinen Onkel Lucius wußte.

«Und was Ihr Benehmen bezüglich des Frantschen Ringes betrifft und die Entfernung des indischen Tafelaufsatzes, so weiß ich genau, daß das alles aus einem Guß ist und daß niemand etwas anderes von Ihnen erwartet hätte!» sagte sie. «Ich bin überzeugt, das ist Lady Penistones Einfluß, aber diesbezüglich werde ich schweigen, denn wenn ich sie auch nie leiden konnte und sie im Grunde für eine leichtlebige, frivole Frau halte, vergesse ich nicht, daß sie Ihre Großmutter ist. Und wenn ich auch sicher bin, daß ihr drittältester Sohn von Roxby gezeugt wurde, woran niemand zweifeln kann, der ihn einmal zu Gesicht bekommen hat, so bin ich doch entschlossen, daß mich nichts dazu bringen wird, dieser Überzeugung jemals Ausdruck zu verleihen!»

Darauf überraschte sie den Earl nicht weniger als Miss Morville mit einem Tränenstrom; Gervase, von der allzu glaubwürdigen Erklärung der merkwürdigen Ähnlichkeit seines Onkels Maurice mit Lord Roxby ein wenig erschüttert, beruhigte sich wieder und sagte zuvorkommend: «Das ist alles sehr schlimm, Ma'am, aber wenn ich schon nicht so geschmackvoll war, mich während des letzten Krieges umbringen zu lassen, so können Sie zumindest sicher sein, daß ich Martin nie des an mir verübten Mordversuches bezichtigen werde.»

Über ihren ungewohnten Schwächeanfall vielleicht ebenso erstaunt wie er, trocknete sie ihre Tränen und sagte: «Es ist ein großer Unterschied, anzunehmen, daß Sie den Krieg höchstwahrscheinlich nicht überleben würden, oder Ihnen nach dem Leben zu trachten, St. Erth! Sie können natürlich glauben, daß ich zusammen mit dem armen Martin Ihren Tod herbeiführen wollte, aber das bestärkt mich nur in der Überzeugung, daß ich nie etwas anderes ernten werde als Undank, denn das ist ganz unrichtig, und in Wirklichkeit wollte ich Ihnen zu einer sehr vorteilhaften Heirat verhelfen!»

Er dankte ihr ernsthaft, und sie sagte: «Sie können Louisa fragen, ob das nicht wahr ist! Aber eines weiß ich: gleichgültig, was passiert, ich wünsche nicht, daß sie sich in diese Angelegenheit einmischt, denn sie hat mir einen derartigen Brief geschrieben, und noch dazu über ihren eigenen Bruder, daß ich nur mit dem allergrößten Bedauern an ihre Absicht denken kann, den heurigen Sommer in Lincolnshire zu verbringen!»

Hierauf bat sie Miss Morville, ihr Riechfläschchen zu holen, und der Earl machte, daß er fortkam.

Jedermann außer dem Viscount wunderte sich über die Schnelligkeit, mit der er sich von seiner Verletzung erholte. Nachdem er einmal sein Zimmer verlassen hatte, zeigte er keinerlei Anzeichen, die auf einen Rückfall schließen ließen. Wenige Tage später ritt er wieder aus. Auf diesen vorsichtigen Expeditionen begleitete ihn Lord Ulverston, der sich nicht abschütteln ließ, nicht einmal, als der Earl Mr. und Mrs. Morvilles Besuch erwiderte. Unter diesen Umständen war es nicht überraschend, daß bei diesem Besuch bloß die üblichen Höflichkeiten ausgetauscht wurden. Lord Ulverston plapperte in seiner üblichen Art darauf los, und obwohl er den Earl wohlweislich über den Roman Mrs. Morvilles, zu dessen Lektüre ihn gewisse Umstände einst gezwungen hatten, genau instruierte (er bezeichnete ihn als verteufelt langatmige Geschichte über ein schrecklich fades junges Mädchen, das nichts anderes zu tun hatte, als gegen die Wechselfälle des Schicksals anzukämpfen und lange Reden darüber zu halten), beschränkte dieser seine Konversation klugerweise auf die militärische Karriere ihres ältesten Sohnes. Ebensowenig machte er den leisesten Versuch, Mr. Morville weiszumachen, jemals einen Blick auf eines seiner interessanten Werke geworfen zu haben, ein Beweis seltenen Verstandes, der Mr. Morville veranlaßte, sein erstes Urteil über den Earl ein wenig zu mildern. Er bezeichnete den Earl jedoch nach wie vor als leichtsinnigen Modegecken, dessen erstklassige Kleidung den Stempel der Verschwendungssucht trug, fügte aber hinzu, daß er doch nicht ganz der geistlose Affe wäre, für den man ihn dem Aussehen nach halten würde.

Mrs. Morville schätzte dieses Zugeständnis nach seinem wahren Wert ein, erhob es doch den Earl sowohl weit über den Hauptmann Jack Morville vom ...sten Infanterieregiment als auch über Mr. Tom Morville, Student am Queens College in Cambridge. Aber deshalb wurde sie nicht hoffnungsvoller. Sie seufzte tief und sagte: «Man kann sich nicht wundern, daß Drusilla sich in ihn verliebt hat, aber ich wage nicht anzunehmen, daß ihre Gefühle erwidert werden. Wie ich sehe, ist sein Betragen derart liebenswürdig, daß ich nur fürchten kann, Drusilla hat etwas, was für ihn bloß der Ausdruck der primitivsten Höflichkeit ist, falsch ausgelegt. Ich kann nicht umhin zu sagen, mein Lieber, daß sein Aussehen, sein Benehmen und seine ganze Person derart dem Ideal eines jeden jungen Mädchens entsprechen, daß ich nur verzweifeln kann! Finden Sie, Mr. Morville, daß er eine ausgesprochene Zuneigung für Drusilla verrät?»

«Nein», antwortete der Gefährte ihres Lebens unmißverständlich. «Nicht, daß ich darüber nachgedacht hätte, denn ich halte die ganze Sache für eine Ihrer Phantastereien, meine Liebe.»

Mrs. Morville hätte die Zukunft in rosigerem Licht gesehen, wäre ihr bekannt gewesen, daß sie nicht die einzige war, die den Earl im Verdacht hatte, eine Neigung gefaßt zu haben. Der lebhafte Viscount, vielleicht, weil seine eigenen Gedanken zum großen Teil von süßen Gefühlen beansprucht wurden, vielleicht, weil er seinen Freund wirklich besser kannte als alle anderen Bewohner Stanyons, hatte bereits ein wachsames Auge in diese Richtung geworfen. In einem Anfall von Vertrauensseligkeit, der auf den Portwein von Stanyon zurückzuführen war, hatte er sogar dem Kaplan gegenüber eine Andeutung fallen lassen. Mr. Clowne zeigte sich darüber sehr überrascht und rief aus: «Tatsächlich, Mylord, wenn Sie recht haben, würde ich es für einen ausgezeichneten Gedanken halten, denn ich habe mir oft gedacht, daß Miss Morville der höchsten Ehren würdig wäre! Aber ich fürchte – das heißt, ich bin sicher –, daß Mylady für ihren Stiefsohn ganz andere Pläne hegt!»

Der Viscount war erheitert. «Das glaube ich schon. Aber ich wollte, ich würde erleben, daß Ger Sie oder Theo oder mich – oder irgend jemanden! – sich in seine Angelegenheiten mischen ließe! Der Jammer ist, mein lieber Sir, daß niemand ihn wirklich kennt!»

«Ich muß gestehen, daß mir dieser Verdacht schon einige Male gekommen ist», gab Mr. Clowne zu.

«Sonst keiner?» fragte der Viscount unvermittelt. «Sie reden nicht viel, aber es würde mich nicht überraschen, wenn Sie mehr gesehen hätten, als Sie ausplaudern wollen. Was ist das für ein Mann, den Martin Frant da engagiert hat?»

Mr. Clowne, der fühlte, daß ihm der Boden unter den Füßen weggezogen wurde, sagte: «Oh, ich bin sicher, Eure Lordschaft brauchen Leek keine Beachtung zu schenken! Natürlich kann man ihn mit Studley nicht vergleichen, aber ich kann mir vorstellen, wie sich die Sache verhält! Mr. Martin, müssen Sie wissen, macht sich nicht viel aus Äußerlichkeiten, aber er kann es nicht leiden, Fremde um sich zu haben, und ich glaube, als man es ihm vorschlug, hat er Hicklings Onkel gerne in seine Dienste genommen. Leek ist wirklich ein ungepflegter Kerl, aber ich habe ihn immer voll Ehrerbietung gefunden und sehr darauf bedacht, sich unseren Lebensformen in Stanyon anzupassen.»

Der Viscount sagte unumwunden: «Wenn ich meinen Diener immer dort fände, wo er am wenigsten zu tun hat, würde ich ihn zum Teufel schicken!»

«Mylord!» sagte der Kaplan sehr beunruhigt. «Ihre Worte wecken in mir die schlimmsten Befürchtungen!»

«Versuchen Sie doch lieber, sie in St. Erth zu wecken!» empfahl der Viscount. «Ich kann es nicht! Er lacht mich nur aus!»

Er sprach in düsteren Tönen, denn es war ihm gründlich mißlungen, dem Earl ein Gefühl für die Gefahr zu vermitteln, in der er sich befand. Alles, was Gervase sagte, war, er sähe in Leek eine dauernde Erfrischung.

«Ger, ich glaube, daß dieser Kerl dir nachspioniert!»

«Oh, das glaube ich auch!» stimmte Gervase zu. «Ich ermutige ihn dazu und vergrößere meinen Wortschatz täglich!

Er sagt mir zum Beispiel, daß Stanyon eine leicht auszuräumende Bude sei und gibt seinem Erstaunen darüber Ausdruck, daß noch niemand sie bis jetzt durchgekämmt hat.»

«Das ist doch Diebessprache!» sagte Ulverston rasch.

«Wirklich, Lucy? Du mußt das doch sicher wissen!»

«Hör auf mit dem Unsinn! Die Sache ist ernst!»

«O nein! Denn, siehst du, ich habe in den ersten fünf Minuten unserer Bekanntschaft ‹seinen Haken überzogen›. So heißt das, glaube ich. Und wenn es dich beruhigt, so laß dir versichern, daß ich mich seiner entledigen werde, wann immer es mir paßt.»

«Ach, wirst du das? Und meiner auch, nehme ich an?» sagte der Viscount.

«Das», sagte Gervase sanft, «halte ich für viel schwieriger.»

Der Earl verbrachte den ganzen Vormittag damit – besonders, wenn der Viscount in der Nähe war –, zu versuchen, seine linke Hand zu bewegen, doch schien er sich dann eines Besseren zu besinnen und steckte sie unter seinen Rock. Diese Taktik lenkte sehr bald die Aufmerksamkeit seines Freundes auf sich, der fragte, ob er vielleicht Schmerzen in der Schulter hätte. Er behauptete, nicht die geringsten Schmerzen zu empfinden, und ging so rasch auf ein anderes Thema über, daß der Viscount natürlich Verdacht schöpfte und sagte: «Ich werde mir die Sache anschauen!»

«Kommt gar nicht in Frage!» antwortete Gervase. «Als ob du dann klüger wärest!»

«Ich habe schon hübsch ein paar Schußwunden gesehen, zu meiner Zeit, mein Lieber! Und ich werde bald genug merken, daß es so heilt, wie es sollte! Aber wenn dir das lieber ist, können wir natürlich den Quacksalber holen!»

«Natürlich nicht! Bei Gott, Lucy, wann wirst du endlich aufhören, mich erziehen zu wollen?»

«Nichts liegt mir ferner. Aber du hast dich sicher überanstrengt. Besser, du bleibst morgen im Bett, wenn es über Nacht nicht wieder in Ordnung kommt.»

«Ach, Unsinn!» sagte Gervase.

Am nächsten Morgen beim Frühstück schien er den linken Arm nur ungern zu bewegen, und als ihn der Viscount streng zur Rede stellte, mußte er zugeben, schlecht geschlafen zu haben.

«Ich werde dir etwas sagen, mein Lieber! Du wirst heute nachmittag nicht nach Whissenhurst fahren!»

«Aber wenn die Bolderwoods morgen nach London übersiedeln, muß ich mich doch von ihnen verabschieden!» gab Gervase zu bedenken. «Schließlich wirst du kutschieren und nicht ich.»

«Sei kein Narr, Ger! Du wirst zu Tod erschöpft sein! Ich werde dich entschuldigen.»

«Schön, wir werden sehen», beschwichtigte ihn Gervase. Er warf Martin, der am anderen Ende der Tafel saß, einen Blick zu. «Gehst du hin?»

«Nein, ich habe heute in Grantham zu tun, antwortete Martin kurz angebunden. «Wahrscheinlich werde ich dort bis nachmittag zu tun haben. Auf jeden Fall habe ich nicht die geringste Lust, nach Whissenhurst zu fahren!»

Gervase sagte nichts mehr, sondern stand auf und schlenderte aus dem Zimmer. Zehn Minuten später war er im Stall und inspizierte Clouds Beine.

«Schön verheilt, me lord!» sagte Chard.

«Ja, nicht wahr? Chard, Mr. Martin wird in Kürze nach Grantham reiten. Könnten Sie dort auch etwas zu tun finden? Falls er Sie sehen sollte?»

«Natürlich, me lord!» sagte Chard. «Nichts leichter als das!» Er schaute ihn gespannt an. «Will Eure Lordschaft auch hinfahren?»

«Nein, genau in die entgegengesetzte Richtung. Ich fahre nach Evesleigh und möchte sicher sein, daß Mr. Martin nicht denselben Weg einschlägt.»

Chard nickte, sagte jedoch: «Ich denke bloß, daß es beinahe zehn Meilen bis dorthin sind, und die Grauschimmel sind ziemlich frisch!»

«Ich kann mit ihnen umgehen.»

«Daran zweifle ich nicht, me lord – aber – werden Sie den jungen Wickham mitnehmen?»

«O ja!»

«Nicht, daß Sie ihm die Zügel geben!» sagte Chard düster. «Wenn Sie mir die Freiheit verzeihen, me lord, aber ich wünschte, Sie würden warten, bis Sie wieder mehr *robusto* sind!»

«Bastante!» sagte Gervase lächelnd. «Ich muß mit Mr. Theo sprechen, und solange ich nicht Mr. Martin auf den Fersen habe, wird mir nichts passieren, das versichere ich Ihnen!»

«Weiß er, daß Eure Lordschaft nach Evesleigh fahren will?»

«Niemand weiß es, außer Ihnen. Meine Schulter schmerzt angeblich so sehr, daß ich mich in mein Schlafzimmer zurückziehen werde. Sagen Sie Wickham, daß er sich bereithalten soll, für den Fall, daß ich ihn brauche!»

Darauf begab er sich ins Haus zurück, vertrödelte den Vormittag und sagte zu Mittag, daß er Ulverston nicht nach Whissenhurst begleiten würde. Vor der erneuten Drohung, nach dem Doktor zu schicken, rettete ihn Miss Morville mit der Bemerkung, daß es nicht nötig wäre, einen Arzt zu holen, wenn er sich halbwegs vernünftig aufführen und ausruhen wollte. Er ließ sich überreden, zu Bett zu gehen; und Ulverston, der darauf bestand, ihn höchstpersönlich in seine Decken zu packen, konnte Miss Morville bald darauf berichten, daß er geneigt schien, einzuschlafen. Darauf fuhr er nach Whissenhurst; Miss Morville ging in den Garten, um ein wenig spazierenzugehen. Als sie etwa eine halbe Stunde später um eine Ecke bog, stand sie plötzlich dem Kranken gegenüber, der gerade aus dem Ostportal des Schlosses trat.

Der Earl blieb stehen und rief reuig: «Miss Morville!»

Miss Morville betrachtete Reisemantel, Hut und Handschuhe gedankenvoll und sagte mit mildem Interesse: «Anscheinend haben Sie das Gefühl, daß eine Spazierfahrt Ihrer Schulter guttäte, Mylord.»

Er lächelte. «Verzeihen Sie mir! Ich hätte Ihnen keine Märchen erzählt, aber anders wäre ich Lucy nie losgeworden!»

Sie blickte zu ihm auf. «Wohin gehen Sie?» Sie errötete und fügte hinzu: «Ich möchte weder neugierig noch aufdringlich scheinen, aber ich kann nicht umhin, ein wenig ängstlich zu sein. Wenn Sie es mir nicht sagen wollen, brauchen Sie es natürlich nicht zu tun.»

«Ich habe keine Geheimnisse vor Ihnen, Miss Morville», sagte er leichthin. «Das heißt, ich habe uneingeschränktes Vertrauen zu Ihnen! Ich gehe Theo besuchen.»

«Theo besuchen!» wiederholte sie und starrte ihn an. «O bitte, nein! Es – es ist so weit nach Evesleigh!»

Er ergriff ihre Hand und behielt sie in der seinen. «Es ist weder weit, noch werde ich in einen Hinterhalt fallen. Das fürchten Sie doch, nicht wahr? Sie können ganz unbesorgt sein: Martin ist nach Grantham geritten, von Chard gefolgt, obwohl ich hoffe, daß er es nicht bemerken wird. Chard wird Martin nicht aus den Augen lassen! Glauben Sie mir, solange Chard bei Martin ist, laufe ich nicht die geringste Gefahr!»

Sie schluckte, sagte aber mit einiger Beherrschung: «Ich glaube, Sie sind in Evesleigh sicher. Nur – es liegt an der Straße, dort ist es schon einmal passiert!»

«Aber diesmal wissen nur Sie und Chard, daß ich ausgeritten bin.»

Sie schwieg und starrte unverwandt auf eine der gestutzten Hecken. Dann blickte sie ihn wieder an und sagte: «Es hat nicht den geringsten Sinn, Ihnen dreinzureden! Ich glaube, Sie wissen genau, woran Sie sind. Ich wünsche nur, daß Sie nicht mit hohem Fieber nach Stanyon zurückkommen mögen!»

Er lachte, führte ihre Hand an die Lippen und küßte sie. «Sie sind eine Frau unter tausend!» sagte er zärtlich, streichelte ihre Hand und ließ sie los.

Er fand seinen Unterreitknecht, einen eifrigen Jungen, der bei Chard in strenger Schule war, damit beschäftigt, einen Sattel zu polieren. Der Befehl, die Grauschimmel anzuspannen, schien ihn ebenso zu überraschen wie zu freuen, und er beeilte sich, ihn auszuführen. Ein paar Stalljungen rannten davon, um den Wagen des Earl aus der Remise zu holen; während dieser Vorbereitungen schlenderte der Earl davon, um sich das neue Jagdpferd seines Bruders anzusehen. Da ihn in dem Teil des Stalles, der Martins Pferden vorbehalten war, niemand erwartet hatte, fand Mr. Leek keine Zeit mehr, die Flucht zu ergreifen, sondern verschwand statt dessen in einer der leeren Boxen. Sein Neffe, der sich eben noch auf seinen Besen gestützt hatte, begann eilig, den Stall auszukehren.

«Seien Sie doch nicht so schüchtern, Leek!» sagte der Earl. «Sie haben doch gerade mit Ihrem Neffen geplaudert, oder nicht? Wo ist Mr. Martins neuer Jährling, Hickling? Ich habe ihn noch nicht gesehen. Zeigen Sie ihn her!»

«Ja, Mylord!» murmelte Hickling, legte den Besen weg und warf einen vernichtenden Blick auf seinen Onkel.

Besagter Gentleman tauchte aus der Box auf, hüstelte höflich hinter der vorgehaltenen Hand und sagte, er hoffe, keinen Grund zur Klage gegeben zu haben.

«Durchaus nicht», antwortete der Earl und sah zu, wie Hickling ein ziemlich grobknochiges Pferd herausführte.

«Fahren Sie die Grauschimmel ein, me lord?» fragte Mr. Leek und hüstelte wieder.

«Ein paar Zoll zu lang hinter dem Sattel», sagte der Earl und überhörte die Frage.

«Gute Sprunganlagen», sagte Hickling.

«Laß ihn ein bißchen laufen, Jem, damit Seine Lordschaft sieht, was er kann!» empfahl sein Onkel. «Ich würde sagen, er ist in der Mitte zu hell – nur um einen Schatten!»

Der Earl warf ihm einen Blick zu. «Sie scheinen etwas von Pferden zu verstehen.»

«Bin sozusagen mit ihnen aufgewachsen, me lord!» sagte Mr. Leek prompt.

«Glauben Sie, daß Sie mit meinen Grauschimmeln fertig würden?»

Mr. Leek warf einen zweifelnden Blick auf das Gespann, zögerte aber nicht, zu versichern, daß er zehn Pfund darauf setzen würde, damit umgehen zu können.

«Nun», sagte der Earl, «Wickham kann es nicht, und da ich vielleicht Hilfe brauchen werde, ist es besser, Sie kommen an seiner Statt mit mir.»

Hickling machte den Mund auf und wieder zu, als hätte er sich eines Besseren besonnen. Mr. Leeks ausdruckslose Augen begegneten dem leicht ironischen Blick des Earl, ohne mit der Wimper zu zucken. «Sehr erfreut, Eure Lordschaft begleiten zu dürfen», sagte er, «und mit den Grauen an die Hand zu gehen, wann immer es gewünscht wird!»

Chard hatte Wickham nicht ins Vertrauen gezogen. Trotzdem hatte dieser das dunkle Gefühl, daß der Oberreitknecht mit diesem Arrangement nicht zufrieden sein würde. Errötend in dem Bewußtsein, daß es eigentlich nicht zu den Pflichten eines Unterreitknechts gehörte, mit seinem Herrn zu diskutieren, raffte er dennoch all seinen Mut zusammen und machte wenigstens den schüchternen Versuch. Er wurde zum Schweigen gebracht, wenn auch sehr freundlich; und zehn Minuten später fand er sich allein und überlegte besorgt, was Chard bei seiner Rückkehr aus Grantham wohl zu ihm sagen würde.

Die Grauen waren gut ausgeruht, und das Kutschieren schien den Earl nicht allzu sehr anzustrengen. Während der Wagen die Avenue hinunterfuhr, erkühnte sich Mr. Leek, nach dem Ziel der Fahrt zu fragen.

«Ich fahre nach Evesleigh zu meinem Vetter», antwortete der Earl.

Mr. Leek strich sich über das Kinn. «Ach, wirklich?» sagte er. «Evesleigh! Ach! Wenn ich mich nicht irre, und das passiert mir selten, sind das gute zehn Meilen, Chef! Sie werden das nicht aushalten!»

«O doch!» sagte der Earl ruhig.

Mr. Leek verfiel in Schweigen und blieb dabei, bis die Grauen in eine schmale Straße einbogen und er sich bemüßigt fühlte, den Earl darauf aufmerksam zu machen, daß dies seines Wissens nicht der Weg nach Evesleigh wäre.

«Nicht der direkteste», verbesserte der Earl.

«Natürlich kenne ich mich in dieser Gegend nicht sehr gut aus», sagte Mr. Leek. «Aber ich muß trotzdem sagen, daß es mich wundert, warum ein Herr, der so knapp am Abkratzen war wie Sie, einen so holperigen Hohlweg entlangfährt!»

«Nun, ich habe meine Gründe!» sagte der Earl liebenswürdig.

Mr. Leek, weit davon entfernt, sich über die holperige Straße zu freuen, sagte streng: «Schön werden wir ausschauen, wenn das Loch, das Sie in der Brust haben, wieder aufbricht, me lord! Verzeihung, aber das wird eine verflixte Sache, wenn die rote Suppe wieder zu fließen anfängt!»

Der Earl lächelte bloß. Er kutschierte seine Pferde durch ein Gewirr von Landstraßen und schien sich bestens auszukennen. Mr. Leek sagte unwillig, daß er die Gegend schon sehr gut kennen müßte, um sich einen solchen Umweg gestatten zu können. «Tue ich auch», antwortete der Earl. «Ich bin vor kurzem kreuz und quer durch diese Gegend geritten. Man weiß nie, wozu Ortskenntnis gut ist.» Mit diesen Worten verlangsamte er das Tempo, und als der Wagen in einen holperigen Karrenweg einbog, merkte Mr. Leek, daß ein Gatter den Weg versperrte. Da er nur zu gut wußte, daß er absteigen mußte, um dieses (und möglicherweise noch ein paar andere) Gatter zu öffnen, warf er einen unfreundlichen Blick auf den Earl.

Die Grauen blieben stehen. «Wenn Sie die Güte haben!» sagte der Earl.

Mr. Leek stieg schwerfällig ab. Das Gatter war massiv, und er mußte es in den Angeln heben, bevor es über die Karrenspuren hinwegging. Der Wagen fuhr weiter und blieb einige Meter hinter dem Gatter stehen. Während Mr. Leek, der auf dem Lande aufgewachsen war, es selbstverständlicherweise wieder zumachte, sagte der Earl über seine Schulter: «Sie müssen mir verzeihen, Leek, ich habe Sie wirklich gern und bin sicher, daß Ihr Interesse an meiner Person ein durchaus wohlwollendes ist, aber sehen Sie, ich habe es nun einmal nicht gern, wenn man mir folgt. Sie sind jetzt genau zwischen Evesleigh und Stanyon: an Ihrer Stelle würde ich lieber zurückmarschieren als vorwärts.»

«He!» rief Mr. Leek, der das Gatter Gatter sein ließ und dem Wagen nachlief. «He, Chef!»

Die Grauen hatten sich schon in Bewegung gesetzt. Mr. Leek begann zu laufen, aber seine Jahre und seine massige Gestalt waren gegen ihn, und er gab die hoffnungslose Jagd bald auf. Schwer atmend und hochrot starrte er dem Wagen nach, bis er hinter einer Biegung verschwand. «Abgeblitzt!» sagte er bitter. «Nun, der Teufel soll mich holen, wenn mich je ein Grünschnabel so an der Nase herumgeführt hat!» Er nahm seinen Hut ab und wischte sich mit einem großen Taschentuch über Gesicht und Nacken. Nach einer kurzen Überlegung fügte er mit widerwilliger Hochachtung hinzu: «Was er aber nicht ist – aber schon gar nicht!»

Inzwischen hatte er sich erholt, seinen Hut aufgesetzt und sich auf den Weg gemacht, um die Straße nach Stanyon zu suchen. Das Gehen auf dem tief eingefurchten Weg war kein Vergnügen. Und da er sich überhaupt nicht auskannte und nur geringe Aussicht auf Hilfe bestand, lag sein einziger Trost in der Hoffnung, daß den Earl noch einige weitere Viehgatter von seinem Bestimmungsort trennten.

Aber das Glück war ihm hold. Nach einer halben Meile mündete der Weg in eine wesentlich bessere Straße, die sich einige hundert Meter weiter in drei Wege teilte. Mr. Leek wußte nicht, welchen er einschlagen sollte, da er sich an keinen besonders gut erinnern konnte. Ein verwitterter Wegweiser teilte ihm mit, daß die Straßen jeweils nach Climpton, Beaumarsh und Forley führten, aber da er keine dieser drei Ortschaften kannte, half ihm das nicht weiter. Er stand vor dem Wegweiser und dachte nach, und gerade als er beschloß, die Straße einzuschlagen, die ihm am wenigsten unbekannt vorkam, hörte er das Geräusch eines näherkommenden Wagens. Er beglückwünschte sich zu diesem Zufall. Kurz darauf kam ein Gig in Sicht, dem ein wohlgenährtes braunes Ackerpferd vorgespannt war. Er rief, und das Fahrzeug hielt neben ihm an. Der pausbäckige junge Bauer, der auf dem Kutschbock saß, schaute ziemlich neugierig auf ihn hinunter und fragte, was er wolle. Mr. Leek, der vorsichtshalber seine Hand auf den Gig legte, stellte die Gegenfrage, wohin er fahre. Nachdem er ihn einen Moment lang unverwandt angestarrt hatte, enthüllte der Bauer, daß er auf dem Weg nach Cheringham sei. Bei der Erwähnung dieses bekannten Namens hellten sich Mr. Leeks Züge auf, und er sagte: «Wenn Sie nach Cheringham fahren, junger Mann, wäre es doch kein großer Umweg, mich in Stanyon abzusetzen. Wofür ich Ihnen sehr freundlich danken würde.»

«Stanyon?» fragte der Bauer. «Was haben Sie dort verloren?»

«Schloß Stanyon», sagte Mr. Leek würdevoll, «ist mein Wohnsitz – wenigstens vorübergehend!»

«Das ist ein guter Witz!» sagte der Bauer und lachte herzlich.

Mr. Leek erwiderte verletzt: «Wenn Sie nicht blind und blöd wären, müßten Sie sehen, daß ich ein Kammerdiener bin, und zwar der Kammerdiener von Seiner Ehren, dem Herrn Martin! Das bin ich!»

«Mr. Martin!» sagte der Bauer, sichtlich beeindruckt. «Oh, wenn Sie einer von Mr. Martins Bedienten sind, so ist das natürlich ganz was anderes! Steigen Sie ein!»

Mr. Leek kletterte dankbar in den Gig und erlebte die Genugtuung, zu sehen, daß der Bauer eben dieselbe Straße einschlug, die er zu gehen beabsichtigt hatte. Sie waren schon etwa eine Viertelstunde gefahren, als der Bauer, anscheinend ein langsamer Denker, fragte, was Mr. Martins Diener denn fünf Meilen vom Schloß zu suchen hätte. Aber inzwischen hatte sich Mr. Leek in weiser Voraussicht eine geläufige Erklärung zurechtgelegt, die ohne weiteres akzeptiert wurde, wobei der Bauer sich nur die Bemerkung erlaubte, daß man nicht voraussehen könnte, was für Narreteien der junge Herr wieder anstellen würde, wenn man auch zugeben mußte, daß er von der Landwirtschaft etwas verstand wie nicht bald einer. Die übrige Fahrt verging mit einem freundschaftlichen Meinungsaustausch über die exzentrischen Gewohnheiten des Adels überhaupt und die Ernteaussichten.

Während Mr. Leek über eine kürzere Straße als die, welche der Earl eingeschlagen hatte, nach Stanyon zurückgebracht wurde, war auch sein Brotgeber auf dem Heimweg. Er erreichte das Schloß etwa zwanzig Minuten nach seinem Diener in Begleitung Chards, der sehr korrekt hinter ihm herritt und den Befehl, sein Pferd in den Stall zu bringen, ohne mit der Wimper zu zucken entgegennahm. Martin schwang sich am Fuß der Freitreppe aus dem Sattel, übergab ihm die Zügel und sagte mit unfreundlichem Lächeln und funkelnden Augen: «Sie können sich jetzt zum erstenmal nützlich machen und mein Pferd in den Stall bringen!»

«Zu Befehl!» sagte Chard hölzern, griff an die Mütze, nahm die Zügel und führte das Pferd fort. Martin schaute ihm nach, stieß ein kurzes Gelächter aus und rannte die Stufen hinauf, die zum Schloßeingang hinaufführten.

Drei Minuten später hörte Miss Morville, die eben vom Italienischen in den Langen Salon ging, auf der Galerie oberhalb der großen Stiege Stimmen, die von unten heraufdrangen. Sie blieb stehen, da sie den einzigartigen Akzent Mr. Leeks erkannt hatte und sich nicht vorstellen konnte, was er in diesem Teil des Schlosses zu suchen hätte.

«...dachte ich also, daß ich doch sozusagen deshalb engagiert worden bin, und habe gesagt, daß ich mich freuen würde, Seine Lordschaft zu begleiten.»

«Weiter!»

Das war Martins Stimme, zwar gedämpft, aber ebenso unverkennbar wie die Mr. Leeks. Miss Morville hob ihre kurze Schleppe auf und schlich vorsichtig über die Stiege bis zum Treppenabsatz, von wo die breite Treppenflucht in die Große Halle hinabführte.

«Abgeblitzt!» sagte Mr. Leek kurz und bündig.

«Was?» sagte Martin scharf. «Wollen Sie damit sagen, daß er Ihnen entwischt ist?»

«Ja!» sagte Mr. Leek. «Ausgerissen! Zum Narren gehalten, das hat er mich! Mich!»

«Sie Esel! Sie Idiot! sagte Martin, und in seiner Stimme zitterte ein derart wilder Zorn, daß Miss Morville ihre Schleppe fallen ließ, auf den Zehenspitzen zur Balustrade ging und in die Halle hinunterschaute.

«Sie haben gewußt, daß ich nach Grantham gefahren bin! Sie hätten sich denken können, daß dieser verdammte Chard mir folgen würde! Sie wußten, daß sogar Ulverston aus dem Weg war! Und Sie haben ihn entwischen lassen! Gott, was haben Sie da alles verpfuscht!»

Miss Morville, die über die Balustrade schaute, sah, wie er sich umdrehte und mit raschen Schritten der Tür zuging. «Martin, nein!» brach es aus ihr hervor. «Bleiben Sie stehen!»

Entweder hörte er sie nicht, oder er wollte sie nicht hören. Er war bereits ihrem Blickfeld entschwunden, und nur Mr. Leek blieb und blickte sichtlich unbehaglich die Treppe hinauf. Miss Morville schenkte ihm keine Beachtung. Nur darauf bedacht, Martin aufzuhalten, eilte sie die Stufen hinunter. Dabei stolperte sie über ihre kurze Schleppe, verlor das Gleichgewicht, griff vergebens nach dem massiven Mahagonigeländer, stürzte nach vorne, rollte und kollerte die Stiege hinunter und landete als lebloses Häuflein vor den Füßen des entsetzten Mr. Leek.

Martin, der sie nicht einmal bemerkt hatte, war schon vor dem Schloß angelangt. Er hörte zwar, daß Mr. Leek aufgeregt seinen Namen rief, schenkte dem aber keinerlei Beachtung, sondern ging schnell, jedoch mit einer gewissen Vorsicht, zu den Ställen.

Sie lagen in tiefer Mittagsruhe. Weder von Chard noch von irgendeinem der anderen Reitknechte war eine Spur zu sehen. Martin schaute sich rasch um und ging über den Hof zu dem Teil des Stalles, der seinen Pferden vorbehalten war. Bei der Tür blieb er nochmals stehen, hörte aber die Stimme seines Dieners und trat ein.

Er fand Hickling damit beschäftigt, sein Pferd abzureiben, das schon in seiner Box stand, und fragte leise und gebieterisch: «Wo ist Chard?»

«In seinem Quartier, glaube ich, Sir. Mr. Martin, Seine Lordschaft liegt nicht im Bett! Er ist mit dem Wagen fortgefahren und mein Onkel mit ihm und –»

«Ich weiß!» unterbrach Martin. «Jeder Esel hätte mir bessere Dienste geleistet als dein verdammter Onkel! Meinen Braunen! Schnell!»

«Aber, Mr. Martin –»

Von außen kamen Schritte. Eine nicht gerade melodiöse Stimme summte ein Liedchen, das sich bei der Armee in Spanien einst großer Beliebtheit erfreut hatte.

«Chard!» flüsterte Martin. «Laß den Sattel – ich mache das schon selbst! Schaff mir den Kerl vom Hals!»

«Mr. Martin, das gefällt mir nicht!» gab Hickling ebenso zurück. «Sie wollen allein gehen, und das ist zu gefährlich, Sir! Lassen Sie doch mich –»

«Nein! Tu, was ich dir gesagt habe!» sagte Martin und drängte ihn zur Tür hinaus.

Er wartete mit angehaltenem Atem, bis er Hickling mit Chard sprechen hörte.

«Vielleicht, Mr. Chard, wenn Sie zufällig gerade Zeit haben sollten, würden Sie einen Blick auf Cloud werfen, den Sie für gesund genug hielten, heute früh auf die Wiese zu lassen», sagte Hickling mit fürchterlicher Höflichkeit. «Natürlich geht es mich nichts an, und ich weiß, daß ohnehin alles in Ordnung ist, wenn Sie nichts Besonderes finden, mit all der Erfahrung, die Sie haben; und ich würde auch nie wagen, etwas zu sagen; eigentlich dachte ich, daß Sie es beim Hinausführen bemerken würden, aber Sie hatten es so eilig, nach Grantham zu kommen, daß ich glaube, Sie haben gar nicht besonders aufgepaßt.»

«Was redest du da, mein Junge?» fragte Chard. «Was zu sehen war, habe ich bemerkt, da kannst du Gift darauf nehmen!»

«Dann muß ich mich sicher geirrt haben! Ich dachte schon, er bekommt den Spat!»

«Spat? Was soll das heißen?»

Um Martins Lippen zuckte ein Lächeln. Er ergriff den Sattel, der noch ganz warm war, und ging leise zum Haken, an den Hickling seine Zügel gehängt hatte. Er hörte noch, wie Hickling sagte, daß er gerne bereit wäre, seinem Kollegen zu zeigen, was er meinte, lauschte dem Geräusch der sich entfernenden Schritte und betrat schnell eine Box, in der ein schöner Brauner stand.

21

Mr. Leek wäre betrübt gewesen, hätte er gewußt, daß das einzige Gatter, das zwischen dem Earl und seinem Bestimmungsort lag, von einem höflichen kleinen Jungen geöffnet wurde, der aus einer nahen Hütte gesprungen kam, in der Hoffnung, einen Penny zu verdienen. Etwa eine halbe Meile dahinter konnte der Earl in eine ordentliche Straße einbiegen, auf der er nach angemessener Zeit zur Burg Evesleigh gelangte.

Die Burg hatte der Vater des Earl einige Jahre früher auf den Rat seines Neffen gekauft. Zu ihr gehörten zwei gute Bauernwirtschaften und einige kleinere Besitztümer.

Die Ankunft des Earl brachte nicht nur die beiden Dienstboten auf den Schauplatz, sondern auch Theos Reitknecht, der vom Stall herbeigelaufen kam und die Grauschimmel in Empfang nahm, sehr überrascht, Seine

Lordschaft zu sehen. Er fragte, ob er seinen Herrn suchen und vom unerwarteten Besuch in Kenntnis setzen sollte.

«Ist Mr. Theo ausgeritten?» fragte der Earl, streifte die Decke von den Knien und stieg aus.

«Ja, Mylord. Er ist vor ein paar Stunden mit dem Aufseher fortgeritten. Ob nach Dumbleton oder Doebridge, weiß ich nicht genau, aber ich könnte den Gaul satteln und ihn suchen!»

«Nein, ich werde hier auf ihn warten», sagte der Earl. «Wenn er schon seit ein paar Stunden fort ist, wird er sicher bald zurückkommen, denke ich.»

Eine volle Stunde verging, ehe Theo zurückkehrte. Sein Vetter begegnete ihm auf dem Weg von der Gartenlaube zu den Ställen. Als Theo der schlanken eleganten Erscheinung im Reisemantel ansichtig wurde – der Earl hatte seine Pelerine nicht abgelegt, trug aber keinen Hut auf seinem blonden Kopf –, rief er aus: «Gervase, mein Lieber!» und eilte auf den Earl zu. «Ich hatte keine Ahnung, daß du nach Evesleigh kommen wolltest! Wenn dieser Esel von einem Diener nur einen Funken Verstand hätte, würde er mich schon längst geholt haben!»

«Das hätte er auch getan, wenn ich ihn nicht zurückgehalten hätte. Ich hielt es nämlich für wahrscheinlich, daß er dich verfehlen würde, und sagte ihm daher, er sollte hierbleiben», erwiderte der Earl.

Theo lächelte. «Das kann ich mir denken! Aber komm jetzt herein! Theo riß die Tür ins Wohnzimmer auf. «Tritt ein! Ich spreche nur ein paar Worte mit Allenby und bin gleich wieder da!»

Als er etwa zehn Minuten später ins Wohnzimmer zurückkehrte, fand er den Earl an einem Tisch sitzend, der mit Papieren und Rechnungsbüchern übersät war. Er machte die Tür zu und sagte: «Mrs. Allenby ist untröstlich darüber, von deinem Kommen nicht benachrichtigt worden zu sein. Ich hoffe, du willst die Nacht über hierbleiben.»

«Nein, ich fahre noch heute nach Stanyon zurück.» Der Earl warf ein Schriftstück, das er gerade überflogen hatte, auf den Tisch zurück. «Ich habe bis zu meiner Rückkehr nicht gewußt, Theo, wieviel Arbeit du eigentlich für mich geleistet hast. Dir habe ich es zu verdanken, daß ich mein Erbe in so gutem Zustand vorgefunden habe, nicht wahr?»

«Nun ja», gab Theo zu. «Aber du bist doch nicht zehn Meilen weit gefahren, um mir das mitzuteilen! Mein lieber Gervase, was kann dich dazu bewogen haben, dich so leichtsinnig aufzuführen? Als ich Stanyon verließ, warst du noch ans Bett gefesselt, und jetzt bist du hier und hast nicht einmal Chard zur Begleitung mitgenommen!»

«Ich wollte mit dir reden. Unter vier Augen.»

Theo betrachtete ihn stirnrunzelnd. «In Stanyon ist etwas passiert seit meiner Abreise. Ist es das?»

«Nein, es ist nichts passiert, außer, daß ich meine Kraft und meinen Verstand zurückgewonnen habe. Als ich dich zum letztenmal sah, Theo, hatte ich fürchterliche Kopfschmerzen. Denken war für mich mit den größten Schwierigkeiten verbunden und Handeln ganz unmöglich. Außerdem zweifelte ich – oder vielleicht versuchte ich nur zu glauben, daß ein Zweifel möglich wäre. Das hat nicht viel zu sagen.»

«Wenn du mit mir reden wolltest, warum hast du nicht nach mir geschickt?» sagte Theo rauh. «Allein hierherzufahren, war Tollheit! Ich hoffe, du wirst diesen Leichtsinn nicht bereuen müssen!»

«Es gibt Leute, die dir sagen könnten, daß meine Wunden schnell heilen. Nimm Platz, Theo!»

Sein Vetter ließ sich auf der anderen Seite des Tisches in einen Stuhl fallen, sagte jedoch: «Und was wäre gewesen, wenn dich auf dem Weg hierher ein neuer Unfall ereilt hätte? Guter Gott, du mußt doch wissen, was für Gefahren du läufst!»

«Ich fürchte nicht, heute in einen Hinterhalt zu geraten», antwortete der Earl. «Martin ist nach Grantham geritten und Chard hinter ihm drein. Selbst wenn er jetzt schon in Stanyon sein sollte, läßt Chard ihn nicht aus den Augen. Er wird ihn so lange bewachen, bis ich wieder heil und ganz zu Hause angelangt bin.» Er verstummte. Einen Moment herrschte Stille, die nur von fernem Hufschlag und dem langsamen Ticken einer Uhr auf dem Kaminsims unterbrochen wurde. «Du siehst also, Theo, daß ich ganz unbesorgt zu dir fahren konnte.»

Der Hufschlag wurde mit jedem Augenblick lauter. Der Earl drehte den Kopf zur Seite und lauschte.

«Ich bin froh, daß du wenigstens diese Vorsichtsmaßregeln ergriffen hast!» sagte Theo. «Aber wer paßt auf Hickling auf? Hast du das bedacht?»

«Gott, nein!» antwortete Gervase. «Hickling ist Martin zweifellos sehr ergeben, aber ich glaube kaum, daß er ihm zuliebe einen Mord begehen würde!»

Mit diesen Worten stand er auf und ging zum Fenster. Der Hufschlag donnerte nun die Auffahrt herauf. «Was ist los?» fragte Theo. «Ist Chard gekommen, dich abzuholen?»

Der Earl hatte seine rechte Hand in der Tasche seines Mantels verborgen gehalten. Er zog sie heraus, und sein Vetter sah, daß sie eine silberbeschlagene Pistole hielt. «Nein», sagte er mit eigenartiger Stimme, «aber ich scheine mich verrechnet zu haben! Ich bin vor den seltsamen Unfällen, die mir zustoßen, nicht länger mehr sicher.»

«Guter Gott, Gervase, was willst du damit sagen? Wer ist es?» rief Theo und fuhr in die Höhe.

«Martin», sagte der Earl und drehte sich um, so daß er ins Zimmer schaute, mit dem Rücken an die Wand gelehnt.

«Martin! Aber, mein lieber Gervase, Martin würde nie –»

Theo verstummte, vom erhobenen Finger des Earl zum Schweigen gebracht. Man konnte Martins Stimme aus der Halle hören. Er stellte Allenby eine Menge wütender Fragen.

«Wie unüberlegt! Wie dumm von ihm!» seufzte der Earl.

Eilige Schritte durchquerten die Halle; die Tür wurde aufgerissen. Martin stürmte ins Zimmer und schmetterte sie hinter sich ins Schloß.

«Rühr dich nicht, Martin!» warnte der Earl.

«St. Erth! Sehen Sie denn nicht? Verstehen Sie denn nicht?» rief Martin. «Vor mir brauchen Sie sich nicht in acht zu nehmen!»

Er verstummte, denn er merkte, daß der Earl nicht ihn anschaute und daß die Pistole nicht auf ihn gerichtet war.

«Doch, ich verstehe», sagte Gervase. «Besser als du, anscheinend! Du junger Narr, was wäre, wenn hier in diesem Zimmer ein Schuß fiele und Allenby käme hereingestürzt und fände mich tot und dich im Handgemenge mit Theo? Meinst du, man würde dir glauben, daß er es war, der mich erschoß, und nicht du?»

«Bist du verrückt geworden?» fragte Theo scharf.

«Nein, ich bin weder verrückt noch fiebrig. Schau nach, ob er eine Pistole bei sich trägt, Martin, bitte!»

«Ihr werdet sehen, daß ich unbewaffnet bin!»

Martin ging von der Tür weg, stellte sich hinter ihn, befühlte seine Taschen und schüttelte den Kopf: «Nein: nichts.»

Der Earl senkte seine Pistole. «Dann werden wir diese Sache untereinander ausmachen», sagte er.

«Beschuldigst du mich – mich! – wirklich allen Ernstes damit, einen Mordversuch an dir begangen zu haben?» sagte Theo. «Das ist doch aberwitzig! Die Einbildung eines Kranken!»

«Ich würde es eher einen Alptraum nennen, Theo.»

«Was, um Gottes willen, habe ich denn durch deinen Tod zu gewinnen?»

«Nichts, solange Martin nicht darein verwickelt ist! Wenn es jedoch gelingt, ihn zu meinem Mörder zu stempeln – alles!»

«Wenn das nicht Wahnsinn ist, so muß es Fieber sein! Habe ich es dir vielleicht übelgenommen, am Leben zu sein? Habe ich offen den Wunsch ausgesprochen, du wärest in Spanien umgekommen? Oder war ich nicht derjenige, der deine Interessen wahrgenommen und dich gewarnt hat, auf der Hut zu sein, als du nach Stanyon zurückkamst?»

«Waren es wirklich meine Interessen, Theo, oder hast du darin nicht deine eigenen erblickt?»

Martin, der bei den Worten seines Vetters blutrot geworden war, unterbrach ihn und stotterte: «Ja, ich habe es ihm übelgenommen, am Leben zu sein! Ich glaube, ich habe auch gesagt, ich wünschte, er wäre umgekommen! Ich weiß es nicht! Es ist leicht möglich! Aber ich hatte nie die Absicht – ich hätte nie, nicht einmal damals, als ich ihn kaum kannte, versucht, ihn zu ermorden.»

«So?» sagte Theo schnell. «Habt ihr beide vergessen, was geschah, als der Knopf von deinem Florett sprang? Hast du damals vielleicht nicht versucht, ihn zu töten?»

«Nein, nein! Ich habe die Beherrschung verloren – ich war außer mir und probierte es eine Sekunde lang –, aber ich hätte nie – Gervase, Sie haben mich damals zum Weiterfechten angestachelt! Ich hatte mich schon längst wieder in der Gewalt, ehe Sie mich entwaffneten! Ich wollte Sie wirklich nicht töten!»

«Mein lieber Martin, ich weiß sehr gut, daß du deinen Degen auf ein Wort von mir weggeworfen hättest. Es war mein Fehler, dieses Wort nicht gesprochen zu haben. Aber damals ahnte ich nicht, daß ich dadurch half, Beweise gegen dich zu sammeln.» Er lächelte schwach. «Du bedurftest meiner Hilfe kaum, nicht wahr? Ich frage mich, ob – hätte man dir wegen Mordes den Prozeß gemacht – die Geschworenen nicht auf den Gedanken gekommen wären, daß deine offene Feindseligkeit es sehr unwahrscheinlich machte, daß du jemals wirklich die Absicht gehabt hättest, mich zu töten!»

«Nein!» murmelte Martin. «Sie verdächtigten mich.»

«Ja, nach dem ersten Attentat. Denn das hätte wie ein Unfall ausgesehen.»

«Ersten Attentat?» wiederholte Martin. «War denn mehr als eines?»

«Ja, es war mehr als eines!» fiel Theo ein. «Da war zum Beispiel eine beschädigte Brücke, Martin, von der du wußtest. Trotzdem hast du Gervase nicht gewarnt, obwohl dir bekannt war, daß er darüberreiten würde! Damals habe ich ihn gerettet! Das scheinst du vergessen zu haben, Gervase!»

«Unsinn, Theo! Selbst wenn du geglaubt hättest, daß ich ertrinken würde, hättest du mich zurückgerufen! Man hätte Martin allerhöchstens Leichtsinn vorwerfen können. Er hat die Brücke weder ruiniert noch mir aufgetragen, darüberzureiten.»

«Habe ich vielleicht auch eine Schnur über deinen Weg gespannt? Wenn dein Verdacht nur halbwegs begründet wäre, müßte dieser Zwischenfall allein meine Unschuld beweisen! Du hast selbst gesagt, daß es wie ein Unfall ausgesehen hätte! Wie hätte das meine Interessen gefördert?»

«Ich sagte, daß ich das damals dachte», antwortete der Earl freundlich. «Aber wenn nicht das Glück in Gestalt von Miss Morville dazwischengekommen wäre, hättest du mir wahrscheinlich nicht nur den Rest gegeben, sondern es auch zuwege gebracht, Beweise gegen Martin zu liefern. Hattest du das nicht schon einmal getan?»

«Wann?» fragte Martin scharf.

Theo stieß ein kurzes Gelächter aus. «Das möchte ich auch gern wissen!»

«In der Sturmnacht», sagte Gervase. «Ich bin überzeugt, daß du damals über die Geheimtreppe in mein Zimmer gekommen bist und eines von Martins Taschentüchern neben meinem Bett auf den Boden gelegt hast.»

«Was – in dieser Nacht?» rief Martin aus. «Damals, als ich nach Cheringham ging? Ich erinnere mich, daß Sie mir ein Taschentuch zurückgegeben haben und sagten, ich hätte es fallen gelassen. Aber ich glaubte, Sie meinten, in der Galerie!»

Der Earl schüttelte den Kopf. «Ich fand es in meinem Schlafzimmer. Wahrscheinlich hattest du die Absicht, Theo, es erst nach getaner Arbeit liegenzulassen. Hat dich die Tür erschreckt, die zufiel? Oder mein Erwachen?»

«Wirklich, Gervase, das geht schon über einen Scherz hinaus! Was für Gründe kannst du haben, anzunehmen, daß ausgerechnet ich in deinem Zimmer war? Nur weil du dir eingebildet hast, Geräusche in deinem Zimmer zu hören, und später eines von Martins Taschentüchern neben deinem Bett fandest? Das Ganze ist nichts als ein wildes Hirngespinst, das du dir ausgedacht hast, um deinen übrigen absurden Vermutungen etwas mehr Farbe zu geben!»

«Nicht ganz», antwortete Gervase. «Ich habe ein ausgezeichnetes Gedächtnis und erinnere mich genau an unser Gespräch am nächsten Morgen. Wie kommt es, daß du mir – obwohl du mich vor Martin gewarnt hattest –, als ich dir von meinem Verdacht, daß in der Nacht jemand in mein Zimmer gekommen wäre, erzählte, nicht sagtest, daß es zu meinem Zimmer einen Zugang gab, von dem ich nichts wußte?»

Einen Augenblick herrschte Stille. Dann antwortete Theo: «Guter Gott, wie hätte ich ahnen sollen, daß du davon nichts wußtest? Die alte Stiege! Ich dachte gar nicht daran!»

«Das ist eine faule Ausrede!» unterbrach Martin. «Wenn Gervase dir erzählt hat, daß jemand in seinem Zimmer war, muß es dir eingefallen sein!»

«Vielleicht habe ich Gervases Hirngespinsten damals ebenso wenig Bedeutung beigemessen wie jetzt», sagte Theo mit verächtlichem Lächeln.

«Und doch warst du derjenige, der mich zum Denken angeregt hat», sagte Gervase. Er ging langsam zu seinem Sessel zurück und setzte sich nieder wie jemand, der plötzlich sehr müde ist. «Das ist alles so sinnlos, Theo! Laß uns ein Ende machen! Ich weiß, daß du dreimal probiert hast, sowohl mich als auch meinen Erben aus der Welt zu schaffen. Mein Tod kann außer Martin niemandem nützen. Wenn er an den Mordversuchen unschuldig ist, wer konnte dafür verantwortlich sein, wenn nicht du?»

«Ja!» sagte Martin stürmisch. «*Ich* weiß das schon lange, aber Sie nicht! Damals, als ich in Ihr Zimmer kam – über die Geheimstiege – haben Sie mir nicht geglaubt! Sie wollten mir nicht erlauben, noch einmal zu Ihnen zu kommen! Wie *konnten* Sie nur glauben, ich hätte in irgendeinem Busch auf Sie gelauert, um Sie aus dem Hinterhalt zu erschießen? Ich habe mich Ihnen gegenüber nicht ordentlich benommen – ich habe Dinge gesagt, die ich nicht hätte sagen sollen –, aber, mein Gott, ich würde meinen ärgsten Feind nur in offenem Kampf töten!»

«Ja, Martin, ich weiß. Ich habe auch geglaubt, was du mir erzählt hast, aber es fiel mir so schwer, mir vorzustellen, daß der einzige Mensch, den ich in Stanyon für meinen Freund hielt, mir die ganze Zeit über nach dem Leben getrachtet hatte.» Er schwieg und schaute auf seinen Vetter, der unbeweglich und schweigsam am anderen Ende des Tisches stand. Dann fügte er mit einem schwachen Lächeln hinzu: «Selbst als ich ganz unfähig war, klar zu denken, bedachte ich, daß du mich bestimmt nicht verfehlt hättest! Alles übrige war Unsicherheit, nichts konnte bewiesen werden. Als ich mich weigerte, dich in meine Nähe zu lassen, handelte ich nur auf Grund eines Verdachts, den ich – Gott weiß, wie gerne! – widerlegt gesehen hätte! Aber wenn er begründet war, lag sowohl deine als auch meine Sicherheit einzig darin, allgemein bekanntzumachen, daß du niemals, auch nicht eine Sekunde, in meine Nähe gekommen warst, solange ich so hilflos war. Ich glaube, daß ich damals kaum mehr zweifelte. Ich weiß es nicht. Ich hätte so viel dafür gegeben, meinen Verdacht widerlegt zu sehen! Nein, ich meine nicht, daß es mir lieber gewesen wäre, wenn du mich hättest ermorden wollen, das nicht! Nichts, was ich dir erklären könnte oder was möglich gewesen wäre. Ich sagte mir, daß ich auf irgendeinen Beweis warten müßte, daß du mir die Wahrheit gesagt hattest – auf mehr als das, was Theo meine Hirngespinste nennt. Und erst, als ich sicher wußte, daß nicht du mich töten wolltest, wartete ich, bis ich einen Entschluß fassen könnte, was nun zu tun wäre, und gesund genug sein würde, um die ganze Sache allein in Ordnung zu bringen.»

«Darf ich fragen, wann du ‹ganz sicher› wußtest, daß nicht Martin versucht hatte, dich zu ermorden?» fragte Theo ironisch.

«Als ich merkte, daß er einen Polizeispitzel in meinen Haushalt eingeführt hatte», antwortete der Earl mit einem Anflug von Heiterkeit. «Mit dem Auftrag, jeden meiner Schritte zu überwachen!»

«Sie haben es erraten!» rief Martin. «Wie sind Sie dahinter gekommen?»

«Mein lieber Junge, das war sonnenklar! Ich weiß genau, daß ihn der arme Lucy im geheimen für einen gedungenen Mörder hält, aber ich konnte mir nichts Unwahrscheinlicheres vorstellen! Ich fürchte, daß ich dich heute um Entschuldigung bitten muß: ich habe ihm einen sehr üblen Streich gespielt! Aber wenn ich ihn nicht gezwungen hätte, mich zu begleiten, wäre er mir bestimmt zu Pferd gefolgt, und ich möchte auf keinen Fall, daß sich die Polizei in diese Geschichte einmischt. Ich nehme an, daß er auf eine mir nicht bekannte Weise früher in Stanyon eingetroffen ist, als ich es für möglich gehalten hätte, sonst würdest du deinen Braunen in deinem ebenso hochherzigen wie unklugen Versuch, mich vor einem frühzeitigen Ende zu retten, nicht zuschanden geritten haben!»

Martin errötete, sagte aber grübelnd: «Es war Hicklings Idee, seinen kostbaren Onkel zu verwenden! Er war einmal ein Spitzel, ist es aber nicht mehr, und kein Wunder! Was er mir schon geholfen hat! Sich von einem solchen Kindertrick einfangen zu lassen! Guter Gott! Das einzige, was er zusammengebracht hat – und ich glaube, das beweist überhaupt nichts –, war, nicht ganze fünf Meter von der Stelle, wo man mich niedergeschlagen hat, einen Knopf von meinem Jagdrock zu finden. Wenn –» er hielt inne und warf einen wütenden Blick auf Theo – «*du*, mein lieber Vetter! – mich aus dem Gebüsch gezogen hast, bevor du mich auf deinen Wagen geladen hast, muß er bei dieser Gelegenheit abgerissen sein. Er fand auch Spuren, die darauf hindeuten, daß ein Pferd einige Zeit im Wald gestanden hat. Aber das alles beweist gar nichts. Ich weiß, daß man es leicht irgendwie erklären könnte!»

Ich bezweifle nicht, daß Theo seinen Gig im Wald versteckte, nachdem er sich von mir verabschiedet hatte und ich ihn auf dem Weg hierher glaubte; daß er auf dich wartete; dich betäubte; deine Büchse und deinen Patronengürtel zurückließ und dich im Gig davonführte. Evesleigh ist nicht so weit von Wisbech entfernt, und ich habe herausbekommen, daß er nicht vor Abend hier ankam. Du wirst vielleicht sagen, Theo, daß du abgelegene Teile meiner Güter besucht hast und aufgehalten wurdest. Tu's nicht! Ich würde dir nicht glauben, und es wäre mir um so viel lieber, wenn du mir keine Lügen mehr erzählen wolltest! Hättest du mich getötet, wäre Martin überall gesucht worden, und wäre er dann mit dieser Geschichte dahergekommen, würde sie wirklich jeder für den verrücktesten Versuch, der Gerechtigkeit zu entgehen, gehalten haben, den man sich nur vorstellen kann! Aber du hast mich nicht getötet; es kam zu keinem Skandal; die Geschichte erfuhren nur wir; und wenn einige auch daran zweifelten – ich glaubte sie. Gerade, weil sie so unwahrscheinlich klang, hielt ich sie für wahr. Was hast du doch riskiert, Theo! Wenn jemand ihn zufällig gefunden hätte, bevor er sich von den Banden befreite, die du so sorgsam löstest! Das hätte leicht passieren können, weißt du. Und für den Fall, daß ich nicht umkam, mußtest du doch damit rechnen, daß Martin früher oder später die Wahrheit entdecken würde!»

«Das habe ich auch, wenn auch nicht sofort!» bestätigte Martin. «Zuerst schien mir unmöglich, daß *Theo* Ihnen etwas Derartiges antun wollte! Aber ich wußte, daß ich es nicht gewesen war, also blieb niemand anderer übrig! Und als ich genügend Muße hatte, über meine Entführung nachzudenken, kam ich darauf, wie es gewesen sein mußte! Ich wußte, daß man es deshalb getan hatte, um mir die Schuld an Ihrem Tod zuzuschieben, aber das Ganze erriet ich nicht! Nicht, daß er Ihnen nur dann etwas antun würde, solange ich dafür verantwortlich gemacht werden konnte! Das ist das Gemeinste daran! Es war schon arg genug, als ich dachte, er hätte mich bloß deshalb entführt, um den Verdacht von sich abzulenken. Ich dachte, daß er Sie umbringen wollte und mich auch, aber erst später, wenn der ganze Skandal verebbt wäre. Darum stellte ich Leek an – oder zumindest, zum Teil! Ich hoffte, er würde vielleicht irgendeinen Beweis dafür finden, daß nicht ich es war, sondern Theo! Denn was für einen Sinn hatte es schon, Ihnen von meinem Verdacht zu erzählen, wo Sie ein Herz und eine Seele mit Theo waren und von allem, was ich sagte, keine Silbe glaubten! Ich bin auch nicht auf den Kopf gefallen und habe genau gemerkt, daß Chard mir nachspionierte! Und ich weiß auch, daß Sie es ihm befohlen haben.»

«Das stimmt», sagte der Earl. «Aber aus keinem anderen Grund, als dich im Fall eines Anschlags auf mich zu schützen. Von dem Augenblick deiner Rückkehr nach Stanyon bis heute, da du ihn äußerst unklugerweise abgeschüttelt hast, habe ich dich mit einem Zeugen versorgt, der im Notfall für dich ausgesagt hätte.»

«Daran habe ich nie gedacht!» sagte Martin tief beeindruckt. «Das war verteufelt anständig von Ihnen, St. Erth, das muß ich schon sagen! Als dieser Esel von einem Leek mir sagte, daß Sie nach Evesleigh gefahren wären, und noch dazu allein, da habe ich mich wirklich eine Sekunde lang gefragt, ob ich Chard die ganze Sache einfach sagen und ihn mitnehmen sollte. Aber dann dachte ich, daß er mir wahrscheinlich kein Wort glauben und mich obendrein daran hindern würde, Ihnen nachzureiten, also setzte ich ihn an die Luft. Wenn ich Zeit zum Nachdenken gehabt hätte, hätte ich gar nicht kommen müssen, denn Theo würde es nie wagen, Ihnen hier etwas anzutun. Aber die Sache war die, als mir Leek erzählte, daß Sie fortgefahren waren, erschrak ich dermaßen, denn ich glaubte, Sie hätten sich einfangen lassen wie alle die anderen und die fürchterlichsten Dinge könnten Ihnen zustoßen! Ganz allein herzukommen! St. Erth, warum haben Sie das getan?»

Der Earl betrachtete seinen Siegelring. Als er wieder aufschaute, blickte er nicht auf Martin, sondern zu seinem Vetter. Er antwortete leise: «Um ein Ende zu machen. Um ihm zu sagen, daß ich es weiß. Hier konnte ich sagen, was ich zu sagen hatte, ohne fürchten zu müssen, daß dein Spitzel das Ohr ans Schlüsselloch geklebt hielt. Was für eine abscheuliche Situation, wenn ich ihn nach Stanyon geholt hätte! Er hätte weder dortbleiben können, noch hätte ich es zugelassen. Du – und noch jemand, glaube ich – hattest schon Verdacht geschöpft. Lucy, die Dienerschaft – sie alle würden es sehr eigenartig gefunden haben, hätte ich nach Theo geschickt, bloß um ihn sofort darauf zu entlassen! Nun, du hast meine Absichten zwar teilweise durchkreuzt, aber wir können noch immer verhindern, daß die Sache allgemein bekannt wird.»

«Ich wüßte nicht, wie!» warf Martin finster ein.

«Das habe ich befürchtet», sagte der Earl trocken.

«Sie haben leicht reden», sagte Martin. «Niemand hält Sie für einen Mörder. Aber was soll ich sagen?»

«Die Leute außerhalb Stanyons wissen nur das eine mit Sicherheit, daß ich von einem Mann in Homespun angeschossen wurde. Und darum glaube ich, daß der Zwischenfall bald wieder in Vergessenheit geraten wird. Wenn man sieht, daß wir beide uns gut vertragen, wird man daraus schließen, daß auch die wildesten Gerüchte unbegründet waren. Im übrigen glaube ich, nach dem, was Dr. Malpas erzählt, daß einige davon so toll sind, daß die Leute schon anfangen, die Achseln zu zucken und überhaupt kein Wort mehr zu glauben. Einigen muß man natürlich die Wahrheit sagen: Lucy, Chard, Miss Morville (obwohl ich glaube, daß sie die Wahrheit ahnt), aber alle übrigen sollen denken, was sie wollen! Sie werden nicht lange der Meinung sein, daß du mit meinem Unfall das geringste zu tun hast.»

«Aber wollen Sie denn gar nichts unternehmen?» sagte Martin empört. «Man sollte ihn doch dem Gericht übergeben!»

Theo, der zum Kamin gegangen war, sagte, ohne sich umzuwenden: «Du hast dir ja eine schöne Geschichte ausgedacht. Hast du auch erwogen, daß du kein Wort davon beweisen kannst?»

«Das werden wir sehen!» stieß Martin hervor.

«Nicht, wenn ich meinen Willen habe», schaltete sich der Earl ein. «Was sollen wir diese abscheuliche Geschichte vor Gericht breittreten? Uns dem Volk zur Schau stellen, damit es die Hände über dem Kopf zusammenschlägt und staunt? Nein, danke, Martin!»

Martin schwieg. Theo sagte in seinem gewöhnlichen leidenschaftslosen Ton: «Du meinst also, Gervase, daß es möglich wäre, mich verhaften zu lassen? Treibt dich deine Phantasie auch so weit, anzunehmen, daß ich auf deine Aussagen hin verurteilt werden könnte?»

«Ja, ich könnte dich verhaften lassen. Ich glaube, man würde dich freisprechen. Aber du wärst ein ruinierter Mann, Theo.»

«Ich muß annehmen, daß es deine Absicht ist, mich zu ruinieren.»

«Weder meine Absicht noch mein Wunsch. Ich würde dich lieber nach Jamaika schicken.»

«Was?» sagte Martin entgeistert.

Gervase drehte sich um. «Warum nicht? Laß ihn doch den westindischen Besitz verwalten! Er hat oft genug gesagt, daß er der Ansicht ist, er wäre schlecht geführt! An seinen Fähigkeiten als Gutsverwalter können wir nicht zweifeln!»

«Aber der westindische Besitz gehört doch mir!»

«Eben, und deshalb mußt auch du das entscheidende Wort sprechen.»

«Gut – aber – natürlich kann er nicht in Stanyon bleiben.»

«Nein.»

«Ich muß sagen: ihm nach dem, was er uns antun wollte, irgend etwas anzuvertrauen, scheint mir wohl die verrückteste Idee, die ich je gehört habe! Aber wenn er nicht in Stanyon bleiben kann – und das kann er auf keinen Fall –, wäre es vielleicht wirklich am besten, ihn nach Jamaika zu schicken. Es würde viel zuviel Gerede verursachen, wenn er uns verließe und trotzdem in England bliebe. Jeder würde sich denken, daß da etwas faul sein muß, und ich stimme ganz mit Ihnen überein, daß die Sache geheimgehalten werden muß. Herrgott, Gervase, es macht mich krank wie ein Roß, mir vorzustellen, daß so etwas unter uns Frants passieren konnte! Ich glaube, Sie sollten tun, was Ihnen am besten scheint!»

«Willst du dann, bitte, so gut sein und meine Pferde anspannen lassen, Martin?»

Martin schaute unentschlossen auf seinen Vetter. «Eigentlich –» Er fing einen Blick des Earl auf, sagte ärgerlich: «Oh, wie Sie wollen!» und ging aus dem Zimmer.

Lange herrschte Stille. Der Earl betrachtete geistesabwesend die Beschläge seiner Pistole, und Theo starrte ins Feuer. Schließlich machte er eine Bewegung, ging zu seinem Sessel hinter dem Tisch und begann die Papiere mechanisch zu Stößen zu ordnen. Er sagte mit ausdrucksloser Stimme: «Ich hoffe, daß mein Nachfolger ebenso gut arbeiten wird wie ich.»

Der Earl blickte auf. «Das ist unwahrscheinlich. Ich weiß, daß Stanyon nie jemanden hatte, der ihm besser gedient oder es mehr geliebt hätte als du. Ach, Theo! Mein Vater hat dir übel mitgespielt, nicht wahr?»

Ihre Blicke trafen sich. Theos Blick fiel auf die Pistole in der Hand seines Vetters. «Ach, gib das Ding weg!» sagte er.

Der Earl ließ die Pistole in die Tasche gleiten. «Geh nach Jamaika!» sagte er dann. «Wenn dir mein Vater dieses Gut geschenkt hätte oder irgendein anderes, anstatt dich nur im Gedanken an Stanyon aufzuziehen – wenn du mich seinen Irrtum hättest gutmachen lassen –! Aber jetzt ist es zu spät!»

«Ich wollte nie etwas, was er oder du mir hättet geben können!» sagte Theo.

«Nein. Ich glaube, es muß mit der Zeit eine Art Manie für dich geworden sein, ein Wahn! Und zum Schluß – verzeih mir – war da noch ein zusätzlicher Grund, nicht wahr?»

Er sah, daß Theo eine abwehrende Bewegung machte, und schwieg. Nach einer kleinen Weile sagte Theo schwer: «Und wenn ich nach Jamaika gehe – was dann?»

«Oh», sagte Gervase und lächelte, «du wirst die Besitztümer dort bald in die Höhe bringen und sicher selbst Gutsbesitzer werden, und ein reicher auch noch dazu, denn du bist zum Erfolg geboren!»

Theo ließ sein typisches kurzes Lachen hören. «Du bist ein eigenartiger Mensch, Gervase!»

«Warum? Ich erinnere mich nur eines Vetters, der meine Interessen wahrnahm und den ich gern hatte. Das übrige habe ich schon vergessen.» Er stand auf. Von der Auffahrt kam Pferdegetrappel. «Ich glaube, ich gehe jetzt lieber, sonst kommt Martin mich noch holen. Die westindische Sache werde ich so rasch wie möglich regeln. Leb wohl – und gute Reise!» Bevor Theo antworten konnte, hatte er das Zimmer verlassen. Unten erwartete ihn Martin in seinem eigenen Wagen. «Ich habe Theos Diener gesagt, daß ich den Braunen morgen holen lasse!» kündigte Martin kriegerisch an. «Ich bringe Sie nach Hause! Ich will nicht, daß Ihnen wieder etwas passiert, und Sie schauen wirklich krank aus, das können Sie mir glauben!»

«Danke», sagte Gervase kleinlaut und kletterte in den Wagen.

«Was hat er gesagt? Hat er gestanden?» fragte Martin und brachte die Pferde in Gang.

«Um die Wahrheit zu gestehen», sagte Gervase, «wir haben gar nicht darüber gesprochen.»

«Mein Gott! Geht er wenigstens nach Jamaika?»

«O ja!»

«Da kann er von Glück reden! Und wer soll an seine Stelle treten? Er hat sich verdammt gut um unsere Angelegenheiten gekümmert, wissen Sie!»

«Ich glaube, du würdest es gerade so gut treffen!»

«Ich?» rief Martin aus. «Wollen Sie, daß ich Ihr Verwalter sein soll?»

«Nein, das wäre unpassend. Ich werde einen Verwalter anstellen. Aber Theo war viel mehr als das. Du könntest viel von seiner Arbeit übernehmen – wenn du wolltest!»

«Wenn ich wollte! Gott, nichts würde mir größere Freude machen!» sagte Martin. Dann fügte er in einem Anfall ungewohnter Demut hinzu: «Natürlich kann ich Fehler machen! Aber falls ich welche mache – ich meine, wenn ich welche mache –, brauchen Sie es mir nur zu sagen!»

22

Als Mr. Leek fand, daß sein Brotgeber ihn im Stich und obendrein mit einer bewußtlosen Dame allein gelassen hatte, wurde er ein wenig besorgt. Nachdem einige erregte Hilferufe ohne Antwort geblieben waren, kniete er schwerfällig nieder, um festzustellen, ob Miss Morville noch am Leben war oder ob sie sich, wie er sehr zu befürchten geneigt war, vielleicht den Hals gebrochen hatte. Er war in derartigen Dingen nicht ganz unerfahren und konnte, nachdem er ihren Kopf vorsichtig gehoben hatte, zu seiner Beruhigung feststellen, daß dieses irreparable Mißgeschick sie nicht betroffen hatte. Zwar konnte er nicht entdecken, ob sie noch atmete, fand aber nach langem Suchen den Puls in ihrem Handgelenk und merkte, daß er noch schlug. Er stand daher keuchend und erleichtert wieder auf, ging zu der eisernen Glocke neben der Eingangstür und riß so heftig daran, daß ihr Läuten nicht nur einen Lakai herbeirief, sondern auch Abney, der aus dem Dienerschaftstrakt herbeigeeilt kam. Dabei erkannte Mr. Leek, daß von der gesamten Dienerschaft keine Hilfe zu erwarten war, obwohl die Leute durchaus bereit waren, sich nützlich zu machen, sofern man sie mit dem nötigen Nachdruck dazu aufforderte. Abney war so entsetzt, daß er nur die Hände ringen und fragen konnte, was man denn tun solle; und der Lakai wartete auf Instruktionen.

«Zuallererst», sagte Mr. Leek, «müssen wir sie zusammenklauben und auf das Kanapee legen. Sie nehmen den Kopf, junger Mann, und ich die Füße!»

Der auf diese Weise ermutigte Lakai hob Miss Morvilles Schultern sachte vom Boden. Zusammen mit Mr. Leek trug er sie in die große Halle und bettete sie auf eines der Sofas. Der Lakai legte ihr teilnehmenderweise ein Polster unter den Kopf; Abney stand herum und überlegte, ob er die Haushälterin, eine Decke oder ein Glas Wasser holen sollte; und Mr. Leek zog Miss Morvilles Kleid zartfühlend über ihre Knöchel. Nachdem er Abney mitgeteilt hatte, daß Leute in ihrer Situation Schnaps nötiger hätten als Gänsewein, trug er dem Lakai auf, Mrs. Marple zu holen, und machte eine Entdeckung: Miss Morville hatte sich den Arm gebrochen.

«Aha», sagte Mr. Leek philosophisch, während er den Arm gefällig auf ihrer Brust arrangierte, «das kann man Glück im Unglück nennen! Es hätte noch viel schlimmer kommen können!»

«Ich werde sofort jemanden nach Dr. Malpas schicken!» sagte Abney. «O mein Gott, ich weiß wirklich nicht, was über Stanyon gekommen ist! Eins folgt auf das andere!»

Damit eilte er davon; und nach ziemlich langer Zeit kam die Haushälterin.

Als Abney wieder in die Große Halle geflattert kam, fand er dort bereits eine große Versammlung vor, einschließlich Turveys. Die Haushälterin, von Miss Morvilles endloser Ohnmacht beunruhigt, war nahe daran, selbst Krämpfe zu bekommen.

Glücklicherweise bewegte sich Miss Morville gerade in diesem Augenblick und stieß einen schwachen Seufzer aus. Turvey ergriff das Riechsalz und richtete sie ein wenig auf, während Mr. Leek, der sich nicht so leicht ausstechen ließ, ihren gebrochenen Arm hielt. Zuerst schenkte sie Turveys Aufforderung, den Mund aufzumachen, keinerlei Beachtung, aber er ließ nicht locker, und nach ein oder zwei Minuten schien sie sich aufgerafft zu haben, flüsterte etwas und schlug die Augen auf. Turvey nötigte sie dazu, das stärkende Getränk einzunehmen, und sie sagte ganz deutlich: «Oh, mir tut der Kopf so weh!»

Turvey legte sie wieder nieder und wandte sich ab, um einem der Kammermädchen aufzutragen, eine Schüssel Wasser und ein paar Tücher zu holen.

«Martin!» äußerte Miss Morville. «Nein! Lassen Sie ihn nicht fort!»

«Schon gut, Miss!» sagte Mr. Leek hastig. «Nein, niemand wird ihn nirgends nicht hingehen lassen! Nur keine Aufregung!»

Sie griff sich zitternd an den Kopf, sagte aber zu Mr. Leeks großer Erleichterung nichts mehr. Als das Wasser hereingebracht und ein feuchtes Tuch auf ihre Stirn gelegt wurde, war sie sichtlich wieder bei vollem Bewußtsein, denn sie murmelte «Danke schön» und schien genau zu verstehen, als Turvey ihr mitteilte, daß sie ihren Arm gebrochen hätte und so lange ruhig liegen bleiben müsse, bis der Doktor käme, um ihn zu schienen.

Lange bevor Dr. Malpas in Stanyon anlangte, hatte man die Gräfinwitwe von der neuen Katastrophe in Kenntnis gesetzt. Sie stieg in die Große Halle hinab, gab ihrer Betrübnis über das Mißgeschick ihrer jungen Freundin Ausdruck und sagte, daß sie nicht verstünde, wie das passiert sein könnte. Darauf verkündete sie, daß sie einen Boten nach Gilbourne House senden und selber bei der Kranken bleiben würde.

Diese Bemerkung veranlaßte alle Anwesenden mit Ausnahme der Haushälterin, der Kammerjungfer Myladys und Turveys, sich so unauffällig wie möglich aus dem Staub zu machen. Die Gräfinwitwe setzte sich majestätisch auf einen Sessel neben das Krankenlager.

Bevor noch des Doktors Gig die Avenue heraufkam, trafen Mr. und Mrs. Morville in Stanyon ein. Ihre Tochter vermochte ihnen zuzulächeln, wenn auch recht schwach; und Mrs. Morville sagte, mit einer der Haushälterin entsetzlich scheinenden Gefühlsroheit, daß sie sich in Kürze besser fühlen und nach Hause gebracht werden würde, sobald der Doktor ihren Arm geschient hätte.

«Nein!» sagte Miss Morville und zeigte zum erstenmal Anzeichen von Erregung. «Wirklich, Mama, ich könnte noch nicht!»

«Nein, mein Liebes, sagte die Mutter beschwichtigend. «Wenn du wieder besser beisammen bist!»

Das Schienen des gebrochenen Armes stellte Miss Morvilles Beherrschung auf eine harte Probe, aber sie trug es wacker und bat nur, eine Weile in Ruhe gelassen zu werden, da sie sich zu schwach fühle, um den Kopf zu heben. Der Doktor sagte, sie gehöre ins Bett und verabschiedete sich mit den Worten:

«Ich komme morgen wieder zu Ihnen, Miss Morville. Ich weiß, ich lasse Sie in guten Händen.»

«Ja, und in so vielen!» sagte Mrs. Morville mit sonnigem Lächeln.

Der Doktor empfahl sich, und Lord Ulverston, der sich auch eingefunden hatte, fragte plötzlich: «Wo ist denn Ger? Noch immer im Bett?»

«Nein, Mylord», sagte Turvey. «Seine Lordschaft ist, soviel ich weiß, ausgeritten.»

«Was soll das heißen?» fragte Ulverston. «Er hatte doch Schmerzen – sagte, er wollte sich ausruhen!»

Miss Morville schlug die Augen auf. «Er ist nach Evesleigh gefahren», sagte sie.

«Wie konnten Sie ihn nur gehen lassen, Miss Morville! Weshalb kann er nur diese Fahrt unternommen haben? Wer hat ihn begleitet? Dieser junge Reitknecht?»

«Nein. Ich glaube –» Miss Morville verstummte. «Ich weiß nicht!» endete sie abrupt.

Er schaute sie aus zusammengekniffenen Augen an. «Wissen Sie, warum er hingefahren ist, Ma'am?»

«Ich – Nein.»

«Das Ganze kommt mir nicht geheuer vor!» sagte er. Er schaute sich nochmals um und runzelte die Stirne. «Ist Martin schon nach Hause gekommen?»

«Nein», sagte sie, entschlossen, den Mund nicht mehr aufzumachen.

«Spät kommt er, nicht?»

Sie schwieg.

«Ich werde Ger entgegenreiten!» sagte der Viscount.

«Ein vortrefflicher Gedanke!» sagte Mrs. Morville warm. «An Ihrer Stelle würde ich mich sofort auf den Weg machen!»

«Werde ich auch!» sagte der Viscount und ging hinaus.

Er kam gerade rechtzeitig auf die Terrasse, um den Wagen des Earl um die Ecke brausen zu sehen. Als er durch den gewölbten Torbogen gedonnert kam, glaubte der Viscount seinen Augen nicht zu trauen: die Grauen wurden in scharfem Trab gefahren, und es war Martin, der die Zügel hielt. Er starrte noch immer ungläubig hin, als der Wagen bereits am Fuße der Terrasse hielt und Martin, den seine funkelnagelneue Sanftmut nicht daran gehindert hatte, mit seinem Bruder über manche Feinheiten des Kutschierens hitzig zu streiten, triumphierend sagte: «Jetzt gib aber zu, daß ich dich nicht umgeworfen habe!»

«Aber gerne! Ich bin nur froh, daß ich nicht einen hochrädrigen Phaeton nach Stanyon gebracht habe!» sagte der Earl und machte sich zum Aussteigen fertig.

Martin grinste, sagte aber nur, daß er den Wagen in die Remise fahren würde. Der Viscount rannte die Stufen hinunter und rief erzürnt aus: «Ich werde dich lehren, mich zum Narren zu halten, Ger! Was zum Teufel hast du getrieben?»

«Mich um meine eigenen Angelegenheiten gekümmert», antwortete Gervase mit einem spitzbübischen Blick.

Der Viscount half ihm aus dem Wagen. «Du verdienst, auf eine Woche ins Bett gesteckt zu werden! Ich wollte dich gerade suchen!»

«Nicht nötig, Lucy! Martin ist dir schon zuvorgekommen und hat mich nach Hause gebracht, wie du sehen kannst. Ich bin auch durchaus nicht erschöpft, kann ich dir versichern.»

«Um so besser! sagte der Visount. «Übrigens haben wir schon wieder jemanden auf der Krankenliste!»

«Oh!» sagte der Earl und begann die Stufen hinaufzusteigen. «Wen denn?»

«Miss Morville. Die Treppe heruntergefallen oder so was ähnliches. Sie ist ganz kaputt!»

«Miss Morville?» sagte Gervase schnell. «Ist sie verletzt?»

«Arm gebrochen. Kann mir nicht erklären, wie!»

«Ach, du meine Güte!» rief Gervase aus und nahm die restlichen Stufen zwei und zwei.

«Man hat sie in die Halle gelegt», sagte Ulverston und lief ihm nach. «Aber was hat das zu bedeuten, Ger? Heraus damit! Kein Herumgerede! Was hat dein famoser Bruder schon wieder angestellt?»

«Gar nichts. Ich werde es dir erklären, Lucy, aber nicht jetzt! Schau bitte Martin nicht so durchbohrend an! Er ist ganz unschuldig!»

«Das hat er dir wahrscheinlich eingeredet! Auf mein Wort, Ger! Und was ist mit diesem sauberen Leek?»

«Lucy, wie kannst du nur so ein Greenhorn sein?» fragte Gervase und warf Hut und Handschuhe auf den Kaminsims in der Vorhalle. «Hast du in deinem Leben noch keinen Polizeispitzel gesehen?»

Darauf ging er in die Große Halle, blieb einen Moment auf der Schwelle stehen, stutzte über die unerwartet große Menschenmenge, die darin versammelt war, und bemerkte Miss Morville, die auf einem der Sofas lag, den Arm in der Schlinge, interessant blaß. Sie hatte sich aus den Polstern erhoben und schaute zur Tür, mit einem so angstvollen Ausdruck in ihrem weißen Gesicht, daß der Earl seine Umgebung vollkommen vergaß, sämtliche Anwesenden ignorierte, mit ein paar Schritten zu ihr ging umd ausrief: «Mein armer Liebling! Mein Gott, was ist Ihnen denn zugestoßen?»

Er ließ sich neben dem Sofa auf ein Knie nieder, ergriff die Hand, die nach seinem Cape faßte, und behielt sie tröstend in der seinen. Miss Morville, ihrer Umgebung nicht mehr eingedenk als er, blickte anbetend in die blauen Augen, die so zärtlich auf sie herniederlächelten, und sagte, ganz außer sich vor Freude: «Sie leben! Sie leben! Nichts Schreckliches ist Ihnen passiert!»

«Nichts Schrecklicheres, als von Martin nach Stanyon zurückgefahren zu werden!» beruhigte er sie. «Aber Sie! Wie konnten Sie nur die Stiege herunterfallen, kaum als ich aus dem Haus war?»

«Das Dümmste von der Welt!» sagte Miss Morville voll Selbstverachtung. «Ich wollte Martin aufhalten – dachte, er wäre der einzige, der Sie in Gefahr bringen würde! Und dabei stolperte ich über meine Schleppe und fiel! Ich kann mir nicht erklären, wie das passieren konnte!»

Der Earl legte seinen Arm um sie und führte die Hand, die er noch immer in der seinen hielt, an die Lippen. «Sie haben alles erraten, nicht wahr, Sie weise, dumme Miss Morville?»

Miss Morville, die seine Schultern in so einladender Nähe fand, nahm gerne die Gelegenheit wahr, ihren Kopf daranzulehnen. «O nein! Wie hätte ich so Furchtbares annehmen können? War es wirklich wahr? Ich wollte Ihnen nicht sagen, was ich mir dachte, weil es so entsetzliche Dinge waren! Außerdem», fügte sie hinzu, «ging es mich nichts an, und ich war fest überzeugt, daß Sie ohnehin alles wüßten!»

Ihre überanstrengten Nerven suchten daraufhin in einem Tränenstrom Erleichterung. Da es aber der Earl gerade in diesem Augenblick für angebracht hielt, sie zu küssen, mußte sie zu weinen aufhören, und die primitivste Höflichkeit zwang sie dazu, seine Küsse zu erwidern. Doch kaum konnte sie wieder sprechen, als sie so leise, daß nur er es hören konnte, sagte: «Oh, bitte nicht! Bitte, tun Sie das nicht! Es ist alles meine Schuld, ich hätte nicht so zimperlich sein sollen! Und jetzt haben Sie sich verpflichtet gefühlt, mich zu trösten! Ich versichere Ihnen, daß ich es nicht beachten – nie mehr daran denken werde!»

«Mein armer Liebling, du mußt ganz durcheinander sein, um solchen Unsinn zu reden!» sagte der Earl liebevoll. «Noch nie habe ich so dummes Zeug von den Lippen meiner weisen Ratgeberin gehört!»

«Sie würden von meinem scheußlichen Hausverstand bald genug bekommen! Ich kann tun, was ich will – ich kann einfach nicht romantisch sein!» sagte Miss Morville verzweifelt.

Seine Augen lachten. «Oh, ich verbiete dir, es jemals zu versuchen! Deine praktischen Bemerkungen, mein närrisches Rotkehlchen, sind das Entzücken meiner Tage!»

Miss Morville schaute ihn an. Dann legte sie mit einem tiefen Seufzer ihre Hand in die seine, sagte aber nur: «Sie müssen einen Spatzen meinen!»

«Ich werde Ihnen nicht gestatten, mir Vorschriften zu machen, Miss Morville! Weder jetzt noch irgendwann! Ich meine ein Rotkehlchen!» sagte der Earl fest und zog ihre Hand an die Lippen.

Dieses Zwischenspiel wurde von den drei Dienern mit Interesse, von Mrs. Morville mit Befriedigung, vom Viscount, der sich bemühte, die Nuß zu knacken, die er zum Aufbrechen bekommen hatte, sehr kritisch und von der Gräfinwitwe und Mr. Morville mit ausgesprochener Feindseligkeit verfolgt. Plötzlich schien der Bann gebrochen, der die übrige Gesellschaft bis dahin zum Schweigen gezwungen hatte.

«St. Erth!» sagte die Gräfinwitwe mit fürchterlicher Stimme.

«Geben Sie auf ihren Arm acht!» empfahl Mrs. Morville.

«Sie da!» sagte der Viscount zur Dienerschaft, «Sie haben hier nichts mehr zu suchen! Gehen Sie hinaus! Alle!»

Mrs. Marple und die Kammerjungfer der Gräfin, von seinem herrischen Gebaren tief beeindruckt, knicksten und zogen sich zurück. Turvey hingegen konnte sich vor Entrüstung kaum rühren, ignorierte den Viscount und fragte seinen Herrn, ob er noch etwas für ihn tun könnte.

«Nein, danke. Gehen Sie!» sagte Gervase.

Turvey verbeugte sich und verließ die Halle mit viel Anstand. Mr. Morville, der bis dahin seine Gefühle mit größter Anstrengung im Zaum gehalten hatte, sagte: «Zweifellos hege ich sehr veraltete Anschauungen, aber es wird Sie vielleicht interessieren, St. Erth, daß es zu meiner Zeit üblich war, die Einwilligung des Vaters einzuholen, ehe man einem jungen Mädchen einen Antrag machte.»

«Ja, Sir, das werde ich auch tun», sagte der Earl und legte Miss Morville vorsichtig in die Kissen zurück. «Werde ich Sie in Gilbourne House antreffen, wenn ich morgen vorspreche?»

«Guter Gott!» rief Mrs. Morville erheitert aus, «sollen wir daraus schließen, daß Sie Drusilla keinen Antrag gemacht haben, St. Erth?»

«Noch nicht, Ma'am», antwortete er und lächelte sie an, «aber ich versichere Ihnen, daß ich die erste Gelegenheit ergreifen werde, die sich bietet.»

«Nun, beim Lord Harry –» sagte Martin, der rechtzeitig eingetreten war, um diesen Wortwechsel zu hören. «Wollen Sie damit sagen, daß St. Erth Drusilla heiraten wird? Ich muß sagen, das ist ein verdammt guter Gedanke! Und am meisten freut mich daran, daß Louisa sich fürchterlich ärgern wird. Sie hat mir gesagt, sie wäre fest entschlossen, aus dir und ihrer Busenfreundin, Miss Capel, ein Paar zu machen, Gervase! Ich will verdammt sein, wenn ich Louisa nicht noch heute abend schreibe!»

«Still, Martin!» befahl die Gräfinwitwe königlich. «Das darf nicht sein! Ich schätze Drusilla hoch und würde mich wirklich sehr freuen, sie dauernd um mich zu haben, denn sie ist ein sehr liebenswürdiges Mädchen und wird mir sehr abgehen, wenn sie mich verlassen wird, aber zu einer Verbindung zwischen ihr und meinem Stiefsohn gebe ich nie und nimmer meine Einwilligung!»

«Ich auch nicht!» sagte Mr. Morville unerwartet. «Ich verbiete sie sogar!»

«Ich habe andere Pläne für meinen Stiefsohn!» sagte die Gräfin und schaute ihn durchbohrend an.

«Ich habe andere Pläne für meine Tochter, Ma'am!»

«Unsinn, Mr. Morville!» sagte seine Frau schnell.

«Zwecklos, Pläne für Ger zu machen, Ma'am!» sagte der Viscount. «Tut sowieso immer, was er will. Garantiere ich Ihnen!»

«Mein lieber Sir, ich wollte, Sie gäben mir die Erlaubnis, Ihrer Tochter *auf der Stelle* einen Antrag zu machen!» sagte der Earl.

«Auf keinen Fall!» antwortete Mr. Morville. «Ich betrachte diese Verbindung als völlig unpassend. Meine Tochter ist nach Grundsätzen erzogen worden, die Ihnen ohne Zweifel verhaßt sind. Selbst wenn Sie mir versicherten, daß Sie die Ideale, deren Verbreitung ich mein Leben gewidmet habe, mit Sympathie betrachten, wäre ich unerbittlich!»

«Aber ich betrachte sie nicht mit Sympathie!» sagte der Earl.

«Nein?» sagte Mr. Morville und schaute ihn durchdringend an.

«Nein, wie sollte ich? Ich habe nicht das geringste Verlangen danach, in einem republikanischen Staat zu leben, und einem Versuch, mich meiner Güter zu berauben, würde ich den allergrößten Widerstand entgegensetzen.»

«So, würden Sie das? Nun, zumindest scheinen Sie ja irgendwelche Gedanken im Kopf zu haben!» sagte Mr. Morville.

«Auf mein Wort!» sagte die Gräfinwitwe. «Ich weiß nicht, was in der Welt heutzutage alles vorgeht! Ich kann meinen Ohren kaum trauen! Obwohl mir das sehr unwahrscheinlich vorkommt, denn mein ausgezeichetes Gehör gehört zu den Dingen, auf die ich ganz besonders stolz bin! Ich hätte mir nicht vorstellen können, daß, wenn *wir* keine Einwände gegen diese Verbindung haben, *Sie* welche haben könnten, mein lieber Herr!»

«Wenn ich», sagte Mr. Morville schneidend, «auf diese Dinge auch nur den allergeringsten Wert legte, Ma'am, so würde ich mich genötigt fühlen, Ihnen mitzuteilen, daß die Morvilles schon Herren in der Normandie waren, als die Frants noch – wenn es damals überhaupt schon welche gegeben haben sollte – im Stand der Leibeigenschaft lebten!»

Mrs. Morville, die bis dahin mit dem Earl gesprochen hatte, schaltete sich jetzt ein und sagte: «Mr. Morville, St. Erth und ich sind übereingekommen, daß es nicht angeht, Drusilla nach Hause zu bringen, solange sie sich noch so schlecht fühlt. Wir haben daher beschlossen, sie sofort zu Bett zu bringen. Ich bleibe hier, um sie zu pflegen – sofern Sie, Ma'am, dagegen nichts einzuwenden haben!»

«Im Gegenteil! Ich werde mich freuen!» sagte die Gräfinwitwe. «Wenn mein Neffe hier wäre, Mr. Morville, würde er Ihnen die Familienurkunden zeigen, die wir im Schloßarchiv aufbewahren!»

«Ja, ja, Ma'am, ich habe sie schon gesehen. Nichts vor 1400! Mein Bruder besitzt ein interessantes Dekret, das unserem Ahnherrn, Sir Ralph de Morville, von Edward III. verliehen wurde. Er war einer der Gründer des Hosenbandordens und der Sohn Sir Reginald de Morvilles, der ... ja, meine Liebe, was willst du?»

«Ich sagte eben, Mr. Morville», erklärte seine Frau mit großer Geduld, «daß ich hierbleibe, um Drusilla zu pflegen. Wenn Sie, bitte, Mrs. Buxton beauftragen wollen, eine Tasche für mich zu packen. Peter kann sie mit herüberbringen.»

«Im Jahre 1474», versetzte die Gräfinwitwe, «hatten wir Edward IV. in Stanyon zu Gast!»

«So?» sagte Mr. Morville. «Meine Familie hat natürlich immer zum legitimen Haus gehalten!»

Offensichtlich war die Schlacht in vollem Gange. Mrs. Morville meinte, daß es müßig wäre, die Aufmerksamkeit eines der beiden Kämpfenden abzulenken. Als sich Drusilla mit Unterstützung des Earl erhob, um nach oben zu gehen und einen Augenblick auf seinen Arm gelehnt stand, bemerkte Mr. Morville dies zufällig, brach in der Mitte eines Satzes ab und spendete seiner Tochter väterliche Trostworte. «Gehst du zu Bett?» sagte er. «Das ist das Richtige! Du schaust sehr schlecht aus, Liebes! St. Erth sollte dich lieber hinauftragen, sonst fällst du noch um!»

«Ein ausgezeichneter Gedanke, Sir!» sagte der Earl, nahm seine Verlobte in die Arme und trug sie davon, ungeachtet der lauten Mißfallensäußerungen Martins und des Viscount, die ihm auf dem Fuß folgten, ihn bestürmten, seine Last doch einem von ihnen anzuvertrauen, und ihn baten, doch an seine eigene Verwundung zu denken.

«Schön, schön!» sagte Mr. Morville nachsichtig. «Sie wollen einander nun einmal haben, glaube ich! Es hätte schlimmer kommen können. Ich finde Ihren Stiefsohn gar nicht so unsympathisch, Ma'am: er weiß wenigstens, was er will, was man von den meisten jungen Männern meiner Bekanntschaft nicht behaupten kann. Aber was diesen Ihren Kreuzfahrer betrifft! Nein, nein, die Férants waren eine Gascogner Familie, die vor 1500 ausgestorben ist! Keine wie immer geartete Verwandtschaft mit den Frants, gar keine! Das habe ich Ihrem verstorbenen Mann schon vor Jahren gesagt! Wir, natürlich, haben Raymond de Morville und seinen Vetter Bertrand. Beide haben zwei Kreuzzüge mitgemacht und liegen in Fonthaven begraben. Aber ich halte das durchaus nicht für rühmenswert!»